在世界角落找到你

上

半夏之恋◎著

山西出版传媒集团

北岳文艺出版社
BEIYUE LITERATURE & ART PUBLISHING HOUSE

——太原——

图书在版编目（CIP）数据

在世界角落找到你：上下／半夏之恋著．—太原：
北岳文艺出版社，2020.4
ISBN 978-7-5378-6085-7

Ⅰ.①在… Ⅱ.①半… Ⅲ.①长篇小说–中国–当代
Ⅳ.①I247.5

中国版本图书馆 CIP 数据核字（2019）第 295696 号

书　　名	在世界角落找到你（上下册）	
著　　者	半夏之恋	
责任编辑	吴国蓉	
书籍设计	米　乐	

出版发行　山西出版传媒集团·北岳文艺出版社
地　　址　山西省太原市并州南路 57 号
邮　　编　030012
电　　话　0351 - 5628696（发行部）
　　　　　0351 - 5628688（总编室）
传　　真　0351 - 5628680
网　　址　http：//www.bywy.com
E - mail　bywycbs@163.com
印刷装订　山西立方印业有限公司

开　　本　880mm×1230mm　1/32
字　　数　330 千字
印　　张　15.5
版　　次　2020 年 4 月第 1 版
印　　次　2020 年 4 月山西第 1 次印刷
书　　号　ISBN 978-7-5378-6085-7
定　　价　98.00 元（上下册）

目　录
CONTENTS

第一章　新生活的大门

六月二十四日，是个大热天。

今年夏天的高温比往年来得早，陆一鸣从监狱大门走出来时正是正午时分，毒辣的太阳晒着他，使得他眼睛都不敢睁开。他右手遮住太阳，左手扶着肩上的吉他背带，踉踉跄跄地向前走。

陆一鸣的眼睛眯成一条缝，眉头紧紧地蹙在一起。眼前是笔直的马路，马路两旁的树比八年前粗壮了许多。除此之外，路上没有一个行人或者车辆。

老师说"一寸光阴一寸金，寸金难买寸光阴"，可是陆一鸣从十七岁到二十五岁，八年如诗一样的年华却是在监狱高墙里度过的。

八年前的六月二十四日，是陆一鸣永远也忘不了的日子。那一天，他亲手杀死了心爱之人的父亲。

此刻，陆一鸣沿着公路一直往前走，天气炎热，他口渴得不行，嘴唇也有些干涩。他突然感觉眼前自己的影子忽明忽暗，因为疲惫和炎热，他有些眩晕。但他不能晕倒，在这荒无人烟的地方晕倒，后果不堪设想。

陆一鸣突然想起来，从监狱出来的时候，管教把吉他和双肩包递给他的同时，还递给他一瓶水。他连忙找了片树荫坐下来，把吉他靠在树上，打开双肩包，把矿泉水拿出来，迫不及待地拧开盖子，"咕咚咕咚"喝下去大半瓶。

从监狱到家至少三十里路，陆一鸣估算了一下，他不能把水都喝完，要保留一部分，待会儿口渴的时候再喝。他小心翼翼地把瓶盖拧好，把水放回到双肩包。打开书包，一个粉红色礼品盒映入眼帘，他的心突然被刺痛了一下，双手来回揉搓着瓶子，呆呆地望着精致的礼品盒。

过了一会儿，陆一鸣握着瓶子的手不由自主地松开，然后颤颤巍巍地捧起礼品盒。片刻后，他解开黑色蝴蝶结丝带，小心翼翼地将盒子打开，一双精致的红色舞蹈鞋映入眼帘。

这双真皮软底舞蹈鞋是陆一鸣读高二那年在网上看到的。当时一两千的价格对于一个高中生来说简直是天文数字。可当他看到倪阿蒙脚上那双破旧舞鞋的时候，就下定决心，他一定要送给倪阿蒙一双最好看的舞蹈鞋。

陆一鸣不舍得吃好的饭菜，父母、亲戚给了压岁钱，也不舍得花一分，每次放假回家，都会数数钱罐里的钱。终于在高考结束后，他凑够了买舞鞋的钱。于是他迫不及待地在网上商城下了单，等待鞋子的到来。

二〇一〇年六月二十三号凌晨，高考分数公布。陆一鸣忐忑不安地查了自己的分数，看到电脑屏幕显示"520"的时候，他终于松了一口气。五百二十分，这个分数对于艺术生来说，已经相当不错了。

接下来，他心情忐忑地输入倪阿蒙的考号，成绩出来的那一刻，他闭着眼睛祈祷了十秒钟才睁开眼睛。令他惊喜的是，倪阿蒙居然考了五百三十八分，比他还要多十八分！倪阿蒙也是艺术生，这就意味着他们可以兑现对彼此的承诺，考取同一座城市的同一所大学。

陆一鸣真想立刻把这个好消息告诉倪阿蒙。可是，倪阿蒙家只有她父亲有手机，而她的父亲是个赌棍兼酒鬼。陆一鸣决定第二天带上新买的舞蹈鞋出现在她面前，给她一个惊喜！

陆一鸣记得倪阿蒙拜托他查成绩的时候，只把写有自己信息的纸条递给他，什么都没说。而倪阿蒙不说他也知道，倪阿蒙家没有电脑或是可以查成绩的固定电话。即使是在农村，她的家境在村里也是垫底的。

"我等你的好消息。"倪阿蒙抬眼望着陆一鸣。

"我相信，我们会如愿以偿的。"

第二天，是个大热天，陆一鸣需要骑一个小时的自行车才能到倪阿蒙家。为了方便邀她一起吃午饭，陆一鸣刻意加快了骑车的速度，想赶在午饭前到达她家。

其实，陆一鸣不用打听，也能找到倪阿蒙的家。他早就听老家的人说过，倪阿蒙家的房子是全村最破的，一眼就能看出来。但是为了早点儿见到倪阿蒙，他还是向在村口地里干活儿的大爷打听了一下。大爷告诉了他准确的位置，他径直骑到了倪阿蒙家的胡同。

陆一鸣还没到倪阿蒙家，就听到她家里有叫嚷的声音，倪阿蒙家的院子外聚集了好多人。她家的院墙是土垒的，只有一米来高，围观的人群都在院子外面看热闹。大家的神情都很淡定，想必对于围观者来说，这一幕已经是屡见不鲜。

隐约中，陆一鸣听到了倪阿蒙的惨叫声。他立刻下了自行车，焦急地钻进人群。

只见一个五十多岁的男人正揪着倪阿蒙的头发，撕打着她。陆一鸣认出来男人是倪阿蒙的父亲倪大力。

他一边打倪阿蒙一边叫嚷道："你个赔钱货！念什么大学？上那个破高中学跳舞，已经浪费了不少钱，如今还想着要上大学？今天你要是不答应，我就打死你！"

陆一鸣在人群中看到这情景，心里顿时着急起来。他喊了好几声"住手"，倪大力就是不肯停下来。

旁边一个五十多岁的女人坐在地上，哭得上气不接下气："蒙蒙，你就答应你爸吧。即使你上大学走了，他也会打死我的呀！蒙蒙，妈妈求你了！"

陆一鸣拨开面前的人冲了上去，用力地抱住倪大力的腰："你快停下！太过分了，哪有你这样的父亲！"

倪大力看了一眼陆一鸣，停下手来，冷哼一声，道："你是谁？跑到我家来管闲事！"

"我是她同学。我来告诉蒙蒙，她考了五百三十八分，她可以上她理想的大学。您女儿考得这样好，您不高兴吗？为什么还要打她？"

倪大力再次冷哼几声，看着陆一鸣："谁要你多管闲事！她吃我的喝我的这么多年，我让嫁个好人家有什么错！"

倪阿蒙不愿自己的事被陆一鸣看到。此时，她凌乱的头发遮住多半边脸，一边哭一边对陆一鸣说："一鸣，你走吧，你别管我了！"

"蒙蒙，咱们不是说好的要一起上大学吗？我会打工帮你挣学费，你一定要坚持啊！"

倪阿蒙只顾"嘤嘤呜呜"地哭，一句话都说不上来。

这时候，一个中学生模样的女孩儿扑到陆一鸣旁边，她哭着拉住陆一鸣的衣角，哀求道："大哥哥，你一定要救救我姐！我爸非让我姐嫁给一个五十多岁的老头儿。我求求你了，救救我姐姐……"

陆一鸣听到这话，浑身的肌肉都忍不住颤抖起来，大脑嗡嗡作响。以前陆一鸣只知道倪阿蒙的父亲是个赌棍酒鬼，不承想他居然这样没人性，为了钱，居然逼迫自己的女儿嫁给一个老头子！陆一鸣双手紧紧地攥着拳头，立刻有杀了眼前这个恶棍的冲动。

此时，倪大力狰狞的面容更加扭曲，他揪着倪阿蒙的头发，然后不屑一顾地对陆一鸣说："想不让她嫁也行，你给我拿出二十万，我就不让她嫁了。"

说完这句话，倪大力像是突然想起了什么，他拖着倪阿蒙缓缓地逼近陆一鸣："你和这丫头到底是什么关系？"

陆一鸣的拳头攥得更紧，呼吸瞬间停止。他张了张嘴，没说什么，只是拳头攥得"咯吱咯吱"响起来。

倪大力看见陆一鸣的表情，心里似乎有了定论，又开始撕打倪阿蒙。他的拳头落在倪阿蒙的胸口、腹部。倪阿蒙没有还击之力，像一只任人宰割的小雏鸡。

陆一鸣彻底被激怒了，他环视了一下四周。

看热闹的人对于这种场景似乎已经麻木了，只是同情地摇头叹息，没人上前来阻止倪阿蒙的父亲。

突然，陆一鸣视线里出现一把水果刀。他快走两步，从墙根凳子上的盘子里拿过水果刀，然后迅速逼近倪大力。

"你再动她一下，信不信，我杀了你！"陆一鸣的双眼满含着愤怒。

倪大力愣了两秒钟，然后发出狂妄的笑声，他根本没把陆一鸣放在眼里，随后继续撕打倪阿蒙："你快说，你到底嫁不嫁？到底嫁不嫁？"

倪阿蒙用尽所有的力气喊了一句："打死我，我也不嫁！"

陆一鸣的理智被倪阿蒙的这句话彻底击溃了。他拿着手里的水果刀疯了一样冲了过去，毫不犹豫地刺向倪大力。

院子里顿时安静下来，所有的人都屏息地看着腹部插着刀的倪大力。鲜血从他腹部刀口处汩汩流出，他一只手扶着刀把，一只手伸向空中，在空中乱抓。几秒钟后，他倒在血泊里，渐渐停止了呼吸。

当陆一鸣意识到自己杀了人的时候，他已经被戴上手铐，来到了看守所。

往事一幕幕涌上心头，陆一鸣的心也随着剧烈地疼痛。他在想，如果命运安排重来一次，他或许还会做出同样的选择。可是，他后悔了，因为这一切，同时给两个家庭带来了毁灭性的灾难。

陆一鸣的母亲是个职业会计师，平日里就争强好胜，凡事从不落人后。儿子杀人这个重大打击把她逼到了精神崩溃的边缘，她接受不了这个事实，在一个燥热的午后，跳入城外的一条污水河里。陆一鸣的父亲是个中学物理老师，陆一鸣母亲走后，他患上精神分裂症，常年住在精神病院里。

想起这些，陆一鸣的眼泪濡湿了眼眶，他把舞蹈鞋重新装进盒子，把书包的拉链拉起来，然后站起身继续向前走。他的脚步加快了些，他必须振作起来。不管怎样，他都要先回家，安排好后，再去高阳市看父亲。

下午两点半，陆一鸣回到自己家的小区。好在大热天没人在外面待着，陆一鸣快步走到自己家楼下。他家住一楼，他把吉他靠在门边，从双肩包里掏出家门钥匙。可是，他反复开了好几次，门都打不开。

没过一会儿，门打开了，一个中年女人探出头来，手里拿着一把笤帚。中年女人高高举起笤帚，警惕地看着陆一鸣："你是谁？你刚才用什么开我家的门来着？"

"阿姨，这本来就是我家。"陆一鸣礼貌地笑了笑。

中年女人意味深长地上下打量了陆一鸣一遍，把笤帚放下来，缓和了一下语气说："哦，我知道了，你就是……"她犹豫了一下，继续说，"哦，我知道了，我知道你是谁了。你出事后，你家的房子卖给我们了。你去二楼刘校长家问问吧，刘校长叮嘱过我，如果你回来，让你到他家去一趟。"

第二章　物是人非

陆一鸣敲响了刘校长家的门，开门的是刘校长的爱人欧阳老师。

打开门看见来人是陆一鸣，欧阳老师连忙示意在沙发前坐着的男孩回屋去。可是男孩在看到陆一鸣后，欣喜若狂地快走几步："你是……你是一鸣哥！一鸣哥，快进来！"

男孩很快认出来陆一鸣。看到上初三的儿子还是像小时候那样喜欢陆一鸣，她明显有些紧张。她瞥了一眼陆一鸣，然后没好气地对男孩说："还不进屋学习去，这里有什么好看的？快去！"

男孩听后悻悻然走进自己的房间。

事实上，陆一鸣已经认不出刘校长的儿子了。八年前，陆一鸣晚上带他捉萤火虫时，他才七岁，如今已经是个大孩子了。陆一鸣心里立刻有一种物是人非的感觉。

"欧阳老师，刘校长不在家吗？"陆一鸣站在屋门口，没有打算要进去。眼前这位欧阳老师是陆一鸣的语文老师，陆一鸣语文学得还算不错，当时欧阳老师还是比较喜欢他的。

"你进来吧。"欧阳老师深深地叹了一口气，惋惜地看着陆一鸣。

　　陆一鸣低头看了一下自己因为走了几十里路而变得脏兮兮的运动鞋："老师，我就站这里吧。"

　　欧阳老师伸出手，拉着陆一鸣的胳膊向客厅沙发走去："坐下休息会儿吧，自己走回来的吗？"

　　陆一鸣拧不过欧阳老师，又怕把欧阳老师家的沙发弄脏，于是赶紧拿了茶几一旁的小板凳坐下。

　　欧阳老师嘴角露出一抹笑容，然后去冰箱里拿出一罐饮料递给他："一鸣，你还没吃饭吧？你先凉快一下，我去给你煮碗面。"

　　陆一鸣接过饮料连忙站起身："老师，不用了，我……我吃过了……路上吃了点儿。"

　　欧阳老师能用这样的态度对陆一鸣，他已经很感激，他不想再给欧阳老师添麻烦。

　　"真的吃过了吗？"欧阳老师坐在沙发上，观察着陆一鸣的神情。

　　陆一鸣不敢看欧阳老师的脸，只是重重地点点头。

　　欧阳老师深深地长叹一声，然后从茶几的抽屉里拿出一个牛皮纸信封："一鸣啊，你家的房子是我们家老刘张罗着卖的。法院判决后，你父母相继出事，你们老家的亲戚都躲得远远的。老刘帮你爸办了病退，把你家房子卖了赔偿给倪阿蒙家了。"

　　陆一鸣低头听着欧阳老师的叙述，两只手紧紧地攥住。听到父母出事，他的手不由自主开始摩擦裤子，心也揪在一起，呼吸有些紊乱。

　　"你也知道，你们家这种情况，房子不容易出手，所以也只能以低于市场价格卖了。房子一共卖了三十万，如数赔偿给倪阿蒙家了。这信封里是你爸的工资卡。老师的工资不高，你爸病退后工资也只能发百分之七十，勉强可以支付他在医院的费用。信封里有两千块的现金，知道你该回来了，老刘动员学校的老师给你募捐的。虽然钱不多，但也能帮你凑合着过些日子。"

听到这里，陆一鸣站起身来，对欧阳老师深深地鞠了一躬："谢谢欧阳老师，谢谢刘校长！"

欧阳老师拿起信封递到陆一鸣手里："一鸣，把钱和工资卡收好，以后每个月记得按时给你爸去缴费。你先找个地方落脚，再慢慢打算将来怎么办吧。生活上有啥困难，记得来找我们。"

陆一鸣再次深深地给欧阳老师鞠了一躬，然后告辞离开。

从欧阳老师家出来，已经下午五点了，陆一鸣不知道要到哪里去，可是他一刻也不想在这里停留。他知道自己是个不受欢迎的人，欧阳老师算是素质高的了，如果遇见小区里那些没事就爱八卦的人，还不定要说他什么。

坐公交去市里看父亲，即刻动身！

做了这个决定，陆一鸣低着头去小区对面等公交车。

傍晚时分，包子铺的阿姨早早就把包子蒸熟了，陆一鸣特别想买两个包子垫垫肚子。可是，包子铺阿姨这张熟悉的脸令他下不了决心上前。

陆一鸣正犹豫的时候，公交车来了。他登上车，然后走到最后一排靠窗位置坐下来。他饿得有点儿头晕，想起来包里还有半瓶水，拿出来"咕咚咕咚"喝下去。

陆一鸣不想抬头看任何人，他太累了，不一会儿就靠着窗户睡着了。

陆一鸣是被售票员叫醒的。他睁开眼睛，发现车上就剩他自己了，售票员拿着笤帚正在打扫卫生。他难为情地站起身，说了句

"抱歉"就下了车。

车站卖煎饼的阿姨热情地招呼陆一鸣，他站定笑了笑，买了一个煎饼。他从双肩包掏出钱夹，从为数不多的零钱里抽出五元递给阿姨。

陆一鸣记得八年前，这样一个煎饼才两块钱，八年的时间改变了太多事情。他突然想起母亲的抱怨，今天的大米又涨价了，昨天的猪肉又买贵了，西红柿跌了，黄瓜烂大街了……

母亲的唠叨竟是那样的亲切，可惜当时的他无法理解母亲的心情，总是嗤之以鼻地埋怨母亲小市民，太斤斤计较。

陆一鸣看着手上的钱夹。这是个真皮钱夹，是高一那年母亲花二百多元给他买的，从小到大，父母从来没让他受过委屈。母亲同时做七八个厂子的账目，挣得也多。父亲虽然是死工资，但也是月月到账，相对于父母都是农民的同学来说，他家的经济情况算是很好了。

钱夹里，零钱整钱一共有四百多块。陆一鸣依稀记得去倪阿蒙家之前母亲说的话："马上就要上大学了，兜里多装点儿钱，别乱花就行。去找女孩儿的话别太抠门。"

母亲还是很民主的，明知道他去找暗恋对象也没有多说一句话。或许是高三毕业了，母亲觉得他是大人了，有了自己的判断，该做什么不该做什么，应该自有分寸。

母亲对陆一鸣无条件的信任，却换来了她无论如何都接受不了的结局……

陆一鸣转乘公交车到达父亲住的医院时已经是晚上七点钟了。辗转找到父亲住的病房，看到父亲的一刻，他被吓了一跳。

父亲的头发已经全白了，消瘦的脸庞架着那副他从小就熟悉的高度近视镜，身体因为过度消瘦而显得驼背，宽大的病号服穿在身上像是电视上的戏服。

"爸！"陆一鸣跪倒在地，抬起头凝望着父亲。

陆耀琪正聚精会神地望着窗外，这声突如其来的"爸"把他吓了一跳，他本能地瑟缩了一下身体，双腿迅速地收到床上，然后用手抱住脑袋，整个人蜷缩在墙角里。

"爸，我是一鸣，您不认识我了吗？我是您的儿子陆一鸣！"陆一鸣跪在原地，用哀求的眼神看着父亲。

陆耀琪听到他的话，缓缓地把抱着头的手放下来，认真地看着他，然后伸出手来。

陆一鸣连忙站起身，凑到父亲跟前。父亲用干枯的手指抚摸他的脸庞。

"爸，您不会忘记儿子吧？"陆一鸣双眼饱含着泪水看着父亲。

"我叫陆耀琪，你叫陆一鸣，对不对？"

陆一鸣重重地点头，扑进父亲的怀里。

陆耀琪眼里立刻充满了泪水："你……我不愿意看见你……我头疼……"他突然变得狂躁起来，抱着头，身体来回地扭动。

站在门口的护士连忙叫来医生，好几个人按着陆耀琪，医生给他注射了一支安定剂。

陆一鸣被夜间值班医生带去办公室说："你父亲的病情还很严重，重度抑郁症加上轻度的精神分裂。刚才的情况你也看到了，但是这已经比八年前他来的时候好了很多。你作为家属要有心理准备，他不是完全没可能康复，但是可能性真的不大。"

陆一鸣听得懂医生说的话，但是他不甘心，他暗下决心一定要好好照顾父亲，直到父亲康复为止："医生，我能做什么吗？我来陪他会不会好一点？"

医生满意地笑了笑："你能这样想，真的挺好，但是你能做到全天陪护吗？"

医生的话让陆一鸣沉默下来。他刚出狱，不仅要自讨生计，还要为父亲的将来做打算。目前父亲的工资还可以应付医药费，但随着治疗和康复费用的上涨，说不定哪天，父亲的那点儿死工资，就入不敷出了。

"医生，我们家的情况估计您也清楚，可不可以拜托您帮我找个护工的活儿？这样我既可以照看父亲，又可以挣自己的生活费。不瞒您说，我今天刚刚出狱，连住的地方都没有。"陆一鸣低着头一口气把自己的想法告诉了医生。他红着脸，不敢抬头，像是等待着宣判。

医生是个五十多岁的中年男人，跟陆耀琪年龄相仿，他看了看怯怯的陆一鸣，说："说实话，如果这不是你第一次来探视，这个时间我是不会让你见你父亲的。你说的这个提议听上去不错，可是我还是不赞同。刚才你也看见了，你父亲见到你情绪反应激烈，你不适合频繁地探视。再有，你知道在这样的医院做护工意味着什么吗？一般的抑郁焦虑是不用住院的，住院并且需要护工的患者都比你父亲严重得多。你刚在监狱待了那么多年，现在又要在这样非正常的环境下工作，非常不利于你的身心健康。为了你自己和你父亲，我劝你还是找一份其他的工作吧。"

医生的这番话令陆一鸣非常感动。其实他刚一来到这家医院，就听到了一个女患者鬼哭狼嚎的声音，他的心已经开始颤抖了。倒不是因为害怕，是因为这个女人的声音让他立刻联想到了母亲。所以，他知道胜任不了这里的工作，正像医生说的，为了自己和父亲，他需要离开这里。

陆一鸣深深地向医生鞠了一躬，然后背着双肩包和吉他离开了医院。

看来护工的工作不算太难找，陆一鸣打算明天去高阳市的其他医院碰碰运气。

陆一鸣把吉他肩带向上调了一下，他的手停留在肩带上不舍得放下。他突然觉得手痒了，很痒。

陆一鸣六岁开始学习吉他，直到现在他从没有一天离开过吉他，包括那天被警察带走的时候，他的大脑一片空白，也没有忘记跟警察说要带上吉他。

那天，陆一鸣背着吉他去找倪阿蒙，本来打算吃完饭后，弹一首歌来向倪阿蒙告白。他和倪阿蒙当了三年高中同学，前后桌，每天看着倪阿蒙的背影，但从来没有表白。他无数次想告诉倪阿蒙自己的感情，但都克制住了。他知道学业未成，不应该表露自己的感情。所以，他们即使有时间说话，也只是讨论习题或者要报考哪所学校。当倪阿蒙表示愿意报考他理想的大学时，他高兴得半夜两点才睡着。

陆一鸣视吉他为生命，就像倪阿蒙视舞蹈为生命一样。

第三章　流浪歌手

　　陆一鸣很想找个小旅馆先洗个澡，但是这样的愿望远远不如立刻弹吉他强烈。他担心在小旅馆弹吉他会打扰其他人，所以，他凭着自己的印象走到一个过街天桥上。

　　夏天的傍晚有些喧嚣，陆一鸣有些庆幸此时是晚上，不然他无论如何都拉不下脸来在天桥表演。他把双肩包靠在身后，然后开始弹唱筷子兄弟的《父亲》。

　　陆一鸣第一次听到这首歌是他入监狱的第二年，那时候父亲已经进了精神病院。他被歌词深深地打动，人生中第一次泪如雨下。他其实是个坚强的男孩，杀人入监狱这么大的事他都没哭过。

　　或许是因为陆一鸣刚刚见过父亲，所以此刻才想弹唱这首歌。他的吉他弹得行云流水，歌声更是情感真挚。

　　陆一鸣泪眼婆娑地低头弹唱，一曲下来，发现周围站满了围观的群众，人们还自发地往他面前扔了几块钱。

　　陆一鸣看着眼前的零钱有些不是滋味，他的嘴角扬起来，不是因为高兴，而是觉得心酸。他意识到，恐怕以后弹吉他的场地也只有天桥或者广场了。

陆一鸣已经清醒地意识到，他是个无家可归的人。

陆一鸣看着眼前的零钱发起呆来，直到围观的人提议他再来一首，他才回过神来。

陆一鸣没有多想，接着弹唱了两首。因为他精湛的技艺和独特的嗓音，吸引了更多围观的人。陆一鸣发现有人给他拍照、录像，这让他突然想退缩。他强烈的自尊心受到很大的冲击，毕竟他和社会隔绝已久，他的心境还停留在八年前高中生的日子里。

"小伙子，唱得真好，弹得也好！"众人的热情和鼓励让他打消了退缩的想法，他突然想起了蒋雁南。

蒋雁南是陆一鸣在监狱里认识的，将近六十岁，是个音乐家，精通十八种乐器，沉迷音乐，常年在外采风。偶然一次回家发现妻子和别人偷情，愤怒之下，拿刀捅死了妻子。

蒋雁南比陆一鸣早进监狱两年，被判十年，再过段时间，他也该出狱了。

蒋雁南音乐家的身份，被狱警特批每天有两小时自由创作的时间。后来，由他牵头，在监狱成立了一个乐队。但是由于各个乐手刑期的差异，乐团很快解散，蒋雁南却主动收下陆一鸣这个徒弟。用他的话来说，陆一鸣的音乐才华是非常少见的。

八年时间，蒋雁南教会了陆一鸣使用各种乐器，两个人还合作创作了很多歌曲。狱警非常重视这对师生，所以经常予以关照。

陆一鸣把吉他收好，从双肩包里拿出蒋雁南送给他的篪。众多的乐器中，他对篪情有独钟，每次只要拿起来就爱不释手。

对于这一点，蒋雁南非常欣慰，因为篪这种乐器几乎失传，会的人本来就不多，年轻人学习的更不多。所以，蒋雁南把演奏篾的各种技法都传授与他，并且叮嘱他，一定要勤加练习，不能放弃传承。

陆一鸣端端正正地站起身，给周围的观众鞠了一躬，然后用手里的篾，演奏了一首《雁南飞》。

众人听后纷纷鼓掌，陆一鸣再次给围观的群众鞠躬，然后他郑重其事道："我演奏的乐器叫作篾，是一种将近失传的乐器。我希望有机会给大家听听篾的声音。谁家小孩子愿意学的，我可以免费教。"

陆一鸣的话音刚落，就赢得一片掌声。他不知道自己为什么会不假思索地承诺免费收学生，以他的经济状况收费是可以理解的。可是，只要想到蒋雁南对他无私的教导，他就觉得在篾的传承上应该做点儿什么。

这一晚对陆一鸣来说很重要，他迈出了独立生存的第一步。他在天桥附近找了一家小旅馆住下，临睡之前他数了一下今天卖艺的收入，居然有一百多块，他兴奋极了。

对于陆一鸣来说，他收入的不仅仅是一百多块钱，而是迈出了非常艰难的一步。他甚至爱上了这样的感觉，没有人在乎他是什么人，也没有人知道他曾经是个杀人犯，他们只为他的音乐喝彩，只为他的歌声点赞。这种体验，在陆一鸣的人生中，是第一次。他兴奋了好久才入睡。

第二天，陆一鸣睡到八点钟才醒，这是八年来他第一次睡懒觉。他知道，以后不能这样放纵自己，他必须要找一份工作。街头艺人的工作在晚上他还能接受，如果大白天在那么多人面前表演，他目前还没有这样的勇气。

陆一鸣背着吉他去了几家乐器行，可是每次对方问他哪所大学毕业或者有什么样的工作经历时，他都哑口无言。他既不愿意撒谎，也不愿意说出自己的真实经历。所以，只好对对方报以歉意的微笑，礼貌地离开。

陆一鸣不想去应聘家教，因为他知道每个家长都有欧阳老师那样的顾虑。无奈之下，他又应聘了几家餐馆，同样是被拒绝，理由也大都一致："小伙子一看就是文艺青年，在这里做不合适，还是去找一份体面的工作吧。""长得这么英俊又会弹吉他，随便找一份靠脸吃饭的工作就行了啊，在我们这里不适合。"

说这些话的老板虽然说的都是客观事实，他们拒绝陆一鸣，是因为看上去他根本就做不了粗活儿。但是他们哪里知道，在监狱里更加粗糙更累的活儿他都干过。

陆一鸣知道自己如果不背吉他去应聘估计会好一些，但是他实在不放心把吉他放在小旅馆里。吉他是他的命根子，和他如影随形，相伴相依。

午饭时间到了，陆一鸣买了两个包子和一瓶水，坐在街道的一棵大树下，看着来来往往穿梭的车辆。他小时候，父母经常带他来高阳市，参加大大小小的乐器比赛，带他到动物园或者植物园玩。但是八年后的高阳市对他来说是个完全陌生的城市，往来的车辆令他目不暇接，偌大的一个高阳市竟没有他的安身之所。

陆一鸣溜达到地铁站口，好奇地四处张望。八年前高阳市还没有地铁，他也从来没有坐过地铁，他想去试试，顺便观察一下地铁的环境。因为他知道很多流浪歌手都在地铁站唱歌，他想先去看一下。

确实如陆一鸣想的那样，地下通道里有个年轻男子在唱歌，而且也是吉他弹唱。他不敢靠前去听，因为他担心自己身后的吉他会让年轻男子心生不满。

陆一鸣明白，自古以来同行是冤家，就连要饭的乞丐都有自己的地盘，为了地盘大打出手乃是人之常情。他曾经有两个狱友就是两家小饭馆的小老板，因为饭馆开在对面，很自然地形成了恶性竞争。在一次矛盾中，他们大打出手，一个人瞎了一只眼睛，另外一个人腿瘸了。

陆一鸣跟随人流上了地铁，然后坐了一圈后又回到年轻男子旁边。这一次，他主动上前，先是拿出十块钱放到年轻男子前面的琴盒里，然后专心致志地听年轻男子唱。路上的行人来来往往，有留下零钱就匆忙走了的，还有驻足一两分钟的，只有他，完完整整把年轻男子唱的《像梦一样自由》听完了。

陆一鸣真诚地给年轻男子鼓掌，然后对着年轻男子笑。他刚才在地铁上想了很多，他脱离这个社会太久了，需要找一个和他相似的人做朋友。不光是因为孤独，最重要的是他的心灵需要沟通。毫无疑问，眼前这个年轻男子是最好的人选。他第一眼看到年轻男子的时候，他们的眼神穿过人群在空中交汇，就有一种亲切感传来。他很想知道年轻男子的故事，关于音乐的，关于生活的。

"怎么？你也是玩音乐的？"年轻男子朝陆一鸣笑了笑，把吉他放下来，拿起一瓶水"咕咚咕咚"喝下去大半瓶。

"算是吧。"陆一鸣友好地笑了笑，然后回答道。

年轻男子的头一扬，然后离开话筒位置，眼神里有挑衅的神情："来，来一首！"

陆一鸣把吉他拿出来，然后瞥了年轻男子一眼，缓缓地走到话筒跟前。

吉他前奏刚响了几小节，年轻男子的眼神就由挑衅变成了惊讶。陆一鸣演唱完一曲齐秦的《外面的世界》后，年轻男子惊呆了，嘴巴始终微张着。直到陆一鸣漫不经心地说"你的话筒很好用"，他的表情才恢复正常。

"我叫田毅，华夏音乐学院毕业，你呢？"年轻男子非常爽快地伸出手，做自我介绍。

陆一鸣的笑容僵住几秒钟，犹豫片刻说："我没上过大学，我叫陆一鸣。"

田毅突然感觉自己有些唐突，连忙说："其实上没上过大学不重要，玩音乐要靠天赋的。"

"说实话，我想跟你一起当流浪歌手，你看行吗？"陆一鸣直接把自己的想法说出来。

田毅认真地看了看陆一鸣："我最近组了一个乐队，缺一个架子鼓鼓手。如果你没问题，我们带你一起玩儿！"

陆一鸣点点头，认真地说："你们都什么时间练习？我得挣生活费，可能要打零工。如果不耽误，我当然愿意。"

田毅叹了口气说："白天我们也都是各谋生计，晚上一起在一个酒吧驻唱。至于练习吗，那就是随时随地，你不介意住得破的话，你跟我们一起住也行！"

"好，我跟你们一起住，告诉我地址，我回去收拾东西就过去找你们。"陆一鸣痛快地说。

田毅拿出手机熟练地打开微信："来，先加个微信，回去我给你发地址。"

陆一鸣突然愣住,他已经八年没有用过手机,微信他只听说过,之前他用的一直都是 QQ。最关键的是他根本就没有手机。

陆一鸣犹豫了一下,抬头郑重地看着田毅:"不瞒你说,我是刚放出来的。在里面待了八年,除了音乐一直没有放弃,其他的什么都不会。现在我还没有手机。"

陆一鸣想,既然要跟田毅住在一起,就要坦诚相见。他把实情说出来,如果田毅不能接受他,他也不怪田毅。但是如果不坦白,他会寝食不安,像是做错什么一样。

田毅再次认真地打量了陆一鸣一下,沉默了几秒后,走到他身边,把手搭在他的肩膀上:"兄弟,什么也别说了。帮我收拾东西,我先带你去住的地方!"

此话一出,陆一鸣感激地看着田毅。田毅给他一个鼓励的微笑,两人就开始收拾东西。

田毅和几个乐手住的是一个废旧的仓库,仓库里凌乱不堪,充斥着一种难闻的气味。

他们把东西放到刚进门的空地上。陆一鸣看到里面凌乱的桌子前坐着两个男人,一个高高瘦瘦留着卷发和小胡子,一个又矮又胖眼睛特别小。

两个男人正在喝着啤酒吃着烤串,看到田毅带了个陌生人来,矮胖男人结结巴巴地说:"毅哥,这人是谁?"

田毅拍拍陆一鸣的肩膀,介绍道:"今天地铁站认识的,他叫陆一鸣,从今天开始,他代替耗子,成为我们的架子鼓手。来!欢迎他的加入!"

陆一鸣友好地朝他们招招手。瘦高男人随意地自我介绍道："我叫凌厉，叫我凌子就行。贝斯手！"说完指着矮胖男人说，"他叫卓越，叫他小卓子。负责键盘。"

卓越拿了一粒花生米迅速朝凌厉扔过去："你也别客气，叫他小凌子，他家祖上是当太监的！"说完自己就笑起来。

其他人没注意这句话有什么不对，陆一鸣假装不明所以重复道："祖上是太监？"

这一下其他人都反应过来了，不约而同地哈哈大笑起来。

凌厉一边笑一边指着陆一鸣，道："这哥们有点儿意思，有点儿意思！"

第四章　乐队

　　四个人一起吃烤串、喝啤酒。田毅指着角落里一张破旧的大床，说："今晚你就睡那张床，肯定又大又舒服，有人才扔过来的！"

　　陆一鸣淡淡地笑了笑："今晚不去酒吧吗？"

　　凌厉插话道："今晚不去，明晚去。待会儿咱们把曲子练练相互熟悉一下，配合一下。"

　　陆一鸣看了看田毅，说："你们先吃着，我得去小旅馆拿东西。拿完东西，咱一起练。"

　　田毅把手里的烤串放到桌子上："走！东西不多的话，摩托车就能载回来！"

　　陆一鸣没有拒绝，坐上田毅的摩托车，很快就到了小旅馆。他从床底下的大箱子里掏出一个小箱子，然后又把小箱子打开，露出那个装有舞蹈鞋的粉红盒子。陆一鸣看了一眼盒子，又把盒子盖上，抱着小箱子走出屋门。

　　"只带这一件东西？"陆一鸣的举动被田毅看到，田毅觉得有些奇怪。

　　"嗯，我们走吧。"

陆一鸣把箱子紧紧地搂在怀里，像是盒子里装着稀世珍宝。

田毅的摩托车在一家手机店门口停下。陆一鸣狐疑地看着他走到柜台前。

这时候营业员走过来礼貌地对他们笑着说："两位先生，不好意思，我们已经停止营业了。"

"停止营业？这不明明开着门吗？"田毅毫不在意售货员的话。

"给我这哥们挑一款手机，只要不是老年机就行，能上网打电话就好，不用太贵。"田毅漫不经心地对售货员说。

"不好意思，先生，我们真的打烊了！"售货员不厌其烦地说。

陆一鸣也连忙拉住田毅的袖子："走吧，明天再来看。"

田毅刻意瞥了陆一鸣一眼，然后大声说："你看你这个怂样子，要说你杀过人谁会信啊！"

田毅的话是说给营业员听的，但陆一鸣却乱了分寸，他低着头不说话。

营业员的脸色瞬间变成了惨白色："先……先生，您要哪款呢？您随便挑！"

田毅心里窃喜，身体故意摇晃了一下，指着标价一千元的手机，说："就这个吧？"

"好好，那给您看看。"售货员时不时地偷瞄陆一鸣，陆一鸣却不动声色。

"不用看了，装好，我们带走！对了，给我装张卡！"说着，他就从牛仔裤的钱夹里掏出一千块钱。

"不……"陆一鸣连忙阻拦田毅，接着他把箱子放到柜台上，然后拿下双肩包，从牛皮纸袋子里往外拿钱。

田毅这时候已经将一千块钱递给营业员，他用手拦住陆一鸣：

"留着你的钱应个急，手机权当兄弟我送你的见面礼。等咱们挣了钱，给你换好的。"

陆一鸣只好收回自己的钱，他不想当众为了钱推来搡去，但他也不好意思让田毅给他买手机。所以，回到住处，进屋之前，陆一鸣还是把钱硬塞给田毅。

陆一鸣把箱子紧紧地搂在怀里，一进门，凌厉和卓越就盯着陆一鸣的箱子看。

"一鸣，什么好东西抱得那么紧啊？"凌厉好奇地问。

陆一鸣有一点儿慌张，连忙说："没什么，没什么……"

陆一鸣的反应激起了卓越的好奇心，卓越站起身来走到陆一鸣面前，趁陆一鸣不注意，猛然把箱子抢过来。陆一鸣连忙阻拦，可是卓越已经麻利地把箱子打开，粉红色的礼品盒跃入眼帘。卓越立即动手想打开礼品盒。陆一鸣上前一把扯过卓越的头，把他的头置于肘下。卓越的双手本能地胡乱比画，礼品盒被滑倒在地，一只鲜红的舞蹈鞋掉了出来，赫然出现在大家面前。

卓越被陆一鸣的胳膊夹得生疼，连忙求饶道："哥，你是我哥还不行吗？我不看了还不行吗？"

田毅和凌厉被陆一鸣的眼神吓了一跳，田毅连忙打圆场，道："自家兄弟，何必动手呢。一鸣，放开，放开。"田毅说着就用手去拉陆一鸣的胳膊。

陆一鸣看了看田毅，缓缓地松开卓越的头。这时候，凌厉连忙走上前去，试图捡起地上的舞蹈鞋。

"别动！"陆一鸣喊道。

凌厉抬头看了看陆一鸣严肃的面孔，放弃了捡鞋子，站起身，后退了几步。

"以后，谁也不许动一鸣这个箱子，听见了没？"田毅一边安抚卓越，一边说。

陆一鸣走到鞋面前，弯腰拾起鞋子，小心翼翼地把它重新装进礼盒，再把礼盒放到箱子里，然后抱起箱子走到自己的床边。他把箱子小心翼翼地放到床下一个角落里，还从床上随手扯过一条枕巾，盖在箱子上。

卓越刚刚被陆一鸣夹在肘下，面子上有些过不去，嘴里嘟囔道："你说你找了个什么怪人，一个大男人这么小气，就是想看看他的东西又能怎样？至于发那么大火吗？这样的人，我无法合作！"

田毅给卓越递了个眼色，拿起吉他，对大家说："好了，开练了，开练了！"

这间仓库的正中央就是他们的练习场地，田毅告诉陆一鸣，他们有时候也会在院子里排练。之所以选择住在这里，是因为这里没有人住，他们不管怎样折腾都不会扰民，也不会有邻居投诉。

卓越和凌厉不乐意地拿起自己的乐器，商量好唱哪首歌后，他们开始排练。

节奏是音乐的灵魂。架子鼓是节奏性乐器，也是情感性乐器，它可以称得上是现代乐队的核心。所以，陆一鸣的架子鼓一起，其他人也就紧跟过来。随着陆一鸣汗水和鼓棒在天空中飞扬，镲片和鼓皮在空气中震动，一首极好听的《飞得更高》落下帷幕。

卓越和凌厉显然被陆一鸣打架子鼓的技艺征服了。卓越主动跟陆一鸣握手言和，他说："好吧，我承认，你确实很厉害。但能不能求求你，别那么矫情、那么刻薄！"

陆一鸣看了看卓越，又看了看凌厉，抱歉地笑了笑，然后三个人都笑了。

田毅见状也高兴地对大家说："这就对了嘛，大家一起玩音乐，相互多多包涵。"

练了几曲后，田毅对陆一鸣说："这是你第一次参加咱们乐队的训练，谈谈对乐队的意见？"

田毅、凌厉和卓越都盘腿坐在地上，期待着陆一鸣的回答。

陆一鸣也席地而坐，他坐在三个人中间，然后就自己的看法说起来："兄弟们的技术自然没的说，但是我不知道我们选的这些歌是不是受欢迎。"

陆一鸣话一出，其他三个人都沉默了。

田毅叹口气说："我们之前也唱过几首自己的原创，但是酒吧老板总是对我们不满意，这个月马上就要结束了，其实明天是最后一次去酒吧演出。你来之前没告诉你，我是怕你不来。我就想着你来，我们或许还有翻盘的机会。大家都没别的本事，但至少也得保证有口饭吃才行。如果酒吧不跟我们续约，我们还得另想办法。"

田毅忍不住把实情告诉了陆一鸣，陆一鸣这才突然明白，为什么他说自己是坐过牢的，田毅却依然坚持带他过来。不过，田毅的想法和做法也无可厚非，面对生存压力，这都不算什么。

陆一鸣诚恳地看着其他三个人："咱们四个人中，最需要解决生存问题的恐怕是我。所以，如果大家信得过我，明天我来唱一首原创，怎么样？"

田毅他们知道，其实也没有更好的办法了，只能让陆一鸣试试。陆一鸣走到床铺前，打开双肩包，然后抽出来一沓乐谱，都是他在监狱里创作的。每创作一首，他都会唱给蒋雁南和其他狱友听。这些歌曲自然很受狱友们的喜欢，但陆一鸣不知道他的这些歌是不是大多数人都喜欢。

陆一鸣把乐谱拿过来，分成三份分别递给田毅、凌厉和卓越。

"你们以最快的速度浏览一下，每个人挑出两首来，咱们唱一下，然后再决定明天去酒吧唱哪几首。"陆一鸣郑重其事地说。

几个人一看到陆一鸣的乐谱顿时激动起来，他们迅速选了两首，然后就开始练习。当陆一鸣弹着吉他开唱的时候，凌厉和卓越眼睛里充满了希望。

那天晚上，他们练到夜里十二点才睡，他们都对陆一鸣的歌曲充满希望。田毅之前一直是队里的主唱，现在陆一鸣代替他，他心里虽然有一点点小吃醋，但是他一想乐队的未来，心里也就不在意了。

第二天他们又练习了一天。果然，晚上在酒吧，他们的歌一炮打响，不但酒吧老板非常满意，顺利地跟他们续了约，还赚取了客人几百块钱的小费。

他们兴奋到半夜两点都睡不着觉，田毅把今天的收入连同客人的小费一起数了数，一共是八百块钱，他们每人二百。由于这次演出成功，酒吧老板让他们每天都去酒吧演出，晚上十点到一点，每天三个小时，报酬是每晚一千。

他们知道，这样的收入对一个乐队来说简直少之又少，可是他们没有拒绝，因为他们都需生存。四个热爱音乐的小伙子，也只会玩音乐，其他他们一窍不通。

第二天，他们都睡到十二点钟才起床。田毅要去地铁站唱歌，凌厉和卓越也都有不同的唱歌地点。

田毅是最后一个要出发的人，他迈出门口时，回头对陆一鸣说："走吧，我先带你去买一支话筒。"

陆一鸣露出为难的情绪，他低着头小声说："我怕我的钱不够。"

"走吧！"田毅不由分说拉着陆一鸣就往外走。

田毅帮陆一鸣挑选的话筒、音箱、谱架等简单设备，加在一起一共花了一千八。陆一鸣除了买手机的钱，剩下的钱正好够，所以他没让田毅帮他付钱。不过，他付完账后，口袋里只剩下几十块的零钱。好在他马上也可以像田毅那样，去地铁站唱歌挣钱。

他们路过一个潮男服装店，田毅硬是把陆一鸣拖到店里，给他挑了一件 T 恤衫、一条牛仔裤。

"你别跟我客气，你看你穿的格子衫和牛仔裤都是好多年前的款式了，权当是乐队投资了，以后赚钱还要靠你呢！"

走出服装店，陆一鸣和田毅商量好唱歌的地点以及晚上回家的时间，然后便分开了。

第五章　遇见故人

陆一鸣为了不影响田毅的收入，选择离开地铁站，来到一个小广场的大树下。

广场上来往的行人并不多，三点钟的太阳还很毒辣，他唱了几首后，只有几块钱的收入。他刚想离开这里去上次的天桥，这时候看到一群小学生迎面走了过来。

陆一鸣连忙拿出篪来演奏，不一会儿，他身边就围了很多小学生。一曲过后，小学生们不约而同地为他鼓掌，他亲切地和小学生们交谈。

"小朋友们知道叔叔刚才演奏的是什么乐器吗？"陆一鸣微笑着看着天真烂漫的孩子们。

孩子们异口同声地说是笛子。陆一鸣摇摇头，细心地跟孩子们讲解起来。

"这个长得像笛子一样的乐器叫作篪。它是横着吹的，虽然它也是竹子制作的，不过呢，它的两端是封闭的……"陆一鸣一边讲解，一边又拿出一支笛子跟学生们对比着讲。

"叔叔，您能用这个篪再为我们演奏一曲吗？"一个小男孩期待地看着陆一鸣。

陆一鸣的目光落到小男孩身上，小男孩背着一把吉他，看起来对篪很感兴趣。

陆一鸣自然不会拒绝，愉快地吹奏起篪来。这时候，广场上陆陆续续出现了一些大人，看得出，这些人都是来接孩子的。

"浩浩！"随着一声喊叫，刚才让陆一鸣再吹一曲的小男孩回过头去，他把中指放到唇边，示意喊他的人不要出声。

来人是个梳着马尾辫的女孩，长得高挑白皙，她的目光随着浩浩的注意力转向陆一鸣。她上下扫视了陆一鸣一遍，突然惊喜地叫道："一鸣哥！你真的是一鸣哥吗？"

陆一鸣缓缓地放下篪，诧异地看着眼前的女孩。女孩的眉眼有一点点熟悉，但是他确定自己不认识女孩。

"姑娘，你刚才是在叫我吗？"陆一鸣狐疑地看着眼前的女孩。

"是啊，一鸣哥！"女孩兴奋地点头。

"我们认识？"陆一鸣努力搜寻记忆，却怎么也想不起来。

此时孩子们已经纷纷被家长叫走，女孩儿拉着浩浩上前两步，然后意味深长地看了看陆一鸣，说话声音低沉了下来："一鸣哥，你不认识我，但我认识你。我是倪阿蒙的妹妹，倪秋雨。"

陆一鸣突然不知道要做何反应，只是呆呆地看倪秋雨，更不知道说什么，浑身感到不自在。

"哦……你……你怎么在这里？"陆一鸣吞吞吐吐地说。

倪秋雨看出陆一鸣的紧张，安慰他道："一鸣哥，你不用紧张，我爸他是罪有应得，只是浪费了你八年的大好青春。"

倪秋雨的话令陆一鸣大为震惊，虽然当时他杀死倪大力令很多人拍手称快，大家也都为陆一鸣感到惋惜，觉得陆一鸣这么年轻去坐牢很不值。但那毕竟是她的父亲，面对杀父仇人，她竟然是这样的态度，这令陆一鸣倍感意外。

陆一鸣怔了一下，回过神来："阿姨……阿姨她还好吗？"

倪秋雨的眼神突然暗淡下来，但很快又微笑道："一鸣哥，你还不走吧？这样，我把这孩子送回家，待会儿来找你！"

"好，我还不走。"陆一鸣腼腆地笑了笑。

"秋雨姐姐，你认识这位大哥哥啊？你能不能跟他说说，让他教我演奏篪呢？"浩浩用恳求的眼神望着倪秋雨。

陆一鸣看着浩浩，用手摸了一下他的小脑袋瓜："你喜欢这个？"

浩浩点点头："我觉得篪的声音很好听，我想学！"

"那好，叔叔免费教你。只是不知道你什么时候有时间呢？"陆一鸣又摸了摸浩浩的小脑袋瓜。

"一鸣哥，没记错的话，你是刚出来吧？有时间教他吗？你生活费怎么解决啊？这样吧，我回去跟他爸说，你少收他些钱就行了。"

"不，不，教这个我是不收费的，我老师教我的时候也是免费的，为的就是把这个乐器传承下去。现在会这个的人都不多了，面临失传。"陆一鸣解释道。

"一鸣哥，你说你……"倪秋雨被陆一鸣这种精神感动了。她一看便知陆一鸣目前的生活境况，有些无奈地摇摇头。

"不过，如果他真学的话，能不能就在这里授课？一方面，你也知道我的身份，不方便去别人家；另一方面，我想公开授课，便于更多的人学习。"陆一鸣把真实的想法告诉倪秋雨，让她知道自己是非常乐意收浩浩这个学生的。

"我是浩浩的家庭教师，白天一般都是我带他，这个点他爸应该下班了。一鸣哥，你等我，我去去就回。"倪秋雨说完就拉着浩浩向前走去。

接孩子的家长一拨接一拨，但人都不是很多。观察了一会儿，陆一鸣发现在广场的角落里有一个类似于少年宫的私人培训班。招牌上写着：吉他、绘画、书法等。

趁着家长和学生多的时候，陆一鸣把收钱用的琴盒盖起来，然后连续吹奏了几首篪。很多学生和家长都对篪表现出浓厚的兴趣，纷纷问他这是什么乐器，他也趁机普及篪的知识。

讲完这些，陆一鸣还诚恳地跟家长说："小孩子如果喜欢，我可以免费授课。这样吧，每天下午四点到五点，我都会在这里授课。有喜欢这个乐器的小朋友可以随时来学哦！"

这时候，人群中冲出来一个二十多岁的女孩，趁陆一鸣不注意，一把抓住他的篪，气愤地说："你什么意思啊？在我们兴趣班门口办免费的学习班？你哪个学校毕业的？你这人怎么能这样啊！"

陆一鸣被这突如其来的责怪吓了一跳，他连忙道歉道："不好意思啊，我才发现这里是个培训机构，下次我离这里远点儿，真是抱歉！"

"抱什么歉！在你家门口了吗？城管都不管你管得着吗？"不知道倪秋雨什么时候回来的。此刻她已经挡在陆一鸣前面，朝对面的女孩大吼起来。

"这……这就是我家门口……"女孩儿被倪秋雨震慑住了，说话有些吞吞吐吐。

倪秋雨顺手从女孩臂弯里抽出来一张宣传单，用手举得高高的："知不知道，乱发小广告是违法行为！"说着她把手里的传单放下来扫了一眼，然后继续说，"学个破吉他，每月五百块！抢劫呢？

信不信我现在就把物价局的人找来，好好查查你们！"

女孩这下慌了，转身冲出人群跑开了。倪秋雨手里攥着传单捂着肚子"咯咯"地笑起来。

陆一鸣看看时间，已经六点了。他开始收拾东西准备回去，倪秋雨上前帮他收拾。

陆一鸣收好话筒架，蹲下身子，掀开琴盒。当他看到琴盒里零零散散的零钱时，神色突然暗下来。琴盒里的零钱一目了然，加在一起大概有五六十元。他蹲下身子，把零钱整理了一下，然后对正忙碌的倪秋雨说："不介意的话，晚上请你吃拉面吧？"

"好啊，我知道一家拉面馆，面特别好吃，我带你去！"倪秋雨兴高采烈地说。

倪秋雨把陆一鸣带到一条破旧的小吃街，街上行人络绎不绝，他们很快就到了一家兰州拉面馆，卖拉面的大婶热情地跟倪秋雨打招呼。

"你常来这里吃吗？你在这里上学还是打工？"两个人坐在对面，陆一鸣好奇地问道。

"我就在附近的大学读书，放暑假了，就四处打打工挣点儿学费什么的。"倪秋雨随意地说。

"那……你姐和阿姨呢？"犹豫片刻，陆一鸣终于提到了倪阿蒙。

倪秋雨有瞬间的失神，顿了顿说："当年出了那样的事后，我们家在村里根本没法儿待。正好你们那边赔了三十万块钱，我们就在高阳市的郊区买了一套小户型的房子，房子很小，只有四十多平方米，我们挤挤还是够住的。我姐半工半读地读完大学，大学毕业后就考进这边一家艺术团做了舞蹈演员，主要是伴舞。我姐很忙，经常不着家。"

"那……阿姨身体好吗？"陆一鸣其实是想问倪阿蒙现在过得怎么样，可是却不知道怎么开口，只好旁敲侧击。

"我妈得了严重的肾病，身体一天不如一天，每个月都要透析好几次。我姐每月只有三四千的工资，根本不够家里的花销。所以，我必须寒暑假打工才不至于卖掉房子。"倪秋雨把家里的状况和盘托出，因为她觉得陆一鸣是知根知底的人，没有什么好隐瞒的。

陆一鸣低着头不说话，过了一会儿，抬起头对倪秋雨说："秋雨，你别着急，以后我挣了钱会帮助你们的，不管怎么说，是我害得你们流落他乡的。我平时做流浪歌手挣不了多少钱，晚上和几个朋友在一家酒吧驻唱，收入虽然不多，但能帮多少算多少吧！"

"不，不，一鸣哥，我跟你说这些不是那个意思。你也知道，即使现在情况艰难，也比我们之前好多了。之前我爸在的时候，经常输得家里揭不开锅，吃了上顿没下顿，我和我姐经常挨饿。我姐上高中的时候，要不是亲戚朋友接济，她根本念不到毕业。现在我上大学虽然也是半工半读，但是已经好多了。一鸣哥，你现在的情况还不如我们呢，说实话，当年的事情表面上是我们家死了人，可是真正家破人亡的是你们家。阿姨和叔叔的事传出来后，我内疚极了。要不是我爸，你现在也不会变成这个样子……"

说到这里，倪秋雨和陆一鸣都沉默了，深深的自责让陆一鸣心痛。不管怎样，所有的一切，都是他的责任。

吃完饭，陆一鸣和倪秋雨交换了手机号，然后在交叉路口二人分开走了。

陆一鸣背着吉他向前走，突然又听见倪秋雨喊住他。

陆一鸣转过身，看到倪秋雨跑到他面前，忽闪着大眼睛问他，

"一鸣哥，你不要我姐的手机号吗？"

陆一鸣看着气喘吁吁的倪秋雨，淡淡地笑了笑："以后再说吧。你早点儿回去吧，小心点儿。"说完头也不回地继续向前走去。

吃完饭，已经八点多了，陆一鸣其实很累了，可是他不能休息，他得想办法多挣点儿钱。他来到过街天桥，又开始弹唱起来。

好在只要唱歌，陆一鸣就会感觉身心愉悦，他喜欢晚上唱歌的感觉，看不清楚周围人的脸，周围的人也看不清他的脸，他们只为音乐驻足，而他也只为音乐陶醉。

连续弹唱几首歌后，他把琴盖盖上，向周围的听众讲述篪的相关知识。既然答应了蒋雁南要好好地将篪传承下去，他就一定会坚持下去。

大概九点多，他收拾好家伙，回到住处。田毅他们都已经回来了，在数今天的收入。

陆一鸣把东西放好后，也把今天的收入摊出来，认真地把零钱码在一起。

田毅走过来问道："今天怎么样？有多少？"

陆一鸣淡淡地说："一百多块。"

"不是吧！"田毅露出不可思议的表情，"我们仨谁都是二百块往上，你比我们唱得都好，怎么会这么少？"

陆一鸣再次淡淡地笑了笑："不知道，少就少吧，积少成多就好了。"说着，他把零钱放进床下用枕巾盖着的箱子里。放好后，又小心翼翼地盖好。

第六章　家庭教师

晚上，酒吧的账结完，陆一鸣又把钱放到那个纸箱子里，身上只留很少的钱。

第二天早上，田毅他们三个还在呼呼大睡，陆一鸣却七点就起来了。尽管他只睡了五个小时，但是人还很精神。他在监狱浪费了太多时间，所以，一定要比别人更勤劳，他现在想不了太多，理想什么的离他太遥远，但只要看到纸箱子里的钱一点点增多，他就会开心。

为了增加收入但又不影响田毅的收入，他步行找了相对远一点儿的地铁站。中午，他简单地吃一点儿，在地铁站靠墙休息了一会儿。下午四点钟，他又准时出现在小广场。

这次，陆一鸣刻意离培训班远了一些。孩子们出来之前，他弹奏了几首吉他，跳广场舞的大妈们围着他听得津津有味，但没有一个人给他钱。尽管这样，他每唱完一首歌，都会向大妈们深深地鞠个躬。偶尔有接孩子来得早的家长会阔绰地扔下十块二十块的。

不知道什么时候，倪秋雨也站在人群中，她微笑着欣赏陆一鸣唱歌，脸上露出灿烂的微笑。

　　几首歌曲后，倪秋雨递过来一瓶水，陆一鸣"咕咚咕咚"喝下去大半瓶："你今天怎么这么早？"

　　"来听你唱歌啊。"倪秋雨笑着说。陆一鸣笑了笑，把剩下的半瓶水喝完，然后拿出手机看了看时间，低下头把收钱用的琴盒收起来，从包里拿出箫，认真地吹奏起来。

　　一曲过后，人群里有人鼓掌。陆一鸣朝鼓掌的人微微一笑，正打算接着吹，就被刚才鼓掌的人打断："小伙子，你吹得真不错！"

　　说话的是一个三十几岁的高壮男人，脸上始终保持着如沐春风的微笑："你好，我叫秦建斌，是浩浩的爸爸。昨天浩浩回家就跟我说他遇到了一个会吹箫的叔叔，正好今天没事，就让秋雨带我来认识一下。"

　　"秦先生，您好，浩浩想学就让他学，喜欢吉他的孩子乐感一定不错，我很乐意教他。"陆一鸣笑着说。

　　这时候，有一群孩子走了过来，其中就有浩浩。倪秋雨把浩浩带到陆一鸣这里，专心地听陆一鸣吹奏箫。吹完几曲，陆一鸣又不厌其烦地普及箫的知识。可是，不管是学生还是家长，只是单纯愿意听他吹奏，真正停下脚步认真听他讲的人少之又少。而且除了浩浩之外，再没有愿意学习吹奏箫的孩子。

　　下午五点多的时候，陆一鸣收拾家伙准备离开，令他惊讶的是秦建斌、倪秋雨和浩浩一直都在。他刚才演奏和讲解都太投入，已经忘记了他们没走。

　　几个人动手帮陆一鸣收拾东西，秦建斌对陆一鸣发出一起吃晚饭的邀请："小陆，我想和你一起吃个晚饭，商量一下浩浩学箫的事情，你看怎么样？"

　　陆一鸣稍稍愣了一下，看了看倪秋雨。倪秋雨对他点点头，他也随着点点头说："那好吧，秦先生。"

陆一鸣跟随倪秋雨还有浩浩上了秦建斌的车，车子很快停在一个小区门口。

秦建斌对浩浩说："浩浩乖，我跟陆叔叔有事要谈，你先跟倪老师回家，待会儿我打包晚餐回来给你们吃。"

浩浩乖乖地点点头，倪秋雨朝陆一鸣笑笑，然后带着浩浩下了车。

车子很快停在一家高级餐馆的门口，秦建斌找了个车位停了车。陆一鸣突然心里有些不安，他腼腆地对秦建斌说："秦大哥，我突然想起来，我待会儿还有事，就不和您一起吃饭了。您有什么事就在车上说吧。"

"你看，来都来了，我都定好餐了，不吃也就浪费了。怕你不好意思，我没点太多，你就赏个脸吧，好不好？"秦建斌笑吟吟地说。

"那……那好吧。"陆一鸣难为情地笑了笑。

服务员过来招呼秦建斌，带他们来到挨着窗户的位置坐下来。过了一会儿，秦建斌订的菜上来了，他们一边吃一边聊。

秦建斌微笑地看着陆一鸣："小陆，你知道我为什么不带秋雨和浩浩一起来吃饭吗？"

陆一鸣满脸狐疑地看着秦建斌，然后机械地摇摇头。

"你的事秋雨都告诉我了，我担心当着孩子的面跟你谈不太方便，所以就让他们先回去了。"秦建斌开门见山地说。

"哦，关于浩浩学吹奏篪，您是怎么想的？"陆一鸣也开门见山地说。

"我听秋雨说，你愿意教浩浩学篪，却不愿意到我家里去授课，也不收费，对吗？"

"是的，我想原因倪秋雨可能也跟您说了。"

"是，她说了，但我就是有点儿不太相信。现在的社会还有你这样的人，单纯为了传承民间乐器，而放弃物质回报。所以，我想亲自见见你。"秦建斌嘴角始终挂着微笑。

陆一鸣夹了一口菜，慢慢地咀嚼，眼神偷偷地观察着秦建斌。秦建斌是个商人，这个倪秋雨跟他说过，但是秦建斌的身上却没有铜臭气。所以，他对秦建斌的印象还是挺好的。

"您很重视对浩浩的培养，浩浩有您这样的父亲真是好福气。"陆一鸣真诚地赞赏道。

"小陆，我也不想兜圈子。我儿子在音乐方面特别有天赋，他才七岁，钢琴和手风琴就都已经到了八级，还有吉他、架子鼓学得也很好，但是我一直找不到合适的老师。谁知道阴差阳错的，浩浩居然碰到了你，非要跟你学篪。刚才你也看到了，来来往往的家长和小朋友看热闹的比较多，根本没人对这个陌生的篪感兴趣。再说了，谁愿意让自己的孩子大夏天在露天地晒着学东西？现在的孩子都是宝贝，上下学都是车接车送，生怕受一点儿委屈。所以，我想，还是请你到我家里去教浩浩。至于你的顾虑，你完全不用担心。浩浩的妈妈五年前就和我离婚了，我自己带着浩浩生活。我白天公司忙，所以才聘请了秋雨当浩浩的家庭教师。你和秋雨又认识，来我家没什么不方便嘛，对不对？"

"可是，我还是想让更多的人听到我演奏篪，即便是小范围内推广一下。"陆一鸣如实回答道。

秦建斌笑了笑，然后继续说："你看啊，你那样泛泛地推广能有什么效果呢？要想让这个乐器传承下去，必须要有人学到它的精髓才行，所以，重点培养才更关键嘛。还有啊，你这个是要收费才行，哪一个家长愿意把自己的孩子交给一个免费的老师啊，这跟去医院做手术一样的道理，如果一个医院免费治疗，哪个患者的心里能踏实呢？所以，你付出劳动，收取报酬，这是很必要，也很合理的。"

听了秦建斌这番话，陆一鸣不由自主地点了点头。

秦建斌接着说："也不给你太多，每天一小时的课，每节课二百块钱，你看怎么样？"

陆一鸣突然反应过来，连忙推辞道："不，不，我真不能收费。当初我老师教我的时候也是义务的。"

秦建斌见陆一鸣这样固执，无奈地摇了摇头，叹了口气说："小陆啊，你还真固执。这样吧，你在家教孩子弹吉他吧，我看你吉他水平也很高，你教吉他收费，应该是理所当然的了吧？这样也省的秋雨带他到外面去学习了。"

陆一鸣脸上露出笑容，点点头："谢谢秦先生给我这次机会，谢谢您不介意我的过去，放心地让我教孩子。"陆一鸣说完，站起身向秦建斌深深地鞠了一躬。

秦建斌脸上自始至终都挂着微笑："你和秋雨商量具体的上课时间。总之，浩浩文化课的部分就拜托给秋雨，乐器呢就拜托给你了。"

饭后，秦建斌开车把陆一鸣送到过街天桥。

陆一鸣对秦建斌的印象非常好，先不说他对孩子的教育如此重视，单单他的谈吐就已经很令人崇拜。

这天在天桥上，陆一鸣吉他弹唱了一个多小时，收起琴盒后，只吹了三首篪的曲子，就被田毅打电话叫回去了。

陆一鸣今天唱得有点儿多了，再加上天气有些干燥，所以他的嗓子有一点嘶哑。回到住处，才八点半，离去酒吧演出还有一个多小时。排练前，他对田毅说："今天你主唱吧，就唱我第一天唱的歌。我今天唱得有点儿多，嗓子不太舒服。"

田毅无奈地看了看陆一鸣，说："一鸣，我们是靠嗓子吃饭的，真的不能为了挣钱把声带累坏了。如果累了的话，就光弹吉他，就不要总唱，知道吗？"

"哦……"陆一鸣表面上云淡风轻，但心里却百感交集，原来是他太死板、太实诚，一点儿都不懂得变通。他和田毅他们一起生活了几天，他发现自己总是不能跟上他们的思维和步伐。很多时候，他们谈论的事情他都听不懂，他们嘴里提到的东西，他也从来没见过。

从酒吧回来，陆一鸣看到倪秋雨给他的微信留言，让他给她打电话，商量一下浩浩的授课时间。

陆一鸣今天的收入很不错，包括酒吧的收入，一共有五百块。他兴奋地把纸箱子抱出来，然后把里面的钱也都拿出来，连同今天赚的，勉强凑了一千块。他打算把这一千块钱交给倪秋雨，用来解决倪母的药费。

第七章　相逢不如初见

第二天早上，阳光已经很刺眼，陆一鸣走在去浩浩家的路上。他和倪秋雨定的是早上九点开始授课，十点钟结束。结束后他还要去天桥唱歌。

陆一鸣八点就出发了，为的是能走路去浩浩家，一来可以锻炼身体，二来还能节约公交车费。

陆一鸣在路边买了两根油条，一边走一边吃，走着走着，看到一大波人聚集在一起，走近一看，原来是卖家具的店铺在举办商演。台上有一个身材姣好的女人正跳着热辣的舞蹈。女人化着浓妆，嘴唇红得像是要滴下鲜血来，下面穿着超短裙。舞蹈虽然有些俗艳，但是能看得出女子扎实的基本功。

陆一鸣实在受不了女人搔首弄姿的动作，刚要转身走，却无意中瞥见了女人的脸。女人的披肩直发因为舞蹈动作打在脸上，遮住大半个脸，眼神十分妩媚，可是她的眉眼脸形像极了一个人。陆一鸣的心顿时怦怦地跳了起来，他停下脚步，仔细观察了一下，没错，这个女人居然是倪阿蒙！

台下的男人们冲着倪阿蒙吹着口哨，还说着一些不堪入耳的玩笑。陆一鸣的大脑顿时炸开，倪阿蒙怎么可以当众跳热舞！

他的女神，他朝思暮想了八年的暗恋对象怎么可以这样放纵自己！

陆一鸣顾不了那么多，就像当初拿刀捅向倪大力那样不理智。他上前几步，一跃到了舞台上，然后，不由分说拉起倪阿蒙的手就向台下走去。

台下顿时一片混乱，所有人的目光都追随着陆一鸣和倪阿蒙。有人追了过来，但是陆一鸣管不了那么多，他用力拉着倪阿蒙向前跑，直到他再也跑不动了，停下来喘着粗气。

倪阿蒙也喘着粗气，用手将了将贴在唇边的头发。她猫着腰，两只手撑在大腿上，抬起头一看，这才看到陆一鸣的脸。她的脸立刻僵住了，眼睛一眨不眨地看着陆一鸣，嘴唇微微颤抖，说不出一句话来。

陆一鸣逐渐站直身体，努力调整了一下自己的表情，然后深深地叹息一下说："没想到是我，是吗？"

倪阿蒙眼里的泪水在眼眶里打转，只要她轻轻眨一下眼睛，眼泪就会滚滚而下。她扭过头去，眼泪立刻争先恐后地掉下来。

陆一鸣缓缓地伸出手，当他的粗糙的手掌就要触碰到倪阿蒙厚厚的脂粉时，倪阿蒙却把他的手一把打开："你凭什么管我？"倪阿蒙怒视着他，像一头难以驯服的小狮子。

"你不是在舞蹈团工作吗？为什么在大街上跳热舞？"陆一鸣狐疑地看着倪阿蒙，语气中不敢有一丝责备。

倪阿蒙冷哼一声，抬起头半眯着眼看着陆一鸣："我哪有你那么好的命，在里面只管自己就好了，不用管其他人的死活！"

"蒙蒙，我……我对不起你，也对不起阿姨，我……"陆一鸣有太多的话要说，有太多的"对不起"要说，但是他不知道从哪里说起。

"啪！"一个耳光落在陆一鸣的脸上，倪阿蒙的嘴唇依然在发抖："你八年的牢饭白吃了吗？是！你是对不起我，对不起我妈，也对不起你的父母。可是你想过没有？你最最对不起的，是你自己！当你把刀子插向我父亲的时候，你想过你的未来吗？想过我们的未来吗？"她的音调越来越高，甚至有些歇斯底里。

陆一鸣低头不语。当初，他把自己和倪阿蒙的未来规划得特别美好，他们好好念大学，毕业就结婚，然后生一对漂亮的儿女，他教男孩弹吉他，她教女孩学跳舞……

"蒙蒙，对不起……"陆一鸣低着头，声音有些哽咽。

倪阿蒙用劣质演出服的袖子抹了一把眼泪："我要回去给我妈挣医药费了，没工夫跟你在这里念旧！"说完她转身就走。

陆一鸣连忙上前两步，拉住倪阿蒙的胳膊。

倪阿蒙回头看着陆一鸣，见他抓着自己的手臂，见他不敢直视自己，他的目光有些闪躲，然后慢慢地松开自己，嘴唇紧紧地闭着。

"你还有什么事吗？"倪阿蒙冷冷地问。

"我……我想帮你负责阿姨的医药费。"陆一鸣一边说着，一边从双肩包里掏出一个牛皮纸信封，这是他早上刚整理好的一千块钱。陆一鸣把信封递给倪阿蒙。

倪阿蒙接了过来，用手撑开信封望了一眼，冷哼一声道："还是留着你花吧，我走了！"

倪阿蒙松开牛皮纸信封，陆一鸣并没有去接。顿时，红的、绿的大大小小的钞票洒落了一地。倪阿蒙头也不回地离开了，留下陆一鸣呆呆地望着她的背影，直到她消失不见。

良久，陆一鸣蹲下身来，从地上一张一张地捡起钱。

陆一鸣紧闭着双唇把钞票重新整理整齐，然后去了浩浩家。

敲开浩浩家门的时候才八点四十分，倪秋雨帮陆一鸣开门，笑容满面地迎接他进来。

倪秋雨看出来陆一鸣的脸色不好："一鸣哥，你怎么了？"

陆一鸣站在刚一进门的脚垫上，示意倪秋雨给他拿一双拖鞋。

倪秋雨连忙从鞋架上拿了拖鞋，弯腰放到陆一鸣面前。

"一鸣哥，浩浩在做卷子，九点我再让他出来，你先休息一下。"倪秋雨带着陆一鸣在沙发上坐下。

倪秋雨倒了一杯水放到陆一鸣跟前。陆一鸣的手里还拿着装钱的牛皮纸袋，他把牛皮纸信封推到倪秋雨面前："秋雨，这里边只有一千块钱，是我这几天的收入，你拿去帮阿姨交药费。我出来的时间还太短，钱挣得还太少。不过，过几天我多攒些，医药费应该不是问题了。"

"不，一鸣哥，我怎么能要你的钱呢？你还是攒着吧。再说叔叔的身体也不好，你也得攒着这些钱，以便应个急什么的。"倪秋雨又把信封推回到陆一鸣面前。

陆一鸣继续说："秋雨，别跟我客气，如果不是我……阿姨这会儿也不至于连个照看的人都没有。你们姐俩都要出来打工，阿姨一个人在家，行吗？"

"我妈还好，虽然不太灵活，但自理还是勉强可以的。"倪秋雨淡淡地笑着说。

陆一鸣难为情地低下头："我其实应该去看看阿姨的。但是，你也知道，阿姨见了我肯定特别激动，我也不能为你们做些什么，所以这点儿钱你就别推辞了。不过，别跟阿姨和你姐提钱是我给的，我担心她们不接受。"

倪秋雨默默地点点头，她知道陆一鸣是想为自己犯下的错赎罪，接受他的钱能让他减轻罪恶感。所以，她也就不再推辞。

"秋雨，秦先生给浩浩买了簏吗？"陆一鸣这才开始打量秦建斌家的客厅。客厅装修得豪华但不奢侈，大气却还很典雅，复古的装修风格彰显出主人的低调和谦和的品位。

"一鸣哥，你跟我来。"倪秋雨站起身，向楼梯走去。原来这栋房子是一个跃层，客厅的角落里有一个通往楼上的楼梯。

陆一鸣看了看时间，以为倪秋雨要带他参观秦建斌家的豪宅。他抬头看了看时钟，八点四十八分，时间足够，他跟着倪秋雨上了二层。

陆一鸣的脚刚一出楼梯，就被眼前的景象惊呆了，他面前的客厅简直就是一间乐器展览馆。地上放着的，墙上挂着的，都是乐器，不仅有市面上流行的西洋乐器，就连中国的古典乐器也是应有尽有。

陆一鸣惊讶地看着倪秋雨："秦先生喜欢收藏乐器？"

倪秋雨摇摇头："据说秦大哥的父亲是个音乐家，不但喜欢收藏乐器，还会演奏各种中外乐器。"

"哦。"陆一鸣坐在一架钢琴的琴凳上，抬头惊讶道，"那秦先生为啥还请我教他儿子呢？难道老先生过世了？"

倪秋雨笑着摇摇头："关于他家老先生的话题是个禁忌，我和宋姐也从来不敢打听，只知道他父亲是个音乐家，应该是很有名气的那种。"

宋姐是秦建斌雇来帮忙打理家事的阿姨，年纪大概四十多岁，平时和倪秋雨的关系比较好。

陆一鸣不由自主地点点头，他突然想起自己的老师蒋雁南，如果这个收藏室是蒋雁南的，倒是很合理。可是，蒋雁南姓蒋，而眼前这家人姓秦，连姓都不搭。

"一鸣哥，到时间了，你自己找一下篪在哪里，我去叫浩浩。"倪秋雨说完就下楼去了。

陆一鸣从墙上挂着的众多乐器里找出来一支篪，他简单试了试音，浑厚、庄重而典雅的声音彰显出这把篪的优质。

所谓埙篪相和，书桌上的埙吸引了陆一鸣的视线。出狱前，蒋雁南已经教给他的基本演奏技巧，但还没来得及加强练习就出来了。所以，此刻的陆一鸣看到埙，自然有些手痒。

陆一鸣放下篪，拿起埙，吹奏了几个简单的音。

"哇！陆叔叔，您真是太棒了，这个您也会吹啊！"

陆一鸣转过头，浩浩正用崇拜的目光注视着他。他难为情地笑了笑，放下埙，把浩浩拉到跟前。

"浩浩，先给叔叔弹一段钢琴，我先听听你的节奏感，好不好？"陆一鸣耐心地拉过浩浩的小手，把他引到琴凳上。

浩浩熟练地掀起盖着平绒布的钢琴，认真地弹奏起《莫扎特奏鸣曲》。这是钢琴八级考试曲目，陆一鸣在监狱里也练习过这首曲目。他记得当时蒋雁南说，他出狱后可以考级，但是要一步一步来，以他的技术，考到八级没有问题。

浩浩的钢琴技艺精湛，一首《莫扎特奏鸣曲》弹得行云流水，听得陆一鸣目瞪口呆。陆一鸣欣慰地点点头，笑着对浩浩说："以你的乐理知识和对乐器的掌握程度，我教你基本的篪的入门知识，你自己应该就可以独自练习了。"

浩浩听到陆一鸣夸奖他，不由自主地"嘿嘿"笑起来，抬头看着陆一鸣："我爸说让我必须好好学篪。但是，叔叔，我想学的乐器好多哦！"他指着墙上挂着的和地上陈列的乐器说。

"那要一样一样来哦！叔叔会几样，我可以一一教给你。"陆一鸣笑着说。

果然，浩浩学习篪很轻松，陆一鸣教给他最基本的知识和技巧，他很快就能领悟。一个小时后，他们被倪秋雨叫回到客厅。

"稍微休息一下，把吉他课也上了吧，省得下午你还要来回跑。"倪秋雨趁着浩浩练习篪的时间，把浩浩刚做的题看了一遍。这时候，她刚放下笔，跟陆一鸣商量道。

"好，好！"陆一鸣连忙应声，可是想到浩浩才七岁，他有些担忧地问倪秋雨："浩浩这么高强度地练习乐器，又要学习，他受得了吗？"

浩浩这时候从卫生间出来，满脸无可奈何地对陆一鸣说："叔叔，您真理解我。我就是不想写作业，也不想做卷子。可是我爸爸说，如果不好好写作业做卷子的话，就不让我学乐器。"说完，他又委屈地嘟起嘴巴。

陆一鸣惊讶起来，学习乐器是非常枯燥的事，他比谁都明白。即使自己从小喜欢吉他，但是也有过无数次因为枯燥乏味想放弃的念头。眼前的浩浩应该就是传说中的音乐天才。

宋姐端过来一盘西瓜，他们吃了一些，就又继续学吉他。浩浩学吉他才半年时间，但是已经会弹很多首曲子，陆一鸣授起课来自然轻松不少。陆一鸣想了想，除了吉他和篪，他能勉强教教浩浩，恐怕别的乐器，浩浩都可以当他的老师了。

上午十一点多的时候，吉他课也结束了，陆一鸣下楼要走，倪秋雨挽留道："秦大哥交代过，说你随时可以留在这里吃饭，赶上哪顿吃哪顿。我一般白天一整天都在他们家陪浩浩，有时候秦大哥出差我一住就是好几天。你只是在这儿吃个饭，没问题的，你就别客气了！"

陆一鸣连忙推辞："不了，我还得赶着去天桥唱歌，你们吃吧，我在外面随便买点儿就行了。"

浩浩也再三挽留陆一鸣，他也坚决拒绝了。

其实吃不吃饭无所谓，陆一鸣倒是特别想借用秦家的钢琴。他要是考级的话，自己根本没有钢琴可以练习。这样的想法在陆一鸣的心中非常强烈，但是，他觉得不可能，即使秦建斌允许他使用钢琴，他也不会用的，因为秦家的钢琴太昂贵了，看起来至少要几十万。

八年的监狱生活教给陆一鸣太多东西，他懂得珍惜，懂得付出，更加懂得机会的来之不易。

第八章　八年，沧海桑田

　　走在大街上，陆一鸣突然觉得自己是世界上最幸运的人，有几个人坐牢八年能遇见蒋雁南那样的音乐家？能遇见那样好的监狱长给他和蒋雁南申请每天练乐器的时间？

　　毒辣的阳光炙烤着大地，陆一鸣突然觉得自己完全不必自卑。他是蒋雁南的学生，不仅吉他弹得好，还会好多其他乐器，流浪歌手虽然挣钱不多，但是他完全可以腾出时间创作音乐……

　　有了这个想法，陆一鸣连饭都没吃就赶到天桥，他没有立即唱歌，而是趁着有灵感，创作起歌曲来。

　　陆一鸣架起谱架，把乐谱本夹上，每弹几小节就在谱本上写一阵子，接着他又弹奏、哼唱，继续写写画画。不到一小时的时间，居然创作出一首新歌来。

　　陆一鸣兴奋极了，整理好谱子后，迫不及待地练唱起来。

　　不知不觉两小时过去了，当陆一鸣停下手准备喝口水的时候，无意间瞥见琴盒里的钱比以往都多。他打开双肩包，拿出一瓶矿泉水，拧开盖子，仰头"咕咚咕咚"地喝起来。

　　已经是下午四点，陆一鸣的肚子已经"咕咕"地叫起来，他这才想起来自己没有吃午饭。如果去买吃的，那这些器材没人管不行；如果就此收拾东西走，时间还早。

正当陆一鸣纠结犹豫之时，一个温柔的声音传了过来："唱了这么久，还没吃饭吧？"

循声望去，是一个年轻漂亮的姑娘正举着一个煎饼递向陆一鸣。

陆一鸣难为情地挠挠后脑勺："忘了吃午饭了。"

"那还不快拿着？"姑娘不由分说地把煎饼塞到陆一鸣手里。

"谢……谢谢你啊！"陆一鸣由衷地感谢道。

"我都在这儿听你唱了一个多小时了，你都没发现。"姑娘浅浅地笑着说。

"哦，是吗，我没顾上瞅。"陆一鸣难为情地说。

陆一鸣这才注意到，这个姑娘看上去像是外地人，不仅背着双肩包，旁边还拖着一个大大的行李箱。

"你这是……"陆一鸣狐疑地看着她。

姑娘很爽朗，她整理了一下双肩包的背带笑着说："我是外地的，今天才到高阳，坐地铁发现坐反了，正要纠正方向，看见你在这里搞创作，被你的歌声吸引了。"

"多谢，多谢！"陆一鸣一边谦虚地笑着，一边吃煎饼。

"不瞒你说，我也是学音乐的，来这里学习流行音乐。你呢，你是哪个学校毕业的？"女孩非常健谈，主动跟陆一鸣介绍自己。

陆一鸣淡淡地笑了笑，抹了抹嘴巴上煎饼的碎屑："我没专业学过，都是闹着玩的。"

姑娘低头看了看手里的手机，说："不好意思，我必须先去报到了。这样吧，咱们留个联系方式，找机会一起玩儿音乐！"

"好，好。"陆一鸣连忙拿出手机，把自己的电话号码和微信号告诉姑娘。

"我叫李丹彤，很高兴认识你！"姑娘笑着对陆一鸣做着自我介绍。

"我叫陆一鸣，我也很高兴认识你！"陆一鸣开心地回应道。

陆一鸣确实非常高兴，开始有懂音乐的朋友欣赏他，主动跟他交朋友，这对于他来说，是非常有意义的一件事。

陆一鸣今天的心情异常地好，收拾好琴盒里的钱，大概数了一下，居然将近二百块。他决定今天早点儿收工，因为今天是探视的日子，他得去医院看父亲一趟。

陆一鸣把东西放到住处，然后去超市买了些水果。他记得，爸爸喜欢吃杧果，可是北方的杧果都比较贵，所以每次家里买了杧果爸爸都尽着他吃。除了杧果，他也不知道爸爸还爱吃什么东西，于是就随便买了些零食，向公交车站走去。

陆耀琪的精神状态没有好转，看到陆一鸣来了，依旧立刻逃到墙角蜷缩起身体。

"爸，看我给您带什么来了？"陆一鸣从食品袋里挑了一个最大的杧果放到自己手心里。

陆耀琪小心翼翼地把头从蜷缩的双腿间抬起来，偷偷地瞄了一眼陆一鸣手里的水果。他试着伸出手去，突然，趁陆一鸣不在意，他一把夺过陆一鸣手中的杧果，迅速地用两只手捧在手心里，然后端详着杧果"嘿嘿"地傻笑。

陆一鸣心酸极了，父亲原本是个老实本分的人，他从来没跟任何人红过脸，他甚至都没有跟母亲大声说过话。面对母亲的强势他总是以笑面对，无论什么样的问题，他都坚强乐观地面对。

陆一鸣曾经以为父亲性格软弱，母亲在家总是说一不二。可是后来随着陆一鸣渐渐长大，他才明白，父亲不是软弱，那是他对母亲宠爱的一种方式。

"爸，吃吧。"

父亲刚才抢杭果的动作像极了动物园里的猴子，害怕别人接近自己，但又贪恋自己手心里的食物。

陆一鸣看着父亲用牙齿把杭果咬开个口子，然后像个饥饿的难民一样，蜷缩着、惊恐万分地吃着食物。他的眼泪终于忍不住了，一大颗一大颗地掉下来。

父亲的头发已经全白了，这还是刘校长来探视他时告诉他的。

父亲的头发是一夜之间白的。母亲去世的那天夜里，他守着母亲的尸体吸了一夜的烟，第二天头发白了，人疯了。

陆耀琪吃完杭果，嘴上沾满了黄色的果汁，陆一鸣拿了纸巾把胳膊伸过去。

当纸巾慢慢靠近陆耀琪的嘴巴时，他浑身又紧了一下。陆一鸣朝他笑了笑："爸，我是一鸣，我是陆一鸣，您是陆耀琪，您是我爸爸，您忘了？"

陆耀琪一句话都不说，任凭陆一鸣帮他擦嘴，又帮他擦手。擦洗完后，他就又躲到墙角战战兢兢地蜷缩起来。

护士不让陆一鸣再靠近陆耀琪，陆一鸣也知道不能心急。其实已经很好了，父亲没有拒绝自己给他擦嘴巴，已经很好了。父亲已经在慢慢地接受自己。

从医院出来，陆一鸣又去了过街天桥唱歌，他把新歌曲唱给来往的路人听，引来了不少路人的驻足。

八年，不长，也不短。

每一个夜，枕着同一个名字入眠。

这风，这雨，听得见。

八年，不近，也不远。

每一个清晨，都望穿了双眼。

这雷，这电，看得见。

八年，不冷，也不暖。

每一个汉字，都是无言的思念。

这天，这地，曾经被震撼。

你站在雨里，不来不去。

你走在风中，不缓不急。

你沐浴阳光，不言不语。

你徘徊尘世，不离不弃！

我裹在雨里，喉咙嘶哑。

我伫立风中，缄默不语。

我走在阳光中，仍渴望温暖。

我躺在尘土中，甘愿化作一坨泥！

　　陆一鸣给这首歌起名叫《八年》，灵感来自今天早上遇到倪阿蒙以后，他心情非常复杂。八年来，他对倪阿蒙的思念一刻都没有停止过。但是，出狱后他却从来没想过要去找倪阿蒙，因为他知道，现在的自己给不了倪阿蒙幸福。幸好他还可以通过倪秋雨帮助倪阿蒙，能够这样他已经很满足了。

　　《八年》的最后一个旋律唱完，陆一鸣放下吉他，一阵掌声响起。人群中，有人跟他说话："帅哥，你叫什么名字？唱得挺好的，加个微信呗？"

陆一鸣不吭声，也没有抬头。当流浪歌手虽然才几天，但经常会遇到一些无聊的女孩儿跟他要微信，他都一笑了之。

可是这次，陆一鸣突然感觉有人一直盯着他看，他下意识抬起头，迎上了一个人的目光。

"你嫌弃我去跳热舞，我以为你比我能强多少呢！"站在陆一鸣对面的人冷笑几声，露出不屑的神情。

声音很熟悉，陆一鸣抬头一看，此人正是倪阿蒙。倪阿蒙和她身边的几个女孩一样，化着浓妆，穿着很暴露。

陆一鸣放下吉他，上前两步一把抓住倪阿蒙的胳膊，目光焦灼地看着倪阿蒙："蒙蒙，我不许你跟她们在一起！"语气显得有些硬霸道。

倪阿蒙周围的三个女孩听到这话，立即不高兴了，她们纷纷上前来，围着陆一鸣原地转两圈，用鄙夷的眼神看着他。其中一个女人说："呦，瞧这口气大的，你不让她跟我们在一起，你一个月挣多少钱？也不拿镜子好好照照自己，你有资格说这话吗？"说完，女人耸耸肩膀，更加轻蔑地笑起来。

旁边的女人也阴阳怪气地拉长音调道："小模样长得不错，可惜脾气大了点儿！"这话一出，三个女人肆无忌惮地哈哈大笑起来。

倪阿蒙的脸色变得越来越难看："闭嘴！你们先走！"话音一落，三个女人面面相觑，冷哼了几声，纷纷离开了。

"蒙蒙，我不管你是因为什么样的原因，你都不能再在那些场所上班了。那些不入流的商演只会拉低你的水平，以后这些工作你都辞掉。你缺钱跟我说，我会想尽一切办法帮你解决困难。"

夜色中陆一鸣的脸庞露出刚毅的线条，眼睛里却饱含着深似潭水的温柔。

"你先松开我。"倪阿蒙的语气渐渐弱下来。

陆一鸣缓缓地松开倪阿蒙的胳膊:"蒙蒙,告诉我,你很需要钱吗?"陆一鸣用恳切的眼神看着倪阿蒙。

"是的,我很需要钱。"倪阿蒙丝毫不掩饰自己,肯定地说。

"阿姨的病,需要很多钱吗?"陆一鸣追问道。其实这个问题陆一鸣已经从倪秋雨那儿了解得很清楚,早期尿毒症,化疗和医药费,每个月大概是五六千块钱。经过新农合报销以后,每月基本是两千多块。

陆一鸣也问过倪秋雨,倪阿蒙每个月的工资基本是四千五百元,倪秋雨在秦建斌家做家教每月是两千元,虽然日子肯定是要节俭些,但也不至于落魄到要去跳热舞挣钱。

"不光我妈的病。"倪阿蒙的声音很低,低到她认为只有自己听得到。

陆一鸣看着面露难色的倪阿蒙,说:"以后每个月我给你五千元,再不够的话,我再想办法。但是,就算我求你了,你不要再去做那样的工作了,好吗?"

倪阿蒙抬头看着陆一鸣,没答应好还是不好,她顿了顿,抹了一把眼泪:"陆一鸣,认识你已经很倒霉了,我不知道你为什么还是不死心?你觉得我们之间还有可能吗?"

陆一鸣沉默了良久不说话:"我没想过咱们俩之间可能不可能,我只知道,再次遇见了,我就会尽力地补偿你。毕竟当年做错事的是我,我欠你的,这是无法改变的事实!"

倪阿蒙目不转睛地看着陆一鸣:"一鸣,你不欠我的,我们谁都不欠谁。你原本那样好的家庭因为我爸毁了,你的前程也毁在我的手里。你知道外面的人，是怎么说我的吗？"

二人又是一阵沉默，倪阿蒙擦了擦眼泪，然后认真地说："一鸣，你不仅是我的杀父仇人，也是我最为痛恨的人！你记住，我们之间不可能！还有，你想想你死去的母亲和精神失常的父亲，你能放下所有，和我在一起吗？既然不能在一起，那又何必再相见。"

此番话说完，倪阿蒙撒腿就跑。

突然，阴了一天的天空下起了大雨，外面电闪雷鸣。陆一鸣赶紧躲进旁边的地铁站里。不一会儿，地铁站里的人聚集得越来越多，陆一鸣拿起吉他，再次唱起了《八年》。

一个月过去了，在这一个月里，田毅一直担任乐队的主唱，理由是陆一鸣会的乐器多，可以随时替补卓越和凌厉。而且陆一鸣业余时间还要搞创作，主唱还是田毅最合适。

陆一鸣也不跟田毅计较这些，他很知足，田毅能收留他，留他在乐队，他已经很满足、很感恩，至于做不做主唱，他根本不在乎，只要能挣钱就行。

田毅在酒吧的名气越来越高，没过多久，就在附近小有名气了。找他们乐队签约的酒吧越来越多，所以酒吧老板主动给他们加了工资，由每天的一千元升到一千八百元。

乐队成员白天各忙各的，晚上演出前两个小时排练，大家挣得钱多了，积极性也高了，田毅和凌厉经常驻唱完在酒吧喝几杯，缓解一下心情。所以演出结束后，回到住处的一般只有陆一鸣和卓越。

男人之间的相处往往都很简单，只要排练时间能到齐，至于谁晚上去了哪里，都干了些什么，谁都不问谁。他们酷爱自由，或许在他们眼里，自由就是天马行空，想干什么就干什么。

陆一鸣和他们都不一样，他除了排练和演出跟田毅他们在一起，白天还要给浩浩上课。除此之外，他还想尽一切办法多停留在地铁站和天桥唱歌、创作。他知道，音乐的灵感要源源不断才不至于让自己的唱歌生涯过早枯竭。业余时间，他还租了一架钢琴，是一个民办学校音乐教室里的钢琴，他抽空练习钢琴，争取尽快考到八级。

浩浩的吉他和箫的演奏水平进步得非常快，一个月的时间，他已经能够独立用箫吹奏几首简单的乐曲，吉他弹唱更是突飞猛进。

虽然陆一鸣不知道倪阿蒙为什么那样缺钱，但只要是她需要，他就会全力以赴，所以此时的他浑身充满了力量。一个月下来，他不仅给了倪秋雨五千，用来支付倪母的医药费，还剩下七千块钱，想着把这七千块钱都给倪阿蒙。

陆一鸣早就打听好倪阿蒙所在艺术团的地址，其实他来过这里很多次，想偷偷看看倪阿蒙，但又害怕被倪阿蒙发现。在多次偶遇不成功的情况下，他打消了这个念头。诚如倪阿蒙说的那样，他们之间再无可能，何必又来打搅倪阿蒙的生活呢。

这天下午，陆一鸣早早地收了设备，在倪阿蒙的艺术团门口等她。

大约下午五点半的时候，倪阿蒙和几个同事从团里走出来，几个打扮得清清爽爽的女孩身上充满了朝气。倪阿蒙身穿白色 T 恤，蓝色的牛仔毛边短裤，梳一个马尾辫，这让陆一鸣一下子想起高中时候的她。

那时候的倪阿蒙虽然穿着宽大的校服，但难掩饰她恰到好处的身材，她挺拔的身材在众多女孩中是非常出众的。

其实倪阿蒙并不是从小开始练舞蹈的，她是到了高中以后才被舞蹈老师发现并选拔上舞蹈队的。但是她的形体和舞台感觉比从小练舞蹈的同学还要好，只是她的基本功相对来说差了些。但是通过三年的刻苦练习，她很快赶上并超过了其他同学，这使得她以全省前十的专业成绩顺利被理想的高校录取。

倪阿蒙是陆一鸣的女神，眼前的倪阿蒙才是真实的她，是的，他的女神又回来了！

陆一鸣在路旁站着，倪阿蒙很快发现了他。同事们见有人找倪阿蒙，就先告辞了。倪阿蒙逐渐靠近了他。

"找我有事吗？"倪阿蒙刚才和同事还有说有笑，看到陆一鸣，脸上不由自主地布满了愁云。

"我说到做到，这是七千块钱，你拿着。"陆一鸣把牛皮纸信封递给倪阿蒙。虽然上次倪阿蒙拒绝他那一千块钱的情景还历历在目，但他这次，显然已经做好了心理准备。

倪阿蒙没有去接，她紧闭着双唇，目不转睛地看着陆一鸣，一句话都不说。

"拿着吧，我不问你干什么花，但只要是你需要，我就会给。"陆一鸣笃定地说。

倪阿蒙缓缓地伸出手接过信封，意味深长地叹气道："那好吧，就当我借你的，我以后会还你的。"

陆一鸣笑了，露出久违的灿烂的笑容："花我的钱不需要还。"此话一出，陆一鸣倍感不妥，连忙补充道，"当然，你不用给我承诺什么，这都是我自愿的。帮助你，也不过是使我的良心得到安慰吧。"

"一鸣，你一定要好好地生活，你还能有今天实属来之不易，我希望你好好的。"倪阿蒙说完就又连忙转身，头也不回地哭着跑开了。

第九章　意外走红

倪阿蒙接收了陆一鸣的钱，这让陆一鸣心情无比舒畅，他漫步在城市的大马路上，不由自主地唱起歌来。

手机铃声打断了陆一鸣的歌声，他连忙接通。

电话是倪秋雨打来的。倪秋雨告诉他浩浩不负众望，刚刚获得了全市吉他大赛小学组的第一名。晚上的颁奖晚会，秦建斌在外地，参加不了，拜托陆一鸣和倪秋雨一起去参加。

作为浩浩的吉他老师，再也没有比这件事更让陆一鸣高兴的事了，他满口答应下来，连忙去坐公交车到了浩浩家。

颁奖晚会上还有才艺展示。当浩浩吹奏了一曲简单的篪，准备谢幕离开时，主持人叫住了他："请问秦佳浩同学，你刚才吹奏的是什么乐器？"

浩浩干脆地回答道："这个叫篪。"

"哦？"主持人好奇地接着问，"你要是不说啊，我还以为是笛子呢，这个乐器好像不常见，这是谁教给你的呢？"

浩浩响亮地回答道："就是教我弹吉他的老师，陆一鸣老师，他就在台下呢！"

"哦？真的吗？那咱们有请陆老师上台来给大家简单介绍一下篪这个乐器好不好？"

台下响起一阵雷鸣般的掌声。陆一鸣有些惊慌失措，完全被这突如其来的意外搞蒙了。

倪秋雨推了一下陆一鸣："一鸣哥，快去啊，叫你呢，你不是要推广篪吗？这是个好机会啊，这台颁奖晚会可是电视台直播的啊！"

陆一鸣还没完全反应过来，就被倪秋雨拉起来，推上了台。

主持人是个年轻的姑娘。当陆一鸣款款地走上台时，她做出一个惊讶的表情："哇！原来还是个帅哥哦！"

陆一鸣有点儿难为情，但是他是有上台经验的，在监狱的时候他经常和蒋雁南一起上台表演，最多的时候，观众有一万多人。所以，尽管他很紧张，但别人看上去，他依然气定神闲。

陆一鸣先是简单做了个自我介绍。主持人接着说："不瞒您说，我也是音乐学院毕业的学生，我听说篪这门乐器已经面临失传，请问您家里是有老人会吗？还是您就读的学校有老师会？"

陆一鸣彻底慌了，他不知道该怎样回答主持人的问题。沉默了良久，他诚实地回答道："我没有上过大学，是我老师教我的。篪，已经面临失传，我希望能有更多的小朋友学习并掌握它。在这里，我郑重承诺，如果有愿意学习的小朋友，我很愿意免费授课。"

台下顿时响起雷鸣般的掌声，主持人道："陆老师的行动真令人感动。我也呼吁更多热爱音乐，喜欢乐器的朋友多多关注篪，让它美妙动听的声音一代代流传下去。"

主持人说完话后，陆一鸣现场用篪吹奏了《雁南飞》。篪的声音柔美悠长，再加上陆一鸣精湛的技艺，引得台下掌声经久不息。

令陆一鸣没有想到的是，他在台上做出的承诺通过电视一传播，有很多孩子要学习篪。也有很多热爱音乐的孩子家长看过电视后，给电视台打电话联系陆一鸣。

电视台帮助陆一鸣联系了一家慈善机构，帮助他解决了场地问题。报名学习的孩子有二十多个，陆一鸣全部接收，并且每天都抽出一个小时专门给孩子们授课。

这样的话，陆一鸣更加忙碌起来。随着他在电视上的曝光率不断增高，他当流浪歌手的收入也逐渐多起来。

市文化馆还专门就陆一鸣免费给孩子上课这件事开展了保护非物质文化遗产的专题报道，这样一来，陆一鸣就要接受电视台的采访。

接到电视台电话的时候是晚上七点多，陆一鸣正在仓库外面冲凉。电话是田毅接的，田毅把他的手机拿到院子里，放到他的耳旁。

对方说出采访意图的时候，陆一鸣下意识地拒绝道："不好意思，我很忙，不接受采访。"

田毅皱起眉头，焦急地看着陆一鸣："答应啊，快答应啊！"

陆一鸣瞥了田毅一眼，依旧淡定地拿瓢舀了一瓢水浇到身上。田毅情急之下对着话筒说："好啊，好啊，没问题，我接受采访，刚才是我兄弟接的电话，他乱说的，你别介意！"田毅说完就匆忙走进屋去。

陆一鸣听到田毅的话后，肺都要气炸了。他裸着身子冲到屋里去，一拳就打在田毅的脸上。田毅被打了个趔趄。

"你打我干吗？你脑子有病吧！你不知道增加曝光率会抬高我们乐队的身价吗？"田毅下意识抹了一下嘴角，愤愤不平地说。

陆一鸣拿了条毛巾，一边擦拭身体，一边长长地叹了口气。

"采访我，我说什么？我告诉他们我是在监狱里学的篾？"陆一鸣双眼的怒火像是要把田毅融化掉。

凌厉和卓越突然瞪大眼睛看着陆一鸣，不约而同地吞咽了一口吐沫。

"一鸣，你……你刚才说什么？"卓越结结巴巴地说。

凌厉看了一眼卓越，扭头又问陆一鸣："你刚才是说……你在监狱里学的篾？"

陆一鸣反而很平静："是，故意杀人，待了八年。"

田毅听到陆一鸣的话，用力拍了一下自己的脑门，焦急地看着陆一鸣说："我忘了这茬了。一鸣，我说都说了，你说咋办？"

凌厉和卓越面面相觑，然后感觉浑身发冷，抖了抖身子，他俩对这个爆炸性的消息一时难以消化，只好静静地看着田毅和陆一鸣。

"该怎么说就怎么说吧，该来的总会来。"陆一鸣看似云淡风轻地说。

突然，他们都沉默了，空气像是凝滞了一样安静。

过了一会儿，陆一鸣冷静地说："如果我的采访连累大家，我会考虑退出乐队。接受采访以前，酒吧我就不去了，你们好好唱。"

田毅拿起陆一鸣的衣服递给他："一鸣，还是你想得周到。不过，你放心，这两天就算你不去，我们也不会少你的工钱。"他一边说着一边扭头对凌厉和卓越说："是吧？"

"对……对……"凌厉和卓越随声附和道。

"毅子，对不起，我刚才太冲动了。"陆一鸣郑重诚恳地跟田毅道歉。

"不……是我欠考虑了……"田毅也连忙解释道。

"你们练习吧，我出去唱歌了。"

　　陆一鸣收拾好东西，背了一把吉他，双肩包里装了一把篪。他想去天桥唱歌，最近时间安排得比较紧，他白天只能抽时间在地铁站里唱，晚上来天桥的次数越来越少了。

　　没有音响和话筒的混声，陆一鸣觉得自己的声音更加真实，更加浑厚。他忘了自己身处的环境，反而引得很多人驻足欣赏。

　　今天，陆一鸣用篪演奏了一曲《在那遥远的地方》。篪声响起，他立刻想起了倪阿蒙，想起她对自己的回眸一笑，她在自己面前的羞涩紧张，关于她的一切一切，都是那样的美好。

　　突然，陆一鸣在清凉的月色下发现了一个熟悉的面孔。女孩蹲在他身侧，单手托腮，微微抬头，崇拜地凝望着他。

　　在那一瞬间，陆一鸣以为是倪阿蒙。仔细一看，果然就是倪阿蒙，他的心开始"突突"地狂跳起来。周围很多人看着他，他不好意思总看向倪阿蒙的方向，却又忍不住用眼角的余光去看倪阿蒙。

　　一曲终罢，陆一鸣连忙搜寻倪阿蒙的身影。没想到倪阿蒙却像是躲他一样，匆匆地离开了。陆一鸣连忙追上前去。

　　"蒙蒙！"

　　倪阿蒙回过头来，朝陆一鸣难为情地笑了笑："一鸣哥，是我。"

　　说话的女孩不是倪阿蒙，而是倪秋雨。

　　"是秋雨啊，这大晚上的，你来这儿干吗？"陆一鸣关切地问。

　　倪秋雨嫣然一笑："我随便溜达溜达。"

　　"今天晚上没有回家吗？"陆一鸣继续问道，因为他知道倪秋雨的家在市郊，她晚上出现在这里，应该是住在秦建斌家。

　　"秦大哥不在，我陪浩浩。"倪秋雨回答道。

　　陆一鸣有点儿难为情挠挠后脑勺："你看我把这茬忘了。最近这段时间，带浩浩参加比赛都是你全权负责的，辛苦你了。"

倪秋雨淡淡地笑了笑："没关系，秦大哥给我加钱了。反倒是你，免费教浩浩学箫不说，每场吉他赛，你都陪着。"

陆一鸣"嘿嘿"笑了笑："谁让我是他老师呢。再说了，浩浩也争气，我愿意。"

倪秋雨脸上始终带着甜美的微笑："嗯，时间不早了，我回去了。"

陆一鸣连忙跟上前去："今天我也累了，我送你回去吧。"

"嗯，一鸣哥，你也别太累了。"

这段时间，因为浩浩的原因，陆一鸣和倪秋雨的相处逐渐多起来，倪秋雨对陆一鸣生活上很照顾。虽然秦建斌再三叮嘱倪秋雨留下陆一鸣吃午饭，但他都坚决不肯。但每天陆一鸣离开的时候，倪秋雨都给他拿保温盒带一些饭，还会给他带上一大瓶温开水，她说买的矿泉水经太阳暴晒后喝了会拉肚子。

他们并排走在如水的月色下，陆一鸣很想问问倪秋雨，为什么刚才她不想打招呼就走，但他终究问不出口。

空气沉默了一会儿，倪秋雨说："一鸣哥，明天我陪你买身衣服去吧，电视台不是要采访你吗？咱们也不能穿得太寒酸了，是吧？"

"好，听你的。"陆一鸣干脆地回答。

"对了，秋雨，你姐她……"陆一鸣是想问她知不知道倪阿蒙要那么多钱干什么用，但是话到嘴边又咽了回去。他不想让倪秋雨知道这件事，说不定倪阿蒙有什么难言的苦衷。如果他贸然说了，说不定倪阿蒙会怪他。

倪秋雨迟疑了一下，转而轻松地说："我姐她挺好的，就是忙了些。你要是想见我姐，你可以给她打电话啊。"

说话间，倪秋雨已经打开微信，迅速地在陆一鸣的对话框打出倪阿蒙的手机号，并发了过去。

"哦，不，我不打搅她。我是说她除了上班还忙些什么呢？"陆一鸣其实是想从倪秋雨嘴里知道，倪阿蒙是不是还在跑那些不入流的商演。

"我姐啊，我姐是个有理想的人，她那么拼命地学跳舞就是为了有一天能够出人头地。除了团里给她安排的演出，还自己到处寻找机会去试镜。跳舞是吃青春饭的，我姐说她早晚得转行。"

陆一鸣露出惊诧的表情："你姐想当演员啊？"

倪秋雨点点头，然后笑着说："是啊，要不怎么说我姐比我有出息呢。我就只想早点儿毕业，顺顺利利地当个小老师。"

听倪秋雨这样一说，陆一鸣这才反应过来，自己从来没问过倪秋雨是念的哪个大学，哪个专业。

"你念的是师范院校吗？"陆一鸣问。

"是啊，师范大学，毕业后可做初中或者小学语文老师。"倪秋雨回答道。

"哦，挺好的，将来工作稳定，教师又受人尊敬。"陆一鸣说完迫不及待地问道，"你姐到处试镜，就没有导演看上她吗？我能帮她什么吗？"

倪秋雨意外地冷笑一声，然后说："你去问我姐吧，我把她的电话发给你了。你也可以加她微信。"

倪秋雨说完就再也不说话了。陆一鸣也不知道该说些什么，好在这时候他们已经走到秦建斌家的门口。

第十章　上电视

第二天早上九点多，倪秋雨带着浩浩和陆一鸣在商场门口集合。浩浩弹吉他得了奖，非要出来吃肯德基。经过秦建斌允许后，倪秋雨把他带了出来。

陆一鸣和倪秋雨分别牵着浩浩的左右手，浩浩异常兴奋，对倪秋雨说："倪老师，我都很久没有被爸爸妈妈这样牵过了，今天被你和陆叔叔牵着，你们就像我的爸爸妈妈一样。"

倪秋雨的脸立刻红了，但她很快调整好表情，低头看着浩浩："浩浩，你妈妈回国肯定会来看你的，她那天不是还给你打电话来着？"

"嗯！我等着妈妈，我会好好跟陆老师学乐器，不会让妈妈失望的。"浩浩认真地说。

陆一鸣对秦家人更加好奇起来："不是说秦先生的父亲是个音乐家吗？浩浩的妈妈也是搞音乐的吗？"

没等倪秋雨回答，浩浩就抢着说："我妈妈会好多好多乐器，听说都是我爷爷教给妈妈的。但是我小的时候妈妈和爸爸就离婚了，我从来没见过爷爷。"

陆一鸣大概听明白了，秦老先生的得意门生做了自己的儿媳妇，但是后来因为某种原因他们夫妻二人离婚了。

秦家无疑是个音乐世家，照这样看来，秦建斌不可能一点儿也不懂音乐。陆一鸣好奇地问倪秋雨："按说秦先生的父亲是个音乐家，秦先生也应该懂音乐吧？"

倪秋雨笑笑作答，其实太具体的倪秋雨也不清楚。因为最近秦建斌和国外的公司合作颇多，所以他们见面的机会都很少。

倪秋雨帮陆一鸣选了一件时尚的 T 恤，还有条破洞牛仔裤，陆一鸣非常满意。他们又陪着浩浩在游乐场玩了一会儿，快要十二点的时候，他们去了肯德基店。

想起晚上的采访，陆一鸣心里就有些发怵。他虽然有破釜沉舟的打算，但是让他独立面对镜头，还是有些胆怯。

"秋雨，你晚上有时间吗？"陆一鸣犹豫了一会儿终于开口。

"怎么？自己去电视台胆小啊？"倪秋雨早就看穿了陆一鸣的心思。

陆一鸣低下头，脸已经涨得通红。

"我和浩浩呢，也会去电视台接受采访，你说我是有空呢？还是没空呢？"为了缓解陆一鸣紧张的情绪，倪秋雨刻意调侃道。

陆一鸣狐疑地看着她。倪秋雨笑着说："作为你身边仅有的朋友，电视台也要采访我，例如是怎样偶遇到你的，你为什么坚决不收浩浩学籍的费用等。"

陆一鸣笑了一下："这不是变相夸人吗？有必要吗？"

"不仅仅是我和浩浩，还有你们乐队的成员也被邀请了呢。"

这下陆一鸣紧张了，他连忙掏出手机给田毅打了个电话，想要阻止他们参加。

田毅对陆一鸣说："一鸣，你也别紧张，电视台的人已经叮嘱我们该怎样说了，你就放心吧。"

陆一鸣说："电视台的人都和你们沟通好了，但是他们为了节目效果真实好看，根本没和我沟通。我不敢保证他们问我问题的时候，我会不会如实回答。毅子，兄弟们有今天这点儿小成绩不容易，我不想让你们的前程毁在我手里。所以，晚上你们还是不要来了，好好练习，去酒吧好好演。"

挂掉电话，陆一鸣心里稍微轻松了一些。

电视直播是晚上七点到七点半，陆一鸣和倪秋雨带着浩浩，提早赶到了电视台。

浩浩很兴奋，在后台一会儿看看这个，一会儿看看那个。过了一会儿，导演就喊开始了。

陆一鸣和主持人坐在沙发的两侧，当镁光灯照在他的脸上时，他本能地笑了笑。

主持人是个三十多岁的女人，笑容可掬，给人一种很舒服的感觉。她先是把前段时间陆一鸣做义务教学的事简单地介绍了一下，然后就开始提问。

"小陆老师，听说您并没有读过大学，那您是自学成才吗？"

陆一鸣早有心理准备，但是没想到第一个问题他就没有逃过去。他紧紧地闭着双唇，迟疑了一会儿，他先是毕恭毕敬地站起身，向观众席鞠了一躬，然后又重新坐下来。观众和主持人被陆一鸣这深深的一躬搞蒙了，大家都在想，这个年轻人也太有礼貌了吧。

接着，陆一鸣终于艰难地开口："其实，我是在监狱里学的箎这种乐器的。我曾经是一名杀人犯，在监狱被关押了八年。"

此话一出，台上台下顿时安静了下来，只有浩浩左右摇摆了一下头，莫名其妙地看了看陆一鸣。

主持人顿时有些慌乱，她稍微结巴了一下，勉强笑了笑，接着说："小陆老师真是个诚实的人，您的经历一定很复杂。但是，我好奇的是，监狱里有人教您，还是您自学？"

最难开口的那句话已经说出来，陆一鸣也不再畏惧："我的老师是一位很有名望的音乐家，我和他是忘年交，他无偿地教给我很多东西，包括多种乐器的演奏方法。他人非常好，让我在监狱里不仅学到了知识，也感受到了慈父一般的关爱。我出来之前，老师嘱咐我，一定要把将要失传的乐器传承下去。所以，我才要免费给小朋友授课。"

主持人期待地看着陆一鸣，希望他能讲出很好的正能量的故事来。听了陆一鸣的讲述，主持人脸上露出了一丝笑容："这样的师生情缘太难能可贵了，你们为了传承篪做出了很大的牺牲。而我现在好奇的是，您刚才说您坐了八年牢。但据我所知，今年您才二十五岁，也就是说八年前，您才十七岁，高中还没毕业吧？"

陆一鸣面色凝重，两只手相互揉搓着，他实在没有勇气回想八年前的那一幕。他的额头渗出汗珠，紧张得一句话都说不出来。

"这段让我来说吧。"坐在观众席上的倪秋雨突然站起来。主持人见状，连忙把倪秋雨请上台来。

倪秋雨站好后，先是向观众席深深地一鞠躬。然后坐到陆一鸣身边，她伸出手，按了一下陆一鸣的肩膀，然后落座："我就是陆一鸣杀死的那个人的女儿。"

台下观众听了倪秋雨的介绍，一片哗然。

"我的老家在农村，我的父亲是一个赌徒、酒鬼，他除了整天赌钱、喝酒，再就是打我和我姐姐。我姐从小就喜欢跳舞，因为我们家太穷，所以直到上了高中她才有机会学舞蹈。我姐和一鸣哥是同学，他们约定好一起上同一所大学，他们相互鼓励，经过三年的奋斗终于考上了自己理想的院校。高考分数下来的第二天，一鸣哥兴高采烈地到我家告诉我姐分数，但是正好遇到我爸打我姐。当着那么多人的面，我爸侮辱我姐，还扬言要把我姐嫁给一个五十多岁的老头。一鸣哥当时被气得浑身发抖，所以冲动之下拿起了水果刀……"

台下的观众都听傻了，每个人都在心里咬牙切齿地痛恨着倪秋雨的父亲，他们认真地听着倪秋雨的叙述。

"一鸣哥刚出狱没多久，他连自己最基本的生活都保证不了的情况下，还没有忘记篪的传承。他的学生浩浩家庭条件不错，浩浩的爸爸也再三表示要付给他学费，但他始终拒绝收取任何费用。我想，我们应该学习他这种无私奉献的精神，我们每一个人都应该向他致敬！"

倪秋雨的话刚讲完，台下响起雷鸣般的掌声。

主持人的脸上也露出欣慰的笑容，她含着眼泪说："陆一鸣虽然犯过糊涂，但是，那又有什么关系？今天他用他的实际行动回报给社会无限的爱，在他身上处处体现了新一代年轻人的时代风采，处处彰显了正能量。让我们再一次为小陆老师鼓掌！"

直播顺顺利利地结束了，由于倪秋雨的解围，这件事不但没有给陆一鸣带来负面影响，而且还在某种程度上帮他起到了宣传的作用。尤其节目结束之前，吉他和篪的表演给他带来了很多机会。

更多的家长把孩子送来学篪、学吉他，现在他的吉他班有四十个学生，篪学习班有六十个学生。当然，只有吉他班是收费的，学篪依然是免费授课。

但是陆一鸣依然喜欢当流浪歌手的感觉，尤其是在地铁站创作，看着来来往往形形色色的人，他有无限的创作灵感。

浩浩是个极有天赋的孩子，陆一鸣还是每天单独给浩浩授课。所以，他在地铁站唱歌的时间也被压缩到每天一两个小时。每次给浩浩上完课，陆一鸣会利用中午这段空闲时间，安安稳稳地睡个午觉，对于陆一鸣来说，这是从来没有过的。令他感到意外的是，他上过两次电视后，很多人都会认出他，所以，他在地铁站唱歌的收入逐渐增多。

网络媒体也相继报道了陆一鸣出狱后免费教小朋友箫的事情，所以，他的乐队很快就火了起来，各大酒吧老板相继出高价聘请他们乐队到酒吧驻唱。

田毅好几次提出要把主唱的位置让给陆一鸣，但他都拒绝了。陆一鸣认为自己是后来乐队的，乐队的主唱本来就是田毅，他觉得自己不能随便剥夺别人的机会。田毅对于他来说，也算是有知遇之恩。

名气对于陆一鸣来说是无所谓的事，令他高兴的是，以现在的情况，各种收入七七八八加在一起，一个月能有两三万块，这对于刚出狱的他来说，是莫大的鼓舞。

这天晚上，天气异常的热，空气闷得不行，天阴得很沉，陆一鸣和田毅他们只练了两首歌，就都喘不过气来了。他们各自拿了一瓶冰凉的啤酒，然后猛灌下去。

田毅走过来，站在陆一鸣面前："一鸣，再借我点儿钱。"这已经是田毅第四次跟他借钱了。

"多少？"陆一鸣抬头问田毅。

"八千或者一万都行。"田毅低着头，艰难地说。

陆一鸣在晚饭前已经数过自己的钱了，这个月剩下两万八，已经给了倪秋雨五千块，他原打算剩下的钱给倪阿蒙一万块，自己再留一些攒起来，以备不时之需。

但看到田毅一脸尴尬的表情开口向他借钱，陆一鸣只好爽快地答应下来。

这时候凌厉和卓越都走了过来。凌厉喝了一口啤酒，看着田毅说："毅子，不是我说你，你交个女朋友怎么这么烧钱啊？难道你没告诉她你每个月挣多少钱吗？你自己的收入再加上问我们借的，每月得给她三四万吧？你能吃得消吗？"

田毅低着头，低声说："这是最后一次了。"

陆一鸣拿了一万块钱递给田毅。田毅抬头看了看他，那句谢谢最终也没说出口。

陆一鸣知道，田毅是个好面子的人，如果不是万不得已，田毅也不会向他借钱。

陆一鸣轻轻拍了拍田毅的肩膀，鼓励他道："如果你觉得值得去做的事，就放手去做，我们现在要比之前已经好了太多，不是吗？"

其实陆一鸣是明白田毅的感受的，就像他会心甘情愿地把钱给倪阿蒙，甚至不会问她用钱做什么。

第十一章　我的付出心甘情愿

由于最近天气炎热，地铁卖唱的收入有所下降，陆一鸣决定今天就不去地铁唱歌了，先把钱给倪阿蒙送过去。

倪阿蒙最近从家里搬出来了，和几个艺术团的姐妹租住在市区，这些都是倪秋雨告诉陆一鸣的。

倪阿蒙告诉陆一鸣自己的地址，陆一鸣很快就到了她的楼下。

这是一幢快要拆迁的居民楼，里面的住户已经不多。晚上九点多，整栋楼亮灯的房间很少，小区花园里稀稀拉拉地有三两个行人。

按照倪阿蒙电话里的指示，陆一鸣走到她家楼下，在一棵大树下停了下来。不一会儿，倪阿蒙就从楼里走了出来。

陆一鸣刚想上前，楼道里又走出来一个女孩，这个女孩不是别人，正是倪秋雨。

两姐妹的脸上带着不愉快的表情。倪阿蒙气愤地看着倪秋雨，用食指点了一下倪秋雨的脑门："你是真不嫌丢人，是不是？当着我室友的面，你瞎说什么？你不来找我，我也要去找你的。你说你脑子是不是进水了？在电视直播的时候说那些话，那些话会毁了我的前途，你知不知道？"

"姐，你就醒醒吧，你的前途，你什么前途？你就别再做明星梦了，脚踏实地地跳舞多好啊！你说你，每月工资才多少？整天穿得跟明星似的，也没见哪家公司看上你，让你当女主角啊？"倪秋雨似乎也是被气急了，说出的话有些难听。

"我早晚会成功的，你等着！但是我警告你啊，以后别跟外人说你是我妹妹。你和陆一鸣走得这样近，要是别人知道你是我妹妹，那无疑就是告诉人家，我和那个杀人犯关系不一般。这样的话，哪家影视公司还敢用我？"倪阿蒙忍不住又用手点了点倪秋雨的脑门。

"姐，你有没有良心！一鸣哥给我的钱，我除了付妈的药费，剩下的都给你了！你怎么还能说出这样的话！"

倪阿蒙沉默了几秒钟，然后扶住倪秋雨的肩膀，认真地注视着倪秋雨："秋雨，姐有自己的难处，花陆一鸣的钱我早晚会还给他的，现在算我借他的。可是，姐真的拜托你了，千万别跟外人瞎说，想要成为演员是绝对不可以有任何的负面消息的。最近已经有影视公司找姐拍网剧了，虽然都是些小角色，但姐相信，只要我足够努力，我一定会成功的！相信姐，可以吗？"

倪秋雨不再说话，无奈地看着倪阿蒙："姐，我以后会尽量不来找你，可是你必须抽空回去看看妈，她已经有一个月没有见到你了。每次去透析，她难受得死去活来，可是嘴里还是总念叨着你的名字。"

倪阿蒙重重地点了点头："我知道了，你快回去吧，路上注意安全！"

听了倪阿蒙的话，陆一鸣的心一点点地往下沉。虽然倪阿蒙的话听上去有些刻薄，可是，又有哪句话不是事实呢？如果他的出现再次给倪阿蒙带来伤害和事业上的阻碍，他宁愿以后消失在倪阿蒙的世界里，可是偏偏倪阿蒙现在又需要他的帮助。所以，即使倪阿蒙的话已经刺痛了他的心，可是他依然无怨无悔地帮助倪阿蒙，甚至，帮助倪阿蒙完成梦想已经成了他的愿望。

陆一鸣不懂娱乐圈的规则，也不知道倪阿蒙用钱做什么，他只知道，倪阿蒙需要钱，他就会给，而且是尽可能地多给。

倪阿蒙站在楼道门口，等待陆一鸣的出现。她左右张望，却没有看见陆一鸣。

这时，陆一鸣趁倪阿蒙不注意，从她身后的大树下走出来，向她相反的方向走去。

陆一鸣平静地拨通了倪阿蒙的电话："蒙蒙，我突然有事走不开。你给我发个银行账号吧，我把钱给你打过去。"

"哦，这样啊，好的。我把账号发到你手机上。"

倪阿蒙说完，陆一鸣就要挂电话，倪阿蒙赶紧说："等一下！"

"还有什么事吗？"陆一鸣问道。

"不管怎样，一鸣，谢谢你这么帮我。欠你的这些钱，我都一笔笔记着呢，我会还给你的。"倪阿蒙语气非常诚恳。

陆一鸣默默地挂断电话，他不知道还能说什么。做这一切都是他自愿的。给倪阿蒙的钱，他从来没打算要回来过，他只是希望倪阿蒙能够过得好一点儿。

陆一鸣心情有些烦躁，脚下不自觉地加快了步伐，走着走着，突然发现前面有一个熟悉的背影，定睛一看，原来是倪秋雨。他这才想起来他和倪秋雨是前后脚离开倪阿蒙家的。

这条街上的行人很少，陆一鸣清楚地看到倪秋雨瘦小的背影在昏暗的路灯下显得有些凄凉。考虑到倪秋雨一个人在路上走太不安全了，所以陆一鸣打算默默地护送她回去。

到了秦建斌家小区门口的时候，陆一鸣看到倪秋雨拐进小区，他刚想改变方向回到自己的住处，无意间视线中又出现了一个熟悉的身影。

陆一鸣在那一瞬间以为自己是在做梦，因为他看到的人不是别人，而是他的老师——蒋雁南。

陆一鸣看到蒋雁南在小区门口来回地踱步，就走上前喊了一声："蒋老师！"

蒋雁南被这突如其来的喊声吓了一跳，转身一看，看到是陆一鸣，反而显得更加慌张起来。

"蒋老师，您不是十月份才出来吗？我都在日历上画好圈了，想着到时候去接您。"陆一鸣激动地说。

"一鸣，我减刑了，提前出来了。"蒋雁南淡淡地说。

陆一鸣狐疑地看着蒋雁南，不知道为什么蒋雁南看到他并没有想象中的那么激动。而且，蒋雁南此刻出现在这里，也让陆一鸣感到十分奇怪。

"老师，您……您在这里干吗？您家住这里吗？"陆一鸣抓住蒋雁南的手，意外地发现他的手心里都是汗。

"一鸣……"蒋雁南叫了陆一鸣一声，两行热泪就掉下来。

陆一鸣想到自己刚出狱时的感受，知道蒋雁南此时的心情，但他也不知道怎么安慰蒋雁南。他的视线避开蒋雁南，看到小区门口有一个黑色的包，正是蒋雁南平时放乐器的包。

"蒋老师，您住哪里？我先送您回去。"陆一鸣看着眼前憔悴单薄的蒋雁南，心里无比难受。

"我今天才出来，还不知道要住哪里。"蒋雁南如实说。

"那您跟我走吧。"陆一鸣上前两步，拎起蒋雁南的包，拉着他向酒店方向走去。

"老师，我现在和几个乐手在一个大仓库住，条件太艰苦了，也很吵。这样吧，我先把您安顿在酒店，如果您没地方去，我再找合适的房子，咱爷俩住。"

蒋雁南默默地点头，跟在陆一鸣的身后。

走了不远，发现了一家连锁酒店，陆一鸣便带着蒋雁南走了进去。

陆一鸣开了一个双人间，给蒋雁南放好洗澡水，然后就出去打算买些消夜。

当陆一鸣提着消夜回来的时候，蒋雁南已经靠在床头躺了下来。他摘下眼镜，用浴巾小心翼翼地擦拭着镜片。

陆一鸣把消夜放到沙发前的茶几上，叫蒋雁南过来吃。陆一鸣买了两份小馄饨，热气腾腾的，他记得蒋雁南爱吃馄饨。

"老师，我记得您说过，您有个儿子，对吗？"陆一鸣想到刚才蒋雁南的样子，联想到之前在监狱里他说的话，试图了解一些情况。

蒋雁南推了推眼镜，长长地叹了一口气："我儿子不要我了，我出事以前一直是和儿子住在一起的。出事后，他一次都没来看过我。今天我找了个公用电话给他打电话，他已经换了号码。我去敲门，有一个保姆给我开的门，说不认识我，不让我进去。我就想着在门口等他，等了好几个小时，直到你出现。对了，一鸣，你去那儿干什么？"

"我去送我一个朋友。蒋老师，您也别太伤心了，有时间我帮您找您儿子，他不会不认您的。"

蒋雁南放下筷子，眼泪再次在眼里打转："我杀了他妈妈，他不认我，我也能理解他。而且，他从十二岁以后，都没管我叫过爸爸。"

"为什么呢？他还那么小，你们父子俩矛盾怎么就那么深？"陆一鸣惊讶地看着蒋雁南。关于这件事，蒋雁南从来没有和他说过。

"他小的时候，我经常逼他练琴，但他死活不练。我那时候年轻气盛，为了这件事经常和他闹矛盾。他后来学会了无声地反抗，坐在钢琴边，就是一下也不弹。有一次，他实在把我惹急了，我就打了他一顿，结果，他就再也不管我叫爸。看他的样子，我也就放弃培养他了。其实，如果说他没有学乐器的天赋，我也就不逼他了。可是，他对各种乐器敏感得很，比一般的孩子领悟得快。为了他，我和他妈妈隔三岔五就吵架，唉……"

"到后来，你们的关系一直没有缓和吗？"陆一鸣问。

"有一段时间我们的关系还挺好的，那段时间他和我的得意门生谈恋爱，我非常支持他。我入狱后，他们结婚了。但我听说他们结婚不到三年就离婚了，这还是我其他学生去监狱看我的时候，告诉我的。"蒋雁南说完又深深地叹了口气。

"您儿子叫什么？明天我帮您去打听打听。"

蒋雁南再次推了推眼镜："他随他母亲的姓，叫秦建斌。"

"秦建斌？"陆一鸣惊讶地张大嘴巴。

"怎么，你认识他？"蒋雁南也惊讶地看着陆一鸣。

接下来，陆一鸣把他出狱后是怎样遇上倪秋雨，又是怎样遇到秦建斌的经过讲述了一遍。

蒋雁南听后，顿时喜出望外，连忙问道："一鸣，你是说，我那小孙子现在跟你学箫、学吉他？他对音乐很有天赋？"

"蒋老师，没错！您孙子是个音乐天才！"

　　"太好了，太好了！"蒋雁南说完立刻站起身来，激动地拉起陆一鸣，"走！一鸣，你带我去见他！"

　　陆一鸣看了看手机上的时间，已经晚上十点半了。他拉住蒋雁南，耐心地对他说："蒋老师，今天太晚了。明天，明天一大早我就带您去见他，好不好？还有啊，您儿子现在在国外，据说要过一段时间才回来，所以他应该不是因为不理您才换的号码。放心吧，他一定会认您的！"

　　陆一鸣安慰了蒋雁南很久，才把他哄睡着。

第十二章　爷爷变老师

第二天，陆一鸣五点钟就起床，然后打电话给倪秋雨，约倪秋雨在秦家附近的公园见面。

"一鸣哥，这么早，有什么重要事情吗？"

陆一鸣认真地看着倪秋雨，重重地点了点头："秋雨，记得我跟你说过在监狱教我吹奏篪的老师吧？"

倪秋雨点了点头："记得，你说过好多次。"

"你说巧不巧，他居然是浩浩的爷爷！"

"什么？你是说那个蒋老师是浩浩的爷爷？秦大哥的父亲？"倪秋雨惊讶地看着陆一鸣，一副不敢相信的样子。

"秦先生因为从小和蒋老师有隔阂，所以，他随母姓，姓秦而不是姓蒋。"陆一鸣进一步解释道。

"哦……难怪我之前问秦大哥，说怎么不让浩浩的爷爷教浩浩乐器，他表情怪怪的。然后我又问浩浩他爷爷去哪里了？浩浩只说他爸爸说爷爷去了很远的地方。如果照你这样说来，就能对上号了。"

"那现在怎么办？"倪秋雨接着说。

陆一鸣眉头紧蹙："我也不知道该怎么办，就目前的情况，秦先生肯定还不能接受蒋老师。但是，蒋老师现在连住的地方都没有，虽然我可以帮他租个房子。可是，你想啊，要是蒋老师能亲自教浩浩学乐器该有多好？"

倪秋雨突然豁然开朗，兴奋地说："是啊，一鸣哥，就让蒋老师以家庭教师的身份先住进来，让他先和浩浩建立感情。这样一来，以后的事就容易多了，你说是不是？"

陆一鸣点点头："但是，秦先生什么时候回来？你私自换家庭教师，也得让他知道啊！"

倪秋雨思考了一下，说："一鸣哥，你以后中午有空没？"

"有啊，暑假就要结束了，给孩子们上课以后要改在周六日，所以白天我除了去地铁站唱歌，就没别的事了。"陆一鸣说。

"嗯，那以后你来接送浩浩上下学吧，我正好就要开学了，不然秦大哥还得找别人。我给他打个电话，告诉他，我开学后，由你来接送浩浩，怎么样？顺便问问他什么时候回来。"

倪秋雨简单算了一下时差，然后拨通了秦建斌的电话。当她把自己的意图说出来后，秦建斌很爽快地答应了。当倪秋雨问及他什么时候回来时，他说还得过一阵子，具体日期没有说定。他还叮嘱倪秋雨要好好照看浩浩，有事随时给他打电话。

倪秋雨挂断电话后，对陆一鸣说："看样子，秦大哥要再过一阵子才能回来，我们不如来个先斩后奏，你说怎么样？"

陆一鸣沉思了一会儿，说："对了，你还记得刚开始我不肯来秦先生家给浩浩讲课，然后他约我谈话吗？他和我谈的时候，我把我在监狱的情况都跟他说了，我好像还说了蒋老师的大致情况。如果是这样，会不会秦大哥早就知道我的老师就是蒋雁南？你想想看，一个音乐家因为杀人坐牢的，能有几个？"

倪秋雨赞同地点点头："一鸣哥，你说得对，说不定秦大哥早就知道了你的身份。不管怎么样，先让蒋老师住过来，我会跟宋姐说蒋老师是新请的家庭教师，和浩浩暂时也只能这么说。浩浩还那么小，这件事情的真相，将来还是秦大哥亲自告诉他为好，你说呢？"

陆一鸣也赞同倪秋雨的观点，两个人一拍即合。他们约好，今天早上八点后陆一鸣就带蒋雁南回家。

陆一鸣回到住处，看到蒋雁南已经着急地在房间里团团转。他用酒店的电话给陆一鸣打电话，可是陆一鸣没听见。

"一鸣，你干什么去了？"蒋雁南看到陆一鸣焦急地问道。

"蒋老师，您别着急，我刚才去见了倪秋雨。"一边说着，陆一鸣一边把蒋雁南拉到床上坐下。

陆一鸣看了看时间，已经是早上七点。他拨打了前台的电话，让他们把早饭送到房间。

"倪姑娘怎么说的？"蒋雁南像个走失的孩子一样，一刻都安静不下来。

"蒋老师，您千万不要着急。退一万步讲，您儿子就算真的不管您，我也会管您的。再说了，我觉得您儿子一定会管您的，说不定他和我一样记得您出狱的日期，到时候即使他不在也会派人去接您的。可您这不是提前出狱了吗？所以他不知道也是人之常情，对不对？"

陆一鸣的话果然起到了安抚作用，蒋雁南长长地舒了一口气，默默地点点头。

陆一鸣接着说："但是，为了防止万一，我和倪秋雨商量了一下，我们先不要告诉他您回来了，让您以浩浩家庭老师的身份先住到家里去。您可以教浩浩学乐器，他的音乐天分真的好，您就一样一样地教他，先培养你们爷孙的感情。到时候秦大哥回来了，一看浩浩离不开您了，一切不就顺其自然了吗？"

蒋雁南听完，重重地点点头："这个办法好，这个办法好！"说完，蒋雁南立刻站起来，"一鸣，那我们走吧？"

陆一鸣笑了笑，看着蒋雁南火急火燎的样子无奈地摇摇头："看把您急的，咱们先吃完早饭，然后我去手机店给您买个手机。平时我在外面忙，您有什么事随时给我打电话，也方便些。"

蒋雁南想了一下，默默地坐了下来。

此刻的蒋雁南思家心切，和陆一鸣在监狱里认识的他简直判若两人。在监狱里陆一鸣第一次见到蒋雁南，感觉他酷酷的，一句话都不说，年龄那么大，还把头发扎成小辫，即使穿着囚衣，浑身上下都充满着艺术气息。

蒋雁南听了陆一鸣的话，心里踏实多了，一边喝粥一边对陆一鸣说："一鸣，我教我孙子学乐器，遇到你没接触到的乐器，例如笙、箫什么的，你也过来学学吧，你的音乐天赋也挺高的。"

"嗯，嗯。"陆一鸣赶紧点头。

倪秋雨回到家后，把浩浩叫到身边，面带微笑地说："浩浩，一鸣叔叔的吉他和簳演奏得好不好？"

浩浩虽然不明白倪秋雨为什么会问他这个问题，但他还是干脆地说："好，当然好！一鸣叔叔很厉害的！"

倪秋雨循循善诱地说："一鸣叔叔很厉害是吧？那你说一鸣叔叔的老师厉不厉害？"

浩浩眨巴了一下大眼睛，眼球骨碌转了一圈："就是在监狱教一鸣叔叔的那个人吗？"

　　浩浩的这句话吓了倪秋雨一跳，她突然后悔带浩浩去参加电视台的直播。浩浩的年龄虽小，但是什么事都能记住。

　　倪秋雨倒吸一口凉气："浩浩，人这一辈子，谁都会不小心犯错的，就像浩浩，也会不小心撒个小谎，捉弄个同学什么的，是不是？一鸣叔叔和那个爷爷都是不小心犯了错，但是他们已经认识到自己的错误，并且及时改正了，那我们是不是要原谅他们呢？"

　　浩浩认真地点点头："倪老师，那个爷爷凶不凶？"

　　倪秋雨笑着回答道："不会哦，爷爷很慈祥的。等倪老师开学去上课，就让一鸣叔叔接送浩浩上下学，让一鸣叔叔的老师教你乐器，怎么样？"

　　"嗯。"浩浩满意地回答道。

　　陆一鸣和蒋雁南买完手机，陆一鸣担心蒋雁南累，所以打了个车直接到了秦建斌家小区门口。

　　下了车，陆一鸣扶着蒋雁南刚要往小区里走，蒋雁南却停下了脚步："一鸣，附近有没有超市，我想给我孙子买个玩具。"

　　陆一鸣刚想说浩浩什么玩具都有，话到嘴边又咽了回去，老人对孙子的一片心意，他怎么可以阻拦？

　　"有，我陪您去，就在附近，不远。"

　　陆一鸣扶着蒋雁南。其实蒋雁南并不很老，六十来岁，身姿还很矫健，尤其是他的艺术气质更让他显得精神矍铄。但是刚出狱的人对马路有一种极度的陌生感，这个感觉陆一鸣之前体会过，更何况是六十多岁的蒋雁南。

　　他们问了导购员后顺利地找到卖儿童玩具的地方，陆一鸣记得浩浩说过，秦建斌答应他，如果他年终考试考得好，会给他买方块世界人物拼图。他还跟陆一鸣讲过上面有绿怪人、休莫斯、司务卡，还有炙魂白骨等人物。

陆一鸣把浩浩说的转述给导购员，导购员拿出来一套拼图递给他们。

"这个多少钱？"陆一鸣问。

"三千九百九十八。"导购小姐回答道。

"哦，好的，开票吧。"陆一鸣其实已经被这个对他来说天价的玩具吓了一跳，但是为了让蒋雁南完成心愿，他刻意表现得很平静。

幸好给倪阿蒙的钱还没打出去，不然剩下的钱真不够买这套玩具的。陆一鸣在心里默默地想着。

"买个便宜的吧。"蒋雁南拉了一下陆一鸣的胳膊。他知道陆一鸣才从监狱出来不久，估计也没有多少钱。

"没事，蒋老师，这点儿钱我还能应付。"陆一鸣微笑着接过票据，转头对服务员说，"帮我们包起来，我去交钱。"

买完玩具，二人来到了秦建斌家。陆一鸣敲门的时候，蒋雁南的心"突突"地跳，就好像他是第一次来到这个他已经生活了大半辈子的家。

倪秋雨打开门，迎接他们进来。

刚一进屋，蒋雁南就四处张望起来。

"蒋老师，您是在找浩浩吧？我去叫他，他在写作业。"倪秋雨看到蒋雁南的表情，猜到了他的想法。

浩浩已经听到了陆一鸣的声音，放下笔，兴奋地跑出卧室："一鸣叔叔，你来了？"

蒋雁南看到浩浩激动得眼泪就要流出来了。陆一鸣担心蒋雁南会失态，连忙向浩浩介绍道："浩浩，这位爷爷就是我的老师，以后就由他来教你乐器。我告诉你哦，这个爷爷老厉害了，你们家的乐器他都会哦！"

陆一鸣的话确实提醒了蒋雁南，他连忙扭头抹了一把眼泪，然后又转头笑着对浩浩说："一鸣叔叔总是跟我夸奖你哦，说你是音乐小天才！待会儿咱们就上课，好不好？"

"好！"

这时候倪秋雨端着水走过来，问浩浩："你今天的数学作业还有多少没写？"

"还有两道题！"浩浩拔高声音道。

"那好，我让爷爷熟悉一下环境，你把两道题做完就让爷爷给你上课，好不好？"

"好！"浩浩干脆地回答完，转身跑去房间做题了。

"蒋老师，我把您房间打扫干净了，您有什么需要的尽管跟我说。"倪秋雨对蒋雁南说。

"你们陪我上去看看吧？"蒋雁南小声地说。

陆一鸣和倪秋雨默默地点点头，扶着蒋雁南上了二楼。

蒋雁南看到二楼满屋的乐器，突然愣了一下。他并没有走上前去抚摸其中任何一个乐器。驻足片刻后，走进了一间卧室。

陆一鸣和倪秋雨站在门外，门是打开的，蒋雁南从床头上拿起一个相框，相片上亲密地依偎在一起的两个人是他和他的妻子。

十年前的他们五十岁，二人脸上还挂着灿烂的笑容。他缓缓拿起相框，凝视了照片很久，往事一幕一幕地呈现在眼前，他的双眼逐渐模糊起来。

蒋雁南站起身，打开衣橱，从衣橱的小箱子里拿出一个铁盒子。铁盒子是他多年的积蓄，去监狱前他把存折的密码托人告诉过儿子。

存折已经变得发黄了，蒋雁南颤抖着双手拿出它来，翻开存折，简单地算了一下里面的存款。存折里的钱一分都没动过，还是他走之前的八十万。

蒋雁南"呵呵"地笑了几声，他觉得这些钱对他来说毫无意义，儿子恨他，痛恨到不愿意花他的一分钱。他朝门口招了招手，陆一鸣和倪秋雨走了进去。

看到蒋雁南正在摆弄存折，倪秋雨连忙说："我去楼下看看浩浩作业写完了没有。"

倪秋雨出去后，蒋雁南示意陆一鸣坐到他对面的椅子上。他长长地叹了一口气，说："十年前，八十万块钱能买一个大房子，可是它们却像废纸一样躺了十年。一鸣，你帮我把这些钱转存一下，以后留给浩浩用吧。还有，你用多少，想干什么，就从这里取吧。我儿子不缺钱，但我想，你需要我帮助。"

"不，不，蒋老师，我现在每个月七七八八的也能挣不少钱，足够养活自己的，这钱您还是用来养老吧。"陆一鸣接过蒋雁南的存折，答应帮他转存，但却拒绝接受他的钱。

过了一会儿，倪秋雨把浩浩领上楼来。蒋雁南的脸上立刻绽开了笑容。

陆一鸣突然想起给浩浩买的玩具："蒋老师，您不是还给浩浩买了玩具吗？我扔在沙发上，差点儿忘了。"说完，陆一鸣连忙转身下楼去拿玩具。

陆一鸣把外包装卸下来，然后把玩具递给蒋雁南。

蒋雁南接过玩具，慈祥地看着浩浩，用手招呼浩浩到他跟前："这是爷爷送给浩浩的见面礼，喜不喜欢？"

浩浩看到拼图两眼立刻闪出亮光，他毫不犹豫地走上前去，从蒋雁南手里接过玩具，高兴地说："谢谢爷爷！"

蒋雁南看着虎头虎脑的孙子，顿时眉开眼笑起来："浩浩先把玩具放到一边，爷爷教浩浩乐器好不好？"

浩浩高兴地点点头，转身把玩具放到了一边。

为了增加蒋雁南在浩浩心里的好感，陆一鸣提议道："蒋老师，您先把这些乐器给浩浩演示一下，让浩浩好好地了解一下您的水平如何？"

还没等蒋雁南做出反应，浩浩就开始鼓起掌来："好啊，好啊，听一鸣叔叔这话，好像爷爷好厉害的样子！"

蒋雁南怎能不知道陆一鸣的意图，他淡淡地笑了笑，爽快地答应了下来："好！"

接下来，秦家的二楼客厅简直变成了蒋雁南的演奏会，陆一鸣三个人被蒋雁南的表演惊到了。别说浩浩和倪秋雨，就连陆一鸣都说不出话来了。钢琴、手风琴、尤克里里、篪、埙、大提琴、小提琴、凤凰琴等这些乐器到了蒋雁南的手里，就像是鱼儿到了水里一样，个个生龙活虎了起来。

大约过了半个小时，蒋雁南放下排箫，笑着对浩浩说："今天就先演奏这些，改天爷爷再继续给你演奏好不好。现在轮到浩浩给爷爷演奏了，我先看看浩浩都会哪些乐器？"

浩浩还没回过神来，听到蒋雁南说的话后，突然醒过神来："哇！爷爷，您真是神人啊！爷爷太厉害了，我长大了也要跟爷爷一样厉害！"

陆一鸣也说："蒋老师，您之前教过我的那些已经很厉害了，没想到您这么神，这么多种乐器，您都会，我也要学！"

蒋雁南笑着对陆一鸣说："在里面条件有限，我只带了几种方便的乐器进去。你当然要跟我学啊，不管你多么着急挣钱，我都希望你能静下心来跟我好好学学这些乐器。我的年纪大了，不见得有时间把这些都教给浩浩，接下来就靠你了。"

陆一鸣重重地点了点头，心里高兴极了。他想以后只要是他没接触到的乐器，他都会跟蒋老师学，他的收入虽然会因此下降一些，但他觉得非常值。

没过几天浩浩的学校开学了，蒋雁南只好每天晚上教浩浩一小时乐器，白天再给陆一鸣上两小时的课。就连从来没接触过音乐的倪秋雨都学会了吹笛子，做饭的宋姐没事了还去敲几下大鼓。

开学以后倪秋雨就上大四了，开始实习了，巧的是她实习的单位正好是浩浩的学校。这样，每天接送浩浩的任务就又交给了倪秋雨，陆一鸣腾出更多的时间来跟蒋雁南学习乐器。

第十三章　分道扬镳

　　自从陆一鸣接受采访后，他们乐队的受欢迎程度一直居高不下。但是陆一鸣觉得，靠自身的故事而不是靠音乐被人们熟知，这种手段并不光彩，所以，当他看到田毅又要求酒吧老板给他们涨钱时，他赶紧阻拦。

　　"毅子……"陆一鸣拉了田毅一下。但田毅根本就没有理会他。

　　酒吧老板是个"老油条"，他看看陆一鸣，再看看田毅，不屑地对田毅说："田毅，你小子别太过分，虽然你们现在很红，但你们不是大明星！是，我承认，自打一鸣在电视上出现以后，我酒吧的生意确实好多了，但那些人都是冲着一鸣来的。如果一鸣跟我提出来单独给他加钱，我还是能接受的，毕竟你们乐队离了一鸣不行。我可以随便找个乐队，然后聘请一鸣当主唱，你田毅不过是一个可有可无的角色，有什么资格要求我给你涨工资？"

　　老板的话令陆一鸣左右为难，他不知道该说什么才不至于让田毅误会。

　　田毅义愤填膺地看着酒吧老板，拳头攥得"吱吱"响。

　　"难道我说得不对吗？你现在唱的歌哪一首不是陆一鸣写的？"

酒吧老板变本加厉道。

眼看田毅的拳头就要挥过去，陆一鸣连忙站在田毅前面，义正词严地对酒吧老板说："老板，我想您搞错了。我们乐队是一个整体，谁都是乐队不可分割的一部分。是，毅子唱的歌是我写的，但是能把我的歌唱得比我好的只有毅子，我也只会给他唱我的歌。毅子提出来加工资，您同意也好，不同意也好，您都不应该出言讥讽他。如果您依然是这个态度，那我们换别家酒吧好了。"说着陆一鸣就拉着田毅向外走。

酒吧老板连忙拉住陆一鸣："一鸣，误会，误会。我就是一句玩笑，你看你们还当真了。"

陆一鸣停下脚步，瞥了酒吧老板一眼："老板，毅子提出涨工资其实并不过分。我们乐队几乎每天都在排练，三五天就更新歌曲。您去看看别的酒吧，弄一首原创唱小半年。"

听到陆一鸣的这番话，田毅的拳头才缓缓地松开。

凌厉和卓越也被陆一鸣的话感动了，他们没想到陆一鸣会这么看重四人之间的感情，一时之间，也不知道该说些什么。

酒吧老板说到底是不想让他们离开，所以连忙笑着说："是啊，不过分，不过分，就按田毅说的，每晚三千！我也豁出去了！"

这个结果自然是令人开心的，但田毅心里依然很不是滋味，他发现他越来越不能正视陆一鸣了，相反，凌厉和卓越却越来越佩服陆一鸣。

凌厉提议今晚晚点儿回去，找个地方好好庆祝一下。

陆一鸣白天还有很多事，他不能像田毅他们一样每天都睡到午后，但是为了不让田毅觉得他跟大家有二心，也就爽快地答应了。

他们找了个大排档去喝啤酒、"撸串"，一直到夜里两点钟才准备回家。

他们踉踉跄跄地往回走，一边走还一边大声唱歌。午夜的街道，空无一人，几个男人肆无忌惮地宣泄着对生活的无奈以及对未来的展望。

陆一鸣喝得少一些，他一个人看着左右摇摇晃晃的三个人，显得颇为辛苦。田毅因为今晚的事心情不好，所以喝得最多。

陆一鸣刚从田毅的口袋里掏出钥匙，突然看到仓库的门旁边蜷缩着一个女人。

见有人过来，女人连忙站起身来。

陆一鸣定睛一看，眼前这个女人不是别人，正是倪阿蒙。

倪阿蒙也看到了陆一鸣的脸，慌张地转身就想跑，却被喝得醉醺醺的田毅叫住："谁？哦，是你啊？"田毅笑眯眯地看着倪阿蒙，然后用非常不耐烦的口吻说，"你来干吗？我们不是分手了吗？你还来干吗？"

陆一鸣来不及多想，他打开大门，把田毅三人扶进屋里，出门一看，倪阿蒙已经跑远了。

陆一鸣追了半天，却没有看到倪阿蒙的身影，他猜想，倪阿蒙一定是躲起来了。

陆一鸣回到住处，把喝醉的三个人一个个安顿好，当他躺到床上时已经是凌晨四点了，却丝毫没有睡意。

望着窗外皎洁的月光，陆一鸣把床下的箱子拿出来，他现在已经不把现金放这里了，而是每天都到银行的自动存款机上去存，因此箱子里只有一双红色的舞鞋安静地躺在粉红色的礼品盒里。

陆一鸣陷入了回忆中，回忆起高中生涯中每一天都有倪阿蒙的日子。那时候他们是多么的单纯快乐，虽然没有甜言蜜语，也没有花前月下，可是，彼此的一个眼神，就能够让他们高兴一整天。为了能实现和倪阿蒙一起上大学的约定，陆一鸣发愤图强，努力学习。可是当这个约定终于就要实现的时候，却发生了那样的意外。陆一鸣在心里不禁感叹世事无常。

陆一鸣从刚才田毅的话中已经猜到了田毅和倪阿蒙的关系，但他却没有立刻去说些什么。他一离开就是八年，如果倪阿蒙真的和田毅在一起，这也是无可厚非的，况且他现在是倪阿蒙的杀父仇人，就更没有理由责问她，哪怕是简单地打听，他都是没有资格的。

倪阿蒙和田毅分手了吗？为什么会分手呢？她又为什么会和田毅在一起呢？万千人中，为什么是田毅呢？难道是她从他身上看到了自己的影子？想到这里，陆一鸣莫名地苦笑起来，因为他觉得自己真的是自我感觉良好。

陆一鸣只睡了三个小时，他心里淤积了太多的疑问，但又不好直接问田毅。他穿好衣服，跑步去几公里外的地方买了早餐。等他拎着油条和豆腐脑回来的时候，田毅已经醒了，正在院子里接电话，并没有看到他。

"我跟你说过了，我们已经分手了！你来找我也没用！我已经没有钱给你了，你好自为之吧！"

也不知道电话那头说了什么，田毅突然不耐烦地说："大小姐，你就别吓唬我了，怀孕？麻烦你能不能找个好一点儿的借口？"说完田毅就挂断了电话。

"毅子，我们聊聊吧。"陆一鸣看似非常平静。

田毅看了一眼陆一鸣，然后说："有什么好聊的，我知道我们兄弟三个现在都仰仗着你吃饭，不聊也罢！"

陆一鸣把油条和豆腐脑放在院子里的椅子上，然后缓缓地靠近田毅，他的双目怒视着田毅："我问你，你刚才在跟谁通电话？"

田毅冷哼一声："你管得着吗？"

陆一鸣"噌"的一下上前抓住田毅的领子："你是不是跟倪阿蒙讲话？"

田毅瞪大眼睛，惊讶地看着陆一鸣："你认识她？"

"刚才你在电话里说的事情是不是真的？"陆一鸣的手紧紧地揪住田毅的衣领。

"关你什么事？"

陆一鸣的怒火再也忍不住了，他用膝盖撞向田毅的肚子。田毅顿时惨叫一声，迅速倒在地上。陆一鸣的手依然揪住田毅的衣领，拳头迅速挥出去打在田毅的脸上。

凌厉和卓越听到了田毅的惨叫声，猛然从床上弹起来，迅速跑到院子里。

"你再敢动她试试！"陆一鸣又是一拳打在田毅的脸上。

凌厉和卓越连忙上前去拉住陆一鸣。陆一鸣扭头看了看凌厉和卓越，怒吼道："闪开！"

陆一鸣一副仿佛是要吃人的样子，凌厉和卓越被吓了一跳，不敢轻举妄动。

"你给我记住，这件事不许说出去，你以后也离她远点儿！"说完，陆一鸣松开田毅，一点点地向后退去。

凌厉和卓越连忙去看田毅，田毅只顾得"嗷嗷"喊痛，一句完整的话都说不出来。

"毅子，要不要紧？要不要去医院？"凌厉和卓越把田毅扶起来，担心地说。

陆一鸣从口袋里掏出一张卡，这张卡上是他这段时间以来所有的积蓄，加上原本要给倪阿蒙的钱，一共有一万五。他把卡递到凌厉手里，淡定地说："送他去医院吧。卡里的钱足够，密码是916523。"

田毅还是呼天喊地地喊疼，不让别人碰他。陆一鸣心里清楚，他还能这样歇斯底里地喊，就代表他没有大事。

陆一鸣走进屋子，背起了吉他和双肩包，抱着装着礼品盒的箱子走出来，站在田毅面前，冷静地说："话筒音响留给你们，你们用得到。如果他的伤势还需要花钱就给我打电话。从此以后山水永相隔，你们再看到我，权当不认识吧。所有的乐谱我都放到桌子上了，你们怎么用都可以，我决不干涉版权。"

陆一鸣说完缓缓地转过身去。田毅不明白陆一鸣为何会如此愤怒，看到陆一鸣要走，他用力喊道："为了一个女人，值得这样吗？"

陆一鸣回过头来，淡淡地冷笑道："我曾经为了她杀过人，你说这样值得吗？"

接下来就是无尽的沉默，田毅、凌厉、卓越默默地看着陆一鸣的背影越走越远，直到消失不见。

陆一鸣没有去找倪阿蒙，他怕倪阿蒙难堪，考虑再三，拨通了倪秋雨的电话，然后先去了秦建斌家。

蒋雁南正在弹钢琴，见到陆一鸣心事重重的样子，关切地问道："一鸣，发生什么事了？"

陆一鸣扯动了一下嘴角，艰难地笑了笑："蒋老师，您能借我两万块钱吗？"

蒋雁南从琴凳上站起来，然后走到卧室，他拿出来一张卡递给陆一鸣："这里是五万块钱，你拿去。"

"不，我只要两万。"陆一鸣强调道。

蒋雁南看了陆一鸣好一会儿，说："我老糊涂，哪个卡是两万，你自己去拿。"

陆一鸣之前帮蒋雁南存钱，考虑到蒋雁南年纪大了，把八十万存在一张卡上，怕他弄丢，于是就把钱化整为零存进不同的卡上。

陆一鸣默默地走到蒋雁南的卧室，从床头柜里找出来他之前办理的卡，然后从中挑出一张，默默地退出卧室。

蒋雁南的钢琴声再次响起。陆一鸣看了一眼蒋雁南，什么也没说，就向楼下走去。

他们师徒之间就是这样，从来不问彼此为什么这么做，但只要是对方决定的事，便会无条件地支持。

当陆一鸣打开门要出去的时候，抬头望了一眼钢琴的方向，钢琴声依旧那么美妙。他知道，这是蒋雁南在告诉他，世界上没有什么过不去的坎，世界依然是美好的，亦如这琴声。

第十四章　为错误买单

陆一鸣和倪秋雨约在学校附近的小茶馆见面。他先去银行把钱取出来，然后在一个小茶馆等倪秋雨。

倪秋雨赶到时已经上午十点半了，刚一进茶馆，她就急匆匆跑过来坐下："一鸣哥，你这么着急找我，有什么事吗？"

陆一鸣把面前的一杯茶倒进嘴里，抹了一把嘴边的水珠，他的目光有些暗淡，眉头紧蹙："秋雨，我问你件事。"

陆一鸣给倪秋雨倒了一杯茶，迟迟没有开口。

倪秋雨察觉到陆一鸣的心情不好，焦急地看着他："一鸣哥，你问啊。"

"你姐有男朋友吗？"陆一鸣想了半天，开门见山地说。

倪秋雨的神色也突然暗淡下来，沉默了片刻，说："我姐有个男朋友，是个歌手，不出名，但长得还挺帅。"

倪秋雨一直看着陆一鸣的眼睛，从陆一鸣焦灼的眼神里感受到他对倪阿蒙的爱，她忍不住问道："一鸣哥，你还是爱我姐的，是吗？"

"他男朋友是不是叫田毅？"陆一鸣追问道。

倪秋雨露出惊讶的神色："你怎么知道？"

陆一鸣从双肩包里把两万元拿出来放到桌子上，推到倪秋雨面前："这些钱给你，陪她去医院做个小手术吧。"

倪秋雨狐疑地看着陆一鸣："一鸣哥，这……这是什么意思？"

陆一鸣紧闭双唇，沉默片刻后，说："他们分手了，你姐好像怀孕了，田毅那小子竟不认账。我不方便见你姐，怕给她带来麻烦，这件事你别说是我告诉你的，钱也别说是我给的。"

"一鸣哥……"倪秋雨欲言又止，但也想不出什么话来安慰陆一鸣。

从小茶馆走出来，已经十一点多了，倪秋雨对陆一鸣说："一鸣哥，你等着接浩浩回家吧，我中午先和我姐见一面。"

陆一鸣点了点头。

倪秋雨走到一边，拨通了倪阿蒙的电话。电话打了三次才有人接通，听到是倪秋雨的声音，倪阿蒙"嘤嘤呜呜"地哭起来。

"姐，你等我，我马上去你那里。"

下了公交车，倪秋雨买了些包子和八宝粥，还有一份清淡的小凉菜，然后来到倪阿蒙的住处。

倪阿蒙蓬头垢面，目光呆滞，憔悴得不成样子。

倪秋雨把吃的放到杂乱的茶几上，问道："你室友都上班去了？"

倪阿蒙点点头。

看到倪阿蒙的样子，倪秋雨什么也没有问，找了把梳子给倪阿蒙梳理杂乱的头发，然后又把湿毛巾拿过来，给她擦脸。看着倪阿蒙无助忧伤的眼神，倪秋雨心疼极了。

"咱妈还好吗？"倪阿蒙说出这句话后，就再也忍不住了，抱着倪秋雨哭起来。

"自打秦大哥的父亲回来以后，每天都是他陪浩浩写作业，我晚上回家陪咱妈一起睡。她没什么变化，只是非常想你，总是念叨你。"

"你别告诉她，我这个样子，秋雨，姐……"话没说完，倪阿蒙就又哭起来。

"姐，不用说了，我都知道了。"说着，倪秋雨从斜挎包里拿出陆一鸣给她的两万块钱，"这些钱你拿着。明天我请假，咱们去医院吧？"

倪阿蒙用迷茫的目光看着倪秋雨："你怎么知道的？是不是一鸣告诉你的？"

倪秋雨想起陆一鸣告诉她的话，一时之间，不知道该不该告诉倪阿蒙事情的真相。

倪阿蒙喃喃地说："他还是知道了，昨晚他看清楚是我了……"

"姐，什么意思？昨晚你和一鸣哥碰见了？"倪秋雨赶紧问道。

"我怀孕了，去找田毅，可是我看到他和田毅在一起。我从来没去过田毅住的地方，田毅也从来不告诉我，我是费了好大劲儿才打听到的。谁知道一鸣和他……他们在同一个乐队。"倪阿蒙沉默片刻后，接着说，"这样也好，我再也不用在一鸣面前假装纯洁了，他什么都知道了。这钱，是不是他让你给我的？"

倪秋雨点点头，然后她看着倪阿蒙问道："姐，你还爱一鸣哥吗？"

倪秋雨的话令倪阿蒙一愣，苦笑几声："我和他之间，爱也好，不爱也好，还能怎样？"

倪秋雨抓住倪阿蒙的手，真诚地说："姐，如果你爱他，你们为什么不试着在一起呢？这么多年了，难道你真的认命了吗？你也知道，当年那件事是个意外。当年那件事情，说到底不是一鸣哥欠咱们家的，而是咱们家欠一鸣哥的。如果你要是担心妈不同意，我可以帮你瞒着，有合适的机会再跟她说。我想她是能够理解的。"

倪阿蒙淡淡地笑了笑："我的傻妹妹，我和他之间的问题不是这么简单的。不管怎么说，他也是咱们的杀父仇人，我心里这道坎怎么过得去？还有他，你觉得当他去祭奠自己的母亲、看望疯癫的父亲的时候，他难道不会想，是我带给他这一切的……"

听到这番话，倪秋雨也沉默了。这些虽然她也想过，但是她还是觉得真爱应该是最简单最纯粹的，为什么要让那些陈年旧事困扰现在的生活。

过了一会儿，倪秋雨帮倪阿蒙擦干腮边的泪珠，恳切地说："姐，以后找男朋友一定要擦亮眼睛。"

"嗯……"

姐妹俩紧紧地抱在一起痛哭起来。突然，倪阿蒙抬起头，推开倪秋雨，"秋雨，姐求你件事。"

"姐，你说。"倪秋雨看出来倪阿蒙眼里恳切的神情。

"姐去医院做手术，能不能写你的名字？"倪阿蒙目不转睛地看着倪秋雨。

"姐……你……"倪秋雨万万没有想到，倪阿蒙会提出这样的要求。她可是自己的亲姐姐，这种手术对于一个女人来说，是多么敏感的一件事啊。

倪阿蒙紧紧地抓住倪秋雨的手："姐求你了，这件事如果传出去，我就永远没有出头之日了。姐现在的事业刚有一点儿起色，决不能因为这件事毁了。秋雨，求求你了。"

倪秋雨禁不住倪阿蒙的软磨硬泡，纠结了一会儿，艰难地点了点头。

倪阿蒙立刻破涕为笑，再次抱住倪秋雨："就知道你最心疼姐姐。"

"对了……"倪阿蒙突然又想起来一件事，"医生告诉我，做手术还得有孩子父亲的签字，怎么办？"

倪秋雨沉默了一会儿，说："既然你不想让任何人知道，也只能是一鸣哥了。"

"可是……"倪阿蒙再次欲言又止，她不知道该怎样跟陆一鸣开这个口。

"姐，既然一鸣哥已经知道这件事了，你还纠结什么？"倪秋雨说。

"可是，我开不了口……"倪阿蒙吞吞吐吐地说。

倪秋雨无奈地摇摇头："好吧，我去说，你等我的消息。"说完，她把桌子上吃的东西拿到厨房热了一下。

为了尽快挣出租房子的钱，陆一鸣打算一下午都待在地铁站。午饭他都没有吃，把浩浩送回家后，就来了地铁站。宋姐和蒋雁南再三留他吃饭，他都拒绝了。

都说人饿的时候最清醒，陆一鸣利用中午的时间成功地创作出一首新歌。看看时间，已经两点了，他又赶紧回去接浩浩，把他送到学校。

送完浩浩后，陆一鸣回到地铁站，重新开始唱歌。中途，蒋雁南给他打电话让他回去上课，他谎称拉肚子，请假一天。到了傍晚，他清点了一下收入，居然挣了三百块，他兴奋地拿着钱，找了一家小旅馆住了下来。

小旅馆一天的费用是一百三十块钱，陆一鸣只交了一天的。晚上，他背着吉他，去几个陌生的酒吧应聘。这一片的酒吧相对于之前那条街的酒吧档次低了很多，所有的酒吧都没有驻唱歌手。

陆一鸣前前后后进了十几家酒吧，终于在夜里十一点多的时候，找到一家酒吧答应他留下来。但条件很苛刻，每天晚上给他一百块钱，每晚十点到十二点唱两个小时，十天营业额没有变化的话就辞退他。好在是工钱当天结算，这样他很快就能租到房子了。

回到小旅馆时已经凌晨一点多了，陆一鸣看到好几个未接电话，都是倪秋雨的。打开微信，倪秋雨的留言也跳了出来。

"一鸣哥，打你电话估计你没听见，我姐的事还需要你帮忙，医院需要孩子父亲的签字才给做手术。"

陆一鸣看到这条留言，回复了一句："好吧，什么时间去？"

没想到倪秋雨还没有睡，微信迅速得到回复："明天上午八点在高阳医院门口集合。"

"好。"陆一鸣回答。

又过了一会儿，倪秋雨又说："一鸣哥……"

陆一鸣看到倪秋雨发来的语音，察觉到她可能还有话要说，于是追问道："秋雨，怎么了？有事就说吧。"

"说实话，我真是不想总给你添麻烦。可是，我姐这件事不想让别人知道，所以我还是想麻烦你。"

"谈不上麻烦不麻烦的，我明天准时到。"

"明天是我妈透析的日子，所以……"

"我知道了，你姐那儿你就别管了。"

"一鸣哥，真的谢谢你，我不能让我妈知道我姐的事，所以只能麻烦你了。"

两个人又客套几句，最后互道晚安，才各自睡觉。

第二天陆一鸣打了一辆车，到倪阿蒙的住处附近去接她。陆一鸣把车牌号告诉她，两个人一路上一句话都没有说。

到了妇产科门口，倪阿蒙去挂号，当医生问陆一鸣："你是倪秋雨的老公吗？你们确定不要这个孩子吗？"

陆一鸣一下子惊呆了，明明是倪阿蒙，为什么变成了倪秋雨？

陆一鸣把倪阿蒙拉到室外，一脸狐疑地问她："秋雨知道这件事吗？"

倪阿蒙点点头："我……"

"好了，我知道了。"陆一鸣冷冰冰地说。

陆一鸣对倪阿蒙的做法很不满，可是想了一会儿，既然人家姐妹俩已经商量好了，他再有意见也无济于事。再说了，他根本没有理由去责问倪阿蒙，他唯一能做的就是帮助倪阿蒙。

顺利拿到挂号单，他们来到手术室门口等待。

陆一鸣不敢看倪阿蒙，同样倪阿蒙也不敢看陆一鸣，所以即使他们并排坐着，还是没有说一句话。

当护士念到二十三号的时候，倪阿蒙的手心开始出汗，她两腿并拢，两只手不停地揉搓手里的单子。因为她是二十四号，她死死地盯着二十三号的女孩由老公陪着到了手术室门口，不一会儿，二十三号已经走进手术室，只剩她老公在门口踱步、徘徊。

陆一鸣察觉到倪阿蒙的紧张，他把手放在倪阿蒙的手上，试图安慰她。

倪阿蒙突然转过头，无助地看着陆一鸣的眼睛："一鸣，我怕……"她的声音很低，夹杂着哽咽和颤抖。

陆一鸣紧紧地抓住倪阿蒙的手，低声安慰道："没事，我在外边等你。"

　　这时，护士喊到二十四号，倪阿蒙依然不肯站起来。陆一鸣替她喊了声"到"，然后扶着她起身："走吧，别怕，有我呢！"

　　陆一鸣揽着倪阿蒙的腰来到手术室门口，护士把她带了进去。可是，没一会儿，倪阿蒙就哭着跑出来，对陆一鸣说："一鸣，我害怕……我舍不得……"

　　此刻，陆一鸣的心无比疼痛，但是他必须忍住。他认真地看着倪阿蒙："蒙蒙，你如果离不开他，爱他，我去找他，他必须负责！"

　　倪阿蒙哭着摇头："不，不，我还有我的事业，我不能……"

　　这时候护士紧跟着倪阿蒙出来，态度有些恶劣地说："你到底想好没有？做还是不做？"

　　倪阿蒙扭头看了看护士，无奈地点了点头，艰难地跟着护士重新进了手术室。

　　手术室的门刚关上，陆一鸣突然敲起门来。

　　护士把门打开："你又有什么事？"

　　陆一鸣焦急地看着护士："请你转告她，就说门外等着的人愿意当孩子的爸爸。"

　　护士点点头，关上手术室的门。

　　陆一鸣更加忐忑起来，他刚才突然有一个想法，如果倪阿蒙舍不得这个孩子，他真的可以成全她，让她把孩子生下来。然后他可以独自把孩子抚养长大，当成自己的孩子一样抚养。他不知道自己为什么会有这样大胆的想法，他被自己刚才的行为吓了一大跳。或许是因为他太爱她了，爱她，爱她所有的一切。

　　陆一鸣此时既期待倪阿蒙立刻跑出来，但又害怕倪阿蒙跑出来，心里乱极了，来来回回地走了好几遍。最终，他深呼吸了几次，告诫自己，尊重倪阿蒙的选择，她想生下孩子，那他就勇敢地养大这个孩子；她做手术，那他就好好地照顾她。

半个多小时后，倪阿蒙捂着肚子走出手术室，陆一鸣连忙上前搀扶她，她面色惨白，嘴唇发紫。

倪阿蒙示意陆一鸣扶她到椅子上坐一会儿，她浑身无力地靠在陆一鸣怀里，语气颤抖地说："一鸣，我不能回我的住处，我也不能回家……"

陆一鸣搂紧倪阿蒙，说："好，回我那里。"

倪阿蒙没有吭声，默认地点点头。休息了一会儿，陆一鸣叫了车，打算先把倪阿蒙带到自己住的小旅馆。

考虑到倪阿蒙的身体状况，陆一鸣实在不忍心让她居住在这样的小旅馆里。可是他手里只有二三百块钱，他的心里开始焦虑起来。

这时候，陆一鸣的手机响了，打开一看，是倪秋雨发的短信：一鸣哥，打开微信。

陆一鸣打开微信，看到一笔两万元的转账，是倪秋雨转过来的。另外，还有倪秋雨的留言：一鸣哥，你给我的钱每月都用不完，我就存下来了。别委屈我姐，你就收下吧。

真是雪中送炭，陆一鸣感激得说不出话来。其实他知道，他一共才给过倪秋雨四次钱，倪秋雨怕他为难，一定是把自己所有的钱都存了起来。

陆一鸣迟疑了一下，点了收账，但是很快他又给倪秋雨转过去一万块钱，并留言：我用不了那么多，我收下一万，算我借你的，以后还你。

发出去这条微信，陆一鸣不等倪秋雨回应，就关了微信。

扭头看着倪阿蒙苍白的脸色，陆一鸣把她搂进自己的怀中，让她的头靠着自己的胸膛。

第十五章　红色舞鞋

　　陆一鸣把倪阿蒙安排在一个酒店里，然后给她买了些清粥小菜，倪阿蒙吃了些，很快就睡着了。陆一鸣出门去超市给倪阿蒙买了些生活必需品，卫生巾、红糖、牙刷、牙膏什么的。回来后，他给倪阿蒙留了一张字条说要出去一下，然后就去了小旅馆把之前的箱子搬了过来。

　　倪阿蒙睡了一觉，精神看上去好多了。陆一鸣进门的时候，她正靠在床头发呆。看到陆一鸣抱着箱子，她好奇地问："一鸣，你抱的什么？"

　　"哦，哦，没什么。"陆一鸣显然有一些慌张，连忙把箱子放到房间的角落里，然后拉了一把椅子坐到倪阿蒙的床头。

　　"一鸣，真的谢谢你。"倪阿蒙看着陆一鸣的眼睛，由衷地说。

　　陆一鸣没有说话，缓缓地站起来，走到窗户前，望了望窗外，然后回过头靠在窗户上："你注意身体，别碰凉水，吃东西也吃热的，别早早下地活动，有什么事，你就叫我。"

　　倪阿蒙的眼泪突然涌出来，声音也有些哽咽："一鸣，你为什么对我这么好？"

陆一鸣缓缓地走到床前，从纸抽里抽出纸巾，帮倪阿蒙擦掉涌出的眼泪："你这时候不能哭，记住了？"

倪阿蒙重重地点点头，眼泪忍不住再次流出来。

"一鸣，你去忙你的吧，我自己真的可以。我听你的话，不碰凉水，不到处乱走，尽量多休息。我知道你经济情况并不好，所以，你还是去忙吧。你在这里，我也不是太方便。"倪阿蒙说。

"嗯，那好吧，你一定要好好地照顾自己。我现在先去外面找找房子，争取能租一个方便点儿的，隔一小时我会给你打一次电话。今天晚上可能我要回到这间屋子来，你一个人在，我不是很放心。还有，单位你请好假了吗？"想到医生叮嘱他的话，陆一鸣不免唠叨起来。其实，这都不是最主要的，有他在，一个女孩儿是不太方便。

倪阿蒙点点头，说："我跟单位的人说我要做个阑尾炎手术。"

陆一鸣说："嗯，也好。"

陆一鸣走出酒店后，先是到了房产中介，询问了一下周边的房源。因为他手里的钱有限，所以能租的房子也有限，最后他租了一个一室一厅的房子，每个月房租六千块钱，也只有这一家让先交一个月房租，其他都要先交半年的房租。

找到房子后，陆一鸣给倪阿蒙打电话："蒙蒙，我找到房子了，明天我们就可以搬过来。你怎么样？有没有不舒服？"

倪阿蒙说话的声音有些弱，但是她的精神状态还不错："一鸣，你忙吧，我没事。"

"嗯，你好好休息，睡不着就闭着眼睛，千万别看电视，否则眼睛会落下毛病的。"陆一鸣耐心地叮嘱道。

陆一鸣刚挂上电话，微信提醒铃声响了起来，原来是倪秋雨提醒他去活动中心给孩子们上课。

下午五点，陆一鸣准时到了活动中心给孩子们上课。课间，他又给倪阿蒙打电话："蒙蒙，你怎么样？饿了没有？饿了的话先吃点儿零食垫垫肚子，我得上完课才能回去，再有一个小时。"

倪阿蒙被陆一鸣的关心感动了，她的眼睛又湿润了："一鸣，你忙吧，我没事。"

陆一鸣支支吾吾了一会儿，说："蒙蒙，另一个袋子里有换洗的内衣，你换下来放到卫生间就可以了，我回去洗。你可千万别沾凉水，听到了吗？"

倪阿蒙再也忍不住了，眼泪夺眶而出："嗯，知道了。"

上完课，陆一鸣连忙找了一家饭店，点了一锅鸡汤。这家店帮客人加工各种月子餐，这是陆一鸣在网上查到的。他还让服务员给煮了两个鸡蛋，他把吃的拎回去。

陆一鸣回去的时候，倪阿蒙正在睡觉，他不忍心打搅她，就把吃的轻轻放下，然后坐在床头看着她。

时隔八年，眼前的倪阿蒙已经不是当年的女孩，她的脸上多了成熟，陆一鸣甚至感觉她的脸有些陌生，可他就是忘不了。或许是因为倪阿蒙出现在陆一鸣最美的青春年华，从那以后，他的身边再也没有出现其他女孩。就连在狱中的八年，陆一鸣午夜时分最美的梦依然是拥抱着她的情景。他小心地拉过她的手，在她手背上轻轻地吻了一下。

此时，田毅的脸浮现在陆一鸣的脑海里，他的心生生疼了一下，他不知道倪阿蒙和田毅之前到底发生过什么，他只知道，在这八年中，她身边有了另外一个男人。

其实仔细想想，倪阿蒙爱上田毅也是情理之中的事情。陆一鸣不怪她，也没怪田毅，怪就怪八年前自己的冲动，让一切发展成现在这个样子。

卫生间里，有倪阿蒙自己洗的内衣，陆一鸣拎了一下暖壶，里面的水空了。他的表情有些复杂，他高兴倪阿蒙没有用凉水洗内衣，但令他有一些失落的是，倪阿蒙还是没有把他当成自己很亲密的人。不过，一个姑娘家，这种事自然是难为情，所以，他并没有在意。

倪阿蒙是八点多醒的，睁开眼睛时，陆一鸣正面带微笑地看着她。她的脸上立刻飞过一抹红晕："一鸣，你回来了。"她的声音轻柔低沉。

"嗯，你还好吗？"陆一鸣用温柔的眼神看着倪阿蒙。

"一鸣，我……"倪阿蒙有些欲言又止。

陆一鸣知道倪阿蒙想要说什么，连忙阻拦她："什么都不要想，也不要说，你也不用有心理负担。照顾你，是我心甘情愿的，你也不用承诺我什么，只要让我照顾你就好。"

倪阿蒙点点头，不再说什么。

陆一鸣拿过一条湿毛巾帮倪阿蒙擦了擦手，然后又把鸡汤和其他吃食拿过来。

倪阿蒙吃完饭后，陆一鸣说："你确定自己身体没事吗？"

倪阿蒙淡淡地笑了笑："真的没事，我毕竟年轻，身体底子比较好，休息了一天，已经好多了。"确实，倪阿蒙说话的声音比上午有底气多了。

陆一鸣重新打来一暖瓶水放到床头，然后对倪阿蒙说："你没事的话，我就出去了。你放心，晚上我在地上睡。你早点儿睡吧，多休息身体才不会落下毛病。"

陆一鸣去过街天桥弹唱了一会儿，然后又吹了几曲篾，看了看时间，距离去酒吧还有不到一个小时，他背上吉他跑回住处。他蹑手蹑脚地打开门，看到倪阿蒙睡得很平稳，没有任何异常，又赶紧关上门，跑着去了酒吧。

其实，陆一鸣回来的时候倪阿蒙并没有完全睡着，她怕耽误陆一鸣的时间，所以一直在装睡。当她看到陆一鸣跑回来只为了看她一眼时，心情无比复杂。她从床上下来，走到窗户前，透过玻璃看到陆一鸣在夜色中狂奔，突然无比心疼这个男人，他自己都吃了上顿没下顿却无微不至地照顾着自己。

可是，对她这样好的人，为什么不是田毅？她曾经那样全身心地爱着田毅，他却说变就变，她深情的付出连他最起码的尊重都没有换来。

站了一会儿，倪阿蒙有些累，刚想退回到床上，房间角落里的箱子引起了她的注意。她缓缓地走到箱子跟前，蹲下身来，打开箱子的盖子，一个精美的礼品盒出现在眼前。台灯的灯光比较暗，她把礼品盒拿到床上，然后拉开黑色蝴蝶结丝带，一双漂亮的红色舞鞋出现在她眼前。

倪阿蒙的心像是突然被什么击中，她快走几步打开大灯，红色舞鞋毫无保留地呈现在她面前。

这双舞鞋明显有一点儿过时，但是款式和质地都是极好的，跳舞这么多年，她穿过的舞鞋不计其数，倪阿蒙一眼就能看出来，摆在眼前的这双舞鞋是她见过的最贵的舞鞋。

倪阿蒙坐在床上小心翼翼地穿上红色舞鞋，她穿着不大不小正合适。目光再次扫过礼品盒，她觉得这个盒子好熟悉。对！八年前，陆一鸣就是拿着这样一个礼品盒去的她家。可惜，礼品盒还没从自行车上拿下来，就发生了后来的一幕。

倪阿蒙的眼泪猝不及防地掉下来，落在红色舞鞋上，也落在她白皙的脚背上。如果八年前没有发生那一幕该有多好，说不定她和陆一鸣早就结婚生子了，而不是像现在这样，眼看着彼此越走越远，再也回不到最初。

倪阿蒙到现在都不敢相信田毅骗了她，她回想二人最开始时，田毅答应过她，会爱她天长地久，挣了钱也会都给她，会帮助她走上璀璨的星光大道。她也曾经以为，田毅就是她的一切。可是，她没想到有一天，田毅会指着她鼻子骂她贪慕虚荣。

而随着陆一鸣的出现，倪阿蒙的心好像再次出现了波动，看到陆一鸣的第一眼时，她就再次沦陷了。陆一鸣比八年前稳重多了、硬朗多了，他眸子里的深情却没变，通过了解陆一鸣出狱这段时间的经历，她更加深信不疑地相信自己爱他。

可是，他和她之间早就斗转星移，错过了太久。即使是现在，抛开田毅不谈，单纯因为他们之前的纠葛，他们也失去了在一起的任何可能性。

世界上让人难过的是短暂拥有过后的失去，那会让人心里有一道伤，它想什么时候折磨你一下就折磨一下，你一点儿反抗的能力都没有。

倪阿蒙和陆一鸣青春时期的感情就像是一道沟壑，这条沟壑隔了八年，已经变成了一道银河，即使跋山涉水，也只能隔河相望。

陆一鸣下班后，脚步更加匆忙起来。在酒吧连续唱两个小时，他一点儿也不觉得辛苦，为了倪阿蒙，再辛苦也值。他从来没有像今天这样感觉被人需要过，他知道，倪阿蒙需要他，思及此处，他的脚步又加快了不少。

回到酒店后，他在地板上和衣而睡，脸上不由自主地露出甜蜜的笑容。

第二天，陆一鸣早早地买了早餐，然后叫了一辆车，把倪阿蒙送到他租住的房子里。

这间房子只有三十多平方米，但是"麻雀虽小，五脏俱全"。最令他兴奋的是，客厅放的是一个沙发床，这样，倪阿蒙在卧室睡觉，他即使回来得再晚也不用担心打搅她休息。

一周后，倪阿蒙的身体已经基本恢复。这天晚上，她做了一大桌丰盛的晚餐，还去附近的超市买了一瓶红酒。

陆一鸣一进门，看到满桌子饭菜非常惊讶："你怎么能干这么多活儿呢？"

倪阿蒙没有理会陆一鸣，而是接过他的吉他挂在墙上，然后说："快点吃饭吧。"

陆一鸣感到气氛不太对，他偷看了倪阿蒙一眼。倪阿蒙的气色好了很多，笑容也非常灿烂。

倪阿蒙倒了两杯酒，递给陆一鸣一杯，温柔地笑了笑，然后举起酒杯："一鸣，我身体彻底好了，假期也到了。谢谢你这几天对我的照顾，吃完这顿晚饭，我就要走了。这顿饭就当是我这段时间的谢礼，至于其他的，我都记下了，以后一定会还给你的。"

陆一鸣突然不知道该说什么，举起酒杯主动去碰了一下倪阿蒙的杯子，然后一饮而尽。

"以后有任何需要都给我打电话，好吗？"陆一鸣抹了一下唇边的酒渍，说。

"好！"倪阿蒙也一饮而尽。

沉默一会儿后，倪阿蒙说："快尝尝我做的菜，我很少下厨，但愿做的还能吃。"

陆一鸣坐下，夹了一口红烧肉，眼泪突然在眼睛里打起转来，咀嚼两下后，笑着说："嗯，好吃！"

"一鸣，你也该好好为自己打算了，以后别再给我钱了，我自己的困难我自己想办法解决。"倪阿蒙沉默了一会儿，突然说。

"不！只要我能够赚到钱，就会给你，多少你别嫌弃就行。我不会听别人胡说八道，我相信自己的直觉，你需要钱，并不是为了爱慕虚荣。虽然你不方便告诉我，但以我对你的了解，我能感受到你的难处。"

倪阿蒙突然"呜呜"地哭起来。陆一鸣看着她，并没有上前安慰，他知道，有些事压在心里，不如哭出来。

过了一会儿，倪阿蒙走到墙角处，弯腰拿出礼品盒，用期待的眼神问陆一鸣："一鸣，这个可以送给我吗？"

陆一鸣点点头："这本来就是给你买的，进监狱、出监狱、住桥洞、住仓库、住旅馆、住酒店，我没有一次把它弄丢。"

倪阿蒙把礼品盒抱在胸前，然后缓缓地走到门口。陆一鸣赶紧拿了吉他："我送你回去吧？"

倪阿蒙扭头坚定地说："一鸣，这次让我自己走。"

陆一鸣没说话，任凭倪阿蒙打开防盗门，然后走出去。

片刻后，陆一鸣跑到窗户前，目送倪阿蒙越走越远，直到消失不见。

第十六章　逐出家门

陆一鸣刚进酒吧，老板就笑眯眯地朝他走过来："兄弟，我想今天和你正式签个合同，行不？"

陆一鸣一头雾水，狐疑地看着老板："不是还没到十天吗？"

老板依旧笑眯眯地看着陆一鸣，说："一鸣，不瞒你说啊，我这里的营业额自打你来以后，提高了百分之三十。我听到顾客议论你，原来你就是电视上那个免费给孩子们上课的人啊！所以，咱们还是签个合同吧。"

陆一鸣接过老板递过来的合同，合同上报酬一栏，写的是每天三百元，有特殊事可以请假，合同期限写的是一年。

陆一鸣想了一会儿，考虑一年会不会太长，毕竟酒吧行业流动性这么强。

老板看出陆一鸣的迟疑，连忙问道："一鸣，你是对报酬不满意吗？不满意的话咱们可以商量，再加一百元怎么样？"

陆一鸣淡淡地笑了笑："老板，我不是对报酬不满意，我是在考虑时间。我不想一下签一年，如果我攒够了钱也许还会选择去读书。所以，您看？"

酒吧老板是个惜才的人，点点头："确实是啊，你这么有才华的人，怎么能总待在这个小酒吧，你是应该有更广阔的天地。这样吧，你说多久合适？"

"我们一个月一签吧，报酬就三百元。只要我时间方便，一定会续签合同，报酬也不涨，您看行吗？"

"好，好，就按你说的。"酒吧老板说完就修改了一下合同，指着签字的地方，让陆一鸣签字。

陆一鸣接过笔，工工整整地签上自己的名字。

第二天，陆一鸣来到秦建斌家的时候，被眼前的一切惊呆了。蒋雁南被赶了出来，正拿着黑色提包站在门口苦苦哀求："建斌，开门！建斌，你不能这样对我！"

看到这个场景，陆一鸣心里特别不是滋味儿。他把蒋雁南拉到一边，问道："蒋老师，怎么回事？"

蒋雁南摘下眼镜，擦了一把眼泪，说："建斌昨天晚上回来了，他回来看到我在家，就说让我离开他的家……宋姐帮着我求了他半天，他才让我今天一早离开。"

陆一鸣把手放到蒋雁南的肩头，然后安慰他道："秦先生一时半会儿还转不过弯儿来，您不要着急，先去我那里住，接下来咱们再从长计议。"

"浩浩要是找爷爷怎么办？"蒋雁南焦急地说。

"早上谁送的浩浩？"陆一鸣问。

"秋雨姑娘送的，前几天她妈妈去透析，我让她休息了两天，是我接送的。"蒋雁南说。

说话间，倪秋雨气喘吁吁地赶了过来，看到陆一鸣和蒋雁南都站在门口，就什么都明白了。

倪秋雨昨天接到秦建斌的电话，电话里秦建斌把她大骂了一通，嫌她自作主张让蒋雁南住进来。

此时，看到蒋雁南，倪秋雨情急之下也不知道该说什么，她突然想起房子的产权问题："蒋老师，这房子是您买的，还是秦大哥买的？"

蒋老师无奈地摇摇头："这是建斌买的。我其实还有一套跟这个差不多的房子，之前是我跟老婆住。建斌谈恋爱的时候，考虑到他结婚的问题，我们才搬过来……"

倪秋雨敲响了秦建斌家的房门，秦建斌怎么也不开门。倪秋雨拿出手机拨通了秦建斌的电话："秦先生，您开一下门，把工资给我结算一下，我以后不在您家做了。"说完，果断地挂了电话。

还没等秦建斌来开门，蒋雁南就着急了："秋雨，你不干了，我孙子咋办？"

陆一鸣拉住蒋雁南："蒋老师，您别着急，我们先听听秦先生怎么说。"

过了一会儿，秦建斌打开防盗门，看了看倪秋雨，然后瞥了一眼陆一鸣和蒋雁南，说："秋雨，你进来吧！"

"秦先生，我们也要进去，我的工资和蒋老师的工资也都还没跟我们结。"陆一鸣说。

"那你先等一下！"秦建斌显得有些不耐烦。

倪秋雨看了一眼蒋雁南，又对秦建斌说："蒋老师是我给浩浩请的老师，他的工资也从来没给过呢！"

秦建斌无奈，只好让蒋雁南也等一下。

倪秋雨坐在客厅的沙发上，秦建斌坐在沙发对面的椅子上。

秦建斌看着倪秋雨，说道："秋雨，你确定要走吗？如果你不做了，我也只能把浩浩送去寄宿学校了。"秦建斌的表情很无奈。

倪秋雨迟疑了一下，道："秦先生，我之所以在您家干这么多年，就是看中您的人品。可是现在您连亲生父亲都不认，我实在接受不了您的这种行为。没错，我出来打工是为了赚钱，但我一直以为我做的是一份充满爱的工作。浩浩的妈妈不在身边，您又经常不在家，我陪伴浩浩给予他关爱，我觉得非常有意义。一鸣哥那样的身世您都能让他教浩浩弹吉他、吹箫，但是蒋老师是您的亲生父亲，您却不愿意接受他，这样看来，之前是我错了。所以，您把浩浩送哪里去，不关我的事，我只能辞职。"

"倪秋雨，你是故意的吧？你明明知道浩浩离不开你！"秦建斌两眼怒视着倪秋雨。

倪秋雨纹丝不动，脸上没有任何表情。

看到倪秋雨这样，秦建斌无奈地叹口气："你说吧，什么条件？"

倪秋雨沉默了一会儿，期待地看着秦建斌："秦大哥，其实，早在您请一鸣哥来的时候您就知道一鸣哥的老师是您父亲，对吗？"

秦建斌不说话，目不转睛地看着倪秋雨。

倪秋雨继续说："以您的智商和能力不可能查不出真相，事实上真相都不用查，还能有几个因为杀人坐牢的音乐家？您既然可以接受蒋老师的学生，为什么不能接受蒋老师呢？难道他那件事不是个意外吗？难道您的母亲不是有错在先吗？"

"倪秋雨，你别说了！你以为你是谁？你不过是我花钱请的家庭教师而已！"秦建斌有些恼羞成怒。

倪秋雨立刻站起来，嘴角生硬地扯出一抹笑容："是，我只是个家庭教师，但是这个家庭教师我可以不当！"说完她就快步走到防盗门前。

"你不要工资了吗？"秦建斌有些无措，但不知道该说什么。

"工资打到我账号上吧。"说完，倪秋雨毫不犹豫地打开门走了出去。

见倪秋雨出来脸色不好，陆一鸣也没说什么。刚要敲门，门就打开了，陆一鸣转头对蒋雁南说："蒋老师，您等我一下。"

"你进来吧。"秦建斌说。

陆一鸣不卑不亢地走进去，站在秦建斌对面，他足足比秦建斌高出一头，气势上，已经占了上风。

"你是来要工资的，对吗？"

陆一鸣淡淡地笑了笑："也是，也不是。"

"此话怎讲？"秦建斌抬头看陆一鸣。

"如果我教的是我恩师的孙子，何来学费而言？蒋老师教我从来不收学费。如果我教的是个不相干的人，那自然是要收学费的。我就不明白了，你怎么就不能试图理解蒋老师呢？难道他想让你没有母亲吗？难道他和师母之间就没有感情吗？那只不过是个意外而已。"陆一鸣的口吻非常无奈，但他还对秦建斌抱有一丝希望。

秦建斌冷笑几声："现如今杀人的都是这么理直气壮吗？你剥夺的可是另一个人活生生的生命！"

陆一鸣认同地点了点头："我、蒋老师，还有我的那些狱友，我们从来没有否认过你所说的，所以我们有一颗悔改的心，会用余生所有的力量去偿还当初犯下的错。你难道不喜欢浩浩由爷爷亲自传授乐器吗？难道你不愿意享受天伦之乐吗？蒋老师千方百计地赖在这里，还不是为了浩浩？为了你能安心在外面工作？"

"行了！休想教训我，一个个的都来教训我！"秦建斌终于失去了耐性，他从包里拿出一摞现金，递给陆一鸣，"拿上你的工资，尽快消失在我眼前！"

"好！"陆一鸣接过现金，转头看向秦建斌，"没有你，我一样可以给蒋老师养老送终！"说完用力拉开门，走了出去。

"砰"的一声，门又被打开，秦建斌看着蒋雁南说："还有你！过来领工资！"

蒋雁南本来正被陆一鸣和倪秋雨扶着向前走，听到这句话，蒋雁南的眼泪顿时流下来。他缓缓地回过头去，用颤抖的声音对秦建斌说："从你出生一直到你出国留学，哪一分钱不是我的？不管花费多大，我让你为钱为难过吗？好吧，等我回去好好算算，算清楚了，再来跟你要工资吧。"说完，蒋雁南挽起陆一鸣的胳膊，头也不回地走了。

秦建斌望着父亲的背影，心里有说不出的滋味儿。其实无数次，他已经从心里原谅了父亲，可是当父亲以这种方式出现在家里的时候，他还是接受不了。看到蒋雁南，他就想起母亲倒在血泊中的情景，就想起自己和妻子无数次的争吵。

如今，母亲去世，妻子离开，浩浩没有亲人看管，这一切的一切，难道不是因为父亲的所作所为吗？

从小，秦建斌就以身为音乐家的父亲为傲，可是当父亲一次次地逼他学这学那的时候，他发自内心的反感。直到有了浩浩，他才明白当时父亲的用心，因为浩浩最初学琴也是被他逼的。正因如此，浩浩的音乐天分才会被挖掘出来。现在浩浩已经发自内心地喜欢乐器，这让他重新体会到了自己小时候的那种骄傲的感觉。有时候，他不明白，为什么他那么讨厌父亲，却希望儿子成为像父亲那样的音乐家？

秦建斌一个人坐在家里的沙发上，脑袋里想了很多，却还是觉得烦躁。看了看手表，就要到浩浩放学的时间了，因为倪秋雨辞职，他今天得自己去接浩浩放学。他想，自己在国外待了这么久，如果不是倪秋雨、陆一鸣和蒋雁南帮忙，家里可能早就乱成一锅粥了。

想到此处，秦建斌拿出手机，翻到倪秋雨的电话号码，凝视了很久，最后又放弃了。他需要好好地想一下，接下来该怎么办。

倪秋雨要回学校，和陆一鸣他们不顺路。

陆一鸣搀扶着蒋雁南在路上走，打算拦一辆出租车把蒋雁南带到住处，可是，蒋雁南提出来要去自己的房子看看。

"一鸣，我们溜达着去吧。"蒋雁南说。

"好。"

一路上蒋雁南一会儿担心浩浩会闹，一会儿担心浩浩的课程会落下，嘴里一直絮絮叨叨。

陆一鸣一直听着，低头不语，不知道该怎样安慰蒋雁南。

走了好一会儿，终于走到一处高档小区门口。小区的面貌比秦建斌家的小区看上去老旧一些，但更显得沉稳大气。小区的绿化很好，走进去像是走进了清幽的花园，楼与楼之间的距离很远，想必房间的采光很好。

蒋雁南指着二号楼一单元的门，对陆一鸣说："一单元 101 就是我家。"他嘴上说着，可是步子却异常沉重。

蒋雁南的表情凝重，眼眶也开始湿润："建斌就是在这里出生的，这是我和你师母攒钱买的第一所房子。我出来那天，在小区门口徘徊了好久，都没有勇气来看一眼。知道你没地方住，我都没有勇气把钥匙给你。我不敢面对这所房子，这里面的每一个角落都是我和你师母的回忆，一点一滴都很清楚。"

陆一鸣看到蒋雁南非常痛苦的表情，低声对蒋雁南说："老师，咱先不进去了，好吗？去我那里住，以后我再慢慢地陪您来，好吗？"

蒋雁南摆摆手："我跟你走，可是我们得进去拿一些东西。"

终于，蒋雁南颤抖着双手打开门。陆一鸣推门而入，一股潮湿发霉的味道扑面而来，陆一鸣连忙上前打开窗户，回头一看，他再次被惊呆了。

客厅里大大小小的白布覆盖着各种各样的乐器。蒋雁南一件件掀开，乐器一样样地呈现在他们面前。

陆一鸣瞪大眼睛，惊得说不出话来。如果说秦建斌家里的乐器都是高大上的名牌，那蒋雁南这里的都是有年代的古董，古今中外叫得上名字的、叫不上名字的，应有尽有，最难能可贵的是，有好几个笛子和提琴是蒋雁南亲自制作的。

蒋雁南用饱经沧桑的双手抚摸着它们，心情无比激动："当年，我经常用家里的积蓄买这些东西，你师母知道了以后就骂我，不理我，说我是败家子。为了这个，我和你师母没少争吵。或许因为我们为此争吵得太凶了，建斌就特别拒绝学乐器。其实你知道吗？建斌他是很有音乐天分的，可惜了，我的家庭教育是失败的……"

蒋雁南收拾了几样简单易拿的乐器，对陆一鸣说："今天咱们先拿几样吧，改天需要什么你再过来拿。按道理说，这么大的房子，咱们应该住这边。可是，暂时我……"

陆一鸣望着蒋雁南："老师，您别难过，我不也是您的儿子吗？您的事咱们慢慢解决。我和秋雨找时间碰个头，依我看啊，秦大哥就是好面子，等他完全想开就好了。"

蒋雁南默默地点了点头，陆一鸣关好窗户，两个人就离开了。

放学的时候，由于没有人告诉浩浩今天是爸爸来接他，所以，浩浩出了教室就直接去倪秋雨的办公室门口等她。

倪秋雨把浩浩领进办公室，然后又批改了两本作业。这时候，秦建斌的电话就打过来了，她假装没有听见，把手机声音调成静音后，慢条斯理地收拾完才牵着浩浩走出校门。

学校门口已经没剩几个人了，秦建斌老远就看到倪秋雨拉着浩浩的手走出来，悬着的一颗心才落了地。

"秋雨，你怎么不接我电话？"秦建斌怒气冲冲地说。

"哦，是吗？估计手机放包里没听见吧。"倪秋雨漫不经心地说。

浩浩看看秦建斌又看看倪秋雨，感觉好像出了什么事，因为他看到倪秋雨的手机响过两声后，才调成静音，而且每次自己去办公室找倪秋雨，她从来都没有像今天这样磨蹭过。

秦建斌从倪秋雨手里接过书包，然后弯腰对浩浩说："浩浩，今天开始，爸爸接浩浩上下学。不过呢，过几天爸爸没空了，浩浩就要听话去寄宿学校，好不好？"

浩浩眼球转动几次做思考状："那如果我住在学校，我怎么学埙、篪，还有排箫呢？"

秦建斌看着浩浩渴望的眼神，无奈地说："那就只能先不学了哦！"

浩浩的眼眶顿时红了，站在原地一动不动。片刻后，他突然号啕大哭起来："爸爸，倪老师，你们怎么了？你们都不要我了吗？为什么要浩浩去不能学乐器的寄宿学校呢？"

看着浩浩哭，倪秋雨非常心疼。她从大一在秦建斌家做家教，一晃已经四年过去了。浩浩三四岁的时候，穿衣吃饭都是她手把手地教，不仅如此，晚上还像妈妈一样给他讲睡前故事、洗澡、剪指甲。

倪秋雨忍住眼泪，不动声色地站着。浩浩一边哭一边拉倪秋雨的衣角："倪老师，你为什么不要我了？你不是说不离开我吗？还说除了我亲妈，谁照顾我，你都不放心吗？"

这些话是倪秋雨跟陆一鸣说的，她不知道浩浩居然听见了。

倪秋雨缓缓地走到浩浩面前，蹲下身去："浩浩，以后要听爸爸的话哦！老师还有事，我先走了。"

倪秋雨说完，立即站起身，头也不回地离开了，任凭浩浩怎样哭喊，她也装作没有听见。

陆一鸣把蒋雁南安排到租住的房子里。蒋雁南整天闷闷不乐，一整天吹奏哀怨的曲子。陆一鸣和倪秋雨暂时都想不出更好的办法安慰他。

倪秋雨对陆一鸣说："事到如今，只能等秦大哥回头了。如果我们再去劝说秦大哥，估计只会让他更生气。"

好在倪秋雨每天都能在学校见到浩浩，她经常偷偷溜到浩浩上课的班级，偷拍浩浩的照片发给蒋雁南看。蒋雁南看到孙子一切都好，也就不催促陆一鸣想办法了。

蒋雁南对陆一鸣非常严格，不管多么忙于挣钱，都要求陆一鸣每天必须腾出两个小时来练习乐器。

陆一鸣知道蒋雁南是为了自己好，所以，他每天都自觉地练习。

陆一鸣在地铁站和酒吧的收入越来越多，也渐渐适应了这种自由自在的生活。

第十七章　选秀比赛

连着一个星期，秦建斌每天都按时接送浩浩上下学。

倪秋雨对此感到很欣慰："能有这样的机会让秦建斌尽一些当父亲的义务也是不错的。"她对蒋雁南说。

蒋雁南也默认地点了点头："不养儿不知父母恩。再说了，浩浩本来就缺少母爱，让他多陪陪浩浩也是好事。"

与此同时，陆一鸣的创作之路异常顺利，或许是因为他会的乐器越来越多，所以歌曲的创作风格也越来越多样。

这天下午，他正在地铁站全神贯注地写歌，突然有个声音传了过来："嗨，帅哥，还记得我不？"

陆一鸣猛然抬起头来，只见一个漂亮的女孩站在他面前，他立刻认出了女孩，是上次在地铁站跟他打招呼的女孩。但他想了半天还是没有想起来女孩的名字。他难为情地笑了笑，手不由自主地挠挠后脑勺。

女孩看出陆一鸣的心思，热情地说："李丹彤，我叫李丹彤。"

"对，对！李小姐，不……李美女！"陆一鸣有点儿小紧张。

"陆一鸣，对不对？"李丹彤露出灿烂的笑容。

陆一鸣点头微笑："你记性真好！"说着，他指着女孩身后的吉他问她，"你这是要干吗去？"

李丹彤神秘地笑了笑："来找你啊，我是特意来找你的！"

"找我？"陆一鸣指着自己，惊讶地看着李丹彤。

"我特别喜欢你的原创，想和你合作，去参加省电视台的唱歌选秀节目，不知道你愿不愿意？"

听到这话，陆一鸣一愣，且不说参加比赛，他从来没想过和女生合作唱歌。不过，他确实创作过几首男女对唱的歌曲。他迟疑了片刻，对李丹彤说："要不我们先唱一下试试？"

李丹彤点点头。陆一鸣从曲谱本中找出男女对唱的歌曲。

李丹彤一开嗓，立刻震惊了陆一鸣，她的声音不仅嘹亮粗犷而且还带着一股野性，是非常难得的好嗓子。陆一鸣忍不住给她鼓掌。

两个人把陆一鸣的几首曲子都试了一遍，引来了非常多的围观群众，毕竟流浪歌手里出现这样高颜值的女生，实属难得。

李丹彤不但歌唱得好，对音乐还特别有想法。在她的建议下，陆一鸣又重新修改了乐谱，使得他们的声音更加契合。

临走时，李丹彤说："一鸣，咱们去参加比赛吧。以后我每天都找你来练歌，既不耽误你挣钱，又能练唱，你说怎么样？"

陆一鸣从来没想过要参加选秀节目，但是看着李丹彤满脸期待的表情，他不忍说出拒绝的话："嗯，让更多的人听到我的歌，也是我的梦想。"

海选当天，陆一鸣和李丹彤都很放松，像是在青草地开音乐会一样，唱得很随意，很动听。当他们看到评委脸上露出笑容时，心里已经有底了。

为了庆祝海选成功，陆一鸣请李丹彤吃了午饭。席间，陆一鸣把自己坐过牢的事一五一十地跟李丹彤坦白："丹彤，我告诉你这些，是想让你好好想清楚，是不是要跟我继续合作下去？如果将来我们过了初赛进了复赛，甚至进了决赛，你愿意和我这样一个人一起出现在电视上吗？"

陆一鸣的表情很认真，语气也非常诚恳。

李丹彤听到这话，反而轻松地笑了起来："一鸣，天马行空、自由自在，甚至放荡不羁才是流浪歌手的标签。如果你这样桎梏你的思想，你的创作很快就会被局限住的。"

"也就是说，你不介意我的过去？"陆一鸣追问道。

"你的过去和我有什么关系？我又不是找对象，要和你过一辈子！"李丹彤补充道，"不对，不对，我刚才表达得不准确。我的意思是即使是找对象，只要我喜欢这个人就好，根本不会在乎这些。况且，我来找你之前，就知道你的事呀！"

"你之前就知道？"陆一鸣惊讶地看着她。

"是啊，在电视上看到的呀。"李丹彤笑着回答道。

"看节目的人还真不少。"陆一鸣有些羞涩，上电视的事让他多少有些难堪。

陆一鸣突然想到一件事，对李丹彤说："我们既然想唱进决赛，就要下功夫练习，你跟我回家，咱们让我的老师指点一下，好不好？"

"就是你上次在电视上提到的老师吗？"李丹彤说。

"是啊，蒋老师可是音乐家。"陆一鸣自豪地说。

"好啊，好啊。"李丹彤显得十分兴奋。

回到家，他们看到蒋雁南正看着倪秋雨给他发的小视频。微信上，倪秋雨已经发来了好几张照片，蒋雁南还是不满意，又要倪秋雨去录视频。

蒋雁南看到陆一鸣领来一位漂亮的姑娘，立刻喜笑颜开。

陆一鸣担心蒋雁南误会，连忙解释道："蒋老师，我给您介绍一下。这是我的合作伙伴，我们俩搞了一个音乐组合，通过了省电视台的海选，想着让您指导一下，争取唱进决赛！"

蒋雁南点点头，听说陆一鸣要参加比赛，心里很高兴："你们唱什么歌？"

"蒋老师，我们唱给您听好不好？"李丹彤兴奋地说。

"嗯。"蒋雁南点点头。

李丹彤的声音一出来，蒋雁南也吃了一惊。李丹彤确实拥有一副好嗓子，演唱技巧也算娴熟，但是他总觉得李丹彤缺了一点儿什么。

听完他俩的表演，蒋雁南久久没有说话。陆一鸣和李丹彤目不转睛地盯着蒋雁南，大气都不敢出。

终于，蒋雁南开口说话了："这首歌非常适合你俩的嗓音，但是，虽然我对流行音乐没有很深的研究，但是丹彤的声音缺少一点儿音乐内涵。乍一听，丹彤的声音很通透、很特别，但是放得有点儿开，收的尺度把握得不是太好。这个光靠练，是练不出来的。"

"那怎么办？"李丹彤焦急地问道。

蒋雁南迟疑了一下："以你们现在的实力，唱进决赛应该没有问题。但如果精益求精，想夺冠的话，还要下苦功夫。"

陆一鸣和李丹彤默默地点点头。

李丹彤继续追问道："蒋老师，以您的看法，我怎么样练习，才能增加声音里的音乐内涵呢？"

蒋雁南淡淡地笑了笑："所谓的音乐修养、音乐内涵都不是一两天就能训练成的，我的建议是从音乐的整体结构去练习。例如，你多听些民乐、西洋乐，多学习演奏几种乐器。但是你是以唱歌为主的，所以我说的这些你不需要练得多精。但是音乐修养本身就是从不同音乐形式中慢慢吸收的。"

李丹彤点点头："蒋老师，我明白了。一鸣之所以不存在这样的问题，就是因为他掌握了多门乐器，已经完全懂得并且能够驾驭音乐这种语言了，对吗？"

蒋雁南脸上露出笑容："丹彤，你的领悟能力很强，加油吧！"

李丹彤非常兴奋，像是突然开窍了："蒋老师，您能教我乐器吗？我也想跟您学。"

蒋雁南笑着摇摇手："你不用非要跟我学，一鸣就可以当你的老师。"

"嗯，丹彤，我教你！"陆一鸣爽快地说。

蒋雁南对陆一鸣说："一鸣，别把丹彤领到家里来，你们每天吹拉弹唱的，我可受不了！"

"哦，哦！那……那我们就在地铁站现场教学，行不？"陆一鸣有些难为情地看了看蒋雁南，又看了看李丹彤。

"好，一言为定！我每天下午去找你。"李丹彤说完，又小心翼翼地看了蒋雁南一眼："蒋老师，那今天我就不打搅您了，过段时间再请您赐教，我先走了。"李丹彤说完，便急忙告辞。

陆一鸣送李丹彤出门，刚走几步，蒋雁南就对他说："你赶紧回来啊，我有事找你谈！"

李丹彤听了这话，连忙给陆一鸣递了个眼色，说："赶紧回去吧，别送了。"

陆一鸣看到蒋雁南好像有点儿不高兴，也就没有送李丹彤。

陆一鸣坐在沙发上，给蒋雁南倒了一杯水："蒋老师，有什么事吗？"

蒋雁南喝了一口水，把杯子放下，像个孩子似的说："我不喜欢这个女孩，你以后少跟她来往。"

陆一鸣感到有些莫名其妙，笑了笑，说："蒋老师，您为啥不喜欢她啊，刚才您不是还夸她领悟能力强吗？"

"一码归一码，你知道我在音乐面前撒不了谎，但是我不想让你和她走得太近。你将来的女朋友一定不会是她，应该是秋雨才对，你知道吗？"

陆一鸣被蒋雁南的话弄得有些哭笑不得："蒋老师，您怎么乱点鸳鸯谱啊！您知道我和秋雨她姐的关系，即使我和蒙蒙不能在一起，我和秋雨也不可能。"

蒋雁南反驳道："为什么不可能？那个秋雨她姐和你根本就不是一类人，你们根本就不可能在一起。"

"您见过蒙蒙了？她是不是来这里找过我？"陆一鸣焦急地说。

"没有啊，只是通过这段时间的观察，我觉得蒙蒙不如秋雨好，她是不是经常问你借钱？那次你跟我借两万，是不是也是为了她？"蒋雁南有意无意地听陆一鸣和倪秋雨提起过倪阿蒙，时间久了，蒋雁南对倪阿蒙没有好的印象。虽然陆一鸣已经把两万块钱还给他了，但他还是觉得倪阿蒙不是什么好人。

"蒋老师，我对倪阿蒙和倪秋雨的照顾，都是来自我对她们的愧疚。我的余生就是用来赎罪的，对倪家姐妹，还有她们的妈妈，当然，还有我的父亲。对了，我爸的病情有了些好转，我最近去看他，护士告诉我，他知道想我了，隔段时间我不去，他就会嚷嚷着一鸣一鸣。"

蒋雁南叹了口气，说："改天我也去看看你爸，他养的儿子，我倒是沾上光了。"

"蒋老师，我虽然本事不大，但我这吃饭的本领都是您教给我的，没有您，我恐怕连自己的肚子都填不饱。我相信很多音乐学院的学生都不如我幸运，遇到您这样的好老师，像父亲一样地疼爱我。所以，我就是您的儿子。"

蒋雁南的眼眶中闪烁着激动的泪花，想着自己明明有亲生儿子，却还不及一个外人对自己好。这让他觉得，自己的人生真是失败极了。

陆一鸣和李丹彤顺利地通过了初赛、复赛，马上就要参加决赛了。因为决赛是以电视直播的形式，所以电视台要求进入决赛的三十名选手进行集中培训，有一些编排需要和其他选手合作，集训时间为一个月。

陆一鸣得知这个消息，显得有些犹豫。他不知道该怎样把这个消息告诉蒋雁南。他知道，蒋雁南肯定不同意他一个月不在家。

李丹彤看出陆一鸣的为难，对陆一鸣说："咱们今天晚上去你家吃饭吧？先去超市买点儿东西，我给你们做火锅，集训的事我来说。还有就是，我也跟你学了这么久的小提琴和笛子了，让蒋老师听听我唱歌有进步了没？"

陆一鸣不知道该怎样回应李丹彤，他知道，集训这件事让她去说只能更糟糕。

"丹彤，你这次去，先不要提集训的事，先观察一下蒋老师的反应，找到合适的时机我自己再跟他说。"

陆一鸣知道蒋雁南现在的生活里只有自己，自己不能总惹他生气。

　　"好，我听你的。"李丹彤说。

　　"那你快给蒋老师打电话，就说咱们晚上回家吃饭。"李丹彤催促陆一鸣道。

　　陆一鸣先把进入决赛的好消息告诉蒋雁南，蒋雁南没有感到意外，他很高兴。然后陆一鸣提到要带李丹彤回家请他指导，蒋雁南也爽快地答应了。最后，陆一鸣说晚上想吃火锅，问蒋雁南愿不愿意。蒋雁南说好，让他多买一些肉和蔬菜。

第十八章　回家之路

　　李丹彤一直在陆一鸣的身边，听到了蒋雁南的话。她高兴地对陆一鸣说："蒋老师也没有不喜欢我吗？对不对？"

　　"没……没有，你看你说的。"陆一鸣说。

　　他们从超市买了一大堆食材，李丹彤抢着付钱，陆一鸣拗不过她，又不愿意在那么多人面前推来搡去，所以就没有推辞。

　　回去后，他们把食材放到厨房，然后就到客厅唱歌给蒋雁南听。

　　他们连续唱了两首不同风格的歌曲，得到了蒋雁南的肯定："流行音乐的魅力在你们俩身上得到很好地展现，这两首歌非常完美，如果不出意外，我觉得你们可以夺冠！"

　　"真的吗？"李丹彤激动万分，兴奋地走到陆一鸣面前："一鸣，你听见了吗？蒋老师说我们可以夺冠哦！"

　　敲门声打断了李丹彤的兴奋，蒋雁南对陆一鸣说："去开门啊！"

　　陆一鸣打开门，看到倪秋雨站在面前，手里还拎着一个盒子。

　　"秋雨，有段时间不见你了！"陆一鸣感到有些意外。

　　"一鸣哥太忙了，见你一面不容易啊。"倪秋雨打趣道。

自打陆一鸣不再去秦家，只联系过倪秋雨一次，除了偶尔在微信上打听一下倪秋雨母亲的病情，二人没有更多的联系。

"我最近就是忙比赛的事，也是瞎忙。"陆一鸣说。

"是我告诉秋雨你们进入决赛了，所以她要来庆祝。正好你们也来，索性就一起了。"蒋雁南坐在沙发上，仰起头看着倪秋雨和陆一鸣。

"快进来啊！"李丹彤注意到倪秋雨和陆一鸣在门口站了有一会儿了，连忙说。

陆一鸣让开路让倪秋雨进来。倪秋雨把手里提着的东西递到陆一鸣面前："一鸣哥，恭喜你进入决赛！我给你挑了一款耳机，练歌听歌都能用得到。"

陆一鸣接过耳机："秋雨，你怎么给我买这么贵的耳机啊，太客气了！"陆一鸣其实喜欢这款耳机很久了，就是不舍得买。

"一鸣哥，你自己别太节俭了。我又找了份家教的工作，周六日做，也能挣一些。以后你不用总给我钱了。"倪秋雨真诚地说。

"不说这个了，快来，咱们今天热闹热闹，一起吃火锅！"陆一鸣挽起袖子朝厨房走去。

倪秋雨赶紧拦住他："一鸣哥，你和蒋老师聊聊天就好，你也总不在家，蒋老师可闷了。"

蒋雁南连忙搭腔："是啊，是啊，要不是秋雨经常过来看我，我就闷死了！"

陆一鸣没想到在自己忙比赛的这段时间，原来倪秋雨经常来看蒋雁南。

蒋雁南有意无意地说："将来谁要是娶了秋雨，可是上辈子修来的福哦！"

李丹彤听到这话，显得有一点儿尴尬。她礼貌地朝蒋雁南笑了笑：“蒋老师，我去帮忙！”说完也转身进了厨房。

李丹彤跟倪秋雨做完自我介绍后，对倪秋雨说：“我见过你，在电视上，那次是你帮一鸣解了围。说起来要谢谢你。”

倪秋雨一惊：“哦？谢谢我？”

李丹彤的话让倪秋雨心里有些不舒服，仿佛自己和陆一鸣的关系一下子变远了。

李丹彤略显尴尬：“是啊，如果不是你，我说不定还没机会和一鸣合作呢。你说是不？”

倪秋雨淡淡地微笑：“哦，那倒也是。”

两个女孩虽然看起来很和谐，但却各怀心事。尤其是李丹彤，她对于陆一鸣和倪秋雨的关系十分好奇：“一鸣为什么每个月给你钱啊？”

倪秋雨对这样的问题权当没有听见。

李丹彤自然有些尴尬：“我是说，以后我们也就是朋友了嘛，你有啥困难也可以跟我说！”

一顿饭吃下来，李丹彤一直在观察陆一鸣和倪秋雨，除了蒋雁南总是夸赞倪秋雨之外，李丹彤看不出陆一鸣对倪秋雨有什么异常。

吃完饭，李丹彤忍不住放了一个重磅炸弹，对蒋雁南说：“蒋老师，有件事，一鸣不愿意跟您提，我想还是由我来说吧。”

所有人都看着李丹彤。陆一鸣朝李丹彤使眼色，示意她不要说，可是李丹彤并不理会。

“哦？什么事？一鸣不好意思说，还要你告诉我？”蒋雁南话里有话，他对李丹彤的行为有些反感。

“我和一鸣过几天要参加电视台的集训，大概一个月左右，为了节目播出效果，要和其他参赛队员一起排练，所以吃住都要在电视台。一鸣觉得留下蒋老师一个人在家很孤单，所以他始终没说。"

李丹彤平静地叙述完，盯着蒋雁南脸上的表情。蒋雁南则看向陆一鸣，观察陆一鸣的反应，气氛不太融洽。

倪秋雨连忙说："一鸣哥进入决赛是好事。蒋老师，您不用觉得孤单，我没事就过来陪您，您说呢？"

蒋雁南也不说话。陆一鸣连忙说："蒋老师，我还没决定要不要参加决赛呢，您别生气。"

蒋雁南长长地叹了一口气："唉，好好的比赛非要搞出这么多的花样，难道就不能用实力去说话吗？"蒋雁南一边说一边摇头。

"您还没说，您同不同意一鸣去呢？"李丹彤对这个问题穷追不舍。

蒋雁南斜着眼睛看了一眼李丹彤："让一鸣自己决定吧。"

"蒋老师，我想好了，我不去了，比赛占用的时间太长了，别说冠军未必能拿到，就是拿到了，又能怎么样？我还得忙着挣钱呢，不去了！"陆一鸣其实还没想好去还是不去，但是被李丹彤这样一逼，反而当场表了态。

蒋雁南的脸上露出一丝笑容。相反，李丹彤的脸色特别难看："蒋老师，您也太自私了吧？别说一鸣不是您的亲生儿子，就是您的亲生儿子，您也该支持他一把吧？哪有这样拆他的台的！"

"李丹彤，你住口！你凭什么对这件事指手画脚的，你完全可以自己参加决赛，我来帮你编曲、写歌都行！唱歌本来就不是非要和谁一起的吧？"陆一鸣很少这样，他觉得李丹彤的话确实过分了，所以压不住心里的怒火，愤怒地说。

李丹彤狠狠地看着陆一鸣，眼泪都急出来了："不就是让蒋老师回到亲儿子那儿吗？这有什么难的？"

此话一出，大家都看着李丹彤，期待着她说出一个好办法。李丹彤继续说："蒋老师，如果我有办法让您回到儿子家，是不是您就同意一鸣参加集训？"

还没等蒋雁南做出反应，陆一鸣急切地问道："你有什么好办法？"

李丹彤迟疑片刻："三天时间，给我三天时间，我保证能做到。不过，需要你们的配合。"

大家被李丹彤说的话震惊了。接着她对所有人说："等我消息。"说完，她就离开了陆一鸣的住处。

李丹彤走后，蒋雁南对陆一鸣说："天不早了，你去天桥吧，顺便把秋雨送回去。这些东西我来收拾。"

倪秋雨和陆一鸣肩并肩走着，天气有些微凉。陆一鸣问倪秋雨冷不冷，倪秋雨摇摇头。

"秋雨，你姐最近怎么样？"沉默着走了一会儿，陆一鸣忍不住问道。

倪秋雨扭头看了看陆一鸣："挺好的，但我也没见她几面，实习的学校比较忙，和上学没法比，没什么时间出来。"

"哦，这样啊，有时间的话还是多关心她一下，毕竟她刚做完手术，我怕她吃不消。"陆一鸣的眼神有些空洞地望向远方。

倪秋雨看着陆一鸣清秀俊朗的脸庞，轻声说："一鸣哥，你怎么不自己问我姐呢？你爱她，为什么不让她知道？"

陆一鸣轻轻地扯动嘴角："你姐一切都好，对我来说就是最大的满足，我不奢望太多。"

其实，陆一鸣比谁都明白，唯有爱情和咳嗽不能忍。别说倪秋雨，任何一个人都能看得出陆一鸣对倪阿蒙的心思。

"那个……李丹彤长得挺漂亮的，还会弹琴唱歌，真令人羡慕！"倪秋雨有意无意地转换话题。

陆一鸣突然想起李丹彤说的话："你说，她说她有办法让蒋老师回去，她不会胡来吧？"

倪秋雨摇摇头："应该不会吧，看上去她挺聪明的，应该可以想出好办法。一鸣哥，其实你完全可以不考虑其他的就去参加集训，毕竟能唱进决赛不容易。"

陆一鸣舒了一口气："我不想让蒋老师不高兴。一个月谁知道会发生多少事情，万一蒋老师有个啥事情，我会后悔的。虽然他不是我的亲生父亲，但是对我来说，他是很重要的人。我父亲那个样子，我已经够害怕了，我可不想蒋老师出现任何差错。"

第二天，李丹彤一大早就给陆一鸣打电话，说有重要的事情和陆一鸣商量，并且让他约上倪秋雨。

倪秋雨接到陆一鸣的电话，早早就坐公交车到了市里。七点钟的时候，陆一鸣和倪秋雨在街心公园碰面。不一会儿，李丹彤开着一辆红色的跑车过来了。

这是陆一鸣第一次看到李丹彤的车。令他好奇的是，李丹彤明明家境很好，为什么经常出现在地铁站呢？

倪秋雨也非常吃惊，不由得问陆一鸣："一鸣哥，你是怎么认识这个千金大小姐的？"

陆一鸣淡淡地笑了笑："在地铁站啊，她去听我唱歌。"

倪秋雨无语地笑了笑："有钱人真奇怪。"

"嗨！"李丹彤下车朝他们走过来。

　　陆一鸣第一次见到这样的李丹彤，她没有背吉他，也没有穿 T 恤牛仔裤，而是穿一身黑色修身连体裤，脚穿高跟红皮鞋，戴一副时尚的蛤蟆镜。

　　陆一鸣和倪秋雨惊讶地看着李丹彤，不知道她打扮成这样有什么用意。

　　"你真漂亮！"倪秋雨由衷地赞美道。

　　"漂亮吧？你们说我这身打扮像什么？"

　　陆一鸣端详了李丹彤一下，摇摇头道："着急找我们来，不会是让我们看你的新衣服吧？"

　　李丹彤不理会陆一鸣，继续问道："看我像什么身份吧？"

　　陆一鸣有一点儿不耐烦，但他还是回答道："你这衣服好看是好看，就是看上去年龄显大。"

　　"那，像多大的？"李丹彤追问道。

　　"像三十多岁有孩子的女人！"陆一鸣毫不客气地说。

　　李丹彤把手一拍："这就对了！我就要这种效果。你们听我说啊，我假扮刚从国外回来的人，以浩浩妈妈朋友的身份去接浩浩放学。如果秦建斌没时间来接浩浩，他首先会想什么办法？"

　　倪秋雨想了一下："他应该会给我打电话吧？"

　　李丹彤接着对倪秋雨说："对啊，他给你打电话，让你去接。然后你就说看到浩浩上了一辆红色跑车，说你想追没追上，那他一定会疯了一样地找浩浩。晚上我再把浩浩送回去，我就告诉他，我是浩浩妈妈的朋友，想试探一下他对浩浩的监管力度好不好。如果他们两口子因为这个发生误会，也无妨，正好提醒他们浩浩必须有人专门接送。这时候你敲边鼓，让他顺势把蒋老师接回来，你也继续当浩浩的家庭教师，怎么样？"

倪秋雨和陆一鸣听完这个主意，沉默了一会儿。陆一鸣说："秦大哥啥时候没空接孩子，我们怎么知道？"

李丹彤说："我会让人利用工作关系约他，而且是临时约，不然他会派公司的人去接浩浩，那就麻烦了，必须打他个措手不及。这个我已经安排好了，我认识他一个重要的客户，会帮我这个忙的。"

"那，浩浩如果不跟你走咋办？"倪秋雨道。

"所以啊，我必须多掌握一些浩浩的基本情况，例如他全名叫啥？他妈妈叫什么？在国外哪里？具体做什么？当然，如果你们提供不了太详细的资料，我找人查，一样的。"

倪秋雨默默地点点头。李丹彤说："放心吧，我就带浩浩出去玩一圈，吃点儿好吃的，他不会排斥我的，也不会留下阴影。"

倪秋雨看着陆一鸣，陆一鸣紧蹙着眉头，沉思片刻后，说："这个办法还是不错的，但是我们演技必须好，再有，不能让蒋老师知道。"

"好，就这样办！等下午放学，我准时出现！大家一定要演得像一点儿啊！"

第十九章　丢孩子

下午四点多的时候，李丹彤等在学校门口。不一会儿，浩浩果然背着一个大书包，站在校门口，正在左右张望。

李丹彤把墨镜摘下来挂在衣领上，她慢慢地接近浩浩，面带微笑地对浩浩说："小朋友，你是秦佳浩同学吗？"

浩浩狐疑地看着眼前的漂亮阿姨，问道："你是谁呀？我不认识你。"

"你不认识我，我可认识你哦！你妈妈是不是叫张岚，你爸爸是不是叫秦建斌？"

浩浩再次忽闪着大眼睛，看着眼前的李丹彤，奶声奶气地问道："阿姨找浩浩有事吗？"

"我呀，我是你妈妈的朋友，妈妈在国外很久不见浩浩了。所以，她拜托阿姨来看看你，然后带你出去玩儿。你爸爸正好今天有事儿，所以不能来接你。倪老师中午还要给班上的同学补习功课。"李丹彤俯身下去，和蔼地跟浩浩交谈。

浩浩见李丹彤认识倪秋雨，也就放下了戒备："阿姨，可是倪老师嘱咐过我，不让我跟陌生人走！"

　　李丹彤连忙拿出手机，然后找出通讯录里倪秋雨的电话："你看，这是不是倪老师的电话？"

　　浩浩点了点头，他对倪秋雨的手机号再熟悉不过了，几乎可以倒背如流。看到李丹彤手机里有倪秋雨的电话，他彻底放下戒备，指着不远处停的红色跑车，好奇地问："这辆漂亮的车是你的吗？你是开这辆车带我出去玩吗？"

　　"是啊，是啊！"李丹彤回答道。

　　"出去玩喽！出去玩喽！"浩浩兴奋得像一只快乐的小鸟。

　　李丹彤先带浩浩去了游乐场，然后又带他去吃了肯德基，还投其所好地带他去儿童剧场看了音乐剧。

　　这边，倪秋雨果然接到了秦建斌的电话。倪秋雨答应帮他接浩浩。

　　过了一刻钟，李丹彤已经把浩浩带走，倪秋雨才给秦建斌回电话。可秦建斌正在陪客户，就拒接了倪秋雨的电话。

　　倪秋雨打了好几次电话，一小时后，电话才接通，倪秋雨按照之前想好的台词，假装着急地说："秦大哥，不好了，我到校门口的时候看见浩浩上了一辆车，我追了半天也没追上。现在也不知道浩浩到底去哪儿了。"

　　秦建斌一听这话，顿时急了，连忙开车到处寻找浩浩。陆一鸣和倪秋雨也假装很着急地到处找。

　　晚上九点多，倪秋雨、陆一鸣和秦建斌在学校门口碰头。

　　"没有丝毫线索吗？"倪秋雨问秦建斌。

　　秦建斌无比沮丧，他的领带已经被扯了下来，衬衫扣子也开了，他无奈地摇摇头，垂头丧气地左右张望。

　　"秦大哥，要不要告诉蒋老师？"陆一鸣小心地试探道。

"告诉他干吗？让他跟着干着急，有什么用？"秦建斌脱口而出，责怪陆一鸣不懂事。

倪秋雨见秦建斌还是关心蒋雁南的，于是乘胜追击地说："秦大哥，其实浩浩还是亲人带最放心，浩浩如果找不到，我……"说着，倪秋雨就蹲在地上哭起来。

"秦大哥，要不咱们报警吧？"陆一鸣建议道。

秦建斌长出了口气："浩浩被带走到现在，没有任何人联系我，说明带浩浩走的人不是为了钱，况且浩浩是个懂事的孩子，不会随便和陌生人走的。所以，我觉得浩浩应该是被认识的人带走的。我们先不要报警，事情闹大了，反而不利。"

显然，秦建斌知道，一旦报警，浩浩的爷爷和妈妈，很快都会知道浩浩丢了。

倪秋雨继续哭着说："浩浩在哪儿啊，之前我接、一鸣哥接、蒋老师接，都没出过这样的事儿啊！"倪秋雨刻意哭得很大声。

秦建斌看了一眼哭得泪人似的倪秋雨，没好气地说："别哭了！我知道这件事是我的不对，等浩浩回来后，我会想办法解决浩浩上下学的问题。"

倪秋雨听到这话，知道秦建斌此时已经有些动摇了，她心里在偷笑，却假装哭得很伤心。

三个人商量了一下，就又分头去找。一个小时后，秦建斌接到宋姐的电话，说浩浩已经回家来了。

所有的人急忙赶回秦建斌家。倪秋雨抱着浩浩哭起来。

浩浩感到有些莫名其妙，指着茶几上的玩具对倪秋雨说："倪老师，你哭什么啊？那个漂亮阿姨给我买了好多吃的和玩具，还带我去看了《动物大狂欢》，特别好看！"

秦建斌一把扯过浩浩，大声地呵斥道："爸爸没教过你，不许跟陌生人走吗？"

浩浩感觉很委屈，撇着嘴巴道："可是，阿姨是妈妈的朋友啊，她还知道爸爸的名字，爷爷的名字，还有倪老师的手机号。阿姨是好人啊，不是人贩子！"

"人贩子会写在脸上吗？"秦建斌说完，立刻掏出手机给浩浩的妈妈打电话。

国内现在是晚上十点多钟，维也纳是下午三点钟，所以电话很快接通。

秦建斌大声说："张岚，你怎么回事？你什么时候想看孩子我没让你看过？你让你的朋友来看孩子，为什么不告诉我？"秦建斌一口兴师问罪的语气。

"我什么时候让朋友去看浩浩了啊？再说了，不管什么人，都能从你手里接走浩浩吗？你没有判断能力吗？你是怎么照顾浩浩的！秦建斌，我告诉你！如果你照顾不力，我有权向你索要浩浩的抚养权，你这样，让我怎么放心？"

倪秋雨见状，连忙接过秦建斌的手机，对张岚说："张姐，刚才秦大哥误会了，没有人接走浩浩，是我接走了。秦大哥忘记了，一时找不到浩浩，他就着急了。没事了，没事了，都是误会，都是误会。"

倪秋雨见过张岚，张岚也经常给倪秋雨打电话，毕竟大多数情况下，都是倪秋雨带浩浩，张岚一听倪秋雨解释，才放过了秦建斌。

倪秋雨放下电话，说："秦大哥，你不要动不动就把这样的事告诉张姐，一个不小心，张姐抓住你丢孩子的把柄，浩浩的抚养权搞不好就真要变更了。"

秦建斌虽然还是想不明白整件事情，但觉得倪秋雨说得有道理，于是点点头，说："我确实是急了，今天要不是有客户……哎，就听你们的吧，明天我带着浩浩，把他接回来。"

倪秋雨和陆一鸣没想到事情这么容易就解决了，互相看了一眼。陆一鸣赶紧说："明天我在家等你们，没别的事，我就先走了。"

倪秋雨为了安慰浩浩，当晚留在秦家陪着浩浩睡。

秦建斌偷偷看了他们两次，然后坐在客厅吸烟。他在想，浩浩长期没有母亲是不行的，倪秋雨虽然把浩浩视为己出，可是，秋雨也到了嫁人的年纪，况且，她始终不是浩浩的妈妈。

由于浩浩的事，陆一鸣没有去酒吧唱歌。

酒吧老板表示谅解。现在酒吧的生意越来越好，酒吧老板对陆一鸣也越来越好，把他的工资主动提到每天四百块。

陆一鸣到家已经十一点钟，蒋雁南早就睡了，他犹豫再三，没有把蒋雁南吵醒。

第二天一早，陆一鸣五点就起来了，走到蒋雁南的卧室，坐在床头，用手轻轻挠蒋雁南的耳朵。

蒋雁南睡觉轻，很快就睁开眼睛，看到陆一鸣在他床头，吓了一跳。他坐起来："臭小子，又跟我动手动脚的。"

蒋雁南之所以说"又"，是因为在监狱的时候，他们也经常逗来逗去。蒋雁南的性格很多面，是个活泼的老头儿。

"老头儿，您霸占我的床太久了，我得撵您走。"陆一鸣假装委屈地说。

"臭小子！胆子越来越肥了，我去哪儿，我才不走呢，我活着就赖在你家，死了，你也得找地方把我埋了！"蒋雁南一边说着，一边用手打了陆一鸣的头一下。

陆一鸣收起顽劣的笑容，认真地说："老师，快起来收拾吧，待会儿秦大哥就来接您了。"

"什么？我没听错吧？"蒋雁南的声音顿时拔高了，激动地看着陆一鸣。

"我说，您快点儿收拾东西，别赖在我这里了！您儿子待会儿来接您了。"陆一鸣刻意大声地在蒋雁南耳边说。

"真的吗？到底怎么回事？"蒋雁南有点儿怀疑自己的耳朵。

陆一鸣把昨天发生的事一五一十地跟蒋雁南讲述了一遍，蒋雁南的表情有些复杂，又高兴又有一点儿难过，又激动又有一点儿忧伤："这么说，李丹彤这个丫头还挺机灵的嘛！我之前是不是对她有些过分？"

陆一鸣知道蒋雁南骨子里是个倔强的人，很少有低头认错的时候，听到他这么说，陆一鸣觉得有些好笑："行了，丹彤不会和您计较的。别管怎样，快起来收拾东西。今天我给您做早饭，庆祝您离开！"

话音刚落，就听到敲门声。

蒋雁南激动地说："我去开！"

蒋雁南以为是秦建斌来了，开门一看，却是一个陌生的中年女人。

"陆一鸣呢？"中年女人头往里探。

"我在这儿，我在这儿，房东姐姐，有事吗？该交房租了？"

中年女人有点儿不耐烦："房子还差几天到期，不知道你还续不续租。续租的话，下月起房租一月一万块钱！"

"啊！"陆一鸣张大嘴巴，有点儿手足无措。

蒋雁南迟疑了一下，说："不续租了，谢谢你啊，过两天我们就搬走！”

陆一鸣皱眉看着蒋雁南。蒋雁南说：“我那个房子空着也是空着，你去住吧，经常把我那些老伙伴拿出来用一用，也省得我老惦记它们。”

蒋雁南说的老伙伴是指那些古董乐器，他其实早就想让陆一鸣住过去了，但是之前是没有勇气走进那栋房子。既然他现在已经迈出第一步了，也该鼓起勇气面对这一切了。

陆一鸣有点儿受宠若惊，连忙推辞道：“您那么大一房子，我住浪费了，您还是……”

陆一鸣话没说完，蒋雁南就不高兴了，打断他道：“臭小子，还说给我养老，看来是把我当外人！”

陆一鸣挠了挠后脑勺，“嘿嘿”地笑了几声，然后对中年女人说：“房东姐姐，我过几天就搬走，我会提前告诉您的。”

中年女人瞥了一眼蒋雁南，甩着胳膊一扭一扭地离开了。

第二十章　一家团圆

　　不一会儿，又有敲门声。这次真的是秦建斌。秦建斌是带着浩浩来的，浩浩一进门就扑进蒋雁南怀里："爷爷，我们来接您了！"

　　秦建斌看了一眼蒋雁南，眼神有些飘忽，说："东西都收拾好了吗？"

　　蒋雁南点点头，说："我也没什么东西，就一个包。"

　　秦建斌看了一眼角落里的包，心里突然有些不舒服。

　　蒋雁南看秦建斌不说话，心里有些不安起来："那个……对……"

　　"好了，回家吧。"秦建斌打断了蒋雁南的话。其实，秦建斌看到他的表情，就已经知道了他要说什么。

　　蒋雁南听见儿子说回家，眼里不自觉地涌出了泪水："嗯，回家。"

　　浩浩看看爸爸，再看看爷爷，感到有些迷茫，他歪着小脑袋瓜做思考状。

　　秦建斌看出浩浩的心思，拉过他的手，蹲下身认真地对浩浩说："浩浩，这个爷爷是你的亲爷爷，他是爸爸的爸爸，懂了没？"

浩浩点点头又摇摇头，像是懂了，但又有很多疑问。

秦建斌站起身，摸摸浩浩的小脑袋瓜，说："浩浩，从今天开始，你不叫秦佳浩了，以后你就叫蒋佳浩，知道吗？"

浩浩这次反应很快："班里的小朋友都是和爸爸、爷爷姓一个姓，所以，我也要和爷爷一个姓，那爸爸呢？"

蒋雁南笑着对浩浩说："爸爸是跟奶奶的姓，浩浩也一样哦，你喜欢姓蒋还是姓秦？你高兴就好。"说完，他对秦建斌说，"建斌，没必要这样，孩子姓什么，都随他吧。"

秦建斌想了一下，说："还是改了吧，毕竟是中国的传统。至于我就算了吧，叫了这么多年，也习惯了。"

三人离开的时候，秦建斌对陆一鸣说："自己住得太寂寞的话，就一起搬过来吧。我经常不在家，你和秋雨陪着他们我也放心。"

陆一鸣礼貌地拒绝道："我就不去了，我每天早出晚归的，怕打搅他们，不过我会经常过去看他们的。"

蒋雁南笑着对秦建斌说："你还不知道吧？一鸣参加电视台的唱歌比赛，唱进决赛了，要集训一个月才回来。让他到我那边去住，正好乐器用着也方便。"

这天晚上，秦建斌把大家叫在一起，吃了个团圆饭。倪秋雨还录了一段小视频发给浩浩的妈妈。

张岚看到视频里有蒋雁南，激动得说不出话来。

过了一会儿，倪秋雨的手机响了起来，是张岚打来的，倪秋雨立刻按了接听键。

"秋雨，你把电话给老师，我想和他老人家说几句话。"张岚的声音有些颤抖。

倪秋雨把手机递给蒋雁南："蒋老师，是张姐，浩浩的妈妈。"

蒋雁南接过手机，所有人的目光都盯着他。

浩浩小声问倪秋雨："是妈妈吗？"

倪秋雨点点头。

蒋雁南颤抖地将手机放在耳边，听见电话那头的张岚说："老师，不，对不起，我和建斌结婚的时候就欠您一声爸，那次去看您，我也没能叫出口。您一定要原谅我，我也不想抛下浩浩背井离乡，可是……请您相信我当时是无奈的。"

蒋雁南长长地叹了口气，然后调整好情绪："孩子，别说什么原谅不原谅的。其实在这个家里，该请求原谅的是我。我应该谢谢你生了浩浩，他很乖、很优秀，他的音乐天分比你还要好。这对我来说，是莫大的安慰，我想，对你也是。"

"我也想把浩浩带在身边，亲手培养他，可是……前两年，我这边……"张岚说到一半就说不下去了。

"孩子，别哭了，有机会回国就来看浩浩，他挺想你的，我让他跟你讲。"说着蒋雁南就把手机递给浩浩。

浩浩喊了两声妈妈后，懂事地说："妈妈，您别难过，我现在有爷爷和爸爸照顾我，我挺好的。还有，班上的同学笑话我没有妈妈的时候，我会骄傲地告诉他们，我妈是音乐家，她是负责把中国的音乐传播到全世界的，您做的事可伟大了！我一说这些，他们都好羡慕我哦！"

浩浩的话让每一个人都泪湿眼眶，浩浩还这样小，就如此懂事，让人不禁有些心酸。

电话那头的张岚一个劲儿哭着说："好孩子，好孩子……"

浩浩看了看秦建斌，把电话送到他跟前："妈妈，爸爸要跟你说话。"

秦建斌有点儿不知所措，但是看着浩浩期待的眼神，他只好接过电话："张岚，你还好吗？"

自从离婚以后，秦建斌只有在有事的情况下才会和张岚联系。此时面对电话那边的张岚，他不知道该说什么。

"哦，我很好，浩浩有老师和秋雨照顾我挺放心的。老师这么多年也不容易，你就不要再怪他了，毕竟年纪大了，让他享享天伦之乐吧。"张岚也有些不大自然。

"那好，下次去维也纳，我去看你。"秦建斌顺口说。

秦建斌挂上电话，把手机递给倪秋雨。

浩浩抬头认真地看着秦建斌说："爸爸，你说的是真的吗？你真的去维也纳看妈妈吗？"

秦建斌把手放到浩浩肩头："如果爸爸去维也纳，一定会去看妈妈的。"

浩浩点点头，然后吵着要吃蛋糕。倪秋雨赶紧把庆祝蒋雁南回家买的蛋糕端上来。

过了两天，陆一鸣把租的房子退掉，然后和李丹彤一起去电视台参加集训。去之前，他把之前从蒋雁南房子里拿过来的乐器都还了回去，只带了埙、篪、笛子等容易带的乐器，还有他那把十几年的旧吉他。

由于陆一鸣会的乐器比较多，学员们经常请他帮忙编曲，或者加个特色小伴奏。陆一鸣从来不拒绝他们的请求。而李丹彤对此特别不满意，总是嫌他大公无私，不在自己的作品上花时间。

一边集训，决赛也一边进行，转眼间，三十个学员只剩下十五名了。

这天，乐队的指挥兼编曲老师把陆一鸣从宿舍叫出来。正好，李丹彤也来找陆一鸣，看到编曲老师和陆一鸣说话，她就躲在楼前的大树底下听。

编曲老师是个四十多岁的中年男人，卷发，梳一个个性的小辫子。

"一鸣，我想跟你商量件事。"

"老师，您说。"

"剩下的十五名学员都是精英，我的编曲风格很难把每个学员的特点、长处都表现出来。所以我想，接下来的编曲让你参与进来，不知道你愿不愿意？"

陆一鸣有些受宠若惊，对老师说："老师，您太高看我了，我恐怕胜任不了。"

老师面带微笑地说："你虽然口口声声叫我老师，其实我就是资历老而已。你的编曲能力是有目共睹的。来吧，用你的才华让我们每个学员在舞台上闪闪发光吧！"

陆一鸣难为情地挠挠后脑勺："那……老师，我就试试。"

编曲老师走后，陆一鸣刚想回宿舍，就被李丹彤叫住。

李丹彤一副生气的样子，对陆一鸣说："一鸣，我说你怎么这么大公无私啊，你给这个编曲给那个编曲，咱们怎么拿冠军？"

陆一鸣早就知道李丹彤对他有意见，但他还是坚持。他看了看李丹彤："丹彤，我参加比赛并不是为了拿冠军，我把这次比赛当成一次历练的过程。同样，帮老师编曲也是，能给这么多优秀的学员编曲，难道不是件光荣的事吗？还有，这几天我用业余时间给你写了一首歌，如果你真的担心我影响你，你就单独参加决赛，我可以找理由放弃。"

李丹彤被气得浑身发抖，两眼布满了泪水，声音颤抖地说：

"陆一鸣，我在你眼里就是这样的人吗？"

陆一鸣也觉得自己刚才的话有些不对，低下头说："你别误会，我是真的怕影响你。我把给你写的歌已经发给你了，你抽空练习一下，有备无患嘛。"

李丹彤目不转睛地看着陆一鸣，咬牙切齿地说："陆一鸣，你知不知道，如果你可以拿到比赛的冠军，就会有更多的人注意到你，这样你才会有机会把你的歌唱给更多的人听。你不是说，你想做出好的音乐，然后得到更多人的认同吗？"

李丹彤确实很生气，她生气的是陆一鸣误会她，其实她不过是希望通过这次比赛能够让陆一鸣的生活变得好一些，不会像现在这样艰辛。她知道陆一鸣的性格，所以从来不在经济上援助他。

陆一鸣听到李丹彤的话，心里有些愧疚，刚想要说些什么，李丹彤已经转身走了。

当晚，李丹彤从邮箱里翻出陆一鸣给她写的歌，反复练习。她并不是想单独拿冠军，她只是觉得这首歌的每个音符，每句歌词，都有陆一鸣的气息，令她百唱不厌。

陆一鸣和李丹彤经过争吵后，反而变得心照不宣。

李丹彤想了很久，觉得陆一鸣做得对，但她并没有道歉。而陆一鸣也觉得比赛是两个人的事，他在集训中心的活动应该提前和李丹彤商量一下，但是他也没有道歉。

两个人唱歌配合得越来越默契。一周过去了，他们顺利地进入了总决赛。

第二十一章　最亲的爱，最深的恨

比赛只剩下四个人了，每一场演唱大家都很紧张。陆一鸣和李丹彤唱的都是陆一鸣的原创作品，如果不出意外，他们稳拿冠军，因为每次评委和观众投票，他们都遥遥领先。

可是，就在他们在后台准备的时候，陆一鸣突然接到倪阿蒙的电话。

倪阿蒙在电话里哭着说："一鸣，不管发生什么事情，你都不要听他们的，你千万不要来！"

"啪"的一声，只听见一个响亮的打耳光的声音，接着一个男人在电话里说："你敢跟我耍花招？是不是不想活了？"

陆一鸣急切地喊道："蒙蒙，是你吗？怎么回事？"

陆一鸣看了一下，李丹彤正戴着耳机。他慌忙走出后台，对着电话大声说："你们是谁？蒙蒙！蒙蒙！"

听筒里传来几个男人狰狞的笑声。笑声过后，一个男人说："果然没找错人，这小子还是很在乎你嘛！"

"我和他根本没关系！我并不认识他！"倪阿蒙坚决地说。

"喂，你们是什么人？我警告你，你们给我老实点儿，你们把地址发给我，我立刻赶过去！"

"好！够爽快！你来跟我们谈谈也行。我把地址发给你。"男人直截了当地说。

陆一鸣慌张地望了一眼后台，趁着没人注意，他飞快地跑了出去。他拦了一辆出租车，然后把短信里的地址告诉司机师傅。

司机师傅狐疑地看了他一眼，好奇地问道："小伙子，去这么个荒郊野岭的地方干吗？"

陆一鸣阴着脸一声不吭，司机师傅也就知趣地闭了嘴。

车内气氛显得很尴尬，司机师傅打开了交通台的广播。陆一鸣此时心烦意乱，没好气地对司机师傅吼道："关掉行吗！"

司机师傅看出陆一鸣气不顺，听话地把广播关掉。

陆一鸣拿出手机，找到刚才的号码，拨出去。可是他试了好几次，都是暂时无法接通的系统提示音。

陆一鸣不断地催促司机师傅快一点，终于在将近四十分钟的车程后，他们来到一个废旧厂房边，旁边是一片玉米地。

司机师傅看到这个地方，心里有些害怕，收了钱后，趁着陆一鸣没有提出让他等，紧踩一脚油门就离开了。

陆一鸣左右观望一下，这个地方跟他之前住的地方很像。

陆一鸣敲响了仓库的大铁门，有一个光头男人打开大门，上下扫视一眼陆一鸣："你是陆一鸣？"

陆一鸣迫不及待地拨开男人的胳膊，冲了进去。

倪阿蒙坐在一个椅子上，并没有被绑住手脚，也没有被堵住嘴巴。仓库内灯光很亮，床上躺着一个瘦高男人，还有一个男人正趴在一张破桌子上吃方便面。

看到陆一鸣出现在大门口，倪阿蒙"噌"地站起身来："一鸣，不是说不让你来吗？"

陆一鸣缓缓地走到倪阿蒙身边，环顾了一下四周，问道："究竟是怎么回事？"

光头男人冷笑几声："你以为是我们绑架她了吗？"

光头男人朝破桌子走过去，从桌子上拿过来一份文件："这是她几个月前和我们公司签的合同，白纸黑字，你看看吧。"光头男人说着把合同递给陆一鸣。

陆一鸣大致扫了一眼合同，虽然没看太懂，但他看出来，这是倪阿蒙和影视公司签的合作协议。陆一鸣抬起头问光头男人："有什么问题吗？"

倪阿蒙低着头，脸涨得通红，鼓足勇气对陆一鸣说："合同表面上看不出问题，事实上我被这个公司骗了！自从我签约以来，不仅没有工作，他们还不让我在歌舞团继续工作。最关键的是，合同有一条是我必须服从公司的一切摄影安排，如有违约，赔偿三十万块！"

说着说着，倪阿蒙就哭起来，委屈地对光头男人说："为了这三十万块的违约金，我什么都干过了！甚至我都管杀父仇人要钱了，你们到底想怎么样？我不是已经还给你十万块了吗？求求你们，我会慢慢还钱的，再给我些时间，不行吗？"

光头男人走近倪阿蒙，猛然用手抬起她的下巴："看你这梨花带雨的小模样，还真是让人心疼。但是我们哥几个也是拿钱办事，放了你，老板可不会放了我。"

"剩下的钱，我来还！你放开她！"陆一鸣用力把光头男人推开，大声吼道。

吃方便面的男人打了个饱嗝，站起身，对光头男人说："哥，我就说没找错人吧？你看这个男人对她多好。"

光头男人耸了耸肩膀，把倪阿蒙拉到一个房间门口，把倪阿蒙塞了进去。就在光头男人要关门的时候，陆一鸣一个箭步冲上前去，挡在门中间。

"还钱就还钱！这是什么意思？"陆一鸣呵斥道。

"兄弟，别激动嘛。你看这房间，要啥有啥，我们只要钱，她在这里不会受罪的。"光头男人漫不经心地说。

陆一鸣扭头瞥见屋子里面放着一张豪华大床，铺着粉红色的床单。

陆一鸣给倪阿蒙递了个眼色，倪阿蒙赶紧扑到陆一鸣怀里。

陆一鸣把倪阿蒙紧紧地搂住，转过身对光头男人说："十天后，我亲自把钱送过来！"

光头男人打了个响指，其他两个人迅速围过来，挡在陆一鸣和倪阿蒙中间。

"闪开！"陆一鸣吼道。

光头男人冷笑几声："兄弟怎么不懂事啊，你们俩要是跑了，我们去找谁要钱去？"

陆一鸣搂住倪阿蒙，对光头男人说："你放心，我说出的话，一定做到。再说，你当我是傻子吗？你这个合同根本就不受法律保护！如果你们再不让她走，我们就闹到法庭上，看看是谁吃亏！"

光头男人结巴地说："反正……反正不能放你们走！"

陆一鸣突然笑了，摆了摆手，示意他们把合同拿过来："来，再拿张纸和笔，我给你们写一个二十万的欠条，你们把合同撕掉。欠条就是到了法庭上，我也不能不认账。可是你这个合同好像上不了台面吧？"

三个男人听后，想了一下。瘦高男人问光头男人："大哥，我觉得这小子说得有道理。"

光头男人看了看陆一鸣，迟疑了一下，说："好，就按你说的办！写好欠条，五天后，拿钱！"

陆一鸣毫不犹豫地说："十天！"

"十天就十天，反正你也跑不了！"光头男人说完，示意瘦高男人拿来纸和笔。

陆一鸣拖着倪阿蒙走到破桌子前，倪阿蒙泪眼蒙眬地看着陆一鸣："一鸣，你怎么这么傻啊，这件事跟你有什么关系？"

陆一鸣没有理会倪阿蒙，很快写了一张二十万元的欠条，拿过光头男人给的印泥，按了手印，顺手把倪阿蒙手中的合同撕得粉碎。

光头男人倒也讲信用，把另一份合同拿出来，说："看在你这么仗义的份上，我也实在一回。"说着把合同撕得粉碎，扬在空中。

"给我们一些水和食物，我们要离开。"陆一鸣对光头男人说。

光头男人把头一甩，示意拿来矿泉水和面包。瘦高男人把东西装进一个书包里，扔给陆一鸣。

陆一鸣背上书包，临出门前对三个男人说："请记住，这二十万元的欠款，跟她没有关系了，我陆一鸣不会赖账的！"说完，转身推开仓库大门。

陆一鸣和倪阿蒙出来的时候已经是晚上十一点了，电视台的直播早已经结束。陆一鸣打开手机看了一眼，李丹彤、倪秋雨、蒋雁南的未接电话加在一起有上百个。

陆一鸣和倪阿蒙并排走着，他们一句话都不说。夜深人静，玉米叶子被风吹得"沙沙"直响，他们几乎能听到彼此的呼吸声。

"蒙蒙，你冷不冷？"陆一鸣脱下自己的夹克，披在倪阿蒙身上。

"一鸣，我不冷，我害怕！"倪阿蒙怯怯地看着陆一鸣，缓缓地接近他，再次扑进他的怀里。

陆一鸣搂着倪阿蒙，轻声道："有我在，遇到任何事情都不要害怕。"

"蒙蒙，你饿了吗？"陆一鸣不知道倪阿蒙吃没吃晚饭，关切地问道。

"嗯。"倪阿蒙点点头。

陆一鸣拉着倪阿蒙走到地边，把书包递给倪阿蒙，然后折断一些玉米秆，铺在地上，让倪阿蒙坐下。

倪阿蒙拿出两袋面包，递给陆一鸣一袋，自己也打开一袋吃起来。

陆一鸣把面包放到一边，把玉米秆上的玉米掰下来，然后又钻进玉米地凭着手感找了一些干玉米叶子。扯过地上的书包，他记得刚接过书包的时候，感觉出里面有个类似打火机的硬物。

果然，陆一鸣从书包里掏出一个打火机。他把干玉米叶子堆在一起，然后用打火机点燃，身体迅速暖和起来。火光照着倪阿蒙的脸庞，他的心顿时感到无比安宁。

倪阿蒙扯过一根玉米秆，折断以后，将尖利的一头递给陆一鸣，指着眼前的玉米说："一鸣，你小时候烤过玉米吗？"

陆一鸣"嘿嘿"笑起来，接过倪阿蒙手里的玉米秸秆，把玉米穿起来，然后举着用火烤。

陆一鸣和倪阿蒙都是在农村长大的，虽然童年的时候他们还不认识，但是热乎乎的烤玉米一下子就把他们带回到童年时光。

"一鸣，好吃吗？"倪阿蒙问他。

"嗯，好吃！"陆一鸣回答道。

陆一鸣一边吃一边看倪阿蒙。陆一鸣把一整个玉米都要吃完了，倪阿蒙却没吃几口。

"你怎么不吃？"陆一鸣问。

倪阿蒙淡淡地笑了笑："我并不爱吃，一鸣，你知道吗？要不是和你在一起，我闻到烤玉米的味儿就已经吐了。"

陆一鸣能理解倪阿蒙不喜欢吃玉米，但闻到味就吐有些过了吧。

倪阿蒙没有理会陆一鸣，继续说："按道理说，二十世纪了，家家户户早就解决了温饱问题，可是，我们家却不是。我爸赌博赌输了，就把家里的粮食卖了。我和妹妹饿得哇哇大哭，我妈就到地里去弄没熟的庄稼。秋天的时候我们一天三顿，就靠烤玉米和煮玉米度日，夏天的时候就吃烤麦穗儿。"

陆一鸣停下咀嚼，呆呆地看着倪阿蒙，虽然同是在农村长大，陆一鸣还是被倪阿蒙的经历惊着了。他童年的小伙伴那么多，从来没有听说过，谁家还为吃饭发愁。

"蒙蒙，以后有我在，再也不会让你过那么苦的日子了。"陆一鸣一只手搂住倪阿蒙的肩膀。

"所以，我发誓我要出人头地，我要赚很多很多的钱，再也不用为吃饭穿衣这样的事发愁。一直以来，我从来没有放弃过自己的梦想，可是……"倪阿蒙突然哽咽了一下，然后接着说，"你知道我刚才为什么说害怕吗？"

倪阿蒙轻轻地叹了一口气："有一天，家里没有粮食了，我妈让我晚上去地里偷玉米，一是我家的玉米如果被我们这样吃，等到该掰棒子的时候，就所剩无几了。二是我家的地太远。

"去偷玉米，当然要等到天黑、路上没有行人了再去。我摸黑到了村口的玉米地，刚掰两个，地里就钻出来个男人，我被吓坏了。"

倪阿蒙又抽泣了几下，才继续说："等我反应过来想要跑的时候，对面的男人突然把我抱住。我拼尽全力用牙齿咬他的胳膊，他因为疼痛松开我。我疯了一样的撒腿就跑，回到家，我也不敢说我遇见了坏人。我妈还骂我没有用，连个玉米都掰不回来。那天，我蒙上被子哭了一夜……"

陆一鸣紧紧地把倪阿蒙搂在怀里，不许她再说下去："倪阿蒙，我告诉你，如果以后你有困难不告诉我，那么你就会变成我的仇人！当然，如果将来，你找到了那个可以让你免受颠沛流离的人，我就会消失在你的世界。"

倪阿蒙不说话，但她的头不由自主地点了点："一鸣，不管未来怎样，你这辈子注定是我最亲的人，这个世界再也不会有比你对我好的人了。但你也是我最恨的人，我恨你毁了自己的前途，断送了我们的未来！"

陆一鸣不说话，叹了口气，拉起倪阿蒙："走！天亮之前必须赶回去！记住，你从来没有跟什么人签过合同，那二十万的债是我欠下的，压根跟你没有任何关系，记住了吗？"

"一鸣，等我的梦想实现了，我一定会报答你的。"

二人一路安静地向市区方向走，陆一鸣不是没有想过叫辆出租车，或者跟倪秋雨联系一下来接他们。可是，这个秘密他不想让任何人知道，他格外珍惜和倪阿蒙的独处时光。所以，他选择和倪阿蒙走回市里。

第二十二章　笑着上当

把倪阿蒙送回合租的房子，陆一鸣就拨通了李丹彤的手机。

三秒钟后，电话接通，李丹彤哭着喊道："陆一鸣！你死哪去了？"

"丹彤，我现在困得不行，等我睡一觉，找机会庆祝你夺冠，好不好？"陆一鸣淡然地说。

"陆一鸣！我命令你立刻出现在我面前！"李丹彤哭着说。

陆一鸣没有再理会李丹彤，挂了电话，拦了辆车去了蒋雁南的房子。

陆一鸣给蒋雁南和倪秋雨发了一条信息："我很好，勿念！"发完他就倒头睡了。手机在他手边，只剩下百分之五的电量。

一觉醒来已经是中午了，陆一鸣把手机充好电，意外地收到了很多短信息，光电视台的就好几条，大概意思是有唱片公司想找他签约，让他速回电。李丹彤轰炸式的短信，一条又一条，他根本不想点开。倪秋雨只发了一条："一鸣哥，不管你做什么，我都支持你！"

陆一鸣看到电视台的人发来的消息，心里还是很高兴的，梦想总算是初步实现了。可是，现在他关心的却不是这个。他把手机连上网，迅速搜索了一下："和唱片公司签约能预支酬劳吗？"

搜出来的信息令他立刻泄了气，各类回答显示，从未听说过新人会有预支酬劳这样的待遇。但是二十万块钱对于此时的陆一鸣来说，是个天文数字，他决定托电视台的人帮他把曲谱的版权卖掉。

厚厚的一沓曲谱，他大概数了一下，足有一百多首。这些曲谱，就像是陆一鸣的孩子，他从来没有想通过卖掉它们来挣钱。

陆一鸣仔细地一页一页地翻看这些曲谱，突然想到之前留给田毅的那些曲谱。

想到田毅，这次比赛他也参加了，参赛的歌曲还是陆一鸣写的。

虽然陆一鸣之前就已经和田毅说过要形同陌路，但私自使用他的曲谱，让田毅心里不安。比赛期间，田毅曾约他出去见面。

"一鸣，谢谢你能来。"田毅说。

陆一鸣冷笑几声："田毅，当我把曲谱给你的时候，我就没打算要回来，你现在完全可以假装不认识我，即使你唱的歌和我的曲风有相似的地方，也没人会怀疑。我把那些曲谱给你，其实就是让你唱而已，我是真没有想到，你还可以大言不惭地告诉观众和评委，那是你的原创。也罢，这下，我们之间再没有任何瓜葛！"陆一鸣摇头叹气道。

田毅自知理亏："一鸣，你讲义气，你那样对我，我还盗用你的曲谱，这是我不对。可是，一鸣，我确实有些黔驴技穷了，这几年我一个新作品都没有。如果不到万不得已，我也不会出此下策。我确实是卑鄙地想靠你的作品翻身，如果不是遇见你，我和凌厉、卓越现在肯定都快饿死了。我们除了音乐，什么都不会。一鸣，你这恩情我到死都记着，只要你不计前嫌，有用得到我的地方，尽管说话！"

陆一鸣淡淡地笑了笑："田毅，我不是救世主，事实上，我的生活也是一地鸡毛，温饱问题都没有解决。但是，我做人做事是有底线和原则的，希望你也下不为例！"

"一鸣，蒙蒙她现在怎么样？"田毅迟疑了很久，才说出这句话。

陆一鸣瞥了田毅一眼："她好不好，跟你有关系吗？"

田毅眼神焦灼，有些迫切地解释道："一鸣，这件事，我真不是故意的。我要知道倪阿蒙是你暗恋的高中同学，打死我，我也不敢碰她。不过，我有必要提醒你一句，这个女人不会有什么真心，她和我相处几个月，我所有的钱都花到她身上了。人是会变的，我希望你擦亮眼睛。"

陆一鸣的拳头再次举起来，怒视着田毅，咬牙切齿地说："你信不信，我为了她能做任何事？"

田毅看到陆一鸣这个样子，自然害怕，一边求饶一边向后退去。

陆一鸣不知道为什么这时候突然想起田毅来，或许是因为他曾经是倪阿蒙的男朋友，所以牵扯到倪阿蒙的事，就会自然而然想起他。

田毅这次比赛得了亚军，陆一鸣心里也是五味杂陈。

那天，陆一鸣和田毅谈完，就看到李丹彤站在一边。

李丹彤什么都没说，但是看她的表情，像是听到了陆一鸣跟田毅的谈话。

陆一鸣在客厅里来回踱步，他不知道如果去电视台，该怎样和那么多人交代。都说救场如救火，他的这种行为是典型的拆台。幸亏他给李丹彤准备了个人独唱曲目，才不至于让大赛组委会抓瞎。

十天，十天的时间筹集二十万块钱，对于陆一鸣来说，简直是天方夜谭，但他又不得不答应。其实他想过让蒋雁南帮忙，但很快就否认了这种想法。蒋雁南辛辛苦苦一辈子攒下那么点儿钱，不到万不得已，他是不会麻烦蒋雁南的。

陆一鸣拿着厚厚的一沓乐谱来到电视台。比赛结束了，学员们都准备要离开了，有在宿舍收拾东西的，有在舞台上拍照留念的，大家看到陆一鸣都替他惋惜："一鸣，你干吗去了？怎么能错过这么重要的比赛呢？"

陆一鸣去后台拿了自己的吉他，正好碰到田毅也背着吉他走过来："一鸣！你怎么回事？你知不知道这次比赛意味着什么？如果你夺冠，以后就不用为生计发愁了，你知道不？"

陆一鸣平静地看着田毅："以后我也不用为生计发愁。不过，要祝贺你，第二名也不错，祝你好运！"

其实，田毅还是没把陆一鸣当成外人，一心为他着想。可是他就是迈不过心里那道坎，田毅那样对倪阿蒙，他怎么可能还和田毅做朋友！

陆一鸣去找导演，敲开导演的门，他低着头走进去。

导演是四十多岁的中年男人，看到陆一鸣，长长地叹息了一声。

陆一鸣走到导演的办公桌前，低着头说："导演，我向您道歉，我……"

导演站起身，上前两步，把手搭在陆一鸣的肩膀上："一鸣，你也不需要解释了。我想，如果不是万不得已，你也不会缺席这么重要的比赛。李丹彤也找过我，她说你是怕影响她夺冠才不吭声退出比赛的。不管是什么样的理由，事情过去了就过去了。"

陆一鸣深深地向导演鞠了一躬："谢谢您！"

导演拉了一把椅子让陆一鸣坐下，自己也重新坐到办公桌前："一鸣，我的短信你收到了吧？其实真正有眼光的唱片公司选歌手，不会看重比赛的名次，他们在乎的是你的实力。这么多学员里，收到唱片公司邀约的只有三个：你，李丹彤和田毅。这几个唱片公司最有实力的是这家。"导演一边说，一边从抽屉里拿出合同，推到陆一鸣跟前。

陆一鸣没有看合同，而是抬头认真地问："导演，我相信您的眼光。但是，我想签一家能预付我报酬的公司，我急需要钱，哪家公司能预付报酬，我就把这一百多首原创歌曲给哪家。他们可以把我的歌给其他歌手唱，我急需要钱！"说着，陆一鸣把乐谱推到导演面前。

导演狐疑地看着陆一鸣，接过乐谱简单地翻阅了一下。导演也是个懂音乐的人，毕业于音乐学院，做过音乐 DJ、音乐评论员，现在主要负责音乐类大型赛事的导演工作。

"这些都是你的原创？"导演惊讶地看着陆一鸣。

"是，这里面大多数是我在地铁站当流浪歌手的时候创作的，我保证，这都是我的原创。"

导演不作声，再次细细地翻看陆一鸣的曲谱。他的心情看上去很激动，随手拉过陆一鸣的吉他就哼唱起来，试着弹唱了六七首，脸上露出欣慰的笑容。

"一鸣，这样吧，我跟你明说。你的曲谱都很不错，如果有好的渠道，估计还有明星愿意出高价买你的歌。但是你没有好的人脉资源，这就需要有人帮你运营一下，你懂不？"

陆一鸣点点头，诚恳地对导演说："这我知道，所以我想请您帮我，我需要在十天之内筹够二十万块。"

导演做沉思状，迟疑一会儿，说："一鸣，十天恐怕太短了，如果有现成的小样儿还好一点。"

"小样儿我来录！"陆一鸣脱口而出。

"你几天能录完？"导演问。

"三天！"陆一鸣肯定地说。

"三天，你不要命了？"导演惊讶地看着陆一鸣。

导演眉头紧蹙，说："一鸣，这样吧，我把曲谱先拿给我朋友看一下，光我说好不行，你知道，音乐是'仁者见仁，智者见智'。不过，咱们俩先签一个协议，意思是你把这些曲谱的授权给我，我帮你运营。你用钱用得太急，我只能预付你五万块。十天后，我看能卖出去几首，再把其他稿酬给你。不过稿酬你和我要五五分成，你有意见吗？"

陆一鸣连连点头："没意见，没意见！"

"那和唱片公司签约的事先放一放，你先录小样儿，我也赶紧找熟人把你的作品推荐出去。"

"好，好，太感谢您了！"陆一鸣显得非常激动。

导演让陆一鸣等一下，他当场就起草了一份合同。导演提示陆一鸣好好看看合同，陆一鸣简单浏览了一下，就签上了自己的名字。

导演从自己的账户划过去五万块，作为预付的报酬。

陆一鸣不傻，尤其是倪阿蒙被人骗了以后，看合同的时候他就多了个心眼儿，导演跟他签的这个合同就是个霸王条款。例如，所有曲谱的稿酬高于二十万的收入甲方无权过问。意思是，他这些歌，即使能卖一百万和他也没关系，他能得的稿酬最多只有二十万。还有一条，意思是作品如果卖不到二十万，稿酬他和导演五五分成。

陆一鸣明知道被骗，但还是签了字，甚至还得连声道谢。他现在太需要钱了，乐谱在自己手里，没有任何价值。在导演那里，至少能帮他解决眼前的困境。

导演让陆一鸣去文印室把乐谱印下来。陆一鸣印完后把曲谱原稿和复印件都放到导演桌子上。

导演犹豫了一下，把曲谱原稿递给陆一鸣："录小样儿，先挑你觉得好的作品，加油吧！"

出门前，陆一鸣回过头来怯怯地对导演说："我只能用手机录小样儿，可以吗？"

导演站起身："你等一下。"说着走到靠墙的柜子里，拿出一台笔记本电脑，"这个电脑旧是旧点儿，但还能用，你要不嫌弃就拿走吧。"

陆一鸣如获至宝，连忙接过笔记本电脑，谢过导演后，匆忙离开。

其实，陆一鸣手里的钱买一台笔记本电脑是没问题的，可是，他现在不舍得花一分钱，所谓"一分钱难倒英雄好汉"，他必须在十天后，凑够二十万块钱。

第二十三章　签约

　　回去的路上，陆一鸣买了一箱方便面、几个馒头、几袋咸菜，到家后，他只吃了两个馒头，就开始埋头工作。

　　蒋雁南家里的网线断了，陆一鸣只好到秦建斌家，在他家连上网，赶紧下载了需要的软件，然后回去继续工作。

　　蒋雁南对陆一鸣退赛的事不是十分在意，但他明显察觉到陆一鸣有事瞒着他。当陆一鸣临走的时候，他说："一鸣，我不知道你在忙什么，也不想过问你为什么临时退赛，但我需要告诉你的是，如果有事情不要一个人扛着。你一定要记住，你背后还有我。我虽然帮不上你太大的忙，但是我可以和你一起面对困难，一起解决困难。"

　　陆一鸣提着电脑站在客厅中央，他的眼睛已经有些潮湿。在这个世界上，除了父亲，对他真正好的人就是蒋雁南和倪秋雨，他们一个像父亲，一个像妹妹，让他感受到家庭的温暖。

　　除了吃饭、喝水、上厕所，陆一鸣全部的时间都用来录制音乐小样儿。虽然时间紧迫，但他对自己的要求不会降低，每首歌都会录到至少自己满意为止。

两天过去了，陆一鸣完成了一半的歌曲，每录好十首歌他就打包发给导演。导演对他录的小样儿很满意。

当录到第三天的时候，陆一鸣的嗓子开始出现问题，他知道嗓子出问题是必然的，所以他先挑了一些相对不那么高亢的歌曲来录。声带是每一个歌者都必须好好保护的，所以，他不得不停下来，除了大量地喝水，他必须去买些药。

陆一鸣已经连续两天没睡觉了，头也开始发昏。当他穿好衣服打算去药店买点儿药的时候，突然眼前一黑，晕倒了。

等陆一鸣再次醒来的时候，倪秋雨正在旁边看着他。他被吓了一跳，本能地坐起来。

"一鸣哥，你醒了？"倪秋雨赶紧站起来扶住他。

"几点了？你怎么会有这里的钥匙？"陆一鸣一边说着一边抬头看客厅的挂钟，时针指向下午五点，"今天几号？"

"四号。"倪秋雨说，"蒋老师给我打电话并给我备用钥匙，让我来看看你。"

"啊，我不是定了个铃声吗？"陆一鸣惊慌失措起来，"不行，我得赶紧起来。"

"一鸣哥！你真的不要命了吗？为了我姐，你真的不要命了吗？"倪秋雨含着眼泪看着陆一鸣。眼前的陆一鸣让她心痛无比。

"你都知道了？"陆一鸣低声说。

"嗯，知道你退赛后，我第一时间就去找我姐。可是，当时我找不到她，第二天我见到她，她才告诉我真相。我就知道，能让你临时退赛的人只有我姐。"

倪秋雨从茶几上拿过来一袋牛奶，递给陆一鸣："先喝点儿牛奶吧，你的身体会被折腾垮的。刚才有人给你打电话，我替你接了。

他说小样儿也不用那么急，让你先保护好嗓子。"

陆一鸣不说话，安静地喝着牛奶。倪秋雨继续说："我刚才给秦大哥打电话来着。你放心，我没告诉蒋老师，你一定是怕蒋老师担心，才不告诉他的吧。秦大哥说可以借给我二十万，我没好意思管他要那么多，只借了十万。剩下的，咱们再想办法吧。"

陆一鸣沉思片刻，对倪秋雨说："秦大哥的钱算是我借他的，你不用管了。"

倪秋雨语气平静地说："祸是我姐闯的，我应该帮她，哪能一下子让你背那么多债务。我跟秦大哥说了，他可以从我工资里慢慢扣除，你不用管了。但是，剩下的钱……"

陆一鸣告诉倪秋雨，导演预付了他五万的稿酬，这样的话，就只差五万块钱的了。

陆一鸣告诉倪秋雨自己需要哪些治疗嗓子的药，她帮他去买。事实上，休息了八九个小时，嗓子已经感觉舒服多了："去买药吧，我把小样儿录完，或许到最后，稿酬不止五万。"

倪秋雨早就给陆一鸣做好了饭菜。她把饭菜端到茶几上，看着陆一鸣来到餐桌边，才放心地出去买药。

陆一鸣吃着热乎的饭菜，看着倪秋雨买来的东西，一时间有些感动，心里涌现出一个想法，如果这一切是倪阿蒙为他做的，该有多好？

陆一鸣刚录了几首小样儿，就接到导演的电话，他在电话里说："一鸣，之前想跟你签约的公司接了一场商演，商演费用是十万。但是你如果想参加，就必须先和公司签约。我是觉得你急于用钱，所以建议你还是先签了吧。"

这个消息对于陆一鸣来说无疑是雪中送炭，他激动不已："我签，我签！"

"那好，小样儿先别着急了，你录的这些我先找朋友推广看看，你赶紧来签约。"

放下电话后，陆一鸣匆忙赶去导演所说的公司。这是一家不很大的唱片公司，而且知名度也不高。陆一鸣在蒙圈状态下，就签了合同。

接下来就是紧锣密鼓地排练，和舞蹈演员配合。公司让他明天来报道，所以今天还有时间休息一晚上。

陆一鸣是和导演一起出来的，他怯生生地问导演："导演，不知道我的歌这几天卖出去一两首没？"

导演面露难色："一鸣，新人的歌确实很难推广，我朋友说即使卖出去价格也会很低，你要有心理准备。具体十天他能卖几首，到时候再看。好在有这边的商演，还能解你的燃眉之急。你回去先不要录歌了，好好保护嗓子。以后我找人唱小样儿吧。"

陆一鸣连连点头，他觉得导演真是他的贵人，不然，以他的能力，别说二十万，就是两万也要折腾将近一个月。

和导演分开后，陆一鸣在马路上遇见了李丹彤和田毅，他们肩并肩走着，有说有笑的。陆一鸣不想和他们打招呼。不过李丹彤很快就认出来陆一鸣："一鸣！你给我站住！"

李丹彤上前拦住想转身走的陆一鸣："你跑什么啊？陆一鸣，我问你，你跑到哪里去了？比赛不参加就算了，签约你都不出席，你究竟想干什么？"李丹彤愤怒极了！她打电话，陆一鸣不接，问蒋雁南，蒋雁南也不知道，就在刚才她打通了倪秋雨的电话。倪秋雨告诉她陆一鸣去签约了，可是签约的时候只看到田毅，并没有看见陆一鸣。

"是啊，一鸣，不是每个学员都能和星光公司签约的？你怎么能无故不到呢？"田毅惋惜地看着陆一鸣。

"什么？星光公司？不是星辰公司吗？"陆一鸣一头雾水。

李丹彤叹了口气："你说什么梦话呢？"

陆一鸣诧异地看着李丹彤："是啊，我是和星辰公司签约的啊。刚签了，还接了一场商演。"

"不会吧？"田毅诧异地看看陆一鸣，又看看李丹彤。

李丹彤急得像是热锅上的蚂蚁："我刚才还跟星光公司的人保证，说一天之内肯定能找到你，让你和星光公司签约。人家本来说不等了，是我和田毅好说歹说，人家才答应的。你可倒好，星辰公司怎么能和星光公司比啊？"

陆一鸣听后皱了皱眉："导演从来没跟我提过星光公司要和我签约的事啊？"

陆一鸣赶紧掏出手机，从最初导演给他发的有签约意向的公司名单里，发现确实有星光公司。

大街上太乱了，李丹彤拉着陆一鸣走进一家咖啡馆，田毅也紧跟过来。陆一鸣顾不上跟田毅计较，三个人坐在一起研究这是怎么回事。

"到底怎么回事？你把导演带你签约的事从头到尾说一遍。"李丹彤焦急地说。

"我遇到了一件急事，需要一些钱，所以把我的原创歌曲给了导演，让他帮我卖，还和他签了分成协议。我怕卖不出去，就关闭在家里录小样儿，他突然打电话说有一家公司，签约三两天后就能参加十万元的商演。我急需要钱，就跟着导演来签约了。"

李丹彤被气得说不出话来："你急需要钱，跟我说啊，你被骗了还帮人家数钱呢!"李丹彤气得把桌子一拍。

"是倪阿蒙需要钱吧?"田毅了然地说。他了解陆一鸣,如果不是涉及倪阿蒙,陆一鸣做事不会这样不计后果。

陆一鸣不说话,李丹彤更加气愤了:"就是那个秋雨她姐,是吧?"

陆一鸣还是不吭声,田毅接着说:"一鸣,我早就告诉过你,她就是个无底洞,多少钱都不够她花!你怎么就不知道清醒呢?"

"啪"的一声,陆一鸣甩了田毅一个耳光。田毅十分生气,站起身来,冲出咖啡厅。

服务员正好端着咖啡过来,被田毅撞倒了。

处理好服务员的事,陆一鸣和李丹彤都沉默了下来,谁也不说话。

过了一会儿,李丹彤对陆一鸣说:"你知道,田毅的那些歌,每首能卖多少钱吗?"

陆一鸣不说话,好奇地看着李丹彤。李丹彤强压住心里的火气说:"五万!最贵的一首可以卖到五万,你跟导演签那样的协议,我真怀疑你是怎么想的。"

"五万!怎么会那么多?"陆一鸣张大了嘴巴,有点儿不相信自己的耳朵。

"麻烦你拿出手机,点开新闻看看好不好?你虽然没有夺冠,但是你却是比赛里最热议、最出名的人物!"

李丹彤说着就拿出自己的手机点开几个网页给他看:"你看看,你的音乐才华,你的实力,再加上你特殊的经历,你已经从一个少年过失杀人犯,逆袭成一个非常有前途的歌手了!难道你都不看新闻吗?你现在的身价,比我和田毅加在一起都高!"

　　李丹彤越说越气愤："不行，你必须去找导演理论，必须和他把那个破协议终止掉，而且和星辰公司解约。至于违约金嘛！我来帮你出！"

　　李丹彤一边说着，一边从座位上站起来去拉陆一鸣。

　　陆一鸣像一座雕像一样稳稳地坐在椅子上："丹彤，谢谢你这么帮我。不过，这次我认了。星辰公司虽然是家小公司，但怎么也比过流浪歌手的日子有保障多了。再说了，以后发展，要看自己的才华，关键也不在哪个公司。至于那些歌，我能给田毅几十首难道还差这些吗？只要我还能搞创作，就不怕以后没歌唱。再说导演那里的作品我都有署名权，他想给我多少钱都行，只要帮我渡过眼前的难关就行。"

　　李丹彤重新坐下来，无可奈何地看着陆一鸣："一鸣，你怎么那么淡定？"

　　陆一鸣自嘲地笑了笑："如果你处于我的位置，你也会对现在的自己很满意，也会对导演那样的人心存感恩。我从十七岁就坐牢，到现在才真正踏进社会的大门，权当导演给我上了生动的一课。包括田毅，当初不是他收留我，我都不知道该怎样活下去。我虽然不想理他，但是心里还是感激他的。所以，我也希望你把他窃取我曲谱的事烂在肚子里。如果被我发现你说出去了，那我们朋友也就到头了。"

　　就在刚才，李丹彤还想骂陆一鸣笨、傻，可是经过陆一鸣这样一说，她突然感觉，自己才是那个没有城府没有大脑的人。

　　"一鸣，倪阿蒙对你真的那么重要吗？"李丹彤不明白，倪阿蒙不就是他年少时的暗恋对象吗？为什么他会对倪阿蒙那样死心塌地。

　　他们的谈话被咖啡店其他的顾客打断，他们都没预料到，顾客会认出他们俩。有几个年轻小姑娘拿着手机走过来，要求跟他们合影。陆一鸣特别想立刻逃出去，却被李丹彤拉回来。李丹彤凑近陆一鸣，耳语道："你必须配合一下，不然媒体会写得很难听。"

　　说完，李丹彤热情地对粉丝笑起来。

　　"我们可以和你们合影吗？"小姑娘兴奋地请求道。

　　李丹彤露出灿烂的笑容说："当然可以！"

　　于是，两个女孩儿分别挽着跟陆一鸣和李丹彤合影。

　　不一会儿工夫，找他们合影的人越来越多，陆一鸣有点儿吃不消，好在咖啡店的人维持了一下秩序，现场才不至于混乱。

　　八卦是人的天性，有个小姑娘突然问李丹彤："你和陆一鸣是男女朋友吗？"

　　"你们猜呢？"李丹彤笑着说。

　　陆一鸣刚想说你们误会了，他欲言又止的动作很快被李丹彤打断，只好不再说话。居然都有粉丝围堵了，这说明他们的组合确实很受关注。他不想给李丹彤惹麻烦，缄默不语或许是最好的回应吧。

　　"一鸣帅哥，你是真的像电视上说的那样坐过牢吗？"这个问题像一根刺一样扎进陆一鸣的心里，他依然不说话，低着头。

　　李丹彤见状，连忙控制场面："不好意思啊，我们还有事情，改天和大家互动。"

　　一边说着，一边站起身拉着陆一鸣的手向外走去。

　　陆一鸣看了看手机，已经上午十一点多，于是对李丹彤说："我要回去了。"

　　"都中午了，一起吃饭吧？"李丹彤说。

　　"不了，我劝你也别在外面了，刚才还好，是粉丝围观，说不定一会儿还有娱乐记者跟踪你呢。我是无所谓，反正最深的秘密都是透明的，但你是女孩，多注意一些吧。"说完，陆一鸣拦了一辆出租车赶回住处。

　　陆一鸣是不舍得打车的，但是眼前的形势，如果坐公交车再被粉丝认出的话，他估计下午两点也到不了家。不知道为什么，他心里突然有些窝火，被人认出来，一点儿也高兴不起来。他只想要一份安安稳稳的生活，能够吃饱穿暖，能够有时间做自己喜欢的音乐。刚才被粉丝围观提问，他感觉自己像跳梁小丑一样，如果出名是这个样子，他不想要。

第二十四章　唯爱和咳嗽不能忍

"一鸣哥，你回来了？"倪秋雨用干净纯美的笑脸看着陆一鸣，然后接过包，放到合适的地方。

眼前窗明几净，客厅里的大小乐器一尘不染，餐桌上的饭菜冒着热腾腾的香气，陆一鸣突然感觉这才是他想要的生活。

"秋雨，你辛苦了。"陆一鸣换好鞋，迫不及待地坐在餐桌前。

餐桌上的饭菜都是陆一鸣爱吃的家乡小菜。倪秋雨在厨房忙着盛汤，陆一鸣赶紧站起来帮忙："才两个多小时，你就把家里打扫得这么干净，还做了这么多饭菜，你太能干了！"陆一鸣由衷地赞道。

"一鸣哥，你也太容易满足了吧？"倪秋雨把最后一锅汤端过来，坐在陆一鸣对面。

"是啊，我理想的生活就是这样子的，能吃饱穿暖，还有人在家给做热乎的饭菜，最重要的一点是玩音乐，还能顺便养活自己。"

说到这里，陆一鸣的神情暗淡下来："我目前还做不到，不过，应该很快就会好的。"

"一鸣哥，如果不是我姐，其实你现在已经挺好的了，不会有经济负担，只是单纯做自己想做的音乐。"倪秋雨叹了口气，继续说，"但愿我姐吃了这次亏，以后做事不会那么冲动。"

"不说这个了，来，吃饭！"

陆一鸣看着倪秋雨，他突然察觉到自己从来没有关心过她，于是，假装漫不经心地问道："秋雨，你实习的单位怎么样？还适应吗？"

倪秋雨突然有点儿受宠若惊的感觉："谢谢一鸣哥，我挺好的。"

陆一鸣停下筷子看着倪秋雨，倪秋雨居然羞红了脸。

陆一鸣接着说："单位要实习一年吗？实习过后能留在单位工作吗？"

隔行如隔山，陆一鸣不懂这些。

倪秋雨面露难色："浩浩读的这所小学是全市最好的学校了。我之所以能进这所学校实习，是因为我大学四年的学习成绩都很好，浩浩的班主任强烈要求他们领导把我要过来实习的。"

陆一鸣若有所思地点点头："秋雨，你那么优秀，说不定会破格录用呢。加油哦！"

两个人有说有笑地吃饭，突然有人按门铃。

倪秋雨笑着对陆一鸣说："肯定是蒋老师！"说着就小麻雀似的跑去开门。

倪秋雨打开门的那一瞬间，笑容立刻僵住："姐，你怎么来了？"

尽管来人戴着墨镜和帽子，倪秋雨还是一眼便认出眼前的女人是倪阿蒙。毕竟是亲姐妹，再熟悉不过了。

倪阿蒙摘下墨镜和帽子，冷笑两声，又瞥了倪秋雨一眼："怎么？只许你来，不许我来吗？"

"哦，哦！我是说你怎么知道一鸣哥在这里？"倪秋雨连忙解释道。

倪阿蒙再次意味深长地扫视倪秋雨一遍，嘴角艰难地扯出一抹笑容。

倪秋雨还围着围裙，被倪阿蒙这样盯着瞅，有点儿浑身不自在。她感受到了来自姐姐若隐若现的敌意。

倪阿蒙手里提着一些水果。倪秋雨刚要接过倪阿蒙手里的水果，倪阿蒙却一转身，自己把水果拎到厨房了。

"正在吃饭啊，正好我也没吃呢，秋雨，添一个人够吃不？"倪阿蒙若无其事地说。

其实，在倪秋雨打开门的时候，陆一鸣已经站了起来，但是她们两姐妹说话，他也插不上嘴，只好呆呆站在餐桌前。倪阿蒙路过餐桌去厨房的时候看都没看他，熟练得像是进自己家的厨房一样。陆一鸣坐下来，看着突如其来的倪阿蒙。

"够吃！够吃！"倪秋雨连忙去帮倪阿蒙拿碗筷。

"很丰盛嘛！"

"姐，我帮你吧。"

"我自己来吧。"说着，倪阿蒙麻利地打开电饭锅的锅盖。

气氛突然变得很诡异。陆一鸣始终一言不发，他突然不知道该说什么。

"姐，你和一鸣哥有事要说吧，那我先走了。"说着，倪秋雨站起身，去衣架上拿自己的背包。

"秋雨，你吃饱了吗？"陆一鸣站起身，送倪秋雨到门口。

"一鸣哥，我吃饱了。我姐可能找你有事，你们忙吧，我先走了！"说完，拉开门闪身出去。

"你们也放假了吗？"陆一鸣重新走到餐桌前坐下。

"嗯，放假了。"倪阿蒙幽幽地说。

陆一鸣已经吃饱了，他默不作声地看着倪阿蒙吃饭。眼前的倪阿蒙给他一种既陌生又熟悉的感觉。

倪阿蒙看着陆一鸣，莞尔一笑："喂！总盯着我干吗？"

"哦，哦，我突然想起上高中的时候，咱俩偷偷去校门口吃凉皮的情景了。那时候一块钱一份凉皮，但是比现在的要好吃多了……"那时候的倪阿蒙非常害羞，两个人出去吃凉皮，从始至终她都没有抬起头来。她吃得很慢，陆一鸣吃得更慢，周围充斥了暧昧的氛围。

"你还记得凉皮老板娘说的话吗？"倪阿蒙回想起当时的情景，爽朗地笑起来。她的笑容依然很甜美，和当年一样灿烂。

"当然记得了。"陆一鸣的嘴角不由自主地轻轻上扬。

"老板娘说，'帅哥，这就叫秀色可餐吗？'"倪阿蒙说完"咯咯"地笑起来，"把你说得脸都红了。"

"是吗？"陆一鸣想起当年的事，脸突然又红了。

"看，现在又脸红了，和当年一样！"

陆一鸣不知道说什么，只是开心地"嘿嘿"傻笑。

倪阿蒙吃完饭，开始收拾碗筷。

陆一鸣赶忙阻止她："我来吧，我来吧。"

二人的手不小心碰到一起，他们不约而同地看着对方，四目相对，眼里充满了柔情。

"--鸣，我今天来，是想告诉你，我也成功地迈出了一小步。我参与了一个网络剧的拍摄，虽然不是什么重要角色，但至少是个好的开始。我演的角色是一个被命运折磨，但始终没有放弃理想的聋哑舞者。"倪阿蒙停下手里的活儿，抬头凝视着陆一鸣，"一鸣，你说这个角色适合我吗？"

"还有人比你更适合这个角色的吗？"陆一鸣的情绪被倪阿蒙感染，声音有些嘶哑颤抖。

陆一鸣注视着倪阿蒙："蒙蒙，恭喜你！"

"嗯，你是第一个知道这个消息的人。刚才秋雨在这儿我都没说，我就只想告诉你。"

"嗯。"

陆一鸣突然有些慌张，心怦怦直跳。为了掩饰自己的不安，他端上一盘菜，走进厨房。当他把菜放到厨房的台面时，突然被人一把抱住。

陆一鸣一瞬间全身都僵硬了，倪阿蒙的体温透过薄薄的衣料传到他的心里。

"一鸣。"倪阿蒙的声音像一只柔弱的小猫咪一样挠得他的心直痒。

陆一鸣缓缓地转过身，倪阿蒙一头扎进他的怀里。他的心跳更加强烈起来，手在空中停了一会儿，不知道要放到哪里，随后两只胳膊缓缓地放在倪阿蒙的腰间。

这是他们认识以来的第一次拥抱，高中的时候不允许，坐牢的时候没机会，出狱后矛盾重重。虽然不知道倪阿蒙为何会拥抱陆一鸣，但是他觉得自己似乎实现了多年的梦。

"一鸣，我想你，实在忍不住，只好来找你。"倪阿蒙的眼里噙满了泪水，缓缓地抬起头望着陆一鸣，"一鸣，你还爱我吗？"

陆一鸣没有说话，只是把倪阿蒙紧紧地搂住。他感觉这一幕非常不真实，用大拇指一点一点替倪阿蒙把眼泪擦干："别哭了，一切都会好起来的。"

"一鸣，谢谢你，我都知道了。你是为了我，才放弃那么关键的比赛的，我……"

那天倪阿蒙回去之后，睡了一天一夜，当身体和精神都好点儿后，才发现电视上铺天盖地关于陆一鸣退赛的报道。接下来的几天，每天晚上她都睡不着觉，心里都是对陆一鸣的感激和心疼。

对于一个歌手来说，一生能有几次这样脱颖而出的机会，而陆一鸣却为了她，毅然决然地放弃这难能可贵的机会。她的心情无比复杂，如果命运非要让他们纠缠在一起，她又在畏惧什么？

陆一鸣轻轻地推开倪阿蒙，走到沙发前坐下来。

倪阿蒙也走了过来，坐在他身边，把脸靠在他身上："一鸣，你怎么了？"

陆一鸣轻轻地推开倪阿蒙，两只手搭在她的肩膀上，认真地看着她的脸："蒙蒙，我不希望你是因为感激而选择和我在一起。我为你做的一切，你不用放在心上，我做事凭的是直觉，凭的是良心，我的良心告诉我必须这样做，不管是你还是秋雨，还是你们家老太太，不管你们谁有困难我都会尽我最大的能力去帮忙。当然，你和她们是不一样的，我爱你，你是知道的。但是我想感情还是应该纯粹一些，就像你之前说的，你能接受我是你杀父仇人的事实吗？你能过得去心里那道坎儿吗？我们都已经遍体鳞伤了，不是吗？"

倪阿蒙泪眼蒙眬地看着陆一鸣，低下头说："我想过，我都想过，可是我就是忍不住来找你。怎么办？"倪阿蒙摇摇头，"我不管了！我什么都不想管了！我只知道你爱我，我也爱你。一鸣，我们都不管了好吗？就让我们像一对恋人那样恋爱吧，把我们丢失的时光都补回来，好吗？"

陆一鸣听到这话，再也忍不住了，他把倪阿蒙紧紧地搂在怀里，任凭倪阿蒙的泪水沁湿他的衣衫。

倪阿蒙打扫厨房，陆一鸣就靠在门框上看着她。她的举手投足让陆一鸣感到熟悉而又陌生。陆一鸣几度失神，不知道自己是不是在梦里。

倪阿蒙收拾好后，陆一鸣给她倒了一杯茶，从客厅拿了一根长笛，对坐在沙发上的倪阿蒙说："想听什么曲子？"

"《梁祝》。"倪阿蒙脱口而出。

陆一鸣轻轻地摇摇头："《梁祝》太悲了，《乘着歌声的翅膀》怎么样？"

倪阿蒙露出孩子般的笑容："你吹什么都好听！"

倪阿蒙托着腮崇拜地看着陆一鸣，不知不觉她站起身来，走到客厅的空闲处，翩翩起舞。

陆一鸣一边吹笛一边深情地看着倪阿蒙跳舞，他不禁想，时间如果这样停止该有多好！

一曲结束，陆一鸣看了看时间，已经下午三点多了，他三点半就要出发去给孩子们上课。

"蒙蒙，我待会儿要去上课，你跟我去吗？孩子们肯定特别喜欢你！"陆一鸣饶有兴趣地说。

倪阿蒙上前拉住陆一鸣的手，抬头看着他："一鸣，我们不能像普通人那样恋爱。你看你现在知名度挺高的，如果粉丝们知道你有女朋友了，你的人气很快就会淡下去的。我也是，虽然我还不是明星，但是万一有一天我成功了，我也不能有过多的负面消息。"

陆一鸣的心开始向下沉："蒙蒙，别说我现在没名没利，如果我有名有利，为了你我也可以放弃。当然，如果你那样渴望成功，我尊重你的选择。可是，真的有必要吗？"

倪阿蒙低着头，默不作声。

陆一鸣有些失望，可是他并没有表现出来，他把倪阿蒙额前的碎发整理一下，然后手指划过她的脸颊："蒙蒙，你这样会很辛苦的，我不想让你这么辛苦，我又不是什么大歌星。而且，我签约了一家小的唱片公司，以后能不能有机会唱歌还不一定呢。"

"这我知道。"倪阿蒙低低地说。

"为了以后我们能过更好的生活，我们都辛苦一些，好吗？"倪阿蒙用恳求的目光注视着陆一鸣。

陆一鸣轻轻地叹了口气："嗯。"

"明天公司给我安排了商演，你放假好好休息吧。上完课，我去看看我爸，好久没去看他了。"陆一鸣说。

"一鸣，原谅我，我暂时还不能去看叔叔，等以后有机会吧。好吗？"倪阿蒙一副楚楚可怜的表情。

"我没有那个意思，你好好的就好，我爸也不认人。再说了，他如果认人，你更不能去看他，他会……好了，不说了，我该走了。"

　　陆一鸣拉过倪阿蒙的手，轻轻地在她额头吻了一下，然后转身去开门。

　　"一鸣，让我先走吧？"倪阿蒙说。

　　陆一鸣突然一愣："好吧。"

　　倪阿蒙背起自己的包，款款地走出陆一鸣的住处。陆一鸣随后也走了出去，两个人隔着几十米。陆一鸣突然感觉很失落，他确实是想和倪阿蒙在一起，可是，为什么在一起了，却没有想象的那样兴奋呢？

　　时隔八年，世事变迁，陆一鸣和倪阿蒙都变了，二人之间需要磨合，需要更多的相处。陆一鸣相信他们会走到一起，然后过着幸福的生活。为此，他愿意更加努力赚钱，给倪阿蒙想要的生活。

第二十五章　姐妹矛盾

　　陆一鸣给孩子们上了两节课，上完课后，已经五点半了。他匆忙去超市买了些东西，就赶去了医院。

　　陆一鸣去找护士登记，护士开玩笑道："你们家属可真是的，要来还不一起来，一个一个的多麻烦啊！"

　　"什么？"陆一鸣有些疑问。

　　"我是说你和你女朋友为什么不一起来啊？"护士摇头苦笑道。

　　"女朋友？"陆一鸣更加诧异。

　　"是啊，姓倪的不是你女朋友吗？"

　　陆一鸣心里一阵狂喜，推开父亲的病房门，里面有个熟悉的背影正在喂父亲吃饭。他刚想喊蒙蒙，却发现背影的主人并不是倪阿蒙，而是倪秋雨。

　　"秋雨？"

　　倪秋雨扭过头来，向陆一鸣摇摇头。

　　陆一鸣走上前去，接过倪秋雨手里的小碗，喂父亲吃饭。没想到陆耀琪居然拒绝他的喂饭，一个劲儿地摇头。

　　倪秋雨见状，从陆一鸣手里接过小碗，继续喂陆耀琪吃饭。陆耀琪的脸上立刻绽开笑容，张大嘴巴，让倪秋雨喂他。

"其实他可以自己吃的，让他自己吃多好。"陆一鸣说。

"医生说家属应该多和病人亲近，这样会好一些。"倪秋雨漫不经心地说。看她认真喂陆耀琪吃饭的样子，不知道的，还以为是他女儿呢。

这时，护士走了进来，给陆耀琪拿来晚上要吃的药，看到倪秋雨正在喂饭，夸奖道："你女朋友真孝顺，她一来，你爸高兴得跟什么似的。"

"秋雨，你经常来看我爸吗？"听到护士的话，陆一鸣有些感动，就连他自己都做不到经常来探望父亲，倪秋雨却经常来。

"老人就是太寂寞了，我妈也是，要是陪她，她就高兴得跟什么似的。现在好了，蒋老师在家陪浩浩，我每天回去陪我妈，我妈最近都胖了呢！总给我做好吃的，她吃得也多了。"倪秋雨脸上露出笑容。

看见倪秋雨的笑容，让人内心有一种安宁的感觉。陆一鸣的嘴角不由得上扬起来。

吃完饭，倪秋雨帮陆耀琪整理了一下东西，她把二人拿来的水果和营养品整齐地放到床头柜里，还用木梳子帮陆耀琪梳了头发，并且告诉老人，没事要多梳理头发，对身体好。

晚上九点多，他们从医院出来，陆一鸣对倪秋雨说："我今天得去酒吧辞职，你打车走吧。太晚了，不安全。"

"一鸣哥，我能跟你去酒吧吗？我长这么大还没去过酒吧呢？"倪秋雨笑着问陆一鸣。

"嗯，好！"陆一鸣爽快地答应。

陆一鸣因比赛跟酒吧老板请假的时候，他特别爽快地答应了，还特地看了节目单，酒吧来了客人就帮陆一鸣拉票。酒吧老板虽然没什么文化，但特别爱惜人才，这一点让陆一鸣很感动。

"老板，真是不好意思，过了这么久才有时间过来。"

"一鸣啊，快进来，快进来！"酒吧老板客气地把陆一鸣让进酒吧。当看到陆一鸣后边还跟着一个美女时，酒吧老板面带笑容打趣道，"一鸣，女朋友好漂亮啊！"

"不……不是女朋友，是妹妹……妹妹……"陆一鸣连忙解释道。

酒吧老板意味深长地笑了笑："是妹妹那么紧张干吗？"

酒吧老板找了个角落安排二人坐下："怎么样？陪这位美女喝两杯？"

陆一鸣连忙推辞道："给我们一人一杯饮料吧。我要橙汁，你要什么？"陆一鸣扭头征求倪秋雨的意见。

"哦，我也要橙汁吧。"酒吧里的灯光照得倪秋雨眼花缭乱，倪秋雨看上去特别拘束。

酒吧老板拍着陆一鸣的肩膀道："你还能来，哥哥这儿是蓬荜生辉啊。"

大屏幕上还在放着陆一鸣比赛的视频，酒吧老板突然大声对客人们介绍道："尊贵的客人们，我眼前这位帅哥就是电视上这个人！以后他就不来我这里唱歌了，大家也只能看看录像了。不过，为了咱们未来的大明星，咱们共同喝一个！"

客人们立刻欢呼起来，纷纷把目光投向陆一鸣。

陆一鸣感觉有些受宠若惊，连忙站起身，大踏步走上台。他先是向所有客人鞠了一躬，然后谦虚地说："告别这里有些舍不得，大家能够喜欢听我唱歌，我感到非常荣幸。今天也算是我的告别演出吧，大家喜欢听什么歌，尽情地点吧。只要我会唱的，一定满足大家！"

台下的掌声更加热烈起来。陆一鸣来的时候就打算唱最后一晚，所以连吉他都背来了。其实倪秋雨跟他来酒吧，也是想听他唱歌。

陆一鸣以为大家会点其他歌手的歌，意外的是，大家点的居然都是他的歌，或者是之前他在酒吧唱过的，或者是电视上参赛的作品。

听着陆一鸣的歌声，倪秋雨初来酒吧的紧张感渐渐消失。她手托着腮，专心地听歌，神情十分陶醉。陆一鸣看到倪秋雨崇拜的眼神也非常受用，时不时地看着她笑。

几曲唱罢，陆一鸣走过来坐下。倪秋雨看着他笑道："一鸣哥，你唱得真好听！"

陆一鸣被倪秋雨夸得有些不好意思，看见她单纯的眼神，陆一鸣有一种想要为她写歌的冲动。

陆一鸣拿出手机，在手机上拼写了一会儿，嘴里也不停地反复哼唱，还时不时拿起吉他来拨弄两下。

倪秋雨看不懂他在干吗。但看到他专注的样子，也不敢打扰。

过了一会儿，陆一鸣在手机里删删改改了好多遍，终于长长地舒了一口气，然后兴奋地对倪秋雨说："秋雨，哥为你写了一首歌，想不想听？"

倪秋雨惊讶地看着陆一鸣，情不自禁地点点头。

陆一鸣缓缓地走上台，谦卑地向观众鞠躬："我刚才即兴为我妹妹创作了一首歌，请允许我在这里唱给她听。歌曲还不熟练，请大家见谅。"

陆一鸣坐在高脚椅上，认真地弹起前奏。当歌词响起的时候，倪秋雨的脸上多了一层淡淡地愁绪。

"感谢你，我的妹妹。让我为你写首歌……"

陆一鸣脸上的虔诚还有真挚的歌词，让倪秋雨意识到陆一鸣确确实实把自己当成了亲人，当成了妹妹。倪秋雨此时的心情非常复杂，她在想，不应该是这样吗？她还奢求什么呢？可是为什么自己偏偏有一种浓重的失落感呢？她为自己的想法感到羞耻。她吸了一口橙汁，深深地呼吸一下，努力地调整自己，让自己看起来真的像是陆一鸣的妹妹。

不知不觉他们在酒吧玩到了晚上十二点。当陆一鸣发现时间太晚的时候，突然想到一个问题，倪秋雨怎么回家？

太晚了，即使给倪秋雨打辆车陆一鸣都不放心，如果让她回秦家，浩浩和蒋雁南肯定都睡了。

陆一鸣和倪秋雨漫步在冷清的大街上，陆一鸣突然有些后悔带倪秋雨出来了。

"秋雨，太晚了，要不我送你去你姐那儿？"陆一鸣急中生智，觉得这儿离倪阿蒙住的地方不远。

"不……不了，我待会儿打车回自己家吧。"倪秋雨拒绝得特别快，她担心倪阿蒙误会。

"那……要不你跟我回我那儿吧，反正蒋老师的房子大，好几间卧室呢。"陆一鸣建议道。

倪秋雨迟疑了一会儿："好吧，看来也只能这样了。"

蒋雁南的房子很大，主卧有浴室和卫生间。所以陆一鸣和倪秋雨并没有感觉不方便，各自洗漱，各自关灯睡觉，一切顺其自然。

第二天一大早，陆一鸣还没醒，倪秋雨已在做早餐。

　　突然传来敲门声，倪秋雨想都没想就去开门。当她拉开门看到倪阿蒙时，心里突然有些慌，连忙拉住转身要走的倪阿蒙："姐，你听我解释！"

　　倪阿蒙手里还提着早餐，当她看到倪秋雨穿着围裙时，不由分说地就把手上的豆腐脑扣在了倪秋雨头上。

　　倪秋雨瞬间就睁不开眼睛了，幸亏现在天凉了，豆腐脑也没那么烫。倪秋雨用手胡乱地抹了一把，勉强睁开眼睛。

　　"姐，不是你想的那样！"倪秋雨紧紧地拉住倪阿蒙的手，焦急地解释道，"姐，我昨晚跟一鸣哥去酒吧，玩得太晚了，所以就……"

　　倪阿蒙拉过倪秋雨的胳膊，大声地质问道："你跟他去酒吧唱歌？然后又回他的家？然后你告诉我你和他什么事都没有！"

　　"蒙蒙，你什么时候来的？"陆一鸣听到争吵后，赶紧穿着睡衣跑了出来。看到倪秋雨满身的豆腐脑，赶紧问道："没烫着吧？"

　　倪秋雨说了句"没事"就冲进了卫生间洗澡。

　　陆一鸣跑到卫生间门口，隔着门问道："你确定没事，不用去医院吗？"

　　"一鸣哥，我真没事，你快去哄我姐吧！"浴室里传来倪秋雨的声音。

　　"一鸣，你……"倪阿蒙歇斯底里地喊道。

　　"你真下得去手？蒙蒙，那可是你亲妹妹！"陆一鸣有些诧异地看着倪阿蒙。他从来没看到倪阿蒙这么凶悍的一面。

　　"陆一鸣，没想到你还帮她说话！你那么护着她，干吗和我在一起？"倪阿蒙哭得非常伤心，肩膀一耸一耸的。

　　陆一鸣上前几步去揽住倪阿蒙的腰，伸手擦去她腮边的泪水：

"好啦，别闹了，还吃秋雨的醋，真有你的！"

"可是你们俩为什么总在一起啊？"倪阿蒙噘着嘴，委屈地抬头看陆一鸣。

陆一鸣"嘿嘿"笑了两声，顺手刮了一下倪阿蒙的鼻头："你吃起醋来还是很可爱的嘛！"接着解释道，"昨天正好遇见了，秋雨问我去哪儿，我说去酒吧跟老板辞职。秋雨说她一次酒吧都没去过，问我可不可以带她去，我就带她去了。从酒吧出来的时候，已经很晚了，她一个姑娘家，打车回家我也不放心，回蒋老师家又担心打搅蒋老师和浩浩睡觉，所以我就把她带回来了。你也看到了，这个房子这么大，卫生间都是独立的，没有什么不方便的。"

说话间，倪秋雨从卫生间走出来，整个上衣都湿漉漉的："姐，那我不打搅你们了，我就先走了！"倪秋雨低头去门口换鞋。

"干吗我一来你就走啊？"倪阿蒙站在门口，不肯让开，"一鸣，还不快去给她拿件衣服！"倪阿蒙看着身体发抖的倪秋雨，用命令的口吻对陆一鸣说。

陆一鸣赶紧去自己房间拿了件衬衫递给倪秋雨："快去换上吧，然后把衣服烘干。"

"哦，好的。"倪秋雨接过衬衫，走进房间去换衣服。

倪阿蒙抬头朝陆一鸣笑了笑："你们真没事我就放心了。秋雨从小就听我的话，从来不跟我抢东西，她心细，一直都是她在照顾我妈，要不然我也不能在外面如此自由。"

"蒙蒙，你也要多关心一下秋雨，她也挺不容易的，小小年纪，需要承担得太多了。我是很想替你向阿姨尽尽孝道，可惜阿姨暂时不能见我。其实，蒙蒙，当明星真的有那么重要吗？当明星除了可以不愁吃穿外，真的能给你带来快乐吗？"陆一鸣认真地看着倪阿蒙。

从被粉丝围堵那天起，陆一鸣就开始对娱乐圈有了反感，每个人都是自由的，为什么要把自己放置于万众瞩目中呢？还有，他非常不理解有些粉丝的行为，喜欢一个明星单纯喜欢他的作品就好了，为什么还要去关注明星台下的生活呢？

倪阿蒙的眼睛放出幽幽的亮光："谁不梦想着当明星啊？难道你在台上唱歌的时候，不喜欢鲜花和掌声吗？跳舞太枯燥了，而且现在懂得舞蹈的人越来越少了。我们舞团的表演，台下基本没有几个人。"

陆一鸣不再说什么，每个人的想法不同，他不想改变倪阿蒙的观念。

陆一鸣去拿拖布擦地板，正好倪秋雨在烘干衣服。陆一鸣无奈地说："让你受委屈了，真是不好意思。"

倪秋雨淡淡地笑了笑："没事，我姐的脾气来得快去得也快。"

倪阿蒙在陆一鸣身后，听到倪秋雨的话后，故意拖长腔道："我怎么听到有小孩说我坏话了？"

"谁敢说你坏话啊，简直就是个母老虎嘛！谁要娶回家，可是要遭殃的哦！"陆一鸣拿着拖把刻意打趣道。

倪阿蒙一把抓过拖把，然后反过来指向陆一鸣："说，娶不娶？娶不娶？"

陆一鸣双手抱住头："来人啊，救命啊，谋杀亲夫啊！"

两个人笑做一团，又争抢着去拖地。

倪秋雨拿着烘干好的衣服去房间换下陆一鸣的衣服，然后走到厨房。倪阿蒙正在熬粥。

"姐，不打搅你们秀恩爱了，我先走了！"倪秋雨笑着对倪阿蒙说。

"吃完了再走吧，头发还是湿的，快去吹干！"倪阿蒙说完又对陆一鸣说："快去给她拿电吹风！"

陆一鸣听了赶紧去找电吹风。其实，他也不知道家里有没有，即使有，也是十年前的，估计也不能用了。

陆一鸣站在客厅中间不知道从哪儿下手找，倪秋雨笑着对陆一鸣说："那天给你买的日用品你都没看吧？我买了电吹风，我去拿好了。"说着，倪秋雨从客厅的柜子里拿出电吹风，然后说，"你去陪我姐吧，我自己找电源，弄好我还放这里，记得用的时候来这里拿。"

第二十六章　一家团聚

三个人安静地吃完早饭。陆一鸣八点要赶到公司去参加排练，所以吃完饭就匆忙地走了。

陆一鸣走后，倪秋雨抢着把碗筷收拾好，倪阿蒙趁机参观一下房子。一边看一边啧啧称奇，她兴奋地跑去跟倪秋雨说："秋雨，你说姐这辈子啥时候能买得起这样的房子啊？"

倪秋雨淡淡地笑了笑："姐，你那么努力，一定可以成为大明星的，到时候别说是这样的房子，就连别墅也买得起。"

倪阿蒙顿时乐开了花："秋雨，你说姐有明星相不？"

倪秋雨擦了擦手，走出厨房，端详了一下倪阿蒙，噘着嘴巴说："姐，从小到大谁不说你长得好看？每次都还带上一句，'她家姐姐比妹妹好看多了！'每次听到这句话，我都恨得牙痒痒！"

倪秋雨说完，"嘿嘿"地笑起来："不过，我每次都自豪地对那些人说，'我姐是百里挑一的，不光是比我好看，她比很多人都好看！'"

倪秋雨的话令倪阿蒙心花怒放："你这小嘴巴，太甜了！"

倪阿蒙像是想起了什么，突然说："对了，你说一鸣签的这家公司怎么样？是不是不出几个月，他就可以买这样的房子了？"

倪秋雨长长地叹了口气，说："姐，不是我说你，你哪里好意思这样想啊？你给一鸣哥惹的麻烦都还没过去呢，你知道一鸣哥是怎样凑这二十万元的吗？姐，我想给你打个预防针，如果你老不关心一鸣哥，总有一天，他会累坏的。"

倪阿蒙点头道："我知道了，就你人小鬼大！"然后想了一下，"秋雨，我可告诉你啊，我和一鸣的事，你知道就行了，千万别跟外人说。别说他现在是红人了，就是我也得防备将来出名了，被人扒出过往历史。记住了吗？"

"姐……"倪秋雨欲言又止。

"秋雨，尤其别告诉咱妈，好吗？"倪阿蒙的情绪低落下来，凝视着倪秋雨的脸，幽幽地说，"咱妈要是知道了，咱俩谁也别想好过！"

倪秋雨点点头："姐，你多久没回去看妈了？她总是念叨你，前段时间，她跑出去好几回，说是出去找你。我一直千方百计地看着她，生怕她跑丢了。后来，我 PS 了一张你在国外演出的照片，说你在法国，她就天天晚上盯着让我看法国的天气预报。待会儿你去买个小礼物，咱们一起回去看她吧，就说你从国外回来了，好吗？"

倪阿蒙默默地点点头："是我不好，总让妈生气。我和你一起回去，一起回去。"

姐妹俩在商场挑了一个带英文的香水，倪秋雨抢着付了钱。

从商场出来的时候，倪阿蒙看到一个配钥匙的摊位，拉着倪秋雨到了摊位前，伸出手来："来，拿来！"

"什么？"倪秋雨疑惑地问道。

"钥匙啊，陆一鸣家的钥匙。别告诉我你没有，出来的时候我看见你从茶几上拿了一把钥匙，然后放到你包里了。"

倪秋雨皱着眉说："姐，这可不行，不经蒋老师允许，怎么能配人家家里的钥匙呢？这可不是一鸣哥的房子，况且蒋老师家里有那么多贵重的乐器，万一出了什么事，咱们可担不起责任！"倪秋雨一边说着，一边用手捂着包。

倪阿蒙摘掉墨镜，下巴高高地抬起，眼睛半眯着："秋雨！你都有一鸣家钥匙，我作为他的女朋友，配一把钥匙，过分吗？"

"这个钥匙是蒋老师临时让我用一下的，到时候是要还回去的。"倪秋雨焦急万分，用力捂着背包。

配钥匙的大叔笑呵呵地看着这姐俩，一边叹息，一边摇头。

倪阿蒙一把拉过倪秋雨的背包："给我！要不然我自己给陆一鸣打电话，我就不信他连个钥匙都不给我！"

倪秋雨最终还是妥协了，小心地把钥匙拿出来递到倪阿蒙手上："姐，蒋老师的那些乐器都是古董。这钥匙，咱们配了犯法不犯法啊？要不还是算了吧，好吗？"

"我有我男朋友的家门钥匙，犯哪门子法？一鸣要不住在那里，我都懒得去呢。他家有古董，我又不是盗贼！"倪阿蒙一副满不在乎的样子。

倪秋雨焦虑不安的表情令倪阿蒙有些烦躁，她轻轻拍了拍倪秋雨的肩膀，安慰道："好了，好了，这件事姐会跟一鸣说清楚的，不关你的事，好了……"

钥匙配好后，倪秋雨心里始终惴惴不安，像是做了亏心事似的，始终不能平静。她连续深呼吸好几次，才算是平复下来。

进家门之前，姐妹俩就相互提醒，谁都不许在母亲面前提起陆一鸣。

推开家门，倪母正在餐桌前择菜，看见姐妹两个进来，连忙站起身。因为太久不见倪阿蒙，突然见到她，倪母心情大好："蒙蒙，妈都想死你了，你工作很忙吧？"

"嗯，是忙了一点。"倪阿蒙说。

倪母是个要强的女人，可偏偏空有一颗要强的心，没有要强的命。刚刚二十岁，就被倪大力的花言巧语给骗了。婚后，自己种地、干家务，养活一家人，倪大力在外面赌输了还打她出气。可不管怎样，她和倪大力生了两个女儿，多少还是有感情的。陆一鸣杀死了倪大力，这让她心里始终有道坎儿，她把这些年的委屈都算在了陆一鸣的头上。

倪母的脸色因为疾病蒙上了一层黑色，连嘴唇都有些发黑，但是从姣好的面容上，依然能让人看出，年轻时候的她是个百里挑一的美女。

倪阿蒙长得随母亲，是难得的美人儿；倪秋雨长得也比一般人好看，但她五官有些地方像爸爸，跟倪阿蒙比起来，自然逊色不少。

倪阿蒙天生丽质，再加上多才多艺，所以从小到大，倪母就偏袒她，家里有脏活儿累活儿都是让倪秋雨去干，嘴里常说的话是："你姐不是干这个的人，她将来一定有出息！"

时间久了，倪秋雨就习惯了，就连她自己都觉得姐姐学习好，长得好，就不该干活儿，所以家里有什么活儿，她都任劳任怨，毫无怨言。

倪阿蒙把香水拿出来，放到母亲面前。倪母非常兴奋，活了大半辈子，她还从来没用过香水。

"看！还是我家蒙蒙有出息，都出国演出了，还买外国香水孝敬妈妈。秋雨啊，跟你姐多学学！"倪母拉着倪阿蒙的手坐到客厅的沙发上。

"蒙蒙，你看你都瘦了，跳舞很辛苦吧？"倪母用手摸了摸倪阿蒙的脸蛋儿，疼爱地看着她。

"妈，我现在不光跳舞，我开始拍电视剧了，就是在网上播放的那种，虽然不是什么大角色，但是比跳舞强。"倪阿蒙信心满满地说。

"那你辞了团里的工作了？"倪母有些着急地问道。

"没，没，暂时还没有。我现在两边跑，反正团里的演出也不太多，我这边角色戏份也不多。"倪阿蒙如实回答道。

倪母看着年轻漂亮的倪阿蒙，心里越看越喜欢："看我们蒙蒙长得，比电视上那些女明星好看多了，妈相信你一定能成为大明星的！"

"妈，我长这么好看，还不是您生得好？"倪阿蒙嘴甜地哄着倪母。

倪阿蒙没回来之前，倪母总是骂她没良心，成天在外头疯跑。可是倪阿蒙一进家，她的口吻就完全变了。可怜天下父母心，倪母就是太想倪阿蒙了。

"蒙蒙，我可告诉你啊，有男人追你，你可一定要看清楚了，可千万不能被骗了。我当年要不是被你爸的甜言蜜语骗到，何苦现在……"倪母一边说着一边小声哭起来。

倪阿蒙一边帮母亲擦眼泪，一边安慰她："妈，当年的事已经过去了，就不要再提了。以后我会挣很多很多钱，让您过上好日子。到时候您想去哪里玩就去哪里玩儿，想买什么就买什么，怎么高兴，都随您！"

说话间，倪秋雨已经把饭做好了。一家三口吃了一顿团圆饭，倪母非常高兴。饭后倪阿蒙就以拍戏为由离开了。送走倪阿蒙，倪母的眼睛里闪动着泪水。

"秋雨，你姐在外面打拼不容易，你能帮她就多帮帮她，她有出息了，咱们全家都跟着沾光，你说是不？"

每次倪阿蒙走后，倪母都是这番话，倪秋雨耳朵都快听出来茧子了。她有时候想反驳母亲，谁在外面打拼容易？可是，一想到母亲是个病人，倪秋雨就把话咽回了肚子里。

陆一鸣去了公司才知道，把自己签给公司就等于没有了人身自由，公司让干什么就得干什么。比如，他不擅长跳舞，但是如果去商演，为了演出效果，怎么也得比画几下。偏偏陆一鸣还是个做事认真的人，跳不好就会一直练，一直练，舞蹈演员休息的时候他都不休息。一天下来腰酸背痛，好在他只有一首歌是唱跳的，所以很快就熬了过去。尽管已经很累了，但他依然坚持把剩下的歌曲小样儿录完。

演出很顺利，陆一鸣得到了十万块钱演出费。虽然鲜花和掌声令人陶醉，站在舞台上的感觉也很好，可是陆一鸣并不快乐，他不明白为什么同样是唱歌，站的位置不一样，享受的待遇会有天壤之别。

离还款日期还有两天的时候，导演给陆一鸣打电话，让他过去一趟。他拿着导演给他的笔记本电脑和优盘打车过去。

"一鸣来了。"路过电视台时，好多人跟他打招呼，有一些人是他之前不认识的。陆一鸣突然意识到原来一个人的社会地位很重要，从最初的流浪歌手到比赛学员再到现在签约歌手，他受到的关注简直是天壤之别。

陆一鸣缺失了八年的社会生活经验，这些人情世故他一开始不太懂，随着经历的事越来越多，他才逐渐明白在社会中立足真的不容易，要面对形形色色的人，要面对大大小小乱七八糟的事。

"一鸣来了！"敲过门后，导演亲自给陆一鸣打开门，给他搬了把椅子坐下。

导演从衣兜里拿出一张卡递给陆一鸣："一鸣啊，到目前为止，你的那些歌只卖出去一部分，而且价格都很低。本来那么低的价格我是不想卖的，但是考虑到你急需钱，才咬咬牙忍痛割爱的。说实话，以你的创作实力，每首歌怎么也得上万吧。可是，毕竟是新人，知名度还不算高，再加上时间短，很多人都还没回复消息……"

"这……这卡里是多少钱？"陆一鸣其实不是真正关心卡里有多少钱，刚收到的商演报酬再加上倪秋雨借秦建斌的钱已经够他还债了，但他实在不想听导演的话了。

"这卡里一共十五万块钱，再加上我之前预付你的五万，一共是二十万块钱。一鸣，这是我能为你争取到的最好的价格了。"

陆一鸣站起身来，恭恭敬敬地鞠了一躬。他以为以导演的性格，肯定不会给他超过十万块钱，没想到，导演居然给他十五万块钱。虽然按照李丹彤的说法，十五万块钱已经是很少了，但导演毕竟解了他的燃眉之急，所以他的心里还是很感激的。

"已经很好了，谢谢导演！"陆一鸣道谢道。

陆一鸣把笔记本电脑还给导演，顺便拿出优盘："优盘里是录好的小样儿，以后卖起来会方便一些。"

导演感到有些意外，他没想到陆一鸣会把所有的小样儿录完："一鸣，现在像你这么踏实的年轻人真不多见了，你一定会成为天王巨星的。加油吧！"

"谢谢导演。"陆一鸣笑着说。

　　陆一鸣起身要走，导演拦住他。两个人面对面站着，导演面露难色，犹豫了一下说："一鸣，你和我签的合同，也不知道你看懂了没有？"

　　陆一鸣爽快地点点头："我看懂了，我知道，您付了这些钱，以后再卖出去的歌，稿酬就和我没关系了。您别误会，我坚持把小样儿录完，不是要跟您要钱，而是抱着对自己的歌负责的态度。"

　　一听这话，导演的脸顿时红了："一鸣，其实呢，按道理说，卖歌的钱我是应该给你的，不过你看你马上就成了大明星了，肯定也不在乎这点儿小钱。你现在的唱片公司虽然不大，但是他们旗下的艺人都资质平平，所以，他们肯定会大力推你的。我也是看上这一点才建议你签这家公司的。你看田毅和李丹彤签的公司，虽然业内名气很大，但公司内部竞争压力太大，能不能有出头的机会还不一定呢？做事嘛，要着眼于未来，你说呢？"

　　虽然导演的话有些牵强，但陆一鸣觉得也有几分道理，所以他点点头："我会努力的！"

第二十七章　还钱风波

陆一鸣把十万块钱打到倪秋雨卡里，并打电话告诉她这件事。倪秋雨听说陆一鸣得了十五万的稿酬，非常替他高兴。

陆一鸣说："晚上我们庆祝庆祝，我叫上你姐。"

倪秋雨突然沉默了。陆一鸣听不到倪秋雨的声音，继续说："秋雨，你听到了吗？晚上咱们庆祝庆祝，找个好点儿的餐厅吃个饭。"

倪秋雨迟疑了一会儿，说："一鸣哥，你和我姐庆祝吧，我今天可能有事。最近学生们刚考完试，比较忙。"

陆一鸣应声道："那好，那找时间我去蒋老师家，咱们再一起庆祝。"

倪秋雨"嗯"了一声，刚想挂掉电话，突然想起来一件事："一鸣哥，还钱的时候我去吧，你现在是公众人物了，被娱乐记者看到会乱写的。"

其实，陆一鸣并不在乎这些，可是，他现在不是一个人了，他和公司有协议在先，不可以制造负面新闻，所以他确实要十分小心才行。

"我好好想想吧，实在不行改成今天半夜还钱。你一个女孩子，不适合做这种事情，你别管了。"陆一鸣犹豫了一会儿，对倪秋雨说。

放下电话后，陆一鸣觉得还钱的事倒真是个问题。如果把钱打到账号上，对方不给欠条怎么办？这段时间的生活经历，他也慢慢懂得"防人之心不可无"的道理。

晚上，陆一鸣本想在餐厅吃饭的，可倪阿蒙说在家里吃饭比较安全，不然被偷拍怎么办？

可是陆一鸣不会做饭，倪阿蒙又说她要晚一些来，他正犹豫晚上吃什么的时候，突然想起倪秋雨，想着还是打电话问问倪秋雨吧，反正她肯定知道倪阿蒙的口味。

倪秋雨听说陆一鸣要在家里做饭，就说等一下，她一会儿就到。

倪秋雨买了好多菜，还有鱼和肉，到了陆一鸣家。陆一鸣正在手机上翻阅菜谱。

陆一鸣接过倪秋雨手里的东西。进屋后，倪秋雨径直走进厨房，陆一鸣跟着进去打下手。

"秋雨，不耽误你晚上的事吧？"陆一鸣有点儿不好意思。

"没事，我做好就回去，来得及。"倪秋雨淡淡地说。

"哦，那待会儿我送你回去。"陆一鸣突然不知道说什么，让倪秋雨过来帮他来做饭，做好饭不吃就得赶紧走，他心里有些过意不去。好在，他觉得倪秋雨不是外人，之前是妹妹，现在又多了一重身份——准小姨子。

二人在厨房一阵忙活，没想到饭还没做好倪阿蒙就来了。

倪秋雨担心倪阿蒙用钥匙开门，听到敲门声，没等陆一鸣起身，她就跑着去开门。

"姐，快进来！"

"秋雨，你知道我要来？"倪阿蒙疑惑地看着她。

"是啊，一鸣哥告诉我了。"

"可是一鸣跟我说我们俩一起吃饭，没说你也在啊？"倪阿蒙摘掉墨镜和帽子。

"小气鬼！我不来做饭你吃什么啊？我做好就走还不行吗？不打搅你们的二人世界！"

倪阿蒙按了倪秋雨脑门一下："哪都有你！小时候就是我的跟屁虫，现在还总跟着我！我是在谈恋爱，好吧，赶紧自己找个对象去，别来烦我！"

倪秋雨也顺势打趣道："好，好，好，做完饭我就消失，好吧？"

玩笑归玩笑，饭做好后，倪阿蒙和陆一鸣还是再三挽留倪秋雨一起吃。但她说要给一个孩子补习功课，拿起自己的包匆匆离开了。

吃饭之前，陆一鸣坐在倪阿蒙身边，握着她的手深情地看着她："蒙蒙，我不会花言巧语，也不会挑选礼物，卡里的钱除了要还债的，还剩下十万块钱，我给你卡里打过去五万，我自己剩五万。现在我的开销也多了，出门都不敢坐公交，不知道下一笔收入是什么时候。唱片公司给的工资只有几千，估计到月底才给，所以我多留了一些。"

倪阿蒙的眼泪在眼眶里打转，不是为了陆一鸣的钱，而是这五万块钱让她真真实实地感受到了陆一鸣的爱："一鸣，钱我不要，之前要你的钱是因为债务，现在我完全不需要了。这些钱你留着吧，攒够了自己买个房子安定下来。"说着，她掏出手机，准备从手机上把钱还给陆一鸣。

陆一鸣按住她的手："蒙蒙，我的钱就是你的钱，钱放在你那儿，你攒着，到时候咱们买房子结婚，好不好？"

倪阿蒙顿时羞红了脸，低着头"嗯"了一声。

"你也别省着花，我会利用业余时间多写些歌，以后找公司帮我卖，价格也会高一些，我们争取一年之内就买房！"

吃完饭，倪阿蒙在厨房洗碗筷，陆一鸣轻轻地从她身后抱住她。清浅的呼吸声在耳边响起，倪阿蒙感觉耳朵有些痒。

陆一鸣轻声说："蒙蒙，你知道吗？和你在一起是我一辈子的梦想。"

倪阿蒙停下手里的碗筷，轻轻点头："一鸣，我们在一起可能还会遇到很多困难，例如我妈以死相拼的反对，你有信心吗？"

陆一鸣按住倪阿蒙的肩膀，迫使她转过身来，目光灼热地看着倪阿蒙："蒙蒙，再大的困难我都能克服，你一定要有信心。现在时机还不成熟，等以后我事业做得好了，我会拜访阿姨，会让阿姨同意我们的。"

"嗯，我相信你。一鸣，你现在已经是大歌星了，街头巷尾的人都在议论那个电视节目，都在谈论你的才华。我们舞蹈队的小姑娘把你的海报都贴到床头去了！"说着，倪阿蒙的神色黯淡下来，喃喃地说，"你会嫌弃我吗？"

陆一鸣脸上露出开心的笑容，轻轻地刮了一下倪阿蒙的鼻头："我就爱看你吃醋的样子！好啦，别担心，这样的事情不会发生，我还担心你成了大明星不要我了呢？"

陆一鸣的话惹得倪阿蒙"扑哧"一笑："那可说不定，你要好好表现哦！"

两个人甜甜蜜蜜的一直待到十点钟，陆一鸣要送倪阿蒙，她坚决不让，自己出门打车去了。

倪阿蒙走后，陆一鸣拨通了光头男人的电话，提出来今天晚上把钱送过去。光头男人答应了。陆一鸣把钱装好，然后戴着一顶帽子和墨镜走出门去。为了以防万一，他还在身上揣了一把水果刀。

刚出门几步，陆一鸣就感觉身后有人跟着他。他身上带着大量现金，所以不得不提防。他快走几步，躲在一棵大树下向后观望。过了一会儿，他看到一个鬼鬼祟祟的单薄身影，戴着帽子穿着运动服，看身形是个女人。

陆一鸣躲在树后面观察女人的一举一动，女人找不到跟踪目标了，开始左右张望。趁此机会，陆一鸣窜出来，麻利地把女人的两只手扭在身后。

"什么人？"陆一鸣吼道。

"一鸣哥，是我，秋雨。"

"秋雨？"陆一鸣松开女人，惊讶地看着她。

倪秋雨摘下帽子露出清晰的脸庞："一鸣哥，我跟你一起去。"

陆一鸣焦急地看着倪秋雨："大晚上的，多危险啊！听话，快回去，我自己去就行了。"

"大晚上的，你一个人也危险啊，我和你做伴。"倪秋雨坚持。

陆一鸣拗不过倪秋雨，只好答应她一起去。路口停着一辆出租车，这是倪秋雨白天就约好的，她拉着陆一鸣上了车。

倪秋雨早跟司机说让他等他们回来，这位司机师傅经验丰富，倒也没有特别害怕，只是要求多加些钱。倪秋雨二话没说就答应了。

陆一鸣和倪秋雨下了车，缓缓地向仓库走去。陆一鸣先拨通债主的手机，然后他们躲在仓库门口的一侧观察情况。

仓库的门缓缓地打开，光头男人走了出来，左右张望了一下，对着手机说："你进来吧，屋里就是我们哥仨。放心吧，拿了钱会给你欠条。"

陆一鸣拉着倪秋雨的手，示意倪秋雨在门口等。他们商量过，先让陆一鸣进去，如果陆一鸣进去不出来，她就报警。

陆一鸣走进仓库，倪秋雨依然躲在仓库门口。好在陆一鸣进去后光头男人没有关门，倪秋雨能看到和听到里面发生的一切。

"钱带来了吗？"光头男人问道。

陆一鸣环视四周，其他两个男人都在床上坐着，眼神涣散，像是非常困倦的样子。

"拿来了，欠条呢。我先看看欠条！"陆一鸣要求道。

光头男人冷笑一声："放心吧，欠条你可以当场撕毁！"说着光头男人走到破桌子前，从抽屉里拿出欠条，然后把陆一鸣拉到灯光下，用手拿着给他看。

这张欠条确实是当天陆一鸣按手印的那张，陆一鸣把双肩包放下来，从包里拿出用报纸裹着的现金放在桌子上。他按着现金抬头看着光头男人，把报纸撕开一个角儿："钱你也看一下。"

光头男人低头看了看红色的钞票，然后示意陆一鸣抽出几张，陆一鸣用手抽出几张钞票，递到光头男人手里。

"钱没有问题，你也放桌子上。"光头男人瞥了一眼陆一鸣。

陆一鸣缓缓地把钞票向光头男人那边推了一下，手没有离开桌子，而是迅速扯过欠条，然后又扫了一眼欠条，确定是真的，就把欠条撕得粉碎。

光头男人冷笑几声："小子，手够麻利的啊，以前是做什么的？"

陆一鸣不吭声，一步一步向后退。床上坐着的瘦高男人猛然站起来，走近陆一鸣，仔细地看他："哥，你快看看，这个陆一鸣是不是最近电视上特别火的那个歌手？"

光头男人反应迅速，一把抓住陆一鸣。陆一鸣拔腿想跑但是已经来不及了。光头男人上下扫视了他一遍，脸上露出猥琐的笑容："哈，还真是，挺像的。"

"哥，你说他们歌手是不是很有钱啊？"瘦高男人对光头男人使了个眼色，然后意味深长地坏笑起来。

陆一鸣有一点儿慌张，但是他告诉自己不能慌："我如果有钱，区区二十万还用得着十天吗？"

光头男人和瘦高男人陷入了思考。这时候，倪秋雨突然闯进来，还没等光头男人有反应，她就掏出防狼喷雾，对着两个人一通乱喷。

光头男人睁不开眼睛，下意识地松开了陆一鸣，倪秋雨拉着他就向外跑去。司机师傅已经把车头调好，他们坐上出租车，司机师傅一踩油门，迅速离开了仓库。

第二十八章　误会升级

陆一鸣和倪秋雨长长地舒了一口气，他们谁都没有经历过这样的事。

陆一鸣特别感激倪秋雨："幸亏你跟我来了，不然我肯定又要被他们坑了。不过，你个小姑娘还真是勇敢，你是不是平时就带着防狼喷雾啊？"

倪秋雨有些惊魂未定，大口大口地喘气："可吓死我了！"

司机师傅插话道："看着小姑娘面善，不然谁会答应她大半夜跑这么偏僻的地方啊？幸亏坏人没有追上来，你们这些年轻人啊，哎……"

"师傅，您今天辛苦了。"陆一鸣拿出钱放在手刹的位置。

"不是钱的事儿啊，小伙子，哎……"司机师傅的样子看起来有些后悔，他们三个像是经历了一场惊险片。陆一鸣和倪秋雨面面相觑，不一会儿两人居然偷偷笑起来，惹得司机师傅一阵无奈地摇头叹息。

到了陆一鸣住的地方已经半夜十二点了，陆一鸣礼貌地对司机师傅说："师傅，还要麻烦您把我妹妹送回家去，好吗？"

司机师傅一听连忙摇头："拜托！年轻人，我都快五十岁的人了，现在是十二点，要是再送她回家，我这一宿就别睡觉了！"

"我再给您加些钱，您看行吗？"倪秋雨从包里拿出两百块钱。

司机师傅依然坚决拒绝："我这身子骨吃不消了，我得回去睡觉了。拜托你们下车吧，太晚了。"

倪秋雨无奈，只好下车。陆一鸣安慰道："没事，这儿挺方便的，就别回去了。"

"可是，我姐……"倪秋雨面露难色。

"不会这么巧又被她碰上的，明天一大早你早早回去就行了。"陆一鸣说。

可是陆一鸣刚打开门，就发现客厅的灯是亮着的。

"一鸣，你回来了？"倪阿蒙从沙发方向走过来，她穿着陆一鸣的白色衬衫，显然是刚洗过澡。

"你怎么在这儿？"陆一鸣惊讶地看着倪阿蒙。

"你们……"倪阿蒙这次再也忍不住，疯了一样上前抓住陆一鸣的衣领。

"姐，你听我说！"倪秋雨连忙解释道。

此时此刻，三个人你看看我，我看看你，都不知道要从何说起。

倪阿蒙疯了一样大声喊道："你们一而再再而三的这样，有意思吗？告诉我，我成全你们！"

倪阿蒙说完，根本不想再听他们解释，扯过自己的背包就向外跑。走到门口，她突然转身对陆一鸣和倪秋雨说："我警告你们，谁都别跟着我，不然后果自负！"说完，她一溜烟跑了出去。

陆一鸣赶紧追上去，但他又不敢靠近倪阿蒙，只好一直尾随着她。

半路上，倪阿蒙突然转过身，对陆一鸣说："再跟着我，我就撞到这棵大树上，你信不信？"

陆一鸣只好作罢。高中时倪阿蒙性格就十分火暴，这时候她一定是把陆一鸣当成了脚踩两只船的男人，无论说什么，她都不会相信。

陆一鸣心里暗自恨自己，怎么把事情弄成这个样子，接二连三让倪阿蒙对倪秋雨产生误会。大半夜男朋友带着自己的妹妹回到单身住宅，哪一个女人都接受不了这个现实。而且，还不止一次。

回到住处，倪秋雨也早已经离开。倪秋雨非常了解姐姐，她在气头上的时候，别人的话是听不进去的。好在她性格开朗，不至于做出傻事。

倪秋雨硬着头皮打开秦家的门，小心翼翼地走进秦建斌为自己安排的卧室。可是，她在床上翻来覆去，怎么也睡不着，她想姐姐一定也睡不着的。她编辑微信给倪阿蒙发过去："姐，我担心一鸣哥一个人去还钱中了那些人的圈套，所以才自作主张跟他去的。回来后太晚了，司机师傅不肯送我回家，所以一鸣哥才会让我去他家住一晚。你真的别误会，我向你保证，以后不经过你允许，不会再单独见一鸣哥了。好吗？"

过了一会儿，微信还没有任何反应，倪秋雨接着发消息："姐，其实这样的事应该你替一鸣哥提前考虑才对，归根结底这件事是因你而起，你又是他的女朋友，怎么可以不闻不问呢？我不是给自己找理由，一鸣哥自打出狱以来给了我不少钱。据我所知，在这二十万之前，他也给过你不少钱，但他从来没跟我说过。姐，一鸣哥不欠我们的，他帮助我们、接济我们那是人家的情分，并不是义务，我心里过意不去。所以，我是他的妹妹也好，还是准小姨子也好，他的事我做不到不闻不问。如果你想让我不跟他接触，姐，那你就多关心关心他。"

微信依然没有回复。倪秋雨没有放弃，她知道，倪阿蒙肯定在看。

"这件事发生后，让我跟一鸣哥相处会更加尴尬。所以，姐，我知道我该怎么做了，希望你给一鸣哥一个解释的机会。就这样，祝你们幸福。"

正如倪秋雨所料，倪阿蒙一字不落地看到了倪秋雨的微信。其实这段时间，她也一直在反思，今晚除了跟陆一鸣庆祝稿酬这件事，她还想和他一起去还钱。她知道他太单纯，怕他再次受骗，可是后来她把这事给忘了。坐上车后，突然想起来了，所以她就原路返回，本想给陆一鸣一个惊喜，没想到惊喜变成了惊吓。她也不得不承认，作为陆一鸣的女朋友，她对他的关心远远不够。而且不让陆一鸣和倪秋雨接触也是不可能的事，光是因为一个浩浩，他们俩也不可能不见面。

倪阿蒙其实是相信倪秋雨的话的，从小到大，倪秋雨从来没有背叛过她，对她向来是言听计从。她当然希望自己看到的都是误会，可是女人的直觉是很可怕的，她隐隐地感觉到倪秋雨对陆一鸣的关心已经超出了正常的范围，所以本能地胡思乱想。可是，她不知道该怎么办，她太缺乏安全感，也太不自信了，尤其是陆一鸣走红以后，围在他身边的女生又何止倪秋雨一个？她思考了好久，最后做了一个非常疯狂的决定。

倪阿蒙再次来到陆一鸣的住处，客厅里没开灯，但是她刚一进去，就闻到了刺鼻的烟味。

此时，陆一鸣正坐在沙发上吸烟，一根接着一根。当他听见门

216

门在响，一下就警觉起来。他确实幻想着倪阿蒙会回来，可是他觉得一定不是她，应该是倪秋雨来安慰他了。所以，他纹丝不动，依然一口接一口地吸烟。

"啪。"客厅的灯亮了，陆一鸣下意识扭过头去。当他看到倪阿蒙站在他面前时，他激动得说不出话来。

陆一鸣目不转睛地盯着倪阿蒙，倪阿蒙也目不转睛地看着他，接着，他们缓缓地靠近彼此。陆一鸣伸出手，一把把倪阿蒙抱在怀里。

"蒙蒙，我错了，我不是故意惹你生气的。"陆一鸣把倪阿蒙紧紧地搂在怀里，生怕她再次溜走。

倪阿蒙被箍得喘不过气来，呼吸有些急促。

陆一鸣缓缓地松开倪阿蒙，看着她眼里的泪水，心里像是被蜜蜂蜇了一下似的，生生地疼着。

陆一鸣低下头，吻上倪阿蒙的嘴唇，她湿咸的泪水滑落到嘴唇上。陆一鸣感到口腔里有一股涩涩的味道，便吻得更加疯狂起来。

这是他们第一次接吻，都恨不能把彼此融化在对方的口中。

第二天早上，陆一鸣看着怀里的倪阿蒙，心里充满了满足感。

倪阿蒙其实早就醒了，她感受到陆一鸣停在她身上的目光，不好意思睁开眼睛。直到再也装不下去了，才开口道："一鸣，以后我们不要再吵架了，好吗？"

陆一鸣把倪阿蒙紧紧地搂进怀里，"嗯"了一声。

第二十九章　演唱会

这段时间，陆一鸣异常忙碌，唱片公司要给他筹备一场演唱会，演唱会需要大量原创歌曲。可是，他手里的原唱歌曲除了写给倪秋雨那一首，根本就没有其他的了。为此公司负责人还狠狠地批评了他一顿，他们误认为陆一鸣所有原创歌曲的版权都在自己手里，所以没和他商量就把演唱会定在月底，结果现在发生这样的事。时间紧任务急，唱片公司负责人要求陆一鸣要在五天内写出十首歌。

陆一鸣很为难，最近的事情太多了，他根本定不下心来创作，而且之前创作的歌曲都是在地铁站完成的，而他现在基本上每天都在录音棚，面对着死气沉沉的调音台，他根本写不出任何东西。

离演唱会的日子越来越近了，他却只写出几首歌。公司负责人把他叫到办公室谈话："一鸣，你不是写歌很快吗？怎么现在憋了这么久，才写这几首？"

陆一鸣不说话，他哪能说自己根本静不下心来创作呢？那样的话，会给自己惹大麻烦的。

陆一鸣低头不说话，负责人叹气道："为了赶演唱会的日子，我们花钱买了几首歌，这段时间你一边创作一边练习吧。当初签你的时候，都没过问你手里有多少原创歌曲，以为都在你手里呢，哎……"

负责人把几张乐谱递给陆一鸣。陆一鸣低头一看，手里拿的歌曲居然是自己之前写的。

"张总，这几首歌本来就是我写的。"

张总名叫张一凡，是这家唱片公司的负责人。他冷哼几声，阴阳怪气地说："难道我不认识字吗？我难道不知道这是你写的吗？你猜猜我从导演手里买你这几首歌花了多少钱？"

"多少？"陆一鸣迫不及待地问。

"六首歌，十万！"

"啊！这么多！"陆一鸣瞪大眼睛惊诧道。

"这都是看在你是原创的份上给的最低优惠价。这个价格，别的公司想买，门都没有！"张一凡恨不得吃了陆一鸣，"你这个笨蛋！别人把你卖了，你还屁颠屁颠地帮人家数钱呢。你就不去听听，最近几家公司出的热销单曲，有哪个不是你写的？据我所知，导演凭着你的那些作品，早就赚翻了！"

陆一鸣低头不说话。张一凡继续数落道："你不会真的不关心也不关注最近大街上都唱什么歌吧？你这脑袋瓜子里成天想什么东西呢？我这是个小公司，这次为了你的演唱会可是下了血本了！说实话，我也指望着你让我翻身一把，你要是再这样心不在焉，那我就派经纪人跟着你了！"

"别、别，我会好好写歌，我一定会好好准备演唱会！"陆一鸣立刻坚决地表明态度。

这天晚上，正好倪阿蒙要拍夜戏，陆一鸣也不着急回家，他买了些浩浩爱吃的东西来到蒋雁南家。

浩浩见到陆一鸣，叔叔长叔叔短地说了一大堆话。吃完晚饭，浩浩去写作业。蒋雁南把陆一鸣叫到二楼的客厅里。

蒋雁南的表情有些严肃，指着墙上的埙和篪说："拿下来，吹两曲。"

陆一鸣小心翼翼地从墙上取下篪和埙，除了休息日学生上课以外，他已经很久没有练习过了，所以两小节吹完，蒋雁南就打断了他。

"一鸣，曲不离口的道理我希望你能懂，我不管你现在在做什么工作，我都希望你在我有生之年能把这里的乐器都学会。将来，浩浩还要从你这里学。"

"您为什么不自己教他呢？"陆一鸣问完就后悔了。客厅里的乐器上百种，浩浩还小，空余的时间只够学几样。蒋雁南年事已高，担心自己把一身的本事带进棺材，这是他早在监狱里就经常念叨的话。

"蒋老师，您放心，我每天都会抽空练习，也会坚持来您这里上课。"

"别说什么坚持，你每周六日除了给孩子们上课，剩下的时间就到我这里来吧。不逼你，你永远都腾不出时间来的。"蒋雁南有些生气，直接给陆一鸣下了命令。

"好，老师，我知道了。"

其实蒋雁南对陆一鸣的要求并不高，只希望他精通十几门乐器，剩下的只要会基本的演奏方法就行。尤其是面临失传的几样乐器，需要他传承下去。

张一凡的话响在陆一鸣耳边，他不能因为签了公司就不再努力，他也觉得让公司花钱去买自己的原创太冤了。所以，他背着吉他再次来到地铁站，想在这里寻找一下创作灵感。可是，现在的他已经今非昔比，刚进地铁站就有人认出他来，不一会儿周围就围了一圈人，除了签名和回答粉丝的问题以外，他一无所获。

陆一鸣特别怀念以前在地铁站写歌的日子，像那样安静的创作，现在居然这样难。

正在一筹莫展之际，陆一鸣接到了李丹彤的电话。听着电话里的声音越来越近，陆一鸣转过头，发现李丹彤就在他身后。

李丹彤开朗地说："没想到是我吧？"

陆一鸣笑了笑："嗯，有几天不见了。"

"走，我带你去一个地方。"李丹彤不等陆一鸣反应，就拉着他走到自己的车前。

他们来到一个私人会所，李丹彤把陆一鸣带到一个录音棚里。这间录音棚是私人的，比陆一鸣公司的设备好多了。

"会所里怎么还有录音棚？"陆一鸣好奇地看着李丹彤。

"因为是我们家的私人会所啊，这是我爸专门找人给我设计的，怎么样？"李丹彤递给陆一鸣一只耳麦，让他感受一下录音设备的音质。

"当然没的说！"陆一鸣不禁感慨道。

"没事来这里玩吧，我录歌都来这里。"李丹彤期待地看着陆一鸣。

"这里确实够安静，设备也够好，可惜，真没什么时间过来。"

"可以晚上来啊。你看啊，楼上房间里还能汗蒸，楼下还有健身房、游泳馆，没事就来玩呗，又不收你的钱。"

陆一鸣不说话，默默地摇摇头。

李丹彤继续说："对了，其实我找你是有件工作上的事。我们公司老板想让你帮我写几首歌，他们认为还是你写的歌比较适合我，比我自己写的还要适合。我月底就要开演唱会了，你帮不帮这个忙？"

"你月底也要开演唱会？"陆一鸣疑惑地问道。

"是啊，我月底。田毅的演唱会还要靠前一些，我知道你不会帮田毅写歌，但是一定会帮我写，对不对？"

陆一鸣深深地叹了一口气："不是我不给你写，而是我'泥菩萨过河——自身难保'。"接着，他把自己目前的情况说给李丹彤听。

李丹彤听后也是感慨万千，鼓励陆一鸣道："没关系，你写歌很快的，踏踏实实写就行了。"

陆一鸣叹息了一声："如果这几天我写出适合的歌会联系你的。"

李丹彤"嗯"了一声，接着神色暗淡下来："一鸣，我……我真的没有机会了吗？"

陆一鸣特别想告诉李丹彤，他已经有女朋友了。可是想到倪阿蒙的叮嘱，他只好把话咽回肚子里，迟疑了一会儿，说："都说了，写好联系你。"

李丹彤认真地盯着陆一鸣的眼睛："你知道我说的是什么。"

陆一鸣再也无法装下去了，停顿了一下："其实我们做朋友挺好的，有共同的爱好，能一起合作，演唱会还可以互为嘉宾。回去你跟你们公司提一下，我也提一下。我非常怀念咱们一起参加比赛的日子，无忧无虑的，除了唱好自己的歌，什么都不用管，多好啊！丹彤，你签约后觉得快乐吗？"

李丹彤淡淡地笑了笑，她非常理解陆一鸣的感受，但是她和他不同的是，她非常享受这个过程："一鸣，其实你真的做得很好，只是你还不适应这样的生活，你现在还没有体会到明星带来的好处，以后你会明白的，加油哦！"

陆一鸣点点头，或许李丹彤说得对，出名来得太突然，他的心里完全没有准备好这一切。其实慢慢梳理起来，逐渐适应现在的生活，他一定可以做好。

从那天开始，陆一鸣每天晚上都把自己关在房间里搞创作。倪阿蒙看到他这样努力，也非常高兴。

不管身处怎样的环境，只要自己的心静，就能创作出好的作品来。陆一鸣突然像是开了挂一样，不但给自己写了不少歌，还给李丹彤量身定做了几首。李丹彤的公司很满意他的作品，给的酬劳也很可观。

体能练习，练唱，练跳，偶尔要还去商演，好不容易有休息的时间还要去蒋雁南家学习，还有培训中心的课程。陆一鸣的时间被排得满满的。

陆一鸣和田毅的演唱会赶到了同一天，不得不承认，田毅的公司从宣传造势到歌曲包装上都比陆一鸣的公司好太多，所以票房之争显而易见。

陆一鸣虽然不在乎这些，可是公司投了很多钱，所以他压力也很大，怎样在众多的演唱会中脱颖而出，他也是动了一番脑筋的。为此，他和蒋雁南关在房间里讨论了一整个下午。讨论的结果是充分发挥陆一鸣的特长，把演唱会改成演奏会，这样不仅演唱会的艺术性会增强，而且还能赢得更多人的关注。

陆一鸣把这个想法跟张一凡说了一下。张一凡的眼睛顿时一亮："对呀，你小子乐器玩得炉火纯青，咱们干吗不弄一个有特色的演唱会呢？光有流行音乐你和其他歌手有什么区别？这个建议太好了，趁着我们的海报还没下厂印刷，我赶紧召集宣传部门开会……"

　　张一凡还刻意让陆一鸣带他去拜访了蒋雁南，请求他在演唱会上客串一下。陆一鸣没想到张一凡会提这样的要求，连忙对张一凡使眼色，他知道蒋雁南肯定不会答应的。

　　没想到张一凡却凭借三寸不烂之舌，硬是说动了蒋雁南参与到演唱会中来。

　　功夫不负有心人，经过一番精心地策划和安排，陆一鸣的演唱会一场比一场火爆，门票收益屡次刷新纪录，在同期的演唱会中表现最好。

　　导演还给陆一鸣发来祝贺电话："一鸣，最近演唱会的表现我看到了，让你签这个公司，没错吧？祝贺你，加油！"

　　陆一鸣淡淡地笑了笑，说了声"谢谢"就挂了电话。

　　这次的演唱会一共演唱了十场。陆一鸣从这次演唱会后，成功地蜕变成全国一线男歌手。除此之外，他的标签除了歌手之外，还添加了很多，比如说音乐创作人、音乐奇才、音乐黑马等。

　　令倪阿蒙向往的豪车豪宅已不再是问题。巡回演唱会结束这天，陆一鸣搬进刚买的房子里。倪阿蒙买了一瓶红酒，给陆一鸣庆祝。

　　晚饭是倪阿蒙亲自做的，这是她反复看视频做的西餐，除了牛排她还做了意大利面和草莓沙拉。

第三十章　变身成演员

十二月的天气正是最冷的时候，好在屋子里暖气很足，倪阿蒙做好饭后就去冲了个热水澡。陆一鸣回来后，看到桌上的饭菜，感到了家庭的温暖。

此时，倪阿蒙穿着黑色的真丝睡裙走了出来，陆一鸣是第一次见到她穿得这样性感。二人一阵热吻后，倪阿蒙推开陆一鸣，把他拉到餐桌前，高兴地告诉他饭菜都是自己做的。

陆一鸣从来没有想到倪阿蒙会为他做饭，而且还是西餐。

倪阿蒙吃西餐的样子优雅极了，陆一鸣心跳快了好几拍，忍不住再次去亲吻倪阿蒙。

陆一鸣把自己的钱都交给倪阿蒙。倪阿蒙在市区里给妹妹和妈妈买了一套三居室的房子，还给倪秋雨的账户打了不少钱。但是不管是陆一鸣还是倪阿蒙，他们都很久没有见到倪秋雨了。之前，陆一鸣因为要给倪秋雨钱，所以经常见面，现在这件事都是由倪阿蒙负责。

周六，陆一鸣来到秦家学乐器，蒋雁南有意无意地跟陆一鸣聊起倪秋雨，他才知道倪秋雨的现状。

其实，之前周六日倪秋雨也会来秦家照顾浩浩，可是，自打倪阿蒙误会她后，她刻意地避开陆一鸣来蒋家的时间。姐姐好不容易和陆一鸣在一起，她再也不想他们因为她产生误会。

陆一鸣越来越忙，找他代言、拍广告的公司越来越多。除了这些，公司还给他安排了一个电视剧。对于这件事，他是强烈反对的。

这天，在张一凡的办公室，陆一鸣因为电视剧的事和张一凡产生了巨大的分歧。

"张总，我是一个歌手，我的职责是唱歌、写歌，拍广告和代言产品对我来说已经很不能接受了，可是做演员拍电视剧，我一点儿都不懂。隔行如隔山，你这不是让我自毁前程吗？"陆一鸣站在张一凡的办公桌前，无奈地看着张一凡。

"一鸣，你做事就是太认真了，观众喜欢你，你拍出来的东西他们就买账、他们就爱看，那有什么办法？而且这部电视剧本来就是演一个歌手，这说起来也不过分吧？"张一凡站起身，笑眯眯地走过去，轻轻地拍了拍陆一鸣的肩膀。

"这根本不是一回事，这简直是对艺术的极大不尊重！"陆一鸣有些激动，目光死死地看着张一凡，期待他能改变主意。

这时候，陆一鸣的经纪人马盛超敲门进来，把陆一鸣从张一凡的办公室拖走。

陆一鸣平时很少发火，再加上现在公司就是在指望陆一鸣来挣钱，所以张一凡也不好跟他计较。

马盛超把陆一鸣拉回自己的办公室，苦口婆心道："我说一鸣，你就别让我为难了，好吗？你看看现在哪个艺人不想着提高自己的曝光率，一个艺人的黄金时间是很短的，再说现在音乐市场不太景气，如果你想要发展得长久，演员是一个不错选择。你就是太死心眼儿，说到底要不是因为观众喜欢你，张一凡能三番五次地忍让你？你已经毫无理由地拒绝好几个广告代言了，这搁在咱们公司其他人身上，谁敢？你自己觉得那是为了艺术，在别人看来你就是在耍大牌！"

陆一鸣没有说话，他不想拍电视剧，因为那不是他的爱好，他的肢体语言和语言表达能力不如专业演员。当然，这些都能通过后天练习，但是为什么不让每个人去做自己擅长的事呢？多少电影学院毕业的学生找不到角色演，而自己却是在被逼着去演戏。如果演得不好，那是对观众、对艺术的极大不尊重。

可是转念一想，马盛超说的也是对的，他和公司是有合同的，公司在他身上投放了大量的金钱用来包装他，肯定是希望他能为公司带来更多的利益，这确实无可厚非。

回家后，陆一鸣的心情特别低落，一看时间，才七点多。

陆一鸣叫了份外卖，然后喝起了闷酒。他从来没有借酒消愁过，但是他今天太烦了，给倪阿蒙打过两次电话，她都说在忙。

陆一鸣喝了好多酒，脑子多少有点儿晕，但心里的郁闷却一点儿都没有消减。他感觉没意思，于是拿起箫吹奏起来，一曲接一曲，大半夜的，幸亏房子隔音设施好，不然邻居们都会找上门来。

十一点多的时候，倪阿蒙开门进来了。陆一鸣的电话令她有些担心，所以拍完戏后她就赶紧来到陆一鸣家，想着来看看他。

陆一鸣知道倪阿蒙来了，却没有丝毫反应。若是往常，只要听见门响，他就会立刻迎上前去。

倪阿蒙摘下墨镜、帽子，换好拖鞋，走近陆一鸣。

陆一鸣缓缓回过头，把箫拿在手里："你来了。"陆一鸣的声音低沉且严肃。

倪阿蒙担心地把手放到陆一鸣的额头："不烫啊？一鸣，你怎么了？"

倪阿蒙拉着陆一鸣的手，然后坐到他身边。陆一鸣像个孩子一样靠在倪阿蒙怀里："蒙蒙，我不想这样下去了。我们结婚吧，好吗？"

倪阿蒙抚摸陆一鸣头发的手顿时停顿片刻："怎么突然想起说这个了？我们现在这样不是挺好的吗？"

陆一鸣突然挺直身子，目光焦灼地看着倪阿蒙："这叫挺好的吗？我每天回来都要面对冷冰冰的屋子。而且我们在一起以来，都没有一起去看过一场电影，没有一起出去旅游过。你还记得高三毕业前你对我说的话吗？那时候，你说上了大学我们要压遍城市的每一条马路，坐遍每一个公园的长椅，去遍每一个图书馆，还要去遍每一个电影院，这样如果我和你分手，我就会舍不得，因为到哪儿都有我们在一起的痕迹。可是现在呢？蒙蒙，我们出门都要戴着墨镜和帽子，我都快忘了你的脸什么样了。蒙蒙，我们这样的恋爱你觉得正常吗？"

倪阿蒙目不转睛地盯着陆一鸣的眼睛："一鸣，你是倦了吗？"

陆一鸣紧紧地拉着倪阿蒙的手，摇了摇头："蒙蒙，你看着我的眼睛，你看我是对你倦了吗？我只不过想跟你自由自在地恋爱、结婚，像每一对情侣一样。难道你不希望吗？"

倪阿蒙看着满脸诚恳的陆一鸣，轻声问道："一鸣，你今天怎么了？发生什么事了吗？"

陆一鸣缓缓地起身，走到落地窗前，心里感到一阵寒意："公司让我去拍电视剧，我不想去。"

倪阿蒙突然从沙发上弹起来，疑惑地问道："为什么不去？这么好的机会你为什么不愿意去呢？"

　　陆一鸣感到很疲惫，他不愿意再去重复跟张一凡和马盛超说的话。他揉了揉太阳穴，深深地叹了口气。

　　倪阿蒙走到陆一鸣身后，双手抱住他的腰："一鸣，我知道你是怎么想的。可是，你知道有多少人梦寐以求有这样的机会吗？例如我，我不是专业演员，要跟那些科班出身的人抢角色，有时候为了一个小角色我要练习到很晚。为了能让导演记住我，我拼了命地练习……"

　　陆一鸣慢慢地转过身，看着因为无可奈何而显得楚楚可怜的倪阿蒙："蒙蒙，为什么要那么累呢，专心地跳舞不也一样能出头吗？难道跳舞不是你的梦想吗？"

　　倪阿蒙长长地叹口气："一鸣，你把事情想得太简单了。这几年，除了在演唱会上帮明星伴舞，我每天就是憋在练功房里，根本没有机会表演舞蹈。我还年轻，我向往鲜花和掌声，也渴望成功的喜悦。一鸣，我希望这次你能去，而且……而且能好好地演，说不定还能拍电影呢……"

　　倪阿蒙说话有些吞吞吐吐，其实，她理解陆一鸣的想法，毕竟她也是一个对艺术有追求的人。但是她经历的事比陆一鸣多，也比他更知道生活的不容易，她知道这个机会有多难得，所以她不想让陆一鸣放弃。

　　但是这样的话倪阿蒙是不敢说的，她太了解陆一鸣了，陆一鸣的思想其实和八年前没什么两样，说话做事一板一眼，黑白分明，疾恶如仇。

　　他们在一起以来，今天这是第一次争吵，其实也不叫争吵，他们对于很多事情的理解本来就存在巨大偏差。陆一鸣一心一意地想做自己喜欢的音乐，然后凭借音乐实力赚钱，让倪阿蒙过上好日子。而倪阿蒙想要成为大明星，来证明自己，给自己和家人提供更好的生活。

倪阿蒙是个野心勃勃的女人，也是个对自己要求很高的人。其实她想出名很简单，只要自爆是陆一鸣的女朋友，她就能爆红，而且陆一鸣早就再三要求要公开他们的关系。可是，她不想靠着陆一鸣的光环前进，那样她会瞧不起自己。

他们此次的谈话不了了之。倪阿蒙有自己的骄傲，陆一鸣也有自己的坚持，虽然二人的观念有很大的不同，但毕竟相爱，所以此时的二人还是相信终有一天一切都会变好。

第三十一章　我们分手吧

日子一如既往地过，陆一鸣迫于无奈和电视剧的导演宋远见了一面。

不得不说宋远看人还是很准的，虽然见面的过程中陆一鸣表现得有些冷淡，但却正好符合电视剧角色的状态。他告诉陆一鸣，台词记不住没关系，现场可以按照自己想象的状态去演，多拍几条也没事，艺术就是要相互碰撞心里才会有灵感。

宋远是个很有名气的导演，陆一鸣一直以为这样的导演会对演员要求特别高，在见面以前，他的心里是有些发怵的。而且他想好了需求高是好事，说不定看不上他演的，就会考虑换人了。然而宋远这个态度，却令他摸不着头脑。

陆一鸣是个认真的人，既然已经决定演这部戏了，那他就要做好准备。自打拿到剧本，他就一直在看，还把剧本放到他的吉他包里，随身携带，只要有时间就会拿出来研究如何塑造这个角色。没承想剧本越看越有感觉，最后他居然喜欢上了这个故事，主要是因为男主角的经历和他实在太相似了。陆一鸣下决心一定要演好这个角色，他觉得演这个角色就是在用这个故事和自己对话。

开机仪式那天，令陆一鸣大感意外的是，倪阿蒙居然出现在现场，而且还是女二号。他从来没有听倪阿蒙说过这件事。

现场有很多记者，陆一鸣不好上前去问倪阿蒙怎么回事。倪阿蒙更是对他视而不见，仿佛就是初次见面的同事，显得高冷、大气。

好不容易等到开机仪式结束，陆一鸣赶紧给倪阿蒙打电话，约她晚上一起吃饭，想要问一下这是怎么回事。

但倪阿蒙却说晚上和剧组的人约好一起聚餐，不能和他一起吃饭了。

陆一鸣只好一个人回到家，然后订了份外卖，吃完后来到书房里写歌。

陆一鸣写到兴起，一时忘记了时间，突然听到开门的声音，抬头一看已经快十二点了。

陆一鸣知道来人是倪阿蒙，这栋房子的钥匙他只给过倪阿蒙。他心里有些好奇，平时倪阿蒙为了不曝光二人的关系，一般很少来他家，今天这么晚了怎么来了。

陆一鸣愣神的工夫，倪阿蒙已经打开书房的门。

"写新歌了？"倪阿蒙俏皮地出现在陆一鸣面前。

陆一鸣一怔："这么晚了，你怎么来了。"

倪阿蒙搬了一把小板凳坐在陆一鸣对面："给我弹一遍呗？"

其实，陆一鸣是有点儿生倪阿蒙的气的，但是当他看到倪阿蒙时，所有的气就都云消雾散了。

陆一鸣嘴角轻轻翘起，弯起一个好看的弧度："嗯。"

一曲歌唱罢，倪阿蒙眼里居然闪动着泪花。她拉过陆一鸣的手，歉意地说："一鸣，我没跟你说我接了电视剧的女二号，是因为怕影响你的决定。你本来就不愿意接这部电视剧，要知道我也在这个剧组，我想你肯定不会接了吧？"

陆一鸣眉头紧蹙："你怎么会这么想？我之所以不愿意去拍电视剧是因为我想单纯地唱歌。还有，就是担心剧组拍外景可能要去外地，怕见不到你，我怎么会因为你在剧组我就拒绝呢？"

倪阿蒙挽起陆一鸣的胳膊，把他拉到沙发上坐下："一鸣，你应该祝贺我，对吗？我是第一次演这么重要的角色，你应该替我高兴才对，是不是？"

陆一鸣的心情有些复杂，他本想质问倪阿蒙为什么晚上还要去跟那帮人应酬，但是看到她今天这么高兴，他不想扫她的兴。

"祝贺你，蒙蒙！"陆一鸣把倪阿蒙搂在怀里，轻轻地拍她的肩膀，"以后你还能当女一号，蒙蒙是最棒的！"

倪阿蒙异常兴奋，主动闭上眼睛把嘴唇凑到陆一鸣唇边。陆一鸣一个翻身，把倪阿蒙压在身下……

第二天醒来，倪阿蒙早已离开了。陆一鸣看了看时间，还不到六点。

陆一鸣有些担心，急切地拨打倪阿蒙的电话。

电话接通后，倪阿蒙支支吾吾地说怕被人发现，所以出来得早些。再问其他的，她就说信号不好，把电话挂断了。

陆一鸣到片场看到了倪阿蒙。她看上去没有丝毫异常，可是，陆一鸣还是感觉她太反常了，好像有什么事瞒着自己。好几次，陆一鸣试图找机会跟倪阿蒙说话，倪阿蒙都巧妙地回避了。

傍晚，离开片场的时候，陆一鸣坐在车上，看到路边心不在焉走路的倪阿蒙。

陆一鸣让司机停车，然后走下去，在离倪阿蒙几米远的时候，礼貌地喊道："倪小姐，你去哪里？顺路的话我送你啊？"

倪阿蒙听出是陆一鸣的声音，先是怔了一下，然后回头莞尔一笑："不用了，我回家，不太顺路。"

陆一鸣加快脚步，走近倪阿蒙的时候，压低声音说："蒙蒙，你怎么了？"

倪阿蒙连忙说："我今天要回我妈家，有点儿事，你先回去吧。我晚上有事找你，快上车！街上这么多人！"

陆一鸣只好作罢，上了车，回到家里。倪阿蒙说晚上会来他家，所以，他就一直坐在沙发上等着她。

门锁刚响了一声，陆一鸣赶紧放下吉他，快走几步，拉开门。

"蒙蒙，你来了。"陆一鸣殷勤地接过倪阿蒙手里的包，然后等她摘帽子。

倪阿蒙的表情十分严肃，她认真地看着陆一鸣，然后低着头默默地走到沙发旁坐下。

"蒙蒙，你到底怎么了？如果有什么困难一定要告诉我！"陆一鸣着急地说。

倪阿蒙深深地呼出一口气，平静地说："一鸣，我们分手吧。"

"为什么？"陆一鸣瞪大眼睛，异常惊讶。

倪阿蒙双唇紧紧地闭在一起，眼眶里含着泪，缓缓地抬眼看着陆一鸣："一鸣，你问问你自己，和我在一起的这段日子，你快乐吗？"

没等陆一鸣反应过来，倪阿蒙接着说："是，你现在功成名就，不需要我再出去辛苦赚钱，在你看来，我成功不成功你根本不在乎，我在乎的东西恰恰是你嗤之以鼻的东西。我承认，我比你现实多了、世俗多了。我们都没错。错的是我们相识太早，相遇却又太晚。"

倪阿蒙突如其来的一段话令陆一鸣措手不及，他不知道自己做错了什么，他只想挽留倪阿蒙："蒙蒙，我怎么会不在乎你呢？我当然也在乎你的成功。你成功了，才会快乐，你快乐我也会快乐！我只是不希望你那样急功近利，毕竟我们现在不用为钱发愁了。我可以做你坚强的后盾，也可以帮助你，支持你！"

倪阿蒙轻轻扯动嘴角，淡淡地笑道："谢谢你，我们分开好好想想吧。你现在是事业高峰期，我的事业也刚刚起步，在一起的话会给彼此带来很多的不方便。"

倪阿蒙说完不给陆一鸣再说话的机会，就冲出了陆一鸣家。

陆一鸣呆立在原地，脑袋里一直回想着倪阿蒙的话。

其实，倪阿蒙刚才的话或许说到了实质的问题，怕影响彼此的事业是倪阿蒙的真心话，陆一鸣知道倪阿蒙看重事业远远超过他。

陆一鸣了解倪阿蒙，她是一个从来不依靠男人的女人。换作别人，或许早就答应陆一鸣公开恋情，然后顺理成章地借陆一鸣的名气发展自己的事业。可是，她没有这样做。

可是陆一鸣不明白，他们在一起工作才两天，怎么就彼此影响了呢？他不知道倪阿蒙到底是怎么想的。

相识太早，相遇太晚，他们中间整整隔了八年。这八年，倪阿蒙摸爬滚打遍体鳞伤地在这个复杂的社会上打拼，陆一鸣在监狱里学习改造了八年，他们接触的人和事，让他们在面对一些事情时会产生很大的分歧。是的，他们都没错，错的是时间，八年的时间，让他们渐行渐远。

可是对于陆一鸣而言，这八年纵然隔着千山万水，但是他从来没有停止爱倪阿蒙。

陆一鸣有些茫然失措，突然手机微信响了一下，他瞥了一眼，是倪阿蒙发来的信息："一鸣，假如有天意，我们还会在一起。"

陆一鸣没有回话，也没有追出去询问分手的原因，该说的话都已经说了，他知道倪阿蒙决定了的事是不会轻易改变的。

陆一鸣的心一下子变空了，所有的梦想都化为泡影。相比这个复杂的社会，他太过于单纯简单，虽然他已经在学着慢慢适应，努力地去理解倪阿蒙。可是目前来看，他还是不能完全理解倪阿蒙的做法。

有些事想不明白就不去想了，陆一鸣在家里里外外走了一圈，试图寻找倪阿蒙的痕迹。当他看到粉红色的礼品盒时，心"咯噔"一下，眼泪毫无防备地掉下来，那双红色的舞鞋倪阿蒙终究是还给了他。

陆一鸣把红色舞鞋拿出来，放到客厅的小板凳上。拿起吉他，拨动了琴弦。

人都有逃离痛苦的本能，对于陆一鸣来说，吉他能给他带来坚持的力量。那天晚上，他弹了整整一宿的吉他，写了三首关于失恋的歌。

陆一鸣第二天只有两场戏，在片场待了一会儿就回家了。当看到倪阿蒙若无其事的样子，他实在有些难受。

临近年关，陆一鸣从片场回来，买了好多东西去看望父亲。随着他逐渐走红，医院的护士对他也越来越好，登记后，护士争着抢着带他到病房。小护士特别健谈，不仅再三表示自己是陆一鸣的粉丝，还趁机要了陆一鸣的签名。

陆一鸣爽快地给小护士签名，小护士高兴得欢欣雀跃。

"你妹妹也来看你爸了，你们兄妹俩来每次都不一起来，是怕记者乱写吗？"小护士自来熟地问道。

"我妹妹？"陆一鸣迟疑了一下，突然反应过来，"你是说倪秋雨吧？”

"是啊，不是说是你妹妹吗？是表妹吧？连姓都不是一个，肯定不是亲的吧？"小护士的八卦能力令陆一鸣心里有点儿不太舒服。

"我妹妹经常来吗？"陆一鸣问。

"是啊，说实话，她比你来得多多了。老人现在都把她当女儿了，你是工作太忙吧？"

"谢谢你们照顾我爸，今天我请大家吃夜宵。"说着陆一鸣从钱包里拿出现金递给小护士。

小护士突然有些手足无措："这不能要，不能要！"

陆一鸣在病房门口站定："我实在没时间和大家一起去，就麻烦你把我对大家的感谢带到吧。谢谢你了。"

走进病房，果然是倪秋雨在陆耀琪的病房。

看到陆一鸣来，陆耀琪抬了抬头就又连忙低头下起五子棋来。

"爸，我跟您玩，好不好？"陆一鸣笑着问父亲。

"一鸣哥，你来了？"倪秋雨站起身，把位置让给陆一鸣。

没想到，倪秋雨刚一离开，陆耀琪就吵着叫她：丫头，丫头，不许悔棋，接着玩儿！"

陆一鸣朝倪秋雨点点头，倪秋雨只好继续陪陆耀琪下棋。

陆一鸣坐在父亲的旁边，专心致志地看着他下棋，时不时指点一下，还惹得陆耀琪不耐烦。倪秋雨为了讨陆耀琪开心，刻意输给了他，没想到他居然嫌弃起倪秋雨的棋技来，摆手赶他们走。

陆一鸣把拿来的吃的放下，倪秋雨把东西摆放整齐，两个人一起走了出来。

安静了一会儿，陆一鸣说："秋雨，好久不见了，没想到你还坚持来看我爸，真是太谢谢你了！你最近怎么样？还好吗？"

倪秋雨淡淡地笑了笑："一鸣哥，这都是应该的。反而我应该谢谢你，我和我妈现在住的房子还是你花钱买的。我妈最近都挺开心的，她一直以为是我姐事业成功了，我们没敢跟她提你和我姐的事。"

"嗯，应该的，不然阿姨肯定接受不了。秋雨，中午我们能一起吃个饭吗？"陆一鸣想了好久，最终还是说出这句话。他想趁机打听一下倪阿蒙的近况。

倪秋雨有些为难，犹豫了一下，还是答应了："一鸣哥，找个隐蔽点儿的餐厅吧。我担心被记者拍到，影响你的工作。"

陆一鸣点点头，但仔细想了想，还真不知道去哪儿吃合适。突然，他想起来李丹彤家的私人会所，这个会所不对外开放，如果是熟人的话，可以提供餐饮。前段时间，他和李丹彤在那里吃过两次饭，没有被打搅偷拍的烦恼。

李丹彤送给陆一鸣一个VIP卡，说他随时可以过去。上了车，陆一鸣告诉司机师傅地点，不一会儿，他们就来到会所。

大堂经理之前见过陆一鸣，走上前来，询问一下，给他们安排了一个小包间。

倪秋雨第一次来这样的地方，显得有些拘谨。陆一鸣也没让她点餐，而是让服务员上了一个两人套餐。

两个人相对而坐，谁也没说话。安静了一会儿，陆一鸣轻轻叹气："秋雨，想不到咱们一起吃个饭都这么费事，想着让你到家里去吃。可是，每次去家里都是你做饭，我也不好意思。我还是喜欢之前咱们在一起吃小吃摊的感觉。"

陆一鸣的话把倪秋雨拉回到半年以前。是啊，半年的时间已经让一切都改变了，她怎么也想不到坐在自己面前的大红大紫的大歌星，居然是大半年前刚出狱到处流浪的青年。

"一鸣哥，这是好事，你和我姐变得越来越好，是我们的福气，蒋老师也为你感到骄傲。"

"秋雨，你现在是不是放寒假了？"陆一鸣恍惚之间想起，他们相遇时倪秋雨是在暑假期间，现在她已经穿上了厚厚的毛呢大衣。来的时候天阴得很沉，有星星点点的雪花飘下来。

"嗯，已经放假一个月了。我现在除了陪浩浩写作业，就是回家给我妈做饭，也在看考研的书，还没想好要不要考，先看看书再说。"

陆一鸣脸上露出欣慰的笑容，鼓励道："秋雨，其实有机会还是要多读书，我没有读过大学是我一辈子的遗憾。所以，我支持你考研！"

几句寒暄之后，两个人又不知道该说些什么了。他们已经有好久没有见过面了，虽然微信上也会彼此关心一下，但见了面多少还是有些尴尬。

陆一鸣犹豫了好久，终于问："秋雨，你知道你姐发生什么事了吗？我有点儿担心她。"

陆一鸣把对倪阿蒙的牵挂都显现在脸上，露出焦急且无奈的表情。

"一鸣哥，你和我姐怎么了？"倪秋雨露出惊讶的表情，她放下筷子，看着陆一鸣。

陆一鸣也放下筷子，情绪低落地说："你姐和我分手了。"

"什么？怎么会这样？"倪秋雨张大嘴巴，露出惊讶的表情，"她没有和我说过啊！我给我姐打个电话。"说着，倪秋雨掏出手机，拨通了倪阿蒙的电话。

电话接通后，倪秋雨刚喊了一声"姐"，倪阿蒙就打断了她："如果你是陆一鸣的说客，那你就别开口了。至于分手的原因，合适的时候我会告诉你的。除此之外，你还有别的事吗？"

"姐，你……"倪秋雨还没有说完，倪阿蒙就挂断了电话。

"别打了，她在片场，也不是十分方便。"

陆一鸣就把事情的来龙去脉跟倪秋雨说了一遍。

倪秋雨也感到十分奇怪，她觉得在陆一鸣叙述中，倪阿蒙没有非要分手的理由。

"一鸣哥，我姐的脾气一上来，谁都说不了，好在你们还在同一个剧组，她不会出什么事的。我没事了也多给她打电话，说不定她就是这阵子压力太大了，过段时间就好了。"倪秋雨安慰陆一鸣道。

在世界角落找到你

半夏之恋 ◎ 著

下

山西出版传媒集团
北岳文艺出版社
BEIYUE LITERATURE & ART PUBLISHING HOUSE
—太原—

第三十二章　心酸是无人知道的故事

刚吃完饭，倪秋雨接到秦家宋姐的电话。

宋姐在电话里非常着急："秋雨，老爷子生病了，倒在地上了，我打了 120。"

"什么！那……120 去了吗？"倪秋雨说话的声音有些颤抖。

陆一鸣听到宋姐说的话，一把夺过倪秋雨的手机："哪个医院？我和秋雨直接去医院！"

宋姐说了医院名字。陆一鸣又叮嘱她不要乱动蒋雁南，宋姐说了句"120 的来了！"就匆忙挂了电话。

路过大堂的时候，陆一鸣把一张银行卡放到前台，然后叮嘱服务员："麻烦您快点儿，我有急事！"

服务员礼貌地说："李小姐已经付过了，请您慢走！"

陆一鸣心里有些惊讶，但也顾不了那么多，收回卡说了声"谢谢"，拉着倪秋雨跑出会所。

出来前，陆一鸣就已经提前通知司机，此刻车已经开到了会所门口。陆一鸣告诉司机地址，司机一脚踩下油门，车子瞬间便冲了出去。

他们赶到医院的时候，蒋雁南已经进了急救室。宋姐牵着浩浩的手正焦急地等在急救室外。

"宋姐！"倪秋雨看到宋姐的时候，喊了一声，她蹲下身来把浩浩搂在怀里，问道，"蒋老师怎么会晕倒呢？"

没等宋姐回答，浩浩就"哇"地哭起来："倪老师，是我不好，是我把爷爷气病的。爷爷让我多练习麓，我今天总想着玩，没好好练习……"

陆一鸣也赶紧蹲下身来，把两只手放在浩浩的肩膀上，轻声安慰道："浩浩，爷爷怎么会真的跟浩浩生气呢，爷爷只不过是年纪大了，身体不好。真的不关浩浩的事，不要自责了，知道吗？"

浩浩忽闪着大眼睛，看了看倪秋雨，再转头看了看宋姐，她们都不约而同地朝他点点头。

"一鸣哥，要不要给秦大哥打电话，他前些日子去欧洲了。"倪秋雨不知道该如何是好，心急如焚地拿着手机，征询陆一鸣的建议。

"等等看吧，现在还不知道什么情况，等一会儿看看医生怎么说，再根据情况跟秦大哥说吧。"陆一鸣说。

时间一点点过去，半小时后，医生从急救室走出来。

陆一鸣连忙上前："医生，怎么样？"

医生是个三十多岁的年轻大夫，他摘掉口罩说："暂时没有生命危险，初步诊断为心肌梗死，好在堵塞的是小血管。你是病人的什么人？"

"我是他的学生，也算是儿子。"陆一鸣回答道。

"跟我到办公室吧，我详细跟你说说病情。其他人可以去看看病人，但不要跟他说话，让他安静地躺着。"

陆一鸣看了一眼被推出来的蒋雁南，他身上插着各种管子。

陆一鸣心里感到一阵内疚，最近，因为公司给他安排的工作很多，他去看蒋雁南的次数越来越少。此刻，看到蒋雁南躺在病床上的样子，陆一鸣心里很难受。不管是父亲还是蒋雁南，他都没有尽到责任。

"病人得的是心肌梗死，还没有完全脱离危险期，所以照顾病人要格外注意。他目前只能平躺着，而且千万不能下床活动，多给他吃一些香蕉之类的润肠食物，防止他大便的时候过于用力，造成再一次的血管堵塞。不知道我说的你能听明白吗？"医生尽量把蒋雁南的病情说得通俗易懂。

陆一鸣点点头："谢谢您了医生，有什么事我们会随时联系您的。"

陆一鸣走出主治医生的办公室，去办理住院手续。

宋姐已经带着浩浩回去了。陆一鸣和倪秋雨守在病房里。

蒋雁南虽然已经醒了，但是特别虚弱，眼睛想睁却睁不开。

倪秋雨贴近蒋雁南的耳边，安慰他说："蒋老师，您放心吧，有我和一鸣哥在呢，您就只管好好养病。我给秦大哥打了电话，他会尽快赶回来的。您这又不是什么大病，肯定能很快好起来的。"

蒋雁南轻轻地点点头，两行热泪顺着脸颊滚滚而下。

陆一鸣用手擦去蒋雁南的眼泪："您看您，哭什么啊，真不是什么大病。不过，要听医生和护士的话，治疗一段时间，您就可以继续教浩浩练琴吹篪了。您住院的这段时间，我会每天给浩浩上课的，您放心好了。"

244

蒋雁南再次点点头，眼球艰难地转动了几下，看看倪秋雨，再看看陆一鸣，然后安心地闭上眼睛睡了。

陆一鸣的手机响了一下，看了眼号码，是秦建斌打来的，接通后捂着听筒走出病房。

"建斌哥，你就放心吧。现在蒋老师病情很稳定，有我和秋雨在呢，你处理完事情再回来也行。"陆一鸣说。

"一鸣，我这边还得几天，才能回去，我爸那边就麻烦你和秋雨了。可是一鸣，你千万不要瞒着我，我爸他真的没大事吗？如果他不好，我立刻赶回去。"秦建斌有些着急地说。

秦建斌是在欧洲，就算现在赶回来也帮不上什么忙，况且陆一鸣之前就听他说过这次的生意很重要，这个时候回来，对公司肯定会有很大影响。陆一鸣于是说："建斌哥，我可以说我是蒋老师的另一个儿子吗？如果是，你就把一切拜托给我，你放心把手头的事做好，再回来尽孝心。不然，蒋老师会怪我叫你回来的。"

秦建斌对于陆一鸣确实是放心的，但是他此刻不在老人身边，心里感到有些愧疚，叹息一声："一鸣，我知道你现在经济不成问题，不过，我爸治病花多少钱你一定要跟我说，我把钱给你。不然，我这心里……"

陆一鸣说："钱对于现在的我来说也不是什么大问题，你尽你的孝，我尽我的孝吧。有事及时联系，我先挂了。"

陆一鸣放下电话，打算去找主治医生，给蒋雁南换个 VIP 病房。

突然，手机响了，陆一鸣按了接听键，李丹彤的声音传了过来："一鸣，你怎么走得那么快？看你和秋雨一起吃饭，我就没打搅，转眼间怎么就看不见你了？"

陆一鸣迟疑了一下，说："蒋老师心肌梗死住院了，我和秋雨现在都在医院里。"

李丹彤先是惊了一下，然后赶紧问道："蒋老师在哪家医院，我去看看他。"

"不用了，他现在还不是很清醒，等好一点儿再来看他吧。"

李丹彤性格一向是雷厉风行："用微信发个地址给我！"

虽然蒋雁南不是很喜欢李丹彤，但是李丹彤是非常感激蒋雁南的。要不是经过蒋雁南的点拨，她的唱歌水平也不会像现在这么好。

李丹彤打开微信看到陆一鸣发的位置，迅速发动车子朝医院开去。

到了医院，李丹彤看到陆一鸣在楼道里坐着，走过来问："一鸣，怎么不给蒋老师找个 VIP 病房？"

陆一鸣抬起头，面色有些晦暗："刚找了主治医生，马上就过来给安排。"

"找专家看过了吗？"李丹彤继续问道。

这一问倒是把陆一鸣问愣了，他压根没想起来找专家给蒋雁南看看，他呆呆地摇摇头。

李丹彤拿出手机拨通了一个电话："李叔叔，我是彤彤，我的老师在您的医院住院，您现在在上班吗？我过去找您一下，方便吗？"

不知道对方说了什么，李丹彤挂掉电话后，拉起陆一鸣："走，跟我去院长那儿一趟，看看他怎么说。"

陆一鸣机械地被李丹彤拉着，走到院长办公室。

陆一鸣简单介绍了一下蒋雁南的情况后，院长拨打了几个电话。过了一会儿，就有人把各项检查结果拿到了院长办公室。

院长本身就是国内著名的内科医生，但是他自己不愿意妄下结论，于是对李丹彤说："彤彤，这样，我先跟你们去看一下病人，然后召集医院的专家给老先生会诊一下。你们也别太着急，既然来到医院，医生就会尽力的。"

陆一鸣看到李丹彤动作迅速地解决了问题，脸顿时都红到脖子根了，想到自己之前对李丹彤的态度，心里有些愧疚。但陆一鸣也顾不了那么多，毕竟现在蒋雁南的病才是最重要的事。

院长看过蒋雁南之后，对陆一鸣说："目前没有大碍，等会儿看看专家们怎么说。"然后转过头笑着对李丹彤说："彤彤，那我就先去忙了。回去以后，帮我问你爸爸好啊。有什么事，你直接让这个帅哥找我就好了。"

陆一鸣连忙插话道："我叫陆一鸣，是丹彤的朋友。"

院长会意地笑了笑："小伙子，我认识你啊。彤彤参加比赛的时候，我们全家都在电视机旁给你们加油呢！"

"谢谢，谢谢！老师的事，拜托您了！"陆一鸣礼貌地回答道。

院长走后，李丹彤去病房看了一下蒋雁南。见他还在睡，李丹彤就又走出来。陆一鸣本来以为她要走，就送她出来。

出来后，李丹彤对陆一鸣说："一鸣，我找你其实是有点儿事的，我陪你等专家会诊的结果吧。等结果出来，我再找你谈事情。"

陆一鸣点点头，以他现在的心情，实在不想过问李丹彤找他有什么事情。

二人并排坐在病房的楼道里。李丹彤说："一鸣，蒋老师要不要找个护工，只有秋雨照顾，她会不会太累。"

"怎么会只有秋雨呢，不是还有我吗？"陆一鸣脱口而出。

李丹彤苦笑两声："一鸣，你永远都这么单纯，你觉得留在这里照顾蒋老师是对他孝顺吗？你会把这里搞成像新闻发布会那样热闹的，粉丝们现在还不知道你在这里。如果知道了，来这里看你，你说蒋老师能安心休息吗？"

陆一鸣顿时不说话了，李丹彤说的事情确实有可能发生。他突然有些难过，为什么对于普通人来说再正常不过的事情，到他这里就不行了呢？

"面对现实吧，你现在所拥有的一切，有你自己的努力，也有这些粉丝的功劳，你不能只管享受他们给你带来的光环和利益，而不去接受他们的崇拜和迷恋。"

李丹彤这句话把陆一鸣点醒了，他突然意识到这个世界上有很多事情都有两面性，他现在在为不能陪在蒋雁南身边难过，却忘了如果没有粉丝的热爱，他可能根本没有钱给蒋雁南治病。所以不得不承认，原来的他实在是太幼稚了，凡事只想到了自己，却忘记了这个世界上没有人会毫无索取地付出。

是不是自己完全错了？陆一鸣突然联想到倪阿蒙和他分手的事，或许自己真的是太天真了。面对倪阿蒙对成功的渴望，自己只会怨怪她急功近利，却忽略了她在社会打拼的无奈。

陆一鸣陷入混乱地思考之中。

"喂，想什么呢？"李丹彤拿着手机在陆一鸣面前晃了一下。

"啊……哦，我在想，让宋姐跟秋雨轮流照顾蒋老师，找护工的话我还是不太放心。再过几天，秦大哥就回来了，我想他会抽出时间来照顾蒋老师的。"陆一鸣支吾了一下，把自己从回忆里拉回来。

李丹彤点点头，笑了笑说："嗯，宋姐和秋雨轮换着应该差不多。至于秦大哥，其实和你情况是差不多的，他一定是没时间照顾蒋老师的。"

"为什么？难道赚钱比亲人还重要吗？"陆一鸣又开始想不明白了。

"一鸣，你脱离社会太久了，真的应该好好地在社会中历练一下。你不能亲自照顾蒋老师是因为忙着赚钱吗？当然不是，排除粉丝的干扰，你不是和公司还有合同吗？你身不由己，你以为那些大老板就是完全自己说了算，是自由的吗？"

陆一鸣一边听李丹彤说话，一边皱眉。

李丹彤看到陆一鸣的样子，就知道他没有完全听懂自己的意思，叹了口气，李丹彤继续说："这些大老板看上去是威风凛凛，整个公司他一个人说了算。可是他们要对自己的客户诚实守信吧？他要对自己的员工负责吧？是，他们可以放弃利益照顾家人，可是，公司上上下下那么多人，都张着嘴管他要饭吃呢？他能不考虑那么多人的生计问题吗？"

陆一鸣认同地点点头，眼前的李丹彤简直是他的偶像，她懂的东西太多了，分析事情也有理有据，让他对她刮目相看："丹彤，你怎么知道这么多呢？"

李丹彤默默地低下头，淡淡地苦笑道："小时候，我爸经常不在家，我妈是因为生我难产死的。所以，我的情况跟浩浩情况差不多吧。我是保姆带大的，每次我质问爸爸为什么不来陪我的时候，保姆阿姨就开导我。她会把爸爸的无奈和辛苦说给我听，还偷偷带我到爸爸的公司里去看爸爸。

"有一次，爸爸答应和我一起过生日，可是到了晚上十二点他还没回来，我就一直哭闹，保姆大半夜带我到爸爸的公司去，偷偷看爸爸加班的情形。我看到爸爸趴在桌子上，大半夜还在电脑上忙碌。后来我才知道，那天爸爸公司的股票遭到前所未有的冲击。那一夜过后，我发现爸爸的头发白了一半。那时候，他才不到四十岁。"

陆一鸣听李丹彤讲述自己小时候的故事，心里有些触动，想到了自己小时候。那时候父母工作都很忙，晚上放学以后，他经常一个人面对空落落的房子。好在六岁以后，他学了吉他，大多数夜晚，都是他自己写完作业，然后把自己关在房间里弹吉他。这个时候，爸爸一般在批改作业，妈妈则在算各种数据，核对各种账目。

陆一鸣的回忆被院长打断。看着院长微笑着向他们走过来，陆一鸣和李丹彤连忙站起来。

"怎么样？"陆一鸣和李丹彤异口同声地问道。

院长笑了笑，说："问题不大，老先生的情况还是很乐观的，只要好好护理，很快就会好起来的。按照医生说的好好照顾，将来应该也不会落下后遗症，只是日后更要注意身体才行。"

陆一鸣和李丹彤谢过院长，院长又走进病房检查了一下蒋雁南的身体。

此时，蒋雁南已经醒了，睁开眼睛，看着站在他床边的几个人和穿白大褂的院长频频点头："谢谢……谢谢你们。"

院长笑着对蒋雁南说："您老有福气啊，有这么多好学生，把心放宽点儿。您没大事儿，过几天就好了。"

"嗯，谢谢，谢谢！"蒋雁南不住地说。

大家一起把蒋老师搬去 VIP 病房。忙完后，李丹彤对着陆一鸣使了个眼色。

陆一鸣对倪秋雨说："秋雨，丹彤找我有点儿事，待会儿我过来换你，你辛苦了。"

倪秋雨点点头，说："一鸣哥，你不能总在医院待着，你那么多事情呢，我在这里就行了。再说，VIP 病房什么都有，晚上我住在这里都行，所以你不用来换我，快去忙你的吧，有事我会给你打电话的。"

陆一鸣想了一下，点点头："这件事再说吧。你多喝点儿水，医院细菌多，别把自己弄感冒了。"

"嗯，知道了，快去吧。"倪秋雨推了陆一鸣一下，让他放心地离开。

第三十三章　爱情值多少钱

二人走出医院，陆一鸣让司机先回去，自己上了李丹彤的车子。

刚才他们路过护士台的时候，有几个小护士拦住了他们要签名合影。

李丹彤小声告诉陆一鸣要配合，陆一鸣就面带微笑地给护士签名，合影，比之前显得自然了很多。

李丹彤一个劲儿夸他进步了，陆一鸣半开玩笑道："李大小姐给我上的课，我很受启发，以后我也试着改变自己，学着适应这个社会。"

"秋雨脾气挺好的，那个她姐，也是这么好脾气吗？"李丹彤看似漫不经心地问道。

陆一鸣不说话，表情十分严肃。

李丹彤用眼角的余光看了他一眼，试探地问："怎么了？不顺利吗？"

陆一鸣还是不说话，他不知道该怎样跟李丹彤说。他觉得感情的事无须跟别人倾诉，况且，李丹彤也不是合适的倾诉对象。

　　李丹彤很知趣，有点儿尴尬地笑了笑："还是去我们家的会所吧，我是想让你听听我们公司给我买的歌。我唱得不是很舒服，如果你也觉得不太适合我，我就跟公司要求换歌，或者放弃这几首。"

　　陆一鸣惊讶地说："还可以拒绝吗？"

　　"当然。公司虽然有决定权，但毕竟是我要唱的歌，公司也会参考我的建议。况且这些歌我不适合，还有其他合适的人唱，要不然给我也是浪费。"

　　走进李丹彤家的录音棚，陆一鸣很兴奋。这段时间拍戏，他都好几天没有进录音棚了。一开始陆一鸣以为自己签的是唱片公司，只要唱好自己的歌就好了，谁知道唱片公司还会和影视公司合作，现在要去跨界演电视剧。他在想，如果一开始他像李丹彤那样强烈地拒绝，公司会拿他怎么办？李丹彤的歌声打断了陆一鸣的思绪。

　　李丹彤没有带耳麦，她想让陆一鸣听到她最原始最自然的声音。陆一鸣也没有在录音棚外面听，而是和她一起进到录音棚里面。

　　李丹彤的声音还是那样有穿透力，但是，确实如她自己感觉的那样，这首歌有些音域对她来说有点儿低，唱起来有点儿压抑的感觉。陆一鸣让她升了一个调，但是高音部分她唱得又太吃力。

　　"丹彤，这首歌确实不太适合你，音域跨度太大，不适合你的嗓子。我建议你还是换首歌。"陆一鸣中肯地说出自己的看法和意见。

　　接着，李丹彤又唱了其他两首歌，都存在类似的问题。

　　"这个作品其实还是挺棒的，旋律很好听，可是就像你说的那样，不太适合我，看来我的感觉是对的，我会跟公司提出换歌的。一鸣，我还是希望你给我写歌。"李丹彤直接地把自己的想法说出来。

陆一鸣苦笑几声，无奈地叹口气："我当然愿意给你写歌。可是，我全部的时间都被用来拍电视剧了。现在蒋老师又病了，我实在是分身无术，而且公司里我自己的唱片也要录。我和你不一样，目前我没有那么足的底气拒绝公司安排的活动。"

李丹彤皱着眉，不可思议地看着陆一鸣："一鸣，你还是我认识的陆一鸣吗？你怎么顾虑这么多了？我说让你接受现实，并不是告诉你可以没有底线和原则，你完全可以拒绝那个电视剧，不是吗？难道你没有破釜沉舟的勇气吗？"

陆一鸣迟疑片刻，站起身来，说："是，大不了打回原形做流浪歌手，能够养活自己就可以了。可是，我现在不是一个人，周围这么多人看着我，我担心自己的选择会让他们失望。况且，想要实现梦想本就应该付出一些东西，我相信现在的困难总会过去的。"

"一鸣，你的理想难道不是做出好的音乐吗？你别告诉我你和其他人一样，是为了金钱和名利。"李丹彤脸上露出不敢相信的表情。

"我的理想，永远不变。但现阶段，金钱和名利对我确实比较重要。"陆一鸣无奈地回答道。

"为什么？"李丹彤说出这句话，马上自我回答道，"我知道了，为了那个女人，是吗？"

陆一鸣不说话，李丹彤理解得对，但也不对。做个万众瞩目的大明星确实是倪阿蒙的理想，虽然陆一鸣一万个不理解，但他依然希望她能够顺利地实现理想。

况且，站在倪阿蒙的立场上，她并没有做错什么，明明可以利用陆一鸣走捷径，但她却一直靠自己打拼。说她为了出名而不择手段，确实有些过分。

而陆一鸣也只是希望自己能够给倪阿蒙一个结实的肩膀来依

靠。还有那部电视剧，他已经爱上了自己所演的角色，甚至已经开始享受演这个角色了。

陆一鸣没有跟李丹彤解释这些，他知道这些话在她看来都是在委曲求全。

这时候，陆一鸣的电话响了起来，是倪阿蒙打来的电话。陆一鸣对李丹彤说了声"抱歉"，转身离开录音棚。

陆一鸣接通电话，温柔地问："蒙蒙，你在哪儿？"

倪阿蒙冷静地对陆一鸣说："你在哪儿，我过去找你。"倪阿蒙的话不带丝毫感情色彩。

陆一鸣像是被一瓢冷水泼了过来："我……"

陆一鸣刚支吾了一下，倪阿蒙就说："发位置给我，我马上过去。"

说完话后，倪阿蒙就挂断了电话。

陆一鸣不知道倪阿蒙要找他有什么事，更不想让她知道他现在和李丹彤在一起。他点开微信，犹豫着要不要发出去。

李丹彤站在陆一鸣身后，倪阿蒙的话她全都听到了，她特别看不惯倪阿蒙冷冰冰的态度，一把夺过来陆一鸣的手机，点了下位置发送，然后把手机递给陆一鸣："她来了我请她喝咖啡。"李丹彤翻了一下眼皮，"你一个大男人怎么那么磨叽，你正大光明地在这儿，有啥见不得人的？看你怕得那样……"

"好了！别说了！"陆一鸣有些心烦，声音不由自主大了不少。

李丹彤拉着陆一鸣走进一间屋子，和服务员点了餐，然后走到旁边的咖啡机旁："我先给你磨一杯咖啡，待会儿我会自动消失，好不好？"

李丹彤为陆一鸣磨了一杯咖啡，放在陆一鸣面前。

虽然咖啡有宁神的功效，但陆一鸣的心还是安定不下来。

李丹彤从容地喝着杯里的咖啡，然后好笑地瞥了陆一鸣几眼。

陆一鸣深呼吸几次，迫使自己平静下来。

不一会儿，倪阿蒙就来了，站在陆一鸣面前，连坐都不愿意坐下。

"一鸣，我来是想把这张卡还给你。"倪阿蒙从包里拿出银行卡，放到陆一鸣面前的桌子上。

李丹彤把咖啡端过来，礼貌地对倪阿蒙说："既然来了，喝杯咖啡再走吧。"说着，把刚磨好的咖啡放到倪阿蒙面前，然后向后退。

"不了，谢谢您，我不打扰你们了。"倪阿蒙面无表情，不等陆一鸣做任何反应，转身就走。

"蒙蒙！"陆一鸣喊了一声。

李丹彤趁机走出房间，关上房门。

倪阿蒙站在原地愣了一下，但她并没有回头，而是迟疑了一下，继续向门口走去。

陆一鸣快走几步，从桌子上拿过银行卡："这张卡，你永远有使用权，不管我们在不在一起。"

倪阿蒙知道，这张卡里的钱是陆一鸣所有的积蓄。她愣了一下，缓缓地转过头来："你为什么要对我这么好？"

陆一鸣脸上露出淡淡的笑容："这是我心甘情愿的。你放心，我不会以此来要求你和我在一起。我知道，你需要钱，而我又愿意给你。"

"我不会要，你拿回去吧。"倪阿蒙淡淡地说。

"收下吧，我答应你，这是最后一笔钱，以后，我不会以任何理由任何形式再给你钱了。"陆一鸣不知道自己为什么会说出这样的话，或许是因为他知道，如果他不这么说，倪阿蒙是绝对不会要他的钱的。一直以来，他在倪阿蒙面前都显得很卑微。

"用这些钱买断我们之前的感情吗？"倪阿蒙苦笑一声，然后漫不经心地说。

"是，可以这样理解。"陆一鸣苦笑着说。

"好，我收下！"

倪阿蒙接过陆一鸣递过来的银行卡，看似无所谓地把卡装进背包："这样的话，就没事了吧？"

"没事了，你可以走了。"

"好！"

倪阿蒙大步向前，用力地拉开房门，差点和正贴着门偷听的李丹彤撞个满怀。

"走……走啊？咖啡好喝吗？"李丹彤尴尬地目送倪阿蒙离开。此刻的李丹彤像是一个小粉丝一样，而倪阿蒙却像是个万人追捧的大明星。

李丹彤推门走进屋子，看到陆一鸣坐在椅子上气定神闲地喝咖啡，不由自主地伸出大拇指："一鸣，说得好，做得好！对她这样的女人，就应该这样！"

陆一鸣放下咖啡杯，抬眼瞥了李丹彤一眼，李丹彤立刻不敢说话了。

陆一鸣拿汤匙轻轻搅动咖啡，苦笑地说："我对我刚才的表演打九十分，你觉得呢？"

李丹彤不作声，她也用汤匙搅动了几下刚才给倪阿蒙端的咖啡，然后端起杯子喝了一小口。她能够感受到陆一鸣的悲伤情绪。此刻，空气都紧张得快要窒息，她低着头，默默地一小口一小口地喝咖啡。

李丹彤小心翼翼的表情让陆一鸣觉得有些好笑，他带着玩味的语气说："看把你紧张的，放松点儿，没什么大不了的。我虽然很难过，但是谁不失恋啊？我只不过是比你们迟一些感受这些而已。"

"是啊，是啊，你就应该这么想。人的一生很长，哪能一下就遇到对的人呢。有时候，对的人也要出现在对的时间，你说是不？"李丹彤趁机安慰道。

其实李丹彤心里很高兴，但她不敢在陆一鸣面前表现出来，只好装作安慰他的样子。

"借你的棚，让我唱几首歌，好吗？"

"当然，我今天是你唯一的听众，我很荣幸！"

李丹彤站起身，跟着陆一鸣重新回到录音棚内，不用话筒，不用耳麦，陆一鸣浅吟低唱，他把倪阿蒙的背影浓缩成音符，一点点从嘴巴里吐出来。他把自己与倪阿蒙的回忆形容成一张卡片，上面写满了关于爱的传说。

这天晚上，陆一鸣去医院，硬是把倪秋雨赶走，自己守了蒋雁南一夜。

他一夜没有合眼，注视着蒋雁南的脸，想着蒋雁南年轻的时候一定也经历过和他一样的爱情故事。可是，一辈子过去了，他的身边只剩下一些晚辈。爱的人也好，恨的人也好，终究还是烟消云散了。人的一生究竟要经历多少事情，要爱上多少个人？

接下来的日子，陆一鸣一如既往地忙。他和倪阿蒙偶尔会在片场遇见，但是他已经能够做到对她视而不见。倪阿蒙更是从来不正眼看他，即使两个人有对手戏，也能在戏拍完后，将彼此视若空气，一切看起来完美极了。

第三十四章　子欲养而亲还在

一周后，秦建斌下了飞机直接赶往医院。

此时，蒋雁南已经脱离危险，除了偶尔后背会疼痛，没有留下任何后遗症。医生建议他多住些日子，他却是急着要出院。其实是他想浩浩，但又不愿意浩浩总来医院，所以他每天都吵着要出院。秦建斌回来后，他闹腾得更厉害了。

"建斌，你回来了？事情办好了吗？"蒋雁南看到秦建斌，眼泪就流了下来。他坐起来，目不转睛地看着好久不见的儿子。

"爸……"秦建斌想说事情办得很顺利，可是，一句"爸"喊出来之后，他的声音就颤抖得说不下去了。他的眼泪盈满眼眶，只要一眨眼，它们就会争先恐后地夺眶而出。

蒋雁南轻轻地拍了拍自己的床。

秦建斌走过来坐下："爸，孩子不孝，这么晚才赶回来。您真的没事了吗？"

蒋雁南伸出胳膊，用大拇指轻轻拭去秦建斌的泪水："傻孩子，又不是什么大病，我这不是没事吗？就是辛苦秋雨他们几个了，秋雨和宋姐轮流着来医院。一鸣白天忙，晚上经常熬夜守着我。这孩子还特别轴，那么忙，每天还给浩浩上课，真是难为他了。"

"爸，都怪我太忙了，这次您生病，我都没时间陪在您身边。我想着把国外的业务都逐渐转到国内来，其实之前我是打算咱们一家人都移民去国外，但现在看来，您和浩浩都不会愿意去。"

蒋雁南欣慰地笑了笑："回来吧，回来好，浩浩也越来越大了，你说没个完整的家怎么行呢？建斌啊，我这次生病也想得挺多的。你说你总这么单着也不是个事儿，你个人问题该考虑考虑了。虽然现在浩浩有秋雨管着，可是，人家也要上班，也要嫁人不是？"

蒋雁南点点头："爸，我会做打算的。"

这时候，倪秋雨带着浩浩走进来。浩浩看见秦建斌，兴奋地抱住他的大腿："爸，浩浩可想您了！您想浩浩了吗？"

"想啊，怎么会不想呢？"秦建斌把浩浩抱在怀里，"又沉了啊，爸爸就要抱不动你了哦！"

"浩浩最近可乖了，听宋阿姨的话好好吃饭，听倪老师的话认真写作业，听陆叔叔的话，专心练琴。"浩浩十分认真地汇报着。

"哦！这么乖吗？"秦建斌把浩浩放下来，笑吟吟地看着儿子。

"是啊，浩浩很乖，小小的人就有远大的理想，说要当像爷爷一样的音乐家，还要当陆叔叔那样的大歌星！"倪秋雨笑着对秦建斌说。

秦建斌感激地对倪秋雨说："秋雨，辛苦你了。"

倪秋雨礼貌地说："秦大哥，这都是我应该做的。"

"待会儿我带你们去吃大餐怎么样？"秦建斌把头转向浩浩，兴奋地征求他的意见。

"好啊，好啊！太棒了，我都好久没有吃大餐了！"浩浩兴奋地拍起手来。可是，过了一会儿，他的神色突然黯淡下来，嘟着嘴巴说，"可惜爷爷不能去。"

蒋雁南看到孙子还惦记着他，心里自然乐开了花，笑着说："没关系，爷爷很快就出院了，下次再跟你们去，好不好？"

"嗯！"浩浩重重地点点头。

"建斌啊，你再去问问医生，看我明天出院行不行？你看，我现在哪里都好得不行！"

蒋雁南已经不是第一次说这话了，他之前就已经和倪秋雨说过好几次了。

秦建斌和倪秋雨谁都不理睬他，两个人面面相觑，无奈地摇摇头。

蒋雁南知道他们都在敷衍自己，就赶紧赶他们走："快去吃饭吧，快走吧，不然浩浩该饿了。"

倪秋雨对秦建斌说："秦大哥，你带浩浩去吧，我在这里陪蒋老师。"

"那怎么行呢，我给宋姐打电话吧。"

秦建斌掏出手机正要打电话，这时候，陆一鸣来了。他摘掉帽子和墨镜，笑着对秦建斌说："建斌哥，不用打了，我来了，你们去吃饭吧。"

"一鸣来了，你吃过了吗？"秦建斌放下手机，问道。

"我吃过了，还给老师带了他喜欢的粥。你们快去吃吧，这儿有我呢。"

"好，那我们先去吃饭。"

倪秋雨叮嘱陆一鸣道："你拿的那个凉菜里有没有花生米？有的话少让蒋老师吃，他这几天胃不太好，吃多了对身体不好。"

"嗯，我知道了，你们去吧。"陆一鸣点点头。

秦建斌知道倪秋雨不爱吃西餐，但却无辣不欢。路上他问浩浩："浩浩，我们去吃川菜好不好？"

倪秋雨连忙说："川菜会不会太辣啊，小孩子还是少吃辣的比较好。"

浩浩听了倪秋雨的话，反驳道："倪老师，你忘了，我最爱吃那个酸菜鱼和鱼香肉丝！"

"好，那就吃川菜。"倪秋雨说。

来的路上秦建斌就已经点好了饭菜。他不知道倪秋雨爱吃什么，但他知道，如果让倪秋雨点菜的话，她只会点最经济实惠的小菜。所以他就提前定了，并告诉服务员半小时后到。

他们来到二楼的雅间，浩浩自己脱掉外套搭在椅子上，然后兴奋地坐在椅子上。秦建斌绅士地帮倪秋雨把外套挂在衣架上。

因为是订餐，菜上得很快。秦建斌给倪秋雨和浩浩倒了一杯饮料，自己也倒了一杯："还得开车，就不喝酒了。秋雨，你要不要喝点儿酒？"

倪秋雨连忙摆手："秦大哥，你又不是不知道我从来不喝酒。"

"那好，我们就都不喝。来，让我敬你一杯，感谢你这几年对浩浩的照顾。有你照顾他，我才能在外面安心地工作。"说着，秦建斌端起杯子。

浩浩也连忙端起自己的饮料跟着凑热闹："我也谢谢倪老师对我的照顾。爸爸，我喜欢倪老师！"

浩浩的话令倪秋雨非常高兴，她不由自主地摸了摸浩浩的小脑瓜："阿姨也喜欢浩浩啊！浩浩这么可爱，是不是？"

"是啊，浩浩说得对，像倪阿姨这样的人，谁会不喜欢呢？又温柔又漂亮还特别善解人意。爸爸也喜欢倪阿姨啊。"

秦建斌心里对于浩浩提的话题十分受用，其实，在来的路上，他还想着要怎样表达自己对倪秋雨的感激之情以及爱慕之心。

严格说来，当他得知父亲生病后，他就已经有了把国外生意转移到国内的想法，倪秋雨是除了浩浩和父亲以外，他最重要的牵挂。不知道从什么时候起，他想起儿子就会自然而然地想到倪秋雨，她辅导儿子写作业时专心致志的表情和她温柔善解人意的笑，深深地刻在他的脑海里。之前，他一直把这份感情掩埋在心里，一来，倪秋雨大学没有毕业；二来，他还没有完全稳定下来，所以，他一直觉得时机不成熟。

现在不一样了，为了父亲，为了孩子，他觉得自己是稳定下来的时候了，尤其是感情方面，浩浩需要一个妈妈照顾他，而倪秋雨是最好的选择。从他自己的角度出发，他也该从一段失败的婚姻里走出来，进入下一段感情的时候了。

但他没有自信，因为毕竟他比倪秋雨大了整整十岁，所以他一直纠结着怎样表达他的爱意，才不至于让倪秋雨反感。

秦建斌的话令倪秋雨大吃一惊，表面上秦建斌的话说得非常自然，也没有任何暧昧倾向。但是，说这话的时候，秦建斌一直深情地望着她，让她的心狂跳不止。她不知道该做何反应才不至于让秦建斌误会。她很紧张，手心里渗出了汗水。

"爸爸，你都把倪老师的脸说红了！"浩浩是个小人精，每个人的表情变化他都尽收眼底。说完，他还"嘿嘿"地笑起来。

气氛立刻变得有些尴尬，秦建斌连忙说："浩浩，爸爸以后尽量少出差或者不出差，就在家陪着你，好不好？"

浩浩一听立刻来了精神，他惊讶地看着秦建斌："爸爸，真的吗？"

"当然是真的啦。以后我会把国外的业务都转移到国内来，就不用总是去国外出差了。当然就有时间陪浩浩啦！"

秦建斌的话是说给浩浩听的，更是说给倪秋雨听的。

倪秋雨当然听得出秦建斌话里的含义，她假装自然地笑了笑："秦大哥，那样的话就太好了，浩浩就有人陪了。正好我参加工作以后，应该就没时间辅导他了。有你和蒋老师亲自照顾他，再好不过了。"

秦建斌尴尬地笑了笑："话是那样说，但在国内我也会很忙的。秋雨，我还是希望你能继续照顾浩浩，权当帮我解决困难了。对了，你工作的事怎么打算的？"

倪秋雨低下头，不知道该怎么回应。

浩浩看看倪秋雨，然后说："倪老师说想在我们学校，可是她又说太难进了，陆叔叔说倪阿姨这么优秀，她一定能行的！"

"哦？浩浩怎么知道得这么清楚？"秦建斌被浩浩这段小大人的话逗乐了。

"我听倪老师跟陆叔叔说的啊，难道我说得不对吗？"浩浩忽闪着大眼睛疑惑地看看倪秋雨。

倪秋雨有点儿不好意思，她万万没有想到自己和陆一鸣的谈话浩浩都能记到心里去了："嗯，浩浩说得对。但是浩浩他们学校太难进了，除了优秀以外，还有很多因素，至于最后分到哪个学校，顺其自然吧，其实哪儿都一样。"

秦建斌默默地点点头："嗯，顺其自然就好。"

一顿饭下来，倪秋雨有些浑身不自在。出了餐厅，倪秋雨对秦建斌说："秦大哥，你刚回来，都还没进家吧？你先带着浩浩回家吧，收拾一下，倒倒时差。我去医院，我明天没什么事，一鸣哥这段时间挺忙的，就让他今晚好好休息一下。"

秦建斌再次感受到了倪秋雨的善解人意，心里暖暖的："嗯，我绕个圈，把你放在医院门口就回家。"

倪秋雨回到医院里，蒋雁南已经睡着了，陆一鸣正坐在床头翻着剧本。倪秋雨进来，他都没有察觉。直到倪秋雨用手碰了他一下，他才反应过来。

倪秋雨朝陆一鸣摆摆手，陆一鸣跟着她走出病房。

"一鸣哥，你回去忙吧，我在这里就好。"

陆一鸣坐在楼道里的长椅上，他拍了拍旁边的位置示意倪秋雨坐下："接下来我估计会很忙。宋导说电视剧要赶在暑期播出，所以要日夜赶工。你和秦大哥就多多照顾蒋老师吧。"

陆一鸣说着拿出钱夹，从里面抽出来一张银行卡。这是他新办的一张卡，他把卡递给倪秋雨："这张卡里钱不多，但是你先收着。阿姨的病，还有蒋老师这边都需要花钱。我想趁我有能力，多为他们做些什么。"

倪秋雨连忙推辞道："一鸣哥，说什么我也不能要你的钱了，我马上就要参加工作了，加上我姐现在也开始接戏了，我们姐妹俩挣的钱足够家里的开销了。还有之前你一直让我姐给我钱，花不了我都攒起来了。你看你现在已经和我姐分手了，我和我妈还住着你买的房子，本就过意不去了。至于蒋老师这边，即使秦大哥在国外，他也会定期给我打钱过来。蒋老师的医药费他更是打过来不少钱，现在蒋老师也好得差不多了，钱还多出来好多呢，这我都要退给他呢。"

陆一鸣沉默了一会儿，缓缓地说："秋雨，其实我早就有一个想法，想见见阿姨，给她道个歉，请求她的原谅。然后再像儿子那样对她尽尽孝道。但是，我目前还没有勇气面对她老人家，所以你就满足我的愿望吧。这样的话，我的良心会好过很多。蒋老师也是，我没有时间陪他，已经很愧疚了，再不让我为他做点儿什么，我心里更说不过去。所以，请不要拒绝我，好吗？"

倪秋雨已经没有理由再拒绝陆一鸣，她感受到陆一鸣火热真诚的心，对于自己的母亲也好，对于蒋雁南也好，他都是发自内心地想对他们好。

"还有，我爸那边……其实我说这些都是多余的，你去看他的次数比我都多，恐怕我再去看他，他都要往外轰我了。"说着，陆一鸣扯动嘴角，苦笑了几声。

"哪里啊，叔叔每次都念叨你呢，说他家一鸣成了大歌星了。还说医院里有好多小护士都是你的粉丝，还说要你给他们签名，有的甚至拜托我要签名呢。"说起这些，倪秋雨脸上带着自豪的笑容。

陆一鸣看着倪秋雨，心里无比安宁。每次看到倪秋雨，他都觉得这个世界是温柔的，美好的，不然的话，为什么会有这么善良美好的女孩出现在他的生活里呢？和她在一起，他感到无比轻松、愉快。

"快过年了，你打算怎么过？"陆一鸣放松地笑了笑，问倪秋雨。

倪秋雨抬起头，扭头望了望窗外："我想带我妈出去逛逛，带她到处走走看看。反正我姐跟你一样，要连续拍戏。我和妈妈在家待着也无聊，不如带她出去走走。"

陆一鸣点点头："这个主意不错，出去多拍些照片哦！我抽空刷朋友圈的时候还可以看看。"

"那是必须的！"倪秋雨开心地说。

日子过得飞快，转眼电视剧的拍摄已经到了尾声。蒋雁南早已出院，于是陆一鸣把自己所有的精力都放在了电视剧的拍摄上，就连生日都是和剧组的人一起过的。

倪阿蒙还是一副拒他千里之外的样子，他早已经习惯，每天面对她冷冰冰的面孔，甚至他自己也觉得她和其他同事没有什么区别。

第三十五章　告白只适合相爱的人

这天，陆一鸣正坐在椅子上拿着剧本背台词，突然听见道具间里传来争吵的声音。

陆一鸣听出是倪阿蒙的声音，他蹑手蹑脚地走过去，在门缝里看。

负责道具间的是一位管剧组道具的剧务大姐，她惊讶地看着倪阿蒙，然后说："倪小姐，你再不减肥，就要重新给你定衣服了，这些衣服你穿着都紧了。"

"我哪里胖了？是你拿衣服的时候拿错尺码了吧？"倪阿蒙反驳道。

"怎么可能拿错？你的衣服一直就是 M 码，你看这会儿，你穿这个码多紧啊！做演员不注意身材怎么行呢？"剧务大姐毫不留情地用事实说话。

"我说你这人怎么这么多事，导演都还没说什么呢，你管我胖瘦呢？我的身材轮到你在这里叽叽歪歪了？"倪阿蒙有些恼羞成怒。

"你这人！我好心提醒你，你不听就算了。真是'狗咬吕洞宾，不识好人心'！"

"你……"倪阿蒙被气得浑身哆嗦。

陆一鸣连忙推门进去，礼貌地对剧务大姐说："大姐，您口渴了吧，外面桌子上我给大家买了饮料，您快去喝点吧。"

剧务大姐朝倪阿蒙翻了个白眼："人还没红呢，脾气这么大，这辈子也红不了！"说着就大摇大摆地往外走。

倪阿蒙被气得浑身直哆嗦，眼泪就快流出来了。

陆一鸣走上前去，递给倪阿蒙一张纸巾，安慰道："为了这种小事，犯得着生气吗？"

没想到，陆一鸣这句话更加激怒了倪阿蒙，她目不转睛地瞪着陆一鸣，红红的眼圈里满是泪水："陆一鸣，我的事不要你管！"说完，就把纸巾甩在地上，然后冲出屋子。

陆一鸣心里顿时像是刀扎一般难受，他深爱的倪阿蒙不该是这样的，他预感到，倪阿蒙一定是遇到什么事了，只是她不说出来，他要怎么帮她？

虽然这段时间他们一直像普通同事一样相处，一天也说不上几句话，但是他也早就发现了和剧务大姐一样的问题。倪阿蒙确实胖了，腰肢粗壮了不少，他也曾经想过提醒她，但是终究觉得不妥。陆一鸣心里嘀咕，倪阿蒙这么在乎自己事业的人，怎么会如此放纵自己呢？

又经过半个月的日夜奋战，电视剧终于顺利杀青。导演邀请媒体举办杀青晚会，倪阿蒙穿着宽松的大衣，跟导演和制片打了个招呼就走了。

本来这是向媒体推荐自己的大好时机，陆一鸣想不明白倪阿蒙为什么会不参加。他想打电话问问倪阿蒙是不是病了，可是犹豫了几次，还是没有勇气拨出号码。从那天开始，他再也不曾见过倪阿蒙。

过了几天，陆一鸣接到秦建斌的邀请，为了庆祝蒋雁南身体恢复健康，秦建斌在家里举行了一个家庭聚会。原本只邀请了陆一鸣、倪秋雨，而那天正好李丹彤来看望蒋老师，也赶上了这个家庭聚会。

实际上，这是一个别有用心的家庭聚会，一行人到齐之后，聚会开始，秦建斌感谢各位对他父亲和孩子的照顾后，就开始进入主题。

秦建斌从座位上离开，向后退了几步，然后扭头示意宋姐关掉客厅的大灯。他缓缓地从口袋里掏出一个红色平绒盒子，打开盒子，把里面闪着璀璨光芒的钻石戒指拿出来，然后身体转向倪秋雨，单膝跪地，目光深情地看着倪秋雨，说："秋雨，请允许我用这种方式向你表白，我不知道该怎么表达我对你的感情。我只知道，当你慢慢走进我的生活后，我的生活里再也没有出现过别的女人。你的一颦一笑和你对浩浩无私的爱都深深地刻在我的脑海里，我希望你能接受我对你的感情，我一定会给你幸福……"

倪秋雨先是被秦建斌的举动吓了一跳，然后呆呆地站在座位旁，看着眼前发生的一切。

其他人也都感到非常意外，就连蒋雁南也都吃惊地看着眼前的一幕。他一直知道倪秋雨喜欢的是陆一鸣，从来没有想过，自己的儿子会对倪秋雨日久生情。

"秦……秦大哥……你误会了，我……我始终把你当成大哥看。我照顾浩浩，是因为我喜欢浩浩，浩浩也是个可怜的孩子，我真的没有这个意思……我……对不起，我先走了！"倪秋雨吞吞吐吐地说了半天，根本不知道自己说了些什么，就着急地跑出屋子。

"建斌哥，你怎么可以这样！"陆一鸣不知道哪里来的火气，朝秦建斌吼了一声就连忙追了出去。

李丹彤也赶紧起身告辞。

看着一下子空了的饭桌，蒋雁南无奈地指着儿子碎碎念道："太操之过急了！不了解情况……太操之过急了啊……"说着拉着浩浩的手去二楼练琴了，只剩下秦建斌像泄了气的皮球一样瘫软在地上。

房间安静下来，反而给了秦建斌思考的时间。倪秋雨从大一开始就成了浩浩的家庭教师，只要倪秋雨家有困难，他都第一时间伸出援手，其实他知道自己是在变相地资助倪秋雨。倪秋雨也从来没让他失望，对于浩浩简直比亲生母亲还好。可是，他忘了一点，他和倪秋雨相处的时间并不长，他们没有日久生情的机会。他之所以想要和倪秋雨在一起，说白了，不过是衡量条件后，觉得倪秋雨当浩浩的后妈最为合适。至于感情，他对倪秋雨或许有心动，但毕竟这么大的年龄差，说是对小辈的爱护也说得过去。

想到这里，秦建斌意识到自己好像错了。但事情已经这样了，他也不知道该如何挽回。

陆一鸣从秦家跑出来的时候，并没有想很多，直到快追上倪秋雨的时候，他突然停下脚步，他不知道自己要说些什么，他甚至不明白自己为什么要跑出来追倪秋雨。在这件事上，倪秋雨并不是受伤害的那一个，无须安慰。

倪秋雨也停下脚步，她感觉到后面有人追她，只是她没有想到是陆一鸣。她缓缓地回过头，认真地看着陆一鸣，陆一鸣也认真地看着她。

两个人都不知道要说些什么。这时候，天空突然下起雨来，小雨淅淅沥沥地落在人身上。

"一鸣哥，你知道吗？我其实特别喜欢下雨天，每当这个时候，我就会觉得世界都变得安静了很多。"

倪秋雨伸出双手，闭着眼睛，做出享受的样子。

陆一鸣看着倪秋雨的样子，突然心跳快了半拍。他伸出一只手，看着水滴从指间滑下："可惜啊，越是美好的东西越是难以留住。"

倪秋雨知道陆一鸣又想起倪阿蒙了，不知道怎样安慰他，只好说："我不想再在秦大哥家当家教了，你帮我告诉他们一声吧。"

"好，我告诉他们。如果你想浩浩和蒋老师了，就告诉我，我来安排你们见面。"

倪秋雨点点头，转过身正打算走。突然，她的手机响起来，是一个陌生的号码，按下接听键，听筒里传来张岚的声音："是秋雨吗？我是你张岚姐，我回国了，想见你一面，你方便吗？"

"哦，张岚姐啊，你回国了？我……"倪秋雨迟疑了一下，接着说，"嗯，好吧，你把地址发给我，我去找你。"

倪秋雨挂掉电话对陆一鸣说："浩浩的妈妈回国了，想见我一面。"

"我陪你去吧。"

陆一鸣拉着倪秋雨去路边拦出租车。他本以为今天可能会在秦家待很久，所以就让司机提前回去了。好在现在时间不晚，比较容易打车。

陆一鸣戴上墨镜和帽子，和倪秋雨上了出租车。

"公司给我安排了教练，我应该很快就能拿驾照了。秋雨，你也学一个吧，我可以跟公司说一下，你和我做伴学，好吗？"

"马上就要考试了，学校最近挺忙的，我恐怕只有边边角角的时间。"倪秋雨说。

"我也是只有边边角角的时间。"

"嗯，那好吧。如果方便，我就和你一块儿学。"

陆一鸣和倪秋雨来到张岚说的咖啡馆，倪秋雨扫视了一下周围，发现了张岚的身影。

张岚也看到了倪秋雨，朝她摆摆手，然后站起身来。

"哦？和男朋友一起来的？"张岚热情地开玩笑道。

陆一鸣摘下墨镜，礼貌地打招呼："张岚姐，我是蒋老师的学生，我姓陆，叫陆一鸣。"

张岚立刻反应过来："哦，是一鸣啊，浩浩在电话里不知道提过多少次了，快请坐，你们带浩浩辛苦了。"

陆一鸣说了句"抱歉"，又把墨镜戴上。

张岚理解陆一鸣的做法，她朝陆一鸣和倪秋雨笑了笑，说："一鸣也不是外人，我就开门见山了。秋雨，我想让你帮我跟建斌捎个话，我这次回国就不打算再出去了，所以这次回来我想亲自带浩浩。你看他现在忙得整天不着家，根本顾不上照顾浩浩。浩浩喜欢音乐，我又是专业搞音乐的，我带浩浩最合适不过了。如果他同意，抚养权变不变更无所谓；如果他不同意，我就只能走法律途径。"

倪秋雨面露难色，迟疑片刻后说："张岚姐，这事要是放在之前你跟我说，我一定会帮你的，毕竟秦大哥确实太忙了，孩子跟着妈妈肯定是好的。可是现在不行，如果你把浩浩带走了，蒋老师会受不了的。浩浩是他的命根子，如果你带走浩浩，还不知道他会变成什么样子。对不起，我不能帮你。"

张岚轻轻地叹了一口气："我也是考虑到这点，才不愿意直接跟建斌说这件事。如果蒋老师知道，向我开口留下孩子，叫我怎么拒绝？他是我的恩师，又是浩浩的爷爷……其实，我真的就是想带浩浩几年。这几年，我不在他身边，身为母亲，每当我想起浩浩，就心如刀割。"

陆一鸣接过话说："张岚姐，你有没有想过，其实对于浩浩来说，最好是爸爸妈妈都在身边。秋雨也好，蒋老师也好，包括我在内，我们都不能代替你和秦大哥。所以，有没有可能为了浩浩，你和秦大哥……"

张岚抬起手阻止陆一鸣接下来的话："你不用说了，这是绝对不可能的。当初为了蒋老师的事我们闹得多么不堪，没人知道。我和建斌之间是属于三观不合的硬伤。"

"为了蒋老师？"陆一鸣狐疑地看着张岚。

张岚不再说话，迟疑片刻，站起身来："再次感谢你们对浩浩的照顾。既然你们有难处不愿意帮我，我不怪你们，我自己找他好了。单我买过了，我先走了！"

望着张岚决绝的背影，陆一鸣和倪秋雨陷入了思考，谁也没有说话，慢慢地搅动着面前的咖啡。

过了一会儿，倪秋雨问道："一鸣哥，这件事你怎么看？"

陆一鸣轻轻地叹了一口气，眉头紧紧地蹙在一起。过了一会儿，他说："秋雨，我想先问你一句话。"

"什么？你说吧。"倪秋雨低着头。

"你确定不接受建斌哥吗？"陆一鸣专注地看着倪秋雨。

倪秋雨一听这话，立刻抬起头。她的眼眶红了，眼泪就在眼眶里打转，但她生生地咽了回去。

倪秋雨特别想问问陆一鸣，难道真的感受不到她的关心和爱吗？可是，她开不了口，也不能开口。陆一鸣是姐姐的男朋友，即使他们现在分手了，陆一鸣爱的人也是姐姐。

"是，我不接受。现在不会，将来也不会。"倪秋雨的语气很轻，但态度十分坚定。

"好，既然这样的话，我认为我们应该帮助建斌哥和张岚姐复合。"陆一鸣充满信心地说。

"刚才你也看见了，张岚姐的态度那样强硬，我觉得她和秦大哥复合的可能性不大。"倪秋雨对陆一鸣的想法表示怀疑。

陆一鸣端起咖啡喝了一口，说："你刚才没听见张岚姐说他们是因为蒋老师才离婚的吗？我虽然不懂感情的事，但是我知道，感情是两个人的事。如果当初他们分开是因为另外的人，那么很有可能他们的感情没有完全破裂，误会也好，赌气也罢，都是人在气急之下做出的冲动的选择。而且你看张岚姐，提起建斌哥还是满满的恨，如果真的没有感情的话，就应该用平常心面对彼此，何必来找我们当传话筒呢？所以我觉得他们还有复合的可能。"

倪秋雨听到陆一鸣的话，不由得点头赞同，但是很快就又皱起眉头："一鸣哥，你这样说只能说明张岚姐对秦大哥还是有感情的，可是秦大哥呢？"说完，倪秋雨低下头，脸都红到了脖子根。

陆一鸣想了一下，说："秋雨，我接下来说的话希望不要伤害到你。我觉得建斌哥对你的感情似乎有些太过于突然了，就好像是抓住了一棵救命稻草一样。以我对建斌哥的了解，他不应该是个如此冲动的人，所以我觉得他可能只是觉得你适合当浩浩的妈妈，而不是当他的老婆。你明白我的话吗？"

倪秋雨知道陆一鸣说的话很有可能是对的，毕竟她和秦建斌认识四年了，对于他的为人，她还是了解的。

倪秋雨点点头："一鸣哥，这个我懂。秦大哥不过是觉得我是照顾浩浩和蒋老师的最佳人选，看到了我做贤妻良母的潜质，而他刚好需要这样一个人罢了。"

陆一鸣听到倪秋雨的话，心里的石头落了地，看来倪秋雨对于感情还是比较理性的。

"秋雨，我希望你不要记恨建斌哥，毕竟他帮了你那么多忙，即便是他想让你照顾浩浩和蒋老师，这样的出发点本身也没错，你不接受也不至于去记恨他，你说呢？"

"嗯，我知道。但是我还是不能再继续在他家工作了。还有一个月就要毕业了，我要准备毕业论文，还要到处去找工作，所以，即使没发生这件事，我也要跟秦大哥辞职了。"

陆一鸣点点头，说："我记得你之前不是说希望留在浩浩的学校任教吗？这件事怎么样了？"

倪秋雨叹了口气，说："不知道呢，要看学校最后的安排。"

陆一鸣拍了拍倪秋雨的肩膀，说："放心吧，你这样负责任的老师，学校一定会留下你的。"

第三十六章　爱的代价

　　陆一鸣提出来让倪秋雨陪他一起练车，其实是想通过倪秋雨了解一下倪阿蒙的动态。自从电视剧杀青以后，陆一鸣再也没有机会见到倪阿蒙。

　　但倪秋雨其实也不知道倪阿蒙最近在忙什么，她们姐妹俩也好久没见了，平时打电话也就是简单地问候几句。倪秋雨一旦说到陆一鸣，倪阿蒙马上就会挂掉电话。所以陆一鸣还是不知道倪阿蒙的近况。

　　好在有倪秋雨陪着练车，教练的态度好了很多，毕竟对着个美女他也不好发脾气。这让陆一鸣心情无比舒畅。

　　当然，陆一鸣没有忘记撮合张岚和秦建斌的事。

　　这天，教练留下倪秋雨练习，陆一鸣结束了自己的课时，拨通了秦建斌的电话，约他在自己家见面。

　　陆一鸣沏了一壶茶招待秦建斌："建斌哥，你知道我为什么约你来家里吗？"

　　秦建斌品了一口茶，淡淡地笑道："还不是为了倪秋雨吗？你喜欢她，对吗？"

秦建斌的话令陆一鸣颇感惊诧："秦大哥，你怎么会这么想呢？"

"难道不是吗？"秦建斌反问道。

陆一鸣无奈地笑了笑："建斌哥，你误会了。我找你，是因为张岚姐找过秋雨，正好我也在场。她希望我转告你一件事情。"

"不用说了，我和她已经见过面了，打官司就打官司吧，我不能让浩浩跟着她，我爸也接受不了。"秦建斌的语气非常平淡，就像是谈论别人家的事情一样。

"秦大哥，你和张岚姐到底是因为什么离婚的？真的就没有缓和的余地了吗？"

秦建斌突然站起身来，脸色铁青："如果你是想做和事佬，我劝你死了这份心，我是不会和张岚复婚的。"

说完，秦建斌转身想要离开。

陆一鸣连忙拉住秦建斌，把他重新按到沙发上："你也算是我的兄长，你就不能听我把话说完吗？"

秦建斌叹了口气，瞥了陆一鸣一眼，端起茶杯又喝了一口茶："你说吧。"

"首先，我明确告诉你，我喜欢的不是倪秋雨，而是她姐姐倪阿蒙。当年我就是为了倪阿蒙才误杀了他们的父亲。这点，你不用怀疑我，秋雨就是我的妹妹，再说她那样纯洁善良，我也配不上她。其次，我们每一个人都爱浩浩，可是哪一个人是从浩浩的角度考虑问题了？尤其是你和张岚姐，总是打着爱的名义，对浩浩造成伤害。我不知道你和张岚姐当初为什么闹离婚，我只知道，你们彼此都没有放下对方，依然将对方视作很重要的人。"

"你胡说什么？是不是张岚和你说什么了？"秦建斌的表情很

紧张，有些期待，又有些害怕。

"她和你一样，坚决地表示你们再无可能，但是你们的表现恰恰出卖了你们的内心。如果真如你们所说的那样没有缓和的余地，你们又何必如此激动呢？毕竟你们也算是一起生了浩浩，安静地坐下来聊聊天，岂不是更容易解决问题？"

秦建斌低下头，沉默了片刻："她是应该恨我，当年我说的话确实过分了！"

"你说了什么？"陆一鸣小心地试探道。

秦建斌长长地舒了一口气："一鸣，人家都说家丑不可外扬，好在你也不是外人，今天我就把当年的事一吐为快。反正这件事压在我心上，也跟一块大石头一样，每次想起来，心里总是堵得慌。"

"建斌哥，蒋老师是我的恩师，更是我的慈父，所以，不管你把不把我当兄弟，我都把你当成大哥一样看待。"陆一鸣真诚地说。

"我小的时候，我爸经常不在家，他每年都要在全国各地演出，后来更是发展到世界各地。即便是没有演出，他也经常到外面去采风，在我看来他就是在游山玩水，我和我妈过什么样的生活，他完全不在意。我从来不否认他在音乐上的成就。可是，他的成就越大我就越恨他。所以，我不好好学音乐，还故意和他作对。于是，我们俩之间就有了不可逾越的鸿沟。

"我妈一个人带着我很不容易，煤气罐都要自己扛。我妈一个初中英语老师，年轻时长得也是出名的好看，但是为了照顾我，为了这个家，她把自己硬是累成了满脸皱纹。我妈那件事其实我是知道的，但我私心却觉得是我爸造成了这一切，心里甚至还有一种报复的快感。可我万万没有想到，我爸居然失手杀了我妈。对于我来说，妈妈的重要性要远远大于爸爸。所以，他去坐牢，我从来不去看他。

"和张岚结婚以后,她就强烈地反对我这样做,一再要求我去监狱看我爸,还说我冷血,禽兽不如,连自己的父亲都不认。有一次,我们又因为此事吵了起来。我当时也不知道怎么想的,就说'你那么喜欢他,当初干吗嫁给我?'

"其实,我们结婚之前,因为我爸对张岚的器重,他们之间就传出来过一些谣言,但我根本不信,我们也就结婚了。那次争吵,我说的话伤到她了。她气急之下,提出了离婚,我当时为了面子,也就答应了。"

看得出来,秦建斌对当时说的话非常后悔。

通过秦建斌的讲述,陆一鸣终于明白了他这么多年的心理压力,想起最初他对蒋雁南的态度。陆一鸣觉得十分理解他。

人在冲动时候的行为通常不受自己的控制,就像陆一鸣拿刀刺向倪大力的时候,他也压根没有意识到自己到底在做什么。等到反应过来的时候,已经追悔莫及了。

"建斌哥,归根结底,你当时说的都是气话,你心里也明白,张岚姐和蒋叔叔就是单纯的师生关系,关键在于你跟张岚姐道歉了没有?"

秦建斌摇摇头:"当时没有,后来就没有勇气了。或许她一直以为我认定她和我爸关系不正常,其实我当时就是脱口而出的气话而已。"

陆一鸣无奈地笑了:"建斌哥,你和张岚姐的问题其实很简单。这么多年,你们谁都不肯向对方低头,但是又都在意着对方,这还不明显吗?你们还爱着对方。"

陆一鸣站起身,拍了拍秦建斌的肩膀:"男人有时候就是要先认错，你做得对，要先认错；你做错了，更要先认错。不然，女人怎么会有台阶下？"

秦建斌突然笑了，他站起身，伸出拳头在陆一鸣胸口打了一下："你小子，怎么这么有经验？我就不信监狱里还能谈恋爱？"

陆一鸣"哈哈"笑了起来，手不由自主地挠挠后脑勺："是啊，我也是才发现我还有这样的潜质，我这脑袋瓜咋就这么聪明呢！"

陆一鸣很少跟人这样熟络地聊天，但是他发自内心地把秦建斌看成自己的亲哥哥。或许是由于蒋雁南的关系，二人之间一直都有一种莫名其妙的亲切感。

临走的时候，秦建斌迟疑了一下，面带微笑地说："这件事，我还要再考虑一下。至于秋雨那边，你帮我跟她转达一下歉意，如果她不愿意继续当浩浩的家教，我尊重她的选择。"

"嗯，我会告诉她的。"

公司最近给陆一鸣安排的通告不多，他正好有时间练车。可能是男生对于车本身就具有天生的敏感度，所以他的驾照很快就考下来了。

拿到驾照那天，陆一鸣打算和倪秋雨、浩浩庆祝一下，刚走进餐厅，手机就响了起来。按了接通键，一个似曾相识的声音传入耳膜："陆一鸣，好久不见，别来无恙啊？"

陆一鸣皱着眉头，没有想起来电话那头是谁。

"您真是贵人多忘事啊！这么快就不记得我是谁了？"

听着男人不怀好意的声音，陆一鸣仔细地回想自己认识的人。

"我在网上看到了你和倪阿蒙的消息，想必是赚大钱了吧？"男人不紧不慢地说着。

突然，陆一鸣想起之前骗倪阿蒙的光头男人："你要干什么？"

光头男人冷笑几声："别紧张嘛！我只是最近手头有点儿紧，看看你这个大明星能不能救济我们一下，百八十万对你来说不叫事儿吧？"

陆一鸣哈哈大笑起来："你死了这份心吧，我一分钱也不会给你的！"

光头男人也哈哈大笑起来："这恐怕由不得你吧。你现在可是出不得丑闻呢，不是吗？"

陆一鸣义正词严道："如果一个艺人害怕丑闻，那只能说明他各方面能力太差了，根本不堪一击。关于我的一切，你随便去说好了，我才不怕呢！"

陆一鸣说完刚想挂电话，对方却紧追不放："你没关系，倪阿蒙也没关系吗？"

"蒙蒙，蒙蒙怎么了？"陆一鸣一听到倪阿蒙的名字，再也淡定不下来了。

倪秋雨听到陆一鸣的话，也紧张起来，仔细地听对方说什么。陆一鸣索性打开免提，和倪秋雨一起听。

"你别紧张嘛，其实也没什么，只不过我记得倪阿蒙曾经好像参加过一些不入流的商演吧。恰巧我这里有一些视频，你说要是我不小心传了出去，那……"光头男人说到这里，猥琐地哈哈大笑起来。

"你到底想怎样？"陆一鸣歇斯底里地吼了一句。

"别发火，我就是缺钱，你看看你能解决吗？"光头男人不紧不慢地说。

"你要多少？"陆一鸣强忍住心里的怒火，低声道。

"我先把倪阿蒙的小视频发你手机上，你看看值多少钱？"说完，光头男人就挂掉了电话。

放下电话，陆一鸣连忙点开手机，果然有一段小视频传过来。

陆一鸣的双手有些颤抖，犹豫了一下，始终没有勇气点开视频。

这时候，倪秋雨伸出手点开视频。视频中，倪阿蒙的脸清晰可见，正在一家洗浴店门口跳着热辣的舞蹈，动作和神态都十分引人遐想。

看到视频，陆一鸣回想起自己出狱后第一次看到倪阿蒙时的情形，整个人忍不住地颤抖起来。

倪秋雨看完视频，转而打开自己的手机。点开娱乐新闻网页，气鼓鼓地说："你说我姐，哎……我看看她到底有多红？总要拿钱填坑……"

果然，娱乐头条到处都是关于倪阿蒙的新闻。

"《歌手》电视剧热播，女二号倪阿蒙的演技、颜值远远超过女一号……"

"倪阿蒙不靠颜值靠演技，意外走红拒绝诱人片酬却宣布出国深造……"

"我姐要出国？"看到这里，倪秋雨急忙找出倪阿蒙的电话号码。可是听筒里传来的却是"您拨打的电话是空号"的提示音。

"空号？我姐的电话居然变成了空号？"倪秋雨有些气愤，焦急地看着陆一鸣。

陆一鸣沉默片刻后："看来，你姐确实红了。倪阿蒙果然是倪阿蒙，这个时候选择出去充电学习，做得好。"

陆一鸣的心情很复杂，有种说不上来的感觉，他觉得倪阿蒙好陌生，自己好像从来没有认识她一样，他甚至都怀疑他们是否真的在一起过，她就像一阵风一样，让他琢磨不透。这下好了，这次她干脆飞到了世界的某个角落，让他更加望尘莫及。

光头男人的电话适时地打过来，还是不紧不慢的语气："给我五十万，我当面把视频删掉，而且保证不公开你和她的关系。这次说到做到！"

"好，今晚十二点老地方见！"

"好，爽快！"

挂断电话，倪秋雨忍不住埋怨道："我姐怎么回事啊，这样的事凭什么总让你替她摆平？自己倒是消失得无影无踪的！"

倪秋雨对倪阿蒙的不满已经放在心里好久了，这次的事情更是让她对倪阿蒙的行为产生反感。她一直觉得陆一鸣不欠倪家的，反而是倪家让陆一鸣走上一条不幸的路。每次看到陆一鸣铤而走险，她都过意不去。

"一鸣哥，我知道你的大部分积蓄都在我姐那儿，你哪有那么多钱帮她堵这个窟窿啊。这次你别管了，我去跟我妈商量一下，把我家的房子卖了……"倪秋雨说。

"我有钱！"陆一鸣的语气十分坚决。

陆一鸣确实有五十万，正好是电视剧的片酬，昨天才打到他的账户。可是，除了这五十万，他也没多少钱了。但是为了倪阿蒙，五十万对他来说也不是什么大事。

"报警吧，好吗？"倪秋雨怯怯地说。

"报警的话，你姐的前途就真的毁了。当演员一直就是你姐的梦想，现在她的梦想就要实现了，千万不能在这个节骨眼上出问题。钱花了咱们再去赚，怎么也好过我刚出来的那会儿。"

倪秋雨不再说话，她知道自己无法阻止陆一鸣。况且，她也不希望姐姐受到任何伤害。

第三十七章　生恩与养恩

二人都不说话，空气死一般的沉寂。过了一会儿，倪秋雨说："我跟你去。"

陆一鸣摇摇头，轻叹一声："还是我自己去吧。对方只是要钱，你去了，我反而多了顾忌。"

"不，我就要去，多一个人多一份照应。"

陆一鸣拧不过倪秋雨，只好点头默认。

五十万的现金，足足有一个大皮箱。司机看到倒是一言不发，好像已经见怪不怪了。

取钱的时候，倪秋雨死活不让陆一鸣下车，担心他被人看到，引起不必要的麻烦。

晚上，陆一鸣自己开着车带着倪秋雨来到之前的仓库。

光头男人看到箱子里的现金，顿时眉开眼笑起来："果然是大明星，五十万块钱都不用隔夜就能拿出来，好！"

看完现金，光头男人拿出手机，麻利地把倪阿蒙的视频删掉，爽快地承诺道："不放心的话，连我这破手机一起给你！"说着他把手机扔到陆一鸣怀里。

陆一鸣接过手机，放到脚底下，使劲儿踩了一下，手机立刻变得粉碎。

"你最好别要什么花招！"陆一鸣用眼角的余光扫视了其他两个人一眼。

那两个人站在仓库门口，双手握拳，好像随时准备出手。

倪秋雨躲在陆一鸣身后，光头男人看到倪秋雨突然笑了："女侠也来了！"

倪秋雨冷笑了几声，然后开始缓缓地挪动脚步，不卑不亢地说："叫我女侠高抬我了。"

说时迟，那时快，倪秋雨从身上掏出一把水果刀，迅速地横在光头男人的脖子上："你应该叫我女魔头！"

"秋雨！"陆一鸣大声呵斥道，"你这是要干什么？"

倪秋雨拖着光头男人一步步走向门口，剩下的两个男人赶紧走上前来，拦住他们的去路。

倪秋雨冷笑一声，说："给你们两个选择，一个是报警，我跟你们去警察局，但是到时候你们可就得把五十万还给一鸣哥。另一种选择，写下一张欠一鸣哥五十万块钱的欠条，你放心，我们不会找你要钱的，但你们要是还不满足，继续敲诈一鸣哥，我们就拿着欠条到法院告你们。到时候拿不出钱来，你们可是要进监狱的。"

倪秋雨的话把所有人都惊呆了。陆一鸣没想到倪秋雨把日后的路都想好了，心里不禁对她刮目相看。

光头男人沉默不语，倪秋雨把刀推进了一下，血立刻流了出来。

光头男人吓了一跳，连声说："好好好，我答应你，我这就写欠条。"

说完，指示瘦高男人拿来纸和笔，迅速写好欠条，递给陆一鸣。

陆一鸣接过欠条，朝倪秋雨点点头。

倪秋雨拉着光头男人走到仓库门口，然后使劲儿将他推进仓库，拉起陆一鸣迅速上了车。

他们坐在车上，倪秋雨的脸色惨白，嘴唇也毫无血色，身体一直在颤抖。

"秋雨，给他们钱不就得了，你这又何苦呢！"看着倪秋雨瑟瑟发抖的身体，陆一鸣有些心疼。

"不这样，他们还会有下次……"说完这句，倪秋雨居然闭上眼睛，昏了过去。

"秋雨，秋雨……"

倪秋雨只是因为过度受惊吓暂时昏过去了而已，车子还没到家门口，她就醒了过来。陆一鸣抱她下车，把她放到之前住过的房间。她睁开眼睛朝陆一鸣笑了笑，又睡了过去。

陆一鸣坐在倪秋雨的床头，守了她一夜。隔一会儿就摸一下她的脉搏，直到确定她身体无碍，才趴在她的床头睡着了。

倪秋雨睁开眼睛，看到陆一鸣趴在她的床头睡着了，心里突然感到很甜蜜，嘴角不由自主地弯成一个好看的弧度。她情不自禁地伸出手，轻轻抚摸陆一鸣的头发。

陆一鸣本来就睡得不实，她这样一碰，立马就醒了："秋雨，你怎么样了？"

倪秋雨看到陆一鸣一脸担心的模样，笑了一下，说："一鸣哥，我没事，昨天就是惊吓过度，现在已经好了。"

听到倪秋雨的话，陆一鸣长长地舒了一口气："秋雨，你可把一鸣哥给吓坏了。你说你，万一那三个男的和你硬碰硬，咱们两个估计真不是他们的对手。万一你出了什么事，我怎么和你姐交代啊。"

陆一鸣想起昨晚的事，还心有余悸。倪秋雨挟持光头男人的时候，他时刻观察其他两个男人的动态。他都已经想好了，一旦他们动手，他就会挡在倪秋雨前面。

"一鸣哥，我没事，他们要钱也要命，我是给钱也给命。但他们要不起我的命，我赌赢了。"倪秋雨的体力已经恢复，掀开被子走下床。

陆一鸣连忙扶住倪秋雨，瞥了她一眼，责怪道："以后千万不要这样了，要是出了事可怎么办？看来你才是真正的女汉子啊！"

倪秋雨撇了撇嘴："谁都别想欺负我一鸣哥，谁要欺负你我一定饶不了他。女汉子就女汉子，怎么了？"

陆一鸣听到这话，心里为之一振，眼前看上去柔柔弱弱的倪秋雨，身上居然积蓄着如此大的能量。他有些感动，自己何德何能让倪秋雨为他付出这么多。

陆一鸣的神色突然暗淡下来，他走到窗前，拉开窗帘，望着窗外的树木。此时已经六月份了，外面的树全都绿了，显得生机勃勃。

"你姐如果知道你为她经历了这么多，是不是会放弃做那个高处不胜寒的大明星呢？"陆一鸣像是自言自语，又像是向倪秋雨讨个答案。

"一鸣哥，我姐是一个固执的人，实现梦想对她来说比什么都重要。她是我姐姐，我为她做什么都是应该的。再说我不能明知道你有危险而视而不见，更不能眼睁睁地看着那些人一次次地勒索你。"倪秋雨苦笑两下，继续说，"如果有一个男人这样对我，我肯定会放弃一切，毫不犹豫地跟他走。"

陆一鸣淡淡地笑了笑："我不求她跟我承诺什么，只要她高兴，她过得快乐就好了。她既然想成为演员，在我力所能及的范围内，我当然要帮她。但我也不会毫无原则地去帮她，因为我知道她不需要那样，她无时不刻在努力地证明自己。事实上，她做得很好。"

"一鸣哥，你饿了吧？我给你做饭去。"倪秋雨说着就向外走去。

陆一鸣赶紧拦住倪秋雨："今天一鸣哥慰劳慰劳你，亲自给你下厨，怎么样？"

"哦，你会做什么？"倪秋雨好奇地看着陆一鸣。

"鸡蛋灌饼怎么样？"陆一鸣想了一下，问道。

"好啊，那我现在去洗漱，然后吃你做的美食哦！"说着倪秋雨走进卫生间。陆一鸣去了厨房。

倪秋雨洗漱完后，走进厨房，被眼前的一切惊呆了。

陆一鸣的脸上、身上都是面粉，手上也沾满了面团。倪秋雨走过去的时候，他正用左手抠右手上的面团，又换过来右手抠左手上的面团，整个人看上去滑稽极了。

"嘿嘿，好像水放多了，我再放点儿面。"陆一鸣看到倪秋雨，有些不好意思地说。

倪秋雨实在看不下去了，扯着陆一鸣的袖管说："一鸣哥，你放过这间厨房吧，你折腾得越久，待会儿我收拾的时间也越久。我看你还是赶紧把身上弄干净，然后洗个澡，等我做好东西，叫你吃吧。"

"这……这怎么好意思，说好的我做给你吃。"陆一鸣一脸的难为情。

"算我求你了好吧？赶快出去吧！"倪秋雨不由分说地把陆一鸣推出厨房，然后戴上围裙挽起袖子，收拾起来。

当倪秋雨把热饭端上桌的时候，陆一鸣也正好洗完澡出来，他笑嘻嘻地坐下，看着诱人的美食感慨道："我之前一直以为下厨做饭是很容易的事，看起来我真是想简单了。秋雨，你这本领是什么时候练出来的？"

倪秋雨把菜夹到陆一鸣的盘子里，然后假装委屈地说："说多了都是泪啊！我从小就不如我姐优秀，长得不如我姐好看，学习也不如她好，所以，我妈自然是比较宠着我姐，家里的活儿都不让她干。但我妈还要下地干活儿，家里的家务自然要我来做，时间长了，自然而然就会了。"

其实，不用倪秋雨说，陆一鸣也早就猜到了她们姐俩的生活状态，他不是第一天认识倪阿蒙，也不是第一天认识倪秋雨。这姐俩，不仅长得不太一样，性格也大相径庭。

"秋雨，你以后要对自己好点儿，别每件事都先考虑别人，别人有别人的人生，你也有你的，你要好好为自己活，知道吗？"陆一鸣心疼地说。

"嗯，我知道了。对了，一鸣哥，我想找张岚姐谈谈，你说我找她谈合适吗？"

"你想怎么跟她说？"陆一鸣问。

"我就是找她聊聊天，把浩浩的点点滴滴都告诉她。我也不去试图说服她什么，但是我想她应该知道浩浩这几年是怎么生活的。"

"嗯，去吧。"陆一鸣表示赞同。

"我想带浩浩一起去。浩浩如果在的话，张岚姐可能会心软。你帮我把浩浩接出来。"

"好！"

倪秋雨给张岚打电话提出见面时，张岚很快就答应了，甚至还主动提出让倪秋雨把浩浩带来。

张岚回国以后，还没见过浩浩。虽然，她知道自己去秦建斌那儿看浩浩，也没人阻止她，秦建斌也不可能不让她进家门。但是她犹豫了好几次，都没有这样做。她担心蒋雁南会劝说她和秦建斌和好，面对自己的恩师，她怕自己会心软。

张岚不是一个不可理喻的人，对于倪秋雨对浩浩的照顾，她心怀感激之情。

陆一鸣对蒋雁南说他要带浩浩参加一个儿童活动。蒋雁南一开始也张罗着跟着去，但陆一鸣说担心蒋雁南的病，不方便出去。蒋雁南这才同意不跟他们出门。

陆一鸣庆幸自己刚演过电视剧，说起谎话来也游刃有余。他苦笑着对倪秋雨说，他撒谎的能力都快赶上编剧了。

陆一鸣带浩浩出去，蒋雁南自然是放心的。二人走后，蒋雁南去二楼开始编写乐器教材。

自打蒋雁南生病出院后，他总在思考一个问题，自己这浑身的本事，目前只能教给陆一鸣和浩浩。但是只有这两个人传播的力度肯定不够，所以他打算编写一部乐器教材，把自己对各种乐器的演奏方式记录下来，以便更多的人学习到这些乐器。

自打有了这样的想法，蒋雁南总觉得时间不够用，只要不辅导浩浩，他就抓紧每分每秒来编写教材。他翻阅了相关的书籍，然后有针对性地编写了各种器乐的入门教材，例如篪、埙、笙、箫等。

这边，张岚看到浩浩后，眼泪一直不停地往下流。

"浩浩，想妈妈吗？"张岚蹲下身，拉着浩浩的小手。

浩浩突然见到张岚，心里有些紧张，下意识地退到倪秋雨身边。他凝视着张岚，怯生生地说："妈妈为什么总也不回来看浩浩？"

张岚泪如雨下，她微笑着上前，再次拉住浩浩的小手："妈妈这次回来，就不走了，再也不和浩浩分开了，好吗？"

"可是，我不是判给爸爸了吗？"浩浩其实心里什么都知道，在小孩子的心里，黑就是黑，白就是白，事情该怎样就怎样，不可以乱套。他觉得自己既然法律上应该跟着爸爸，那就不能再和妈妈在一起。

张岚没想到浩浩会这样说，心里一阵难受："妈妈会跟爸爸说，让我来照顾你，好吗？"

"可是，爸爸会同意吗？即使爸爸同意，爷爷也不会同意啊。爷爷可喜欢浩浩了，一天都离不开浩浩。"浩浩的话再次刺痛了张岚的心，她没想到浩浩居然完全没有和妈妈生活在一起的想法。这让她心里受到很大的打击，对于起诉要回抚养权的信心大打折扣。

倪秋雨把张岚的举动看在眼里，她非常理解张岚的心情，为了调节气氛，她打断了母子的谈话："浩浩，咱们去游乐场玩儿好不好？"

浩浩自然高兴得不行，拍起小手欢呼着："去游乐场喽！去游乐场喽！"

浩浩在前面欢欣雀跃，张岚和倪秋雨在他身后慢慢地走。

张岚轻轻叹息道："电话里，浩浩一个劲儿喊妈妈，想让妈妈回来。我还以为他会渴望跟我在一起，看来，不是那么回事，我原本把事情想得太简单了。"

"张岚姐，小孩子其实很简单，他和谁在一起的时间多，心自然就向着谁。你走的这几年，浩浩其实是很孤独的。我刚开始照顾他的时候，经常看到他一个人发呆，也不怎么说话。为了让他开心起来，我想了很多办法，才让他慢慢开朗起来。所以，他现在可能比较依赖我。"

"是啊，我确实陪浩浩的时间太少了，在他这几年的生活里，我是个可有可无的角色。"张岚声音低低的。

三人来到游乐场。浩浩很兴奋，每个游乐设施都要玩一遍。

在玩过山车时，浩浩不敢一个人坐，张岚主动要求陪他，而浩浩却硬拉着倪秋雨的衣角不撒手："倪老师，你陪我去好不好。"

浩浩怯怯地偷偷看妈妈，尽管他知道妈妈也会保护他，可是，他就是愿意让倪秋雨陪他。他无法改变自己的想法，心里对妈妈产生了一点内疚。

"让妈妈陪浩浩去，好吗？"倪秋雨笑着对浩浩说。

浩浩使劲儿地摇摇头。

张岚大度地笑了笑，对倪秋雨说："秋雨，没关系，你陪他去吧，我在下面看着你们。浩浩，上去记得跟妈妈招手哦！"

浩浩拉着倪秋雨的手走过去，过山车到顶峰的时候，浩浩因为害怕扎进倪秋雨的怀里，忘记了下边还有妈妈等着跟他打招呼。

看着这样依赖倪秋雨的儿子，张岚的心里有说不出的滋味儿。想到前几天自己给秦建斌打电话时的理直气壮，她现在有些心虚。如果真的要打官司，她觉得浩浩一定不会愿意和她生活在一起。

之前，张岚想以秦建斌长时间出差，让一个外人来照看孩子为由想要回抚养权。现在看来，这个外人不但不是她打赢官司的筹码，还是阻碍她赢的障碍。毕竟浩浩对倪秋雨的依恋是很深的。

从过山车下来后，三人又一起坐碰碰车、划船，这些过程中浩浩对倪秋雨的依恋更加显而易见。尤其是在餐厅吃饭的时候，张岚看到倪秋雨对于浩浩的了解程度，浩浩爱吃什么，不爱吃什么，喝水要喝什么温度，倪秋雨熟练地帮助浩浩点好餐，而这一切她一概不知。作为一个母亲，她陷入了深深的痛苦中。

当分别的时候，浩浩挥舞着小手轻松且愉快地跟张岚摆手：

“妈妈，再见！”然后毫不留恋地跟着倪秋雨转身离开。

张岚的眼泪在那一刻决了堤，她紧紧地捂住嘴巴，才不至于在浩浩还没走远就号啕大哭。

倪秋雨回过头看着张岚的模样，俯身对浩浩说：“浩浩站在这儿别动，我去跟妈妈说两句话。”

浩浩乖乖地点头，站在原地，望着倪秋雨走向妈妈。

倪秋雨递给张岚一包纸巾，说：“张岚姐，事实就是这样，你接受也好，不接受也好，浩浩目前最亲的人不是你，除了秦大哥和蒋叔叔，他最依恋我。我今天之所以带他来，就是想让你意识到这一点。我没有要跟你抢浩浩的意思，反而我想说我不可能一直陪着浩浩，我已经不做浩浩的家庭教师了，我也有我的生活和工作。当然我也舍不得浩浩，所以才会想着让你和秦大哥和好，毕竟你是浩浩的亲生母亲，你来照顾他才是理所应当的。”

想了一下，倪秋雨继续说：“还有我想和你说一件事，秦大哥前段时间向我表白了。”

听到这话，张岚立马抬起头看着倪秋雨。

倪秋雨赶紧解释说：“张岚姐，你别误会，我没想过当浩浩的后妈。况且，秦大哥向我表白，也不是因为爱我，是因为他知道浩浩需要我，仅此而已。就这点来说，秦大哥比你勇敢，他至少为了浩浩，敢于付出自己的生活。我知道你和秦大哥因为蒋老师的事产生矛盾，但是这次蒋老师生病，秦大哥决定把国外的业务都迁到国内，这就说明秦大哥是个孝顺的人。既然如此，你和秦大哥之间难道没有一丝可能吗？”

张岚低着头，一言不发，目送倪秋雨走到浩浩身边，然后逐渐淹没在人群中。

第三十八章　真相不为人知

陆一鸣这几天比较清闲，公司没安排通告，他也懒得出门，所以就一直把自己锁在家里写歌。刚写完一首歌，打算冲杯咖啡，陆一鸣的手机突然响了。拿过手机看了一眼，发现是田毅打来的。

田毅约陆一鸣在李丹彤家的会所见面。陆一鸣并不想跟他见面，之前田毅也给他打过好几次电话，除了请他写歌，好像也没别的事。

陆一鸣以还有事情为由拒绝田毅。电话那边李丹彤抢过田毅的电话，对陆一鸣说："一鸣，怎么？成了一线男星就把我们这些老朋友都忘了？"

陆一鸣笑了笑："怎么会……好吧，我这就过去。"

陆一鸣走进会所的时候，李丹彤和田毅正在喝咖啡。看到陆一鸣来了，李丹彤给他磨了一杯咖啡。

陆一鸣坐在田毅对面，一脸不情愿的表情。

田毅笑着对陆一鸣说："一鸣，你还真记仇啊，事情都过去这么久了，你怎么还跟我计较啊？这不，人家倪阿蒙现在也大红大紫了，那件事就让它翻篇行不？"

陆一鸣严肃地看着田毅义正词严地说:"田毅,我警告你,以后不许你提倪阿蒙三个字,你不配!"

"好!我答应你,我不提,我不提!"田毅顺着陆一鸣的话答应道。

陆一鸣喝了几口咖啡,然后用警告的语气对田毅说:"有些事你给我烂在肚子里,如果让我知道你跟别人胡说八道,别怪我不客气!"

"一鸣,你把我当成什么人了?我虽然不像你那么大红大紫,好歹我也是公众人物,对外胡说八道对我有什么好处?"田毅有一点儿生气,眉头紧蹙地看着陆一鸣。

"最好像你说的那样。"

"冤家宜解不宜结。我看啊,今天你们哥俩就应该喝些酒,把过去的事一笔勾销算了,省得我夹在你们中间难受。大家都是玩音乐的,一起玩多开心啊,是不是?"李丹彤转身走到酒架上去拿酒。

"等一下!"田毅站起身来,"为了表示我的诚意,我给你们调鸡尾酒。我这手艺好多年不露了,也算表示一下我道歉的诚意。"

李丹彤惊讶地看着田毅:"你还会调鸡尾酒?"

田毅不紧不慢地走到吧台,先从酒架上挑了几种酒,然后拿出道具,开始调起酒来。为了配合气氛,李丹彤还放了一段音乐。

田毅娴熟的调酒技巧配上摇滚节奏的重金属音乐,俨然把一间咖啡屋变成了酒吧。

田毅的调酒动作和技巧看得李丹彤眼花缭乱,她十分崇拜地看着田毅,然后接过一杯又一杯调好的鸡尾酒。

每一种鸡尾酒的名字也都很好听,"钟爱一生""烈焰红唇"等。但是,田毅调的酒有些烈,陆一鸣和李丹彤一会儿就喝得迷迷糊糊了。田毅喝得虽然也不少，但是他酒量比起陆一鸣和李丹彤来好了太多。

三人一边喝酒，一边聊天。时间过得飞快，不知不觉到了晚上十点。陆一鸣和李丹彤此时已经瘫倒在座位上，显然是喝多了。

田毅叫来会所的服务员把李丹彤安排在会所睡觉。本来他打算把陆一鸣也安排在会所的，结果陆一鸣一直嚷着要回家，没办法，田毅只好叫来代驾把陆一鸣送回去。

田毅拿了陆一鸣的家门钥匙，打开门，把他扶到卧室，把鞋子和衣服都脱掉，又给他盖好被子。

忙完后，田毅累得满头大汗，想着喝口水再走。

当田毅转身要走的时候，突然发现茶几一旁的凳子上放着陆一鸣写的曲谱。

田毅盯着曲谱看了半天，深深地咽了一口唾液，然后拿起本子翻起来。

上面一共有三十多首歌，但前面的几首是陆一鸣的公司发行过的。凭田毅的判断，这个本子上，至少有十几首歌还没有唱过。

田毅拿着本子，手颤抖得厉害，自打他第一场演唱会没有达到公司要求后，公司就不再重视他，给他安排的商演也都是些站台，唱的都是过去的歌。所以，田毅才三番五次找陆一鸣，想让他帮忙写歌。

此刻，田毅看到陆一鸣的曲谱，根本禁不住诱惑。他拿出手机，把陆一鸣没有发行的歌曲一一拍照，又把本子上相应的部分扯掉，然后急匆匆地走出陆一鸣家。

夜深人静，田毅站在一棵大树下，掏出打火机把曲谱点燃，然后就加快脚步消失在茫茫夜色中。

第二天，陆一鸣是被公司的电话吵醒的。他急急忙忙地来到公司的会议室，发现公司的几个领导都在。

"一鸣，电视剧播出后，你的人气直线上升，公司想趁此机会给你出一张个人专辑。你有什么想法吗？"张一凡率先开口。

"好啊，我也好久没唱歌了。"陆一鸣痛快地答应下来。

陆一鸣回到家打算从自己这段时间写的歌中挑几首作为专辑的主打歌，却发现曲谱不见了。还好，他平时写歌的时候有留底稿的习惯，陆一鸣挑了几首自己满意的歌，交给公司通过后，就开始准备录歌。

半个月后，歌曲录完了，陆一鸣趁还没开始录歌，想去看看父亲。他买了好多东西来到医院，刚进病房就被张一凡十万火急地叫回公司。

陆一鸣刚进张一凡的办公室，张一凡就把一张崭新的 CD 放在他面前。

陆一鸣拿起 CD，封面是田毅。可是他一看歌单，顿时惊到了："怎么回事？这不是我唱片的歌单吗？"

张一凡愤怒地瞥了陆一鸣一眼："我还想问你呢？到底怎么回事？"

陆一鸣急切地把碟片打开，放进电脑里。

张一凡泄气地对陆一鸣说："不用听了，我已经听过了，每一首歌都跟你的一模一样。一鸣，你快好好想想，你这些歌是怎么泄露出去的？还是压根就是你抄袭了田毅的作品？"

陆一鸣一听这话，顿时激动起来："张总，你居然不信任我？这些歌怎么会不是我的原创？"

张一凡连忙为自己的冒失道歉："一鸣，对不起，刚才是我口不择言。可是，你这些歌怎么会到了田毅的手里，你是不是该给我个交代？你说我们为了这张唱片，前期投入这么多，还有各地宣发工作已经开始了，这……这怎么收场？"

陆一鸣急得跟热锅上的蚂蚁一样："我先出去一下，你等我消息。"

陆一鸣说完离开张一凡的办公室，拿出手机，找到田毅的电话号码，拨过去却无人回应，他只好拨打李丹彤的电话。

"丹彤，我有十万火急的事找你，我去你家会所等你，你速到。"陆一鸣强压住心中的怒火，对李丹彤说。

二十分钟后，陆一鸣和李丹彤几乎同时出现在会所。陆一鸣因为心急，随便找了个房间，就拉着李丹彤走了进去。

这是一间客房，屋里只有一张床、一张桌子还有一把椅子，窗帘是拉下来的，泛着淡淡的紫色的幽光。

李丹彤觉得有些尴尬，试图去把窗帘拉开。

陆一鸣一把拉住李丹彤，让她坐在椅子上："丹彤，你告诉我，那天你、我和田毅喝酒，我喝多以后是不是他送我回家的？"

陆一鸣想了好久。如果是田毅拿走他的曲谱，也只有那天一个可能。

李丹彤惊讶地看着陆一鸣，回答道："是啊，怎么了？"

"你确定？"陆一鸣追问。

李丹彤皱了皱眉，努力回忆当天的场景："我也记不太清楚了，那天……那天他调鸡尾酒，咱俩都喝了不少。第二天醒来发现我是在会所睡的。至于你是怎么回去的，我也不得而知。你问问田毅不就知道了？"

陆一鸣失魂落魄地摇摇头："他已经不接我电话了。"

"到底发生什么了？"李丹彤焦急地问。

"我新唱片的歌刚录完，田毅就发行了跟我唱片一模一样的唱片。"陆一鸣像泄了气的皮球，沮丧地蹲在地上。

"啊！他怎么能这样？我去找他！"李丹彤义愤填膺地说。

陆一鸣一把拉住李丹彤："你找他有什么用？他肯承认吗？再说我们也没有证据。"

"那怎么办？就让他一次一次地欺负你！"李丹彤向来是个疾恶如仇的人，想到还是自己在中间调和，陆一鸣才会和田毅见面，她恨不得把田毅千刀万剐。

"我说呢，他最近鬼鬼祟祟的，在公司碰见我了，也不敢抬眼看我。闹了半天，憋着这么大的坏呢！不行，一鸣，这次你一定不能放过他，太嚣张了！"

陆一鸣紧紧地攥着拳头："是，我的忍耐已经到了极限。丹彤，你能给我找个律师吗？"

李丹彤迟疑了一下，说："一鸣，律师的事好说，可是咱们必须确定一件事，你确定曲谱是被田毅偷走的吗？不然的话这是版权官司，也是经济官司，诉讼费是按比例算的，不少钱呢！"

陆一鸣看着李丹彤："你的意思是？"

"我的意思是会不会有人从你那儿偷了曲谱，然后卖给田毅？如果那样的话，被告就不止一个。"

陆一鸣细细回忆了一下，喃喃道："除了秋雨去过，就再没别人了。不过秋雨肯定不会干这样的事。"

"你还是给秋雨打个电话吧，说不定她急需要用钱，然后才出此下策呢！"李丹彤小声说。

"怎么会！秋雨怎么可能干这样的事！"陆一鸣气鼓鼓地瞥了

李丹彤一眼，扭过头去，不再看她。

李丹彤二话没说，直接拨通了倪秋雨的电话，可是倪秋雨的电话提示对方的号码是空号。

"秋雨的电话是空号！"李丹彤异常惊讶，她张大嘴巴，不可思议地看着陆一鸣。

"空号！"陆一鸣也感到意外。

陆一鸣掏出自己的手机，找到倪秋雨的手机号，"您拨打的电话是空号。"电话里传来客服人员的声音。

陆一鸣明显蒙了，他心里觉得倪秋雨和丢曲谱的事肯定没有关系，但李丹彤的话却一而再再而三地传入他的脑中。这让他心乱如麻，他拨通了蒋雁南、秦建斌甚至张岚的电话，他们都不知道倪秋雨的去向。

陆一鸣硬着头皮拨通了倪阿蒙的手机号，可是却传来相同的"您拨打的电话是空号"提示音。

媒体报道倪阿蒙去了国外，所以她的手机号是空号很正常，可是，倪秋雨为什么也像是人间蒸发了一样呢？

陆一鸣仔细想了一下，自从上次倪秋雨带着浩浩见张岚以后，他们就再也没有见过面。

李丹彤走到陆一鸣身边，轻声安慰道："别着急，我找机会试探田毅一下。如果你确定是他，咱们就立刻起诉他。"

陆一鸣点点头，随后他又想到一个严峻的问题："这件事情已经给公司带来了很大的损失，如果打官司，我想以个人的名义打，不知道这个诉讼费是不是很多。"

李丹彤惊讶地盯着陆一鸣："一鸣，你别告诉我，你连请律师打官司的钱都没有？"

陆一鸣低下头，难为情地说："超过十万，我就没有。"

"什么？"李丹彤感到很意外，"你的钱都干什么用了？"

陆一鸣低着头不说话，他知道如果告诉李丹彤他的钱都花在了倪阿蒙身上，那李丹彤一定会数落他，而且倪阿蒙的事越少人知道越好。

李丹彤看到陆一鸣低头沉默的样子，就明白了是怎么回事："我算看出来了，倪家这姐俩就是你的灾星！你的钱，包括这次的事一定和她们有关系！"

陆一鸣不知道该怎样反驳李丹彤，可是，他也听不得别人这么说倪家姐妹，于是他拉开门，头也不回地走了出去。

李丹彤在陆一鸣身后急得直跺脚，但也无济于事。她咬咬牙，拨打了田毅的电话。

"怎么了，丹彤，找我有什么事吗？"田毅看是李丹彤打来的电话，迅速地按下接听键。

"有时间吗？一起出来吃个饭吧，我在我家会所等你。"挂上电话后，李丹彤吩咐服务员做几个菜。

田毅自打偷拿了陆一鸣的曲谱，十分心虚，很少主动联系李丹彤，公司里碰了面都不像之前那样献殷勤，他比谁都清楚，陆一鸣在李丹彤心里的位置。不过，想到李丹彤好不容易才主动约他吃饭，也不太好拒绝。

田毅推开李丹彤所在的包间，看到李丹彤坐在座位上，桌子上已经上了几个菜。

"田毅，你来了。"李丹彤面带微笑地说。

田毅有些受宠若惊，环视四周，狐疑地问李丹彤："没有别人了吗？"

"没有了，快坐啊。"李丹彤熟络地招呼田毅。

他们其实私下算是好朋友，从唱歌大赛到现在是同一家公司的艺人，二人也算是很有缘分。

"丹彤，这么隆重地请我吃饭，你是有什么事吧？"田毅坐在李丹彤身边，小心翼翼地试探道。

"没什么事，就是听说你的新专辑发行了，据说被一抢而空啊，特意请你吃饭表示祝贺！"

"哪里有你说得那么夸张，不过，谢谢你丹彤，谢谢你还想着我。"田毅由衷地说。

李丹彤给田毅倒了一杯红酒，也给自己倒了一杯："来！为了你的光明前途，干杯！"

"不，不，为了咱们的光明前途，干杯！"田毅激动得有些结巴。

李丹彤把杯子的酒一饮而尽，朝田毅灿烂地笑了笑："田毅，我去音像店抢了一张你的 CD，发现你这是要开挂的节奏啊！一下子写出这么多好听的歌，你都什么时候写的啊？太令人惊讶了！"

田毅的神色有一些慌张，不过，他很快调整好情绪："能得到你的认可，真是太难得了。我其实就是有感而发而已，心里有喜欢的人，写歌自然文思泉涌。"

不得不说，田毅是有备而来。他早就想好了，如果李丹彤问他关于写歌的事，他该怎样应对。

陆一鸣的那些歌大部分是和倪阿蒙有关，歌词用情至深，音符也都是缠绵柔情的。田毅了解陆一鸣，所以，对他歌词的理解也很到位。

"哦，是吗？真是大家风范啊。我才发现，原来你藏得这么深，真是令我刮目相看啊，以后我的偶像就是你了！"李丹彤说话的语气显得轻松愉快。

田毅的神色有些暗淡，低下头，喃喃地说："你怎么不问我喜欢的人是谁？"

李丹彤听到这话颇感意外，她又不傻，当然知道田毅话里的含义。但她是绝对不会接受的。她今天的主要任务是套出田毅的实话，问他到底通过什么手段得到的陆一鸣的曲谱。

"你啊，我才不好奇你喜欢谁呢？我还不了解你啊，在学习班的时候，哪个女学员你没追过？哼，懒得吐槽你而已。"李丹彤像个老朋友一样跟田毅开玩笑。她其实是故意冤枉田毅，借此变相拒绝他。

田毅顿时焦急万分："丹彤，我……我在你心里就是这样的人啊？"

李丹彤笑着说："开玩笑的了。来，来！喝酒，喝酒，今天高兴，多喝几杯，你这么有才华，我以后还指望你给我写好听的歌呢！"

田毅十分沮丧，端起酒杯一饮而尽，李丹彤马上又给他倒上一杯，两个人就这样你推我搡地喝到下午四点钟。

田毅和李丹彤都喝多了，意识已经非常不清醒，田毅还在碎碎念地说着什么。李丹彤保持着最后一分意识，拨通了服务台的电话。

第三十九章　竹篮打水

很快，一个服务员走进来，按照之前李丹彤交代好的，从田毅的衣兜里拿出他的手机，然后，又换了一个跟他手机同款的新手机。

做完这一切后，会所的保安开着田毅的车把田毅送回住处，服务员把李丹彤安排在会所房间睡觉。

李丹彤一直睡到六点，醒了以后，她拿了田毅的手机，然后找技术人员帮她把手机解锁。

李丹彤打开田毅的手机，先是翻到通话记录，发现他们喝多的那天晚上，田毅拨打了一个电话。

李丹彤用自己的手机拨过去，听声音对方是个年轻男子。

"您好，平安代驾，请问您是要找代驾吗？"

李丹彤皱了一下眉，说："不好意思啊，打扰你一下，我男朋友经常找你当代驾，你记不记得这个月五号的晚上，他的手机落在车上了没？"

对方笑了一下："找我当代驾的人那么多，你男朋友叫啥？再说，我也没捡到手机啊。"

"我男朋友叫田毅，就是那个大歌星，他的手机不见了，正着急呢。"李丹彤随口胡说。

"这都快二十天的事了，田毅我倒是印象深刻，他确实经常找我当代驾。不过，那天他送一个朋友回去，那时候都已经快十二点了，我没注意他的手机啊。再说了，手机就算掉车上了，也应该是找他朋友啊，那辆车又不是我的。"

"不好意思，我们再找找。"

李丹彤打这个电话只是为了确认那天是不是田毅把陆一鸣送回家的。如果真要打官司，法院自然会找代驾司机做证的。但为了以防万一，李丹彤还把刚才的谈话录了音。

继续翻看田毅的通讯录，李丹彤有了个惊人的发现，田毅的手机里居然有倪阿蒙的电话，看了一下通话记录，他们在以前好像是频繁通话的。顺着这个思路，李丹彤打开田毅的微信，微信里有个叫"蒙蒙"的女人，田毅设置了特别关注。点开这个叫蒙蒙的头像，果然是倪阿蒙的照片，但是她朋友圈什么都没有，应该是倪阿蒙把田毅删除了。

原来倪阿蒙是田毅的前女友，难怪陆一鸣和田毅总是不对付。

打开田毅的手机相册，除了一些超级自恋的自拍，他还保留了倪阿蒙的很多照片。除此之外，李丹彤没有发现更有价值的东西。她沮丧地把手机扔在一边，用手捶了捶头，酒劲儿还没完全下去，她的头很疼，紧接着，她又沉沉地睡去。

晚上九点李丹彤再次醒来，给陆一鸣打电话，告诉他田毅的手机在她这里。

陆一鸣二话没说，就开车赶来。

"这个手机，能给我看看吗？"陆一鸣站在李丹彤面前，渴望地看着她手里的手机。

"一鸣，张一凡怎么跟你说的这件事？"李丹彤关切地问道。

陆一鸣表情异常平静，淡淡地说："停止我的一切活动，让我把这件事处理清楚后，再给我安排活动。"

"这跟雪藏你有什么区别？不对！这就叫雪藏！"

"雪藏就雪藏吧，我能怎么样？"陆一鸣语气波澜不惊。

李丹彤十分焦急："张一凡做得太绝了！如果你打官司赢了还好，他很快就会对你解除雪藏；如果你官司输了，你就永远都没有翻身的余地了！张一凡就是在过河拆桥！"

"想开了就好了，如果官司赢不了，我连公开唱歌的权利都没有了，以后唱歌也只能唱给自己听了。"说完，陆一鸣冷冷地笑了几声。

"所以啊！官司必须赢！"

"怎么赢！我连打官司的钱都没有。况且，田毅既然偷了我的曲谱，他肯定要抄写一份，然后把原始曲谱销毁。原稿找不到了，这也就是死无对证的事了。"陆一鸣无奈地说。

"钱的事你不用担心，我借给你。至于证据，若要人不知，除非己莫为，我就不相信我们会一点儿证据都找不到。"

陆一鸣叹口气："这件事只能从长计议，没有足够的把握，这个官司我不能打，我输不起！"

对于陆一鸣来说，不当明星没事，他本来就不太喜欢当公众人物，可是眼下陆一鸣连歌都不能唱了，他是靠这个吃饭的，之前当流浪歌手也好，酒吧歌手也好，好歹还能混碗饭吃。可是现在呢？难道只能靠手里的积蓄过日子吗？他的音乐梦想怎么办？所以他不能轻举妄动，官司输不起，只能赢！

过了一会儿，李丹彤收到田毅的电话："丹彤，你看到我的手机了吗？"田毅焦急万分。

"没有啊，怎么？手机弄丢了吗？"李丹彤假装关切地问道。

"也不知道是谁给我换了手机，要不就是把我手机格式化了，我也闹不清楚。"田毅显然脑子还不是十分清楚。

"昨天你一直拿着手机跟我手舞足蹈的，是不是不小心摁错了键盘，把手机恢复出厂设置了？"李丹彤真是佩服自己胡编乱造的能力，说话之前连草稿都不打。

田毅居然信了李丹彤的话，连声抱歉道："喝太多酒了，或许是我不小心吧。真是不好意思，让你见笑了。"

李丹彤顺水推舟道："你手机里有什么重要信息没有？如果有，我找人帮你试试，看能找回来不？"

"没，没有，就是一些电话号码，没别的。"田毅应声道。

陆一鸣看着李丹彤，伸出大拇指，开玩笑道："再有拍电视剧的找我，我一定推荐你去演。你这演技，绝了！"

"官司打不赢，电视剧你演不了啦！亏你还笑得出来！"李丹彤白了陆一鸣一眼。

陆一鸣"嘿嘿"地笑："车到山前必有路，总会有办法的。"

天下没有不透风的墙，这句话在娱乐圈更是真理。不知道是从哪里传出的风声，一时间，网上关于这件事的说法铺天盖地。

陆一鸣不想去看这些言论，但是，他家的门口每天都有记者对他围追堵截，更有甚者，打扮成物业人员潜入他家。

蒋雁南看到了这些信息，打电话让秦建斌把陆一鸣接到自己家来住。

"一鸣，你不得了啊，就看这个阵势，你不会轻易栽的，相信哥，哥看人很准的。话说回来，要真打官司，有困难跟哥说，这次你要不把我当亲哥，我可就真生气了啊！"

秦建斌之所以这样说，是因为他前段时间收到倪秋雨的信息："一鸣哥有困难，求你帮他，他现在手里没钱。还有，别告诉一鸣哥我跟你联系过。"

秦建斌猜到倪秋雨一定知道陆一鸣出事了，才会给他发信息。可是，倪秋雨究竟去了哪里，他也不知道。想到倪秋雨嘱咐他的话，就没提这件事。

蒋雁南知道事情的来龙去脉后，感到非常恼火。他在客厅里来来回回地踱步，然后无可奈何地看着陆一鸣："一鸣，你根本不适合在娱乐圈生存，你这么实诚的脑袋瓜，会经常被人算计的。依我看啊，这个明星不当也罢，你就在培训班好好地教孩子好了。"

秦建斌走到蒋雁南身边，把他拉到沙发上坐下，递给他一杯菊花茶："爸，您不懂，一鸣这个官司如果不打赢，他都不能在公开场合唱歌。现在不是他想不想当明星的问题，是他和那个唱片公司有合同在先。"

"岂有此理！"蒋雁南义愤填膺地用手拍了一下茶几。

陆一鸣连忙安慰蒋雁南："蒋老师，您千万别为这事生气，别忘了医生是怎么嘱咐你的，您千万不能动气。大不了我在培训班教孩子们乐器，不唱歌不就行了？"

秦建斌沉默了片刻，认真地对陆一鸣说："一鸣，你赶紧找找你的合同，看看当时合同里是怎么规定的，是把你整个人都签给这个公司了，还是只有唱歌，这个可马虎不得。不然的话，你这个官司还没打，再惹上其他官司就麻烦了。"

这句话倒是提醒了陆一鸣，陆一鸣告诉秦建斌合同在哪儿，秦建斌开车来到陆一鸣家把合同拿了出来，然后把自己公司的法务人员叫来家里。

律师认真地看完合同，有些无奈地叹气道："这个合同其实有很多陷阱，一般人是看不出来的。例如这一条，你所有的歌曲、器乐等作品都是要通过公司确认你才能发行或者买卖，否则视为违约。他们有权收回你这些行为所创下的一切利益。"

"我之前也有给其他公司的歌手写过歌，也没见他们阻拦我啊！"陆一鸣皱眉道。

律师笑着摇摇头："你那时候是公司的摇钱树，他们怎么会为了这点儿小事和你闹得不愉快。但现在不一样了，你的作品涉嫌抄袭，公司给你运作唱片的宣传费用让他们损失了一大笔钱，而且以你目前的情况不可能给公司带来经济效益。那么，他们就不可能再迁就你。希望我这样通俗的解释，你能听懂。"

陆一鸣低着头不说话，他拿过茶几上的合同，扫了一眼："好在只签了一年。"

"是，如果时间长，你会更吃亏的。"

秦建斌拿过合同看了一下日期，拍了拍陆一鸣的肩膀："还剩下几个月合同就到期了。这几个月，很快就熬过去了，没事，还有哥呢。"

陆一鸣知道这件事情已经没有更好的办法了，索性放宽心，一边从多方面搜集田毅窃取他作品的证据，一边代替了倪秋雨在秦家的位置，自愿承担起浩浩家庭教师的课程。蒋雁南则全心全意地编写音乐教材。

陆一鸣再也没有见过田毅，田毅也没主动联系过他。他知道田毅做这件事一定会做得天衣无缝，所以，证据搜集起来十分困难。

李丹彤偶尔来秦家看望蒋老师，但谁都看得出来，李丹彤是

"醉翁之意不在酒"。陆一鸣帮宋姐做饭时，宋姐还调侃陆一鸣："我看丹彤还是很不错的，那么有钱人家的闺女，一点儿架子都没有。一鸣，人家有啥不好啊，干脆娶了她算了！"

每当这时候，陆一鸣都无奈地笑笑，不说话。

陆一鸣虽然不在电视上出现了，但是他依然没有淡出观众的视线，出门依然要戴帽子和墨镜。虽然在一些人眼里，他是窃取别人作品的过气歌星，但是依然有很多粉丝相信他。粉丝的热情超出他的想象，他们找了一些专业人士分析陆一鸣的作品和田毅的作品，然后找出各种是田毅抄袭陆一鸣而不是陆一鸣抄袭田毅的证据，挂在各个网站上。

其实，真正懂音乐的人都能从这些证据里看出事实的真相，但陆一鸣就是没有强有力的证据指控田毅。

这天，浩浩要去超市买文具，陆一鸣在学校接了他之后，带他去超市。虽然他戴着墨镜和帽子，却被同样买东西的凌厉和卓越认出来了。

"一鸣哥！"凌厉非常激动，拉了拉卓越的手，"你快看，是一鸣哥。"

陆一鸣摘下墨镜，朝昔日的好朋友淡淡地笑了笑："好久不见。"

"一鸣哥，我们一起吃个饭吧？"卓越也十分兴奋，"咱们哥几个大半年不见了吧？"

田毅参加歌唱比赛的时候，陆一鸣见过凌厉和卓越，记得他们最开始是以组合的形式参加比赛的，但后来就不知道为什么卓越和凌厉退赛了。之后陆一鸣就再也没有见过他们。

"不了，我还要带孩子呢？不然他爷爷该着急了。"陆一鸣拒绝道。

　　凌厉和卓越虽然和陆一鸣分开了，但是他们还是很关心他的。他们俩对这次窃取作品的事件也都心知肚明，可是，他们在田毅的羽翼下求生存，所以也只能和陆一鸣保持一定的距离。

　　"一鸣哥，我和卓子……我们什么都明白。这次的事，毅哥确实过分了，可是我们……"凌厉不好意思地低着头，结结巴巴地说。

　　卓越也有些不好意思："一鸣哥，别怪我们哥俩，我们也是为了生活，等哪天一鸣哥你开了工作室，我们哥俩一定誓死跟随。其实，毅子他……他是太渴望成功，迷了路……"

　　陆一鸣脸上挂着淡定的表情，他把手搭在凌厉的肩膀上："都是兄弟，我理解你们。这件事你们就别管了，我先走了。"

　　这时候，浩浩已经挑好文具，他拉起陆一鸣的手："陆叔叔，咱们走吧。"

第四十章　爱情与婚姻

陆一鸣虽然很少关注娱乐新闻，但有时候手机页面会自动弹出娱乐圈的相关消息。所以当他看到一篇有关李丹彤深夜两点从田毅的住处走出来的新闻时，心里充满了疑惑。

新闻里的照片虽然不是很清晰，但是以陆一鸣对李丹彤的熟悉程度，一眼便确定是李丹彤无疑。

陆一鸣不知道这条新闻是真是假，以他现在和田毅的关系，也不好打电话问李丹彤。如果二人真的是情侣的话，陆一鸣打电话只会让李丹彤为难。

这段时间，陆一鸣尽心尽力地给浩浩上课。浩浩的休息时间他就闷头写歌，或者在蒋雁南的催促下苦练各种乐器。功夫不负有心人，陆一鸣的钢琴和手风琴很快考过了十级。

陆一鸣去医院把这个消息告诉父亲，他不知道父亲是否听得懂，但是父亲看见他高兴，也跟着高兴，只是嘴里不停念叨倪秋雨的名字。

"秋雨丫头好久不来了，秋雨丫头干什么去了？"

陆一鸣问过护士，护士说倪秋雨已经有一段时间没来医院了，但是陆耀琪的主治医生告诉过他，倪秋雨打过几个电话关心陆耀琪的病情。

陆一鸣想不通倪秋雨为什么失踪，但是他十分肯定的是，她的失踪和田毅窃取曲谱的事没有丝毫关系，尽管在时间上这两件事是那样的巧合。

转眼一个月过去了，陆一鸣对打官司的事情看得来越淡。他甚至都习惯了这样的生活，单纯地面对家人，面对喜欢的音乐。可是他也知道，他不能长久地这样下去，或许熬过了合同期，重新再来是最好的选择。

或许是因为太专注于音乐了，陆一鸣都没有察觉到秦建斌和张岚的关系开始趋于缓和，他们经常会带着浩浩一起出去玩。张岚也来家里看望过蒋雁南几次。

蒋雁南看到儿子和儿媳有复合的希望，非常高兴。每次张岚来家里他都笑得合不拢嘴。

可是每当蒋雁南提出来让他们复婚，两个人就都不说话了。蒋雁南和陆一鸣也不知道这是怎么回事，为此，蒋雁南这几天一直闷闷不乐。

这天晚饭后，蒋雁南领着浩浩出去遛弯儿，陆一鸣敲响了秦建斌的房门。

"建斌哥，我想跟你聊聊。"陆一鸣开门见山。

"我看出来了，今天张岚来家里，老爷子又提复婚的事，你对我们的反应失望了，对吗？"秦建斌立刻就明白了陆一鸣想说的话。

"不是发展得挺好吗？为什么不去办手续？我实在看不下去了，蒋老师为这事整天愁眉苦脸的。老爷子性子急，万一哪天急出病来，我可饶不了你们。"陆一鸣跟秦建斌俨然亲兄弟一般，说话也不拐弯抹角。

秦建斌叹口气:"我和张岚之间的误会虽然解除了,可是新的问题又来了。她不知道怎么知道了,我之前和秋雨表白的事情,为此耿耿于怀。而我也知道,这些年她在国外有过一个外国男友,心里有些别扭。"

"外国男友?"秦建斌那样高调地向倪秋雨表白,这件事肯定瞒不住张岚。可是,张岚有外国男友秦建斌怎么会知道呢。

秦建斌解释道:"我以前成天全世界地飞,有次去维也纳找她,我心想既然她告诉我地址,那我就是有希望的。可是,当我到她家门口的时候,一个男人穿着睡衣从她房间走出来……"

秦建斌此时脸上的愤怒显露无遗:"到现在,我都忘不了那个人的脸。"

"哥,慢慢释怀吧。你之前和张岚姐在离婚阶段,她交往男朋友,也是很正常的。至于你和秋雨的事,想必张岚姐也需要时间来接受。我想,假如张岚姐看到你和秋雨很自然的相处后,就不会胡思乱想了。但是哥,你换个角度想想,你们俩对对方的事都这样在意,是不是说明你们都还很爱对方呢?就让时间来证明一切吧,我会跟蒋老师慢慢解释的,放心吧。"

秦建斌皱着眉想了一下,然后对陆一鸣说:"你说秋雨怎么消失了,要是她在就会好很多。"

秦建斌正打算把倪秋雨给他发过短信的事告诉陆一鸣,突然有人敲门。

秦建斌打开门一看,是浩浩哭着跑回家来,他一边哭一边气喘吁吁地说:"不好了,爷爷晕倒了!"

秦建斌和陆一鸣立刻跑了出去。

小区门口，蒋雁南正捂着胸口看着秦建斌，他面部有些扭曲，用力地试图张嘴，可是一句话都说不出来。

陆一鸣赶紧打了120，浩浩从屋子里抱出一个氧气袋递给秦建斌。氧气袋是上次出院的时候，秦建斌去医疗器械店买来的。秦建斌说蒋雁南年纪大了，又发生过一次心肌梗死，所以多吸吸氧有好处。

蒋雁南看到浩浩还知道给他拿氧气袋，激动得眼泪顿时滑了下来。

陆一鸣连忙说："蒋老师，您不能激动，您别担心，救护车马上就来了。"

三个人围着蒋雁南，不敢乱动，生怕不小心加重了蒋雁南的病情。

秦建斌让蒋雁南躺在自己的怀里，不停地轻声安慰他："爸，您真没事，别紧张，儿子在这儿呢。"

蒋雁南虽然痛苦万分，但是为了让大家放心，他艰难地微笑，然后微微点点头，闭上眼睛休息。

救护车很快就来了，陆一鸣和秦建斌随车去了医院，把浩浩交给宋姐带。

蒋雁南到医院后，就被推进了急救室。陆一鸣和秦建斌焦急地在外面等消息。

两个小时后，医生从急救室走出来。

陆一鸣和秦建斌同时走上前去："怎么样？"

医生摘下口罩，严肃地说："我记得病人上次就因为心肌梗死来过医院一次，但这次比上一次要严重得多，家属要有心理准备。有过一次了还这样大意，你们这两个儿子当得太不合格了！"

"那……我们现在能去看看他吗？"陆一鸣小心地问道。

"可以是可以，但你们要少跟他说话。"

秦建斌点点头，目送医生离开。

秦建斌深深地叹了一口气，然后用力地挠了几下自己的头发："看来，他催我们复婚，我们没答应，他还是生气了。"秦建斌沉默片刻，接着说，"一鸣，你先进去看看他吧，我待会儿再进去。我去跟医生再聊几句。"

陆一鸣知道秦建斌是不愿意刺激蒋雁南，于是点点头，推开门走进急诊室。

跟秦建斌猜测的一样。晚饭后，蒋雁南带着浩浩出去玩，看着天真可爱的浩浩，他不禁再次想起儿子的婚姻大事。他怎么都想不明白，明明张岚和秦建斌两个人对彼此都有感情，为什么就不能复合呢？况且他们还有浩浩这个亲生儿子的存在。儿子是自己的亲儿子，儿媳是自己教了七年的学生，怎么就不能考虑一下他的感受呢？他越想越生气，于是就再次引发了心梗。

跟陆一鸣讲这些的时候，蒋雁南依然很激动。

陆一鸣坐在蒋雁南的床头，一边帮他按摩脊背，一边安慰道："您刚能说话，就别说这么多，您的心情我都能理解。建彬哥也知道您是为了这事儿生气的，所以他都不敢进来了。蒋老师，要我说这件事您就不要操心了，他们两个人这些年不在一起，有些事得好好磨合商量一下。如果草率地在一起了，那才是对浩浩、对他们自己不负责任呢，您说是不？"

陆一鸣帮蒋雁南翻了一下身，以便他躺得舒服一些："您啊，把心放宽点儿，把自己的身体养好我们才能放心。对了，我得赶紧给宋姐打个电话，告诉他们您没事。不然，浩浩肯定也睡不着。"

蒋雁南点点头，示意陆一鸣赶紧打。陆一鸣打完电话，秦建斌正好走了进来。

蒋雁南抱歉地看着儿子，声音有些颤抖："建斌，爸又给你添麻烦了。"

"爸，看您说的。"

陆一鸣想给他们单独谈话的机会，所以，拉开门，缓缓地退了出去。

上次蒋雁南住院的时候，陆一鸣在这里认识了几个护士，从病房出来，他想问问她们还有没有 VIP 病房。

陆一鸣走到护士站，护士们都很忙，但是看见陆一鸣，整个护士站还是沸腾了。

"陆一鸣！你怎么不唱歌了呢？最近电视上都没见过你呢！对了，你演的那个电视剧也挺好看的！"

陆一鸣淡淡地笑了笑，并没有回答她的问题："麻烦问一下，咱们医院还有 VIP 病房吗？"

"等一下，我帮你查一下。"护士热情地走进里屋，拿出一个本子，翻找了两下，笑着对陆一鸣说，"正好今天有个老人出院了，我帮你安排吧。"

"好，太谢谢你了！"陆一鸣感激地说。

"没事的，我去安排一下，待会儿通知你们搬过来。"小护士看起来像是陆一鸣的粉丝。

离开护士站，陆一鸣打算在楼道里坐一会儿，刚转过头，楼道里突然出现了一个人影，像极了倪秋雨。可是当他再次回过头来，楼道里空荡荡的，一个人都没有。

难道是出现了幻觉？陆一鸣有些纳闷。难道是因为上次倪秋雨在医院照顾蒋雁南，自己的潜意识里期待倪秋雨出现，从而产生了错觉？

陆一鸣坐在长椅上，突然又有一个人影从一间病房里闪出来，然后走进了开水间。

陆一鸣再也按捺不住，站起身，快步向开水间走去。可是，很快，那个人影从开水间走了出来，进了病房。

陆一鸣小心地走近病房，果然，出现在病房里的女孩就是倪秋雨。透过病房的窗户，他看到倪秋雨正往脸盆里倒热水，床上躺着的女人是她的母亲。虽然八年不见，但他还是一眼就认出倪阿蒙的母亲。当年坐在小院里哭天抹泪的倪母如今苍老了很多，疾病使得她的皮肤变得晦暗无光。可是，他感觉眼前这个人好像昨天才见过，仿佛那不堪回首的一幕就发生在昨天。

第四十一章　从天而降的孩子

陆一鸣没有推门进去，他根本没有勇气面对倪母。但是他很想问问倪秋雨这段时间发生了什么？她去了哪里？有没有困难需要帮助？他其实更想了解一下倪阿蒙的近况。

陆一鸣躲在开水间，想找一个机会和倪秋雨说话。

过了一会儿，倪秋雨突然从病房跑出来。陆一鸣赶紧从开水间走出来，看见倪秋雨一路小跑地出了楼道。

陆一鸣连忙加快脚步跟上，他猜想倪秋雨一定是有着急的事。

走了一会儿，倪秋雨走进一间办公室。

陆一鸣抬头一看，居然是儿科医生的办公室。他好奇地走到门口，想知道倪秋雨怎么会来这里。

倪秋雨的声音听上去很焦急："医生，你说宝宝怎么了？不是因为早产身体虚弱才要住院的吗？"

医生是个女人，只听见她耐心地说："倪小姐，您千万别着急，孩子暂时没有生命危险。现在医学发达，先天性心脏病通过手术完全可以治愈，手术后她会和正常孩子一样的。您的孩子出生才几天，手术成功率会大一些。但如果长时间拖下去，手术风险会增大。"

"那……那要做手术吗？"

"嗯，原则上是手术越早做对孩子越好。"

"那我需要做什么？"

陆一鸣此时把头贴在房门的窗户上，他能够清晰地看到倪秋雨焦急万分的表情。

几个月不见，倪秋雨瘦了不少，也憔悴了不少，看得出她是遇到麻烦事了。可是，怎么看，她也不像是刚生过孩子的人，她的身材一点儿臃肿的痕迹都没有。而且按照时间来推算，倪秋雨失踪的时候，估计就已经怀孕四五个月了。

但陆一鸣也就这样一想，生孩子的事情，他确实是不懂。

"不知道手术费你有没有困难，这个孩子是房间隔缺损，手术费用大概八万元。手术之前我会把详细的病情和治疗原理给你说一下……"

"您不用给我讲原理，钱不是问题，我希望尽快给孩子做手术。我去筹钱，麻烦您尽快安排手术！"说完，倪秋雨向医生深深地鞠了一躬，然后走出办公室。

倪秋雨的脚步像是灌了铅一样，六神无主地走在医院的楼道里，目光没有焦点，眼泪不自主地流下来，根本没发现陆一鸣就在她身边。

"秋雨！"陆一鸣喊了倪秋雨一声。

倪秋雨下意识用袖子抹了一把泪，然后回头循声望去。

当倪秋雨回过头来，发现喊她的人是陆一鸣时，她突然有些慌张："一鸣哥，你……你怎么在这儿？"她说话明显有些紧张和无措。

"秋雨，你先不要管我为什么在这儿，刚才医生的话我都听到了，到底怎么回事？医生说的那个孩子真的是你的吗？"陆一鸣盯着倪秋雨的脸。

倪秋雨重重地点点头，目光有些茫然地看向别处。

陆一鸣两只手扶住倪秋雨的肩膀，再次认真地问她："跟我说真话，这孩子真的是你的吗？"

倪秋雨缓缓地抬起头，坦然地看着陆一鸣："我再说一遍，孩子是我的。你刚才也听见了，孩子生病了，要做手术，我现在很烦，你就不要再纠缠这些无意义的问题好不好？"倪秋雨有些恼怒，语气越来越不耐烦。

此刻倪秋雨心乱如麻，令她慌乱的不是手术费，而是她非常清楚，是手术就有风险，何况这孩子要做的是心脏手术。

陆一鸣连忙道歉道："对不起，对不起！秋雨，手术费的事你别着急，我这里还有钱，够孩子的手术费。我有空就把钱取出来给你。你能告诉我你的手机号吗？你的电话一直打不通。"

倪秋雨表情木木的，有些心不在焉："一鸣哥，谢谢你了，我的钱还够手术费的，钱的事你不用管了。"

"那……孩子的父亲呢？怎么没见孩子的父亲？"陆一鸣想了很久，还是忍不住问了出来。

其实，陆一鸣并不在意孩子的父亲是谁，只是他看到这样的倪秋雨打心眼儿里心疼。他想，如果有个男人能帮她分担这一切，会不会好一点儿。

倪秋雨缓缓地抬起头，面无表情地看着陆一鸣："我再说一遍，这个孩子是我的，她姓倪，叫倪丫丫，我是她的母亲。"

"好，那我不问了，把你的手机号给我。"

倪秋雨迟疑了一会儿，掏出手机，熟练地点了一串数字，拨通陆一鸣的手机。

陆一鸣看了一眼手机，把倪秋雨的手机号存下来。

"秋雨，我刚看到阿姨也在医院里，她身体又不好了吗？"陆一鸣关切地问道。

倪秋雨艰难地挤出一抹微笑："有一点点加重，暂时没有大问题，只是透析的次数多了一点儿。"

陆一鸣点点头，犹豫再三，最终说："你这两头跑，能行吗？你姐怎么不帮你一把？"

倪秋雨突然愣了一下："我这么丢人的事可不能让我姐知道。一鸣哥，你也要答应我，我的事不要跟我姐说。她应该快完成学业了，回国后她就要紧着拍戏，好多电视剧找她演女主角呢！"

"哦，我不会说的，但你千万别跟我客气。你大概不知道，我被公司雪藏了，现在没有工作可做。你什么时候需要我，我都有时间。"

倪秋雨的表情十分平静，好像已经知道这件事了："一鸣哥，你就是太善良、太单纯了，总是被人利用。但是我想，老天爷一定不会亏待你这么善良的人的。雪藏的事很快就会过去的，你一定能做得更好！"

陆一鸣怕耽误倪秋雨照顾倪母的时间，赶紧说："等有时间了我们再聊，你赶紧去吧，我也赶紧回去。"

倪秋雨这才反应过来，陆一鸣来医院，肯定是有事情："是蒋老师病了还是谁？"

"是蒋老师，还跟上次一样。但是没有大事，你放心吧。"

倪秋雨点点头："一鸣哥，我最近手头的事太多了，就先不去看蒋老师了，你们好好照顾他吧，我先走了。"

目送倪秋雨离开，陆一鸣一时间感慨万千。人生有很多意外和挫折，谁都不知道生活中将会有多少不幸。倪秋雨这么大好的时光不单要照顾生病的母亲，现在又添了一个得病的孩子。

回到病房，秦建斌正在床前守着蒋雁南，陆一鸣示意秦建斌到外面说话。

秦建斌蹑手蹑脚地走了出来："一鸣，你先回去吧，今晚我守着我爸。"

"建斌哥，还是我留下吧，我这一天到晚的又没有事，在哪儿都一样。你回去吧，浩浩需要人照顾，白天你公司还一大堆事儿呢。"

虽然陆一鸣说的是实情，但是秦建斌还是觉得自己太亏欠父亲："一鸣，上一次我爸生病我没在跟前，心里一直愧疚得不行，这一次说什么我这个儿子也要守在他身边。过了这三两天，老爷子病情稳定了，你再来照顾。现在你还是回去照顾浩浩吧。"

陆一鸣默默点点头，退出了房间。

秦建斌掏出手机，在网上搜索关于如何照顾心梗病人的信息。他看得很认真，病房出现了一个人，他都没有发现。

"秦大哥，蒋老师怎么样？"

秦建斌先是看到一双白色的板鞋，顺着声音缓缓抬起头来，看到倪秋雨正看着他。

"秋雨？"秦建斌狐疑地看着倪秋雨，露出惊讶的表情。

"我先去看看蒋老师。"说着倪秋雨走到病床前，看到蒋雁南睡得很深。

"是阿姨住院了吗？"秦建斌关切地问道。

"没关系，都是老毛病了。蒋老师怎么会突然复发了呢？之前不是好好的吗？"倪秋雨有些焦急，和蒋雁南朝夕相处了这么久，蒋雁南一直把她当作自己的孩子。看到蒋雁南躺在病床上憔悴的样子，她有些难过。

"他希望我和张岚复婚，心里着急，一激动就犯病了。"秦建斌低着头喃喃地说。

"复婚不是早晚的事吗？干吗非要拖着呢？"倪秋雨追问道，话说出来感觉有点儿欠妥，连忙纠正道，"蒋老师这个病怕受刺激，怕生气。"

秦建斌低下头，想了一下，说："秋雨，对不起，我不知道你为什么会突然失踪了。但我很自责，我不该冒冒失失地就说出那些话，让你很难堪。"

倪秋雨脸上露出淡淡的笑容："没关系，秦大哥，都过去了。你和张岚姐好好的我也就放心了，对浩浩来说，这是最好不过的了。"

"你张岚姐她……"秦建斌欲言又止，想了一下觉得不该继续跟倪秋雨讨论这件事，"我明早去看看阿姨。今天太晚了，阿姨睡了吧？"

倪秋雨没有追问秦建斌，想到他们之间有些复杂的关系，也不好说什么。

第二天，陆一鸣送完浩浩，提着早点来到医院。他把早点放下，然后走出病房，来到儿科的住院部，掏出银行卡，帮倪秋雨交了手术费。

回到病房，陆一鸣让秦建斌回去上班，自己来照顾蒋雁南。

当秦建斌就要走出楼道的时候，陆一鸣突然叫住了他。

秦建斌奇怪地问："一鸣，什么事？"

陆一鸣迟疑了好一会儿，露出为难的样子。

秦建斌焦急地催促道："你到底想说什么？"

陆一鸣郑重其事地看着秦建斌："建斌哥，我问你个事。"

秦建斌被陆一鸣凝重的神色逗笑了："什么事啊？这么一本正经。"

陆一鸣呼出一口气，鼓足勇气问道："建斌哥，你和秋雨之前发生过什么吗？"

秦建斌愣了一下，随后明白过来陆一鸣的话，脸色黯淡下来："一鸣，我是什么样的人，你不知道吗？这……哪儿跟哪儿啊。"

陆一鸣见秦建斌这样说，心里顿时踏实了。他抱歉地说："建斌哥，对不起，我实在是……"

秦建斌把陆一鸣拉到楼道的角落里："一鸣，喜欢一个人就勇敢地去追，别磨磨叽叽的。秋雨是个好姑娘，你要是再不行动，有一天你会后悔的。"

"哥，你说什么呢？"陆一鸣有些哭笑不得。

"怎么了？还不敢承认？我可告诉你啊，错过了最好的时机，有些事就会节外生枝的，你看我和你嫂子。"

"哥，你误会了，我实在想不出来秋雨还和其他什么人接触过，你说那个孩子……"

陆一鸣昨天回去想了一整夜，怎么也想不明白，倪秋雨这样简单纯洁的女孩子，怎么会突然冒出个孩子呢？

"你说什么？什么孩子？"秦建斌被陆一鸣的话惊得目瞪口呆。

陆一鸣叹了口气，把昨天在医院遇见倪秋雨的事全盘托出："哥，秋雨要是没有告诉你这件事，你就权当不知道。我只是想找出那个男人，让他负该负的责任。秋雨一个人，带着个生病的孩子，还得照顾她妈妈，太不容易了。"

秦建斌听陆一鸣这样说，皱着眉将了将整件事，沉默了一会儿，突然说："一鸣，咱们能不能换个思路，有没有可能这个孩子根本就不是秋雨生的？孩子的母亲另有其人。我昨天见过秋雨，她的样子根本不像生过孩子的。当初你嫂子生完浩浩，就像完全变了一个人一样。你看秋雨，除了瘦了，跟以前不是一样吗？而且，这时间也完全对不上啊。"

陆一鸣觉得秦建斌说得有道理，他叮嘱秦建斌先去上班，他找时间去问问倪秋雨。

秦建斌对陆一鸣说："一鸣，我会托熟人帮忙查查这件事，有什么事随时联系我。秋雨这边，咱们一定要尽力帮助她。"

陆一鸣的心情突然有些难以平静，顺着秦建斌的思路想下去，倪秋雨的这个孩子很有可能是倪阿蒙生的。想到这里，他赶紧回到病房，他想等蒋雁南打上点滴后，去儿科病房看看这个孩子。

蒋雁南的精神状态很好，他看出来陆一鸣有些心不在焉，刚想询问一下是不是发生什么事了，张岚来了。

陆一鸣拜托张岚多待一会儿，然后就匆忙赶到儿科。

可是，无论陆一鸣怎样跟护士说，护士就是不让他看孩子。第一，他不是孩子的家属；第二，孩子非常虚弱，还在恒温箱，不适合探视。

正当陆一鸣和护士纠缠的时候，倪秋雨走了过来。她朝护士笑了笑，然后把陆一鸣拉到一边。

倪秋雨没有说话，只是拉着陆一鸣默默地往前走，一直走到新生儿保温室。

陆一鸣放眼望去，里面放着好多婴儿，都很小，肉乎乎的，但这些孩子看上去长得都一个模样。

倪秋雨指着离门口最近的一个保温箱，对陆一鸣说："看到了吗？那个就是丫丫，我还没来得及给她起正式的名字，她就住到这里来了。你看她多可爱啊，长得多可爱！"

陆一鸣顺着倪秋雨手指的方向，看到那个叫丫丫的女婴。她张着小嘴巴，眼睛还没有完全睁开。

仔细看了下，陆一鸣发现丫丫的嘴唇和脸有些发紫，虽然听不到她的哭声，可是，陆一鸣的心却被丫丫一下子牵动了。

"孩子的嘴唇发紫是因为心脏病的原因吗？"陆一鸣目不转睛地看着丫丫，喃喃地问道。

"嗯，孩子早产，又有病……"倪秋雨的眼泪忍不住流了下来，无助和难过都显现在脸上。

陆一鸣把手放在倪秋雨的肩膀上："秋雨，放心吧，做完手术就好了，我会陪着你。"

"一鸣哥，我刚接到通知，丫丫的手术就在三天后，你陪我在手术室外面等她，好不好？"

"嗯，我陪你，我会给丫丫加油的！"

"谢谢你，医生说有人替我交了手术费，我猜一定是你交的。我这里有五万块钱，先还给你吧。"说着，倪秋雨就从斜挎包里掏出一张卡，递给陆一鸣。

陆一鸣接过卡，然后用手拉过倪秋雨的斜挎包，把卡放回去："孩子出院以后，花钱的地方还很多，你带着这么小的孩子暂时也上不了班吧，要是再把这笔钱给我，你怎么生活？"

倪秋雨刚想要说什么，便被陆一鸣打断了："好了，你就不要跟我客气了。我就一个人，怎么都能活，你难道要看着孩子跟着你遭罪？"

倪秋雨不再说什么，眼眶里满是泪水。她好几次欲言又止，但许多许多的话，又不知道从何说起。

"一鸣哥，你赶紧回去吧，蒋老师万一睡着了，没人看着可不行！"倪秋雨突然反应过来。

"没关系，张岚姐在呢，我多待会儿没事。我想着让她和蒋老师多聊聊。"陆一鸣接着说，"阿姨那边你不过去看看吗？"

"我妈出院了，她没事了，恢复得挺好，跟之前的状态差不多了。晚上我回去陪她，丫丫这边医生不让人靠近，我也不需要长时间待在这儿。"倪秋雨说完像是突然想起了什么，她抬头看着陆一鸣，"对了，你刚才说张岚姐在这儿？"

"嗯，是啊，怎么了？"

"我想去和张岚姐谈谈。我听秦大哥的意思，好像张岚姐对我和秦大哥有些误会，会不会因为这个他们才不复婚啊？"

"我觉得这只是一方面的原因吧，不过你找她谈谈或许会好一些。那我回去换她，让她来找你，你在哪儿等她？"

"楼前的草坪吧，那儿有片树荫。"

第四十二章　喜事连连

此时已经是八月份了，天气十分炎热，张岚身穿一袭长裙，踩着高跟鞋出现在倪秋雨面前。

当张岚看到瘦弱憔悴的倪秋雨时，有些心疼地问道："秋雨，发生什么事了？你怎么变得这么瘦了？还这样憔悴！"

看得出张岚对倪秋雨没有任何敌意，相反，她一直十分感激倪秋雨对浩浩的照顾。

"张岚姐。"倪秋雨叫了一声。

张岚拉过倪秋雨的手，关切地对她说："秋雨，你遇到什么困难了吗？跟姐说，姐一定会帮你的。前段时间突然联系不上你了，我就觉得你一定是遇到难事了。快跟姐说，我能帮你做什么？"

倪秋雨感受到张岚的热情和真诚，欣慰地笑了笑："姐，我叫你出来，就是想告诉你，我和秦大哥之间真的什么事都没有。这一点，请你一定要相信我。"

张岚的神色突然黯淡下来，长长地叹口气："我知道，可是，我……"

"可是你就是不能释怀，对吗？姐，你想没想过，这正是因为你在乎秦大哥啊！如果你不在乎他，才不要去管他在离婚期间跟谁在一起呢，是不是？"倪秋雨的话跟陆一鸣和秦建斌说的如出一辙。

"话是这样说，可是我不确定他心里到底爱我多一些还是爱你多一些。"

倪秋雨突然笑了："姐，你们还真是艺术家啊，整天把爱挂在嘴边上。秦大哥根本就不爱我，他只是觉得我适合当浩浩的后妈，所以才会为了浩浩向我表白。而你是浩浩的亲生母亲，与我相比肯定是你更适合照顾浩浩。何况蒋老师还眼巴巴等着你们复婚呢！还有浩浩，你知道有一个健康的孩子是多么幸福的一件事吗？"

说着说着，倪秋雨居然哭了起来。张岚走到她身边，把她的头搂到自己的怀里："姐答应你，复婚的事我会好好考虑的。跟你比起来，我真的是愧对浩浩，我太惭愧了！"

张岚其实是感觉到倪秋雨有事瞒着她，但是她没说，也没追问。每个人都有不想让人知道的秘密，在国外生活那么多年，她学会了不去过问他人的事。

不知道为什么，陆一鸣自打见过倪丫丫之后，就再也放不下她。晚上，秦建斌过来换班，临走前，他再次走到恒温室，站在玻璃窗前，目不转睛地看了倪丫丫半个小时。

陆一鸣喜欢看倪丫丫的小手攥着拳头的样子，也喜欢看她小嘴儿一张一张的样子，还喜欢看她小脚丫一会儿翘起来、一会儿放下去。她的一举一动，陆一鸣都觉得有趣极了。

三天后，蒋雁南的病情趋于稳定，陆一鸣叫宋姐来看着蒋老师，自己和倪秋雨来到儿科病房。

医生给倪丫丫做了全身检查，然后推着她向手术室走去。

陆一鸣和倪秋雨的手紧紧地攥在一起，他们一路跟着医生到了手术室门口。

陆一鸣看着倪秋雨坚定地说："这孩子一定命大，像她妈妈一样，对不对？"

倪秋雨紧闭着双唇，重重地点点头："嗯，这孩子也会像她爸爸那样坚强的。"

陆一鸣自然不知道倪秋雨说的是谁，但是他看到倪秋雨的样子十分欣慰。

倪丫丫已经进了手术室，陆一鸣依然紧紧地攥着倪秋雨的双手。直到倪秋雨的手机响了一下，陆一鸣才意识到不妥，连忙松开倪秋雨的手。

陆一鸣和倪秋雨并排坐着，倪秋雨点开手机微信。其实，她并不想打开，因为此刻她没有心情关注这些。可是，发消息的人是倪阿蒙。

倪阿蒙发过来一段视频，倪秋雨看完后，笑了一下，抬头看到陆一鸣正盯着她的手机屏幕。

陆一鸣伸出手来："秋雨，能让我看看吗？"

倪秋雨想了一下，把手机递给陆一鸣，陆一鸣点开视频，这是一段记者会上的视频。视频中，倪阿蒙穿着一条宝蓝色的长裙，整个人在一群人中非常显眼。她身后的电子屏上滚动显示着电视剧的名字，主演后面的三个字非常显眼——倪阿蒙。

陆一鸣发出一阵苦笑，心里有一种说不出的滋味。看到倪阿蒙这样光鲜亮丽地站在镁光灯下，他本应该是开心的，但是却说不出高兴的话来。过了一会儿，他淡淡地说："她终于成功了，还是要恭喜她。"

倪秋雨的眼泪流了下来，刚才倪丫丫被送到手术室的时候，她都忍住了眼泪，此刻，她却再也忍不住。她关掉了视频，手狠狠地握住手机，像是手机跟她有什么仇似的。

手机就在这时响了起来，倪秋雨低头看了一眼，按了接听键，然后起身离开座位，向远处走去。

"秋雨，你看到我给你发的小视频了吗？姐今天真高兴，终于能演女一号了！"倪阿蒙显然非常兴奋，不等倪秋雨说话，就连环炮似的说起来。

倪秋雨听着倪阿蒙高兴的话，突然间觉得有些不快，冷冰冰地说："好了，我知道了。我有事，先挂了。"说完，她挂掉电话，缓缓地走回到座位。

倪秋雨刚坐下，电话又响了起来，倪秋雨低头一看，又是倪阿蒙，她有些不耐烦，果断地按下红色按键。可是倪阿蒙并没有罢休，手机再次响起。倪秋雨索性关掉了手机，不再接听任何人的电话。

这一切被陆一鸣看在眼里，他明白倪秋雨的感受。即使是他，在倪丫丫做手术期间都没心情理其他人的事，何况是倪秋雨。

陆一鸣看着倪秋雨焦灼无助的眼神，心里特别难受，他再次拉过倪秋雨的手，发现她的手心里都是汗水。陆一鸣紧紧地握着她的手，什么都没说。

一个小时过去了，两个小时过去了，三个小时过去了……

倪秋雨的表情愈发痛苦。陆一鸣除了和她一起等待，没有任何办法。

当手术室的灯熄灭的那一刻，倪秋雨腾空而起。陆一鸣也赶紧站起来，自然地拉着她的手，来到手术室门口。

医生摘掉口罩，露出笑容："放心吧，手术顺利。"

除了谢谢，陆一鸣和倪秋雨再也说不出别的话，倪秋雨高兴得热泪盈眶，医生温和地对他们说："孩子要在 ICU 待几天，观察一下。稳定后就可以出院了。别着急，最危险的时候已经过去了。"

陆一鸣和倪秋雨不住地点头道谢，直到护士把倪丫丫推出来。

倪丫丫躺在对她来说很大的床上，那么小的人儿，身上插着一根很粗的管子。但是她的表情很平静，就跟平时睡觉没有区别，她绀紫的脸色好像也变得红润了些。

陆一鸣看到倪丫丫兴奋极了，他赶紧上前："秋雨，你看，丫丫的脸色好看多了。她没事了，她现在是个健康的孩子了。"

护士不让他们靠近，他们就紧紧地跟在后面，直到护士把倪丫丫送到 ICU 病房，把他们阻隔在外面。护士告诉他们，一天只能探视一次，但家长必须在医院，有事会随时联系他们。

ICU 病房的门是透明的，陆一鸣和倪秋雨站在外面，看着护士在里面忙碌的样子。

他们站在门口好一会儿，不舍得离去，直到护士催促他们离开，他们才恋恋不舍地走到楼道的长椅上坐下来。

"一鸣哥，谢谢你陪着我。丫丫这儿没事了，你快回去照顾蒋老师吧，有什么事我再叫你。"

陆一鸣迟疑了一下，关切地问道："阿姨那边没事吗？不用给她打个电话，报个平安吗？"

倪秋雨轻松地笑了笑："我这事哪敢让我妈知道啊！我妈她根本不知道丫丫的存在。我打算等丫丫出院以后，找一间房子搬出来住，时常回去看看我妈就行了。她现在生活还能自理，没关系的。"

陆一鸣点点头，沉默了片刻，诚恳地对倪秋雨说："秋雨，你的经济情况我是了解的。这样吧，你出院后带丫丫去我那里住，我这段时间一直住在蒋老师家，一来是为了照顾浩浩，二来前段时间娱乐记者天天堵着我家门口。现在估计他们都走了，那么大的房子，闲着也是闲着，你和丫丫就住过去吧。”

倪秋雨沉默了片刻，抬起头来认真地看着陆一鸣："一鸣哥，我不想再给你添麻烦了。我一个未婚妈妈去你那边住太不方便了，我还是自己找个房子吧。欠你的钱，我以后慢慢还给你。谢谢你，一鸣哥，总是处处帮着我。”

"秋雨，你跟我说这话就见外了，你现在正是困难的时候，我不帮你还有谁能帮你？何况我现在也逐渐淡出观众的视线了，你不用想太多，搬去住就可以了。我那么喜欢丫丫，以后会经常去看她的。”

倪秋雨不再说话，陆一鸣站起身告别，要去看蒋老师。

倪秋雨看着陆一鸣离开，然后打开手机。

陆一鸣一直偷偷观察倪秋雨的动作，走到楼梯拐角处，他停了下来，听见倪秋雨正在跟倪阿蒙通电话。

"姐，我拜托你不要再给我打电话了好不好！丫丫是我的女儿，跟你有什么关系？请你时刻记住，倪丫丫她是我的女儿，跟你一点儿关系都没有！”

倪秋雨说完这几句就气愤地挂了电话。

陆一鸣却因这段谈话内容而心神不宁，这个孩子到底是谁的？为什么倪秋雨要对倪阿蒙说这些话？他有一种强烈的预感，倪丫丫根本就不是倪秋雨生的，而是倪阿蒙生的。

以陆一鸣对倪秋雨的了解，倪秋雨根本不会未婚先孕，况且，生孩子不是短时间可以完成的事。而之前，倪秋雨一直在他的视线之内，根本没有机会把这么大的秘密隐藏起来。

如果倪丫丫是倪阿蒙生的，那么孩子的父亲又是谁呢？陆一鸣一边向蒋雁南的病房走，一边思考这些问题。按照月份来说，倪阿蒙怀孕的时间，他们应该是在一起的。那样的话，倪丫丫很有可能就是自己的孩子！

这个大胆的猜想让陆一鸣坐立不安，不知道为什么，冥冥之中他总觉得倪丫丫跟自己有着某种关系。

看了看时间，宋姐要回去做饭了，陆一鸣推开蒋雁南的病房，让宋姐回家做饭。

蒋雁南的精神状态很好，看见陆一鸣更是兴奋不已。此时，他的点滴已经打完，行动也相对自如一些了。

陆一鸣从床头柜拿了饭盒，故作调皮地对蒋雁南说："老爷子，今天想吃啥？我去打饭。"

"是啊，吃点儿什么呢？"蒋雁南喃喃自语起来。

陆一鸣突然发现，蒋雁南的心情格外得好，于是问他："老爷子，有啥高兴的事，一直见你在笑。"

话音刚落，就见秦建斌和张岚走进来，陆一鸣连忙迎上前去："我说呢，怎么老爷子今天这么高兴，原来是你们要来啊！"

蒋雁南笑着对陆一鸣说："一鸣，快把我的床摇起来。"

"爸，我来摇。"张岚正挨着床尾，她弯腰一边摇一边对蒋雁南说，"爸，合适了您吱声。"

陆一鸣退后几步，秦建斌上前用手拖起蒋雁南，帮他把枕头调整好。

"好，好！行了，你们来了，我这病就好了一大半了！"蒋雁南坐起来，欣慰地看着秦建斌和张岚。

"我刚说要去打饭呢，没想到你们都买来了。"陆一鸣看到张岚手里的饭菜，笑着说。

　　"你快和爸一起吃，我和建斌都吃过了。"张岚一边说着，一边把袋子里的饭菜摆出来。

　　"嫂子，你有事吗？没事你陪蒋老师吃，我和我哥到外面吃一点儿，我跟他有个事说。"陆一鸣说完"嘿嘿"笑了几声，"其实早该叫嫂子了，快跟我们说说，啥时候打算办手续去？"

　　张岚瞥了秦建斌一眼，唠叨道："我们俩为这事儿闹意见呢！我想着找个时间办完手续就行了呗，你建斌哥非得要大办。你说一个二婚，操办什么啊，还不够丢人的呢！"

　　秦建斌不高兴了，瞥了张岚一眼，说："二婚也是婚，结婚这么好的事干吗悄无声息的啊？我又不是没钱，办不起婚礼，你说是不，一鸣？"

　　"是，是！建斌哥说得对。嫂子，你就等着做新娘吧，一切让建斌哥来安排，让浩浩当小花童！"

　　蒋雁南也发表意见，说："就是啊，岚岚，复婚比结婚更应该值得庆祝，我支持你们办婚礼。正好让我这个老家伙也高兴高兴！你们结婚的钱，我来出，我有钱！"

　　"爸，您儿子这么大了，怎么能花您的钱呢！"秦建斌笑着对蒋雁南说。

　　"我给儿子操办婚礼是天经地义的事，你们不能剥夺我这个权利！"蒋雁南瞪大了眼睛，固执地说。

　　"好，好，好！让爸来操办，日子也让您来选，好不好？"张岚笑着对蒋雁南说，像哄孩子一样哄他。

第四十三章　我的爱情是你的友情

陆一鸣和秦建斌对视一眼，走出病房，来到医院门口的小饭馆儿，找了一个靠近角落的地方，点了几个小菜。

秦建斌好奇地看着陆一鸣："一鸣，找我啥事？"

陆一鸣低着头，沉思了片刻："哥，你记得我跟你说秋雨有孩子的事吧？"

秦建斌点点头："我记得，怎么？有线索了？"

陆一鸣双唇紧紧地闭着，想了一下，叹息了一声，说："建斌哥，我怀疑那个孩子不是秋雨生的，而是她的姐姐倪阿蒙生的。你也知道，我和倪阿蒙在一起过。我们分手后，新闻上说倪阿蒙去国外进修了，再后来，秋雨也消失了，而这会儿突然冒出个孩子来。以我对秋雨的了解，她绝对不会是未婚先孕的人，所以我觉得这个孩子，很有可能是倪阿蒙的。如果真是这样的话，按时间推算，孩子应该是我的。"

秦建斌回忆起倪秋雨失踪前后的情况，也连连点头："你说得有道理，需要我帮你做什么吗？"

"建斌哥，我的人脉不如你广，你帮我查一下孩子出生的医院，看看能不能找到一些线索。本市的医院很有可能有记录，再或者，我们老家那边的县城医院，也有可能。国外的话，查起来麻烦，暂时先不用查。"

"嗯，这个不难，你等我消息，我尽快查。"秦建斌说。

"嗯，我总觉得这个孩子跟我有关系，上午她做手术的时候，我的心提到了嗓子眼，真怕她挺不过来。"陆一鸣喃喃地说。

秦建斌听了这话，语气里多了些责备："一鸣，孩子做手术这么大的事，你怎么不告诉我啊！"

陆一鸣淡淡地笑了笑："建斌哥，我不想让秋雨太难堪，你权当不知道好了。"

秦建斌点点头："你说得有道理，这样的事越少人知道越好。不过，我也不是外人，以后有什么困难一定要告诉我。"

陆一鸣点点头，两个人一起吃了午餐，然后回到医院。

秦建斌和张岚走后，蒋雁南也开始午休，陆一鸣迫不及待地去ICU病房去看倪丫丫。

没想到的是，倪秋雨也来到医院，在玻璃窗外眼巴巴地望着倪丫丫。

"秋雨，你吃饭了吗？"陆一鸣关切地问道。

倪秋雨低着头不说话，她一向不会撒谎。

陆一鸣看了一眼倪丫丫，丫丫跟之前一样还在睡着，然后他转过头说："你等着，我去给你买点儿。"说完转身离开。

陆一鸣记得倪秋雨爱吃糖醋排骨，于是他开车来到之前倪秋雨和他提过的餐厅，点了一份糖醋排骨，又匆忙赶回医院。

倪秋雨吃饭的时候，陆一鸣发现她的嘴唇发干，眼眶发红，眼球上红血丝依稀可见。

看着这样的倪秋雨，陆一鸣心里有说不出的滋味："秋雨，晚上你就回家睡觉吧，我看着丫丫。蒋老师晚上一般不起夜，我会出来多看看丫丫的。你回去好好洗个澡，睡一觉。"说着，陆一鸣把家里的钥匙掏出来，拉过倪秋雨的手，把钥匙放到她的手里。

"可是……"

"可是什么啊可是，你现在不好好休息一下，可就没时间了。孩子出院后，时刻离不开人，以你现在的情况，到时候根本应付不过来。"

倪秋雨想了一下，觉得陆一鸣说得有道理。现在丫丫可以交给医生护士照顾，可是一旦出院回家，她真怕自己应付不过来。她默默地点点头，把钥匙放进背包，然后安静地吃起饭来。

陆一鸣再次站起身，走到玻璃窗前，默默地看着倪丫丫。看到倪丫丫的小手来回动了几下，他的嘴角不由自主地向上扬了扬。

倪丫丫的小手又来回晃了两下，陆一鸣抑制不住心里的兴奋，连忙跑过来对倪秋雨说："秋雨你知道吗？丫丫知道我来看她了，两只小手不停地晃来晃去呢！"

倪秋雨突然笑了，饭差点儿喷出来："一鸣哥，她还那么小，怎么可能知道这些呢！"

被倪秋雨这样一说，陆一鸣的脸立刻红了，他挠挠后脑勺，难为情地"嘿嘿"笑起来。

自打张岚和秦建斌公开出现在医院后，她就把自己当成了秦建斌的妻子，每天都会抽空到医院里来看蒋雁南。

陆一鸣趁着张岚来看蒋雁南的这段时间，买了很多婴儿用品，还找人在自己的房子里布置了婴儿房。里面的每一件东西都是他亲自买的。尽管他戴着墨镜和帽子出门，娱乐记者们还是发现了他，但他并没有觉得这有什么。

网上关于陆一鸣的新闻很快传播开来，写得很离谱。

陆一鸣为博眼球去婴儿用品店买东西……

陆一鸣想靠绯闻再度走入公众视野……

不管媒体怎样写，陆一鸣始终不予理睬。直到有一天，李丹彤打电话约他出来见面。

正好蒋雁南和倪丫丫都顺利地出院了，陆一鸣最近没有什么事，所以就答应了李丹彤。

陆一鸣已经有很长时间不见李丹彤了，再次见到她，感觉她像是变了个人似的，变得沉默寡言。

见到陆一鸣，李丹彤淡淡地请他坐下，然后像往常一样磨了两杯咖啡，放在他们之间的桌子上。

"一鸣，你也不问问我这段时间过得好吗？"李丹彤幽幽地说，她瞥了一眼陆一鸣，然后低下头，一下一下地搅动咖啡。

"我看到网上传你和田毅的绯闻了。"陆一鸣淡淡地说，说完无所谓地看看别处，端起咖啡，喝了一小口。

"那你想不想知道这事是不是真的？"李丹彤的语气听起来有些漫不经心，但其实她的心里有些紧张，她很在意陆一鸣的态度。

"娱乐圈的事本来就是真真假假虚虚实实，谁知道哪条是真的，何必太在意呢。"

陆一鸣本来是实话实说，但不承想这句话却惹恼了李丹彤。

李丹彤抬起头，眼睛睁得大大的。

陆一鸣被李丹彤的样子吓到了："丹彤，你怎么了？"

李丹彤的眼睛里盈满了泪水："陆一鸣，你果然不关心我。可是这么久了，难道我连你的朋友都算不上吗？如果你真的把我当作朋友，难道就那么放心我跟田毅这样的人在一起吗？"

"你跟田毅在一起，是真的？"虽然陆一鸣之前也想过李丹彤有可能是真的和田毅在一起，但他一直觉得这件事可能是记者瞎写的。

李丹彤咬了咬嘴唇，然后用讽刺的口吻说："你觉得在我知道田毅所做的事情后，还会喜欢他？"

说完这话，李丹彤的眼泪落了下来。泪水落在咖啡里，咖啡杯里漾起几圈涟漪。

"我不是这个意思。"陆一鸣不知道该说什么好，有些尴尬地看着李丹彤。

李丹彤缓缓地掏出手机，打开一段录音。

"田毅，你为什么要偷陆一鸣的作品呢？"录音里传来李丹彤质问田毅的声音。

田毅回答道："我知道这件事瞒不住你。可是，咱们才是一个公司的，你如此逼我对你有什么好处？"田毅的声音听上去有些恼怒。

"田毅，这跟我在哪家公司没有关系。我希望你去给陆一鸣道歉，把剽窃他作品的事好好说清楚。不然的话，我一定会揭穿你。田毅，你也是玩音乐的，难道心里就没有一点儿对音乐的尊重吗？"

田毅气急败坏地说："你以为我想这样吗？可是你也看见了，如果我没有属于自己的作品，公司会怎么对待我？我差点儿和陆一鸣一样被雪藏起来！"

李丹彤毫不示弱地大声喊道："这样的结果是谁造成的？你如果之前不窃取陆一鸣的作品，公司会对你期待那么高吗？我没有原创作品，不是照样在公司生存下来了吗？你是个很好的歌手，可是你并不是一个好的创作型歌手，你难道要靠偷来维持你创作歌手的名声吗？这样有意义吗？"

"我前几年是能写歌的，我们乐队的歌都是我写的。可是，自打我拿到陆一鸣的作品后，就再也写不出来了。彤彤，以后我再也不做这样的事了，你原谅我好吗？我就踏踏实实地唱歌，好吗？"田毅的声音逐渐有些心虚。

李丹彤的语气也缓和了下来："田毅，是不是创作歌手真的有那么重要吗？看在你之前一直对我很好的份上，我真的不想和你翻脸。如果你承认自己做的错事，我们还是朋友。"

录音里沉默了好一会儿，接着，田毅继续说："其实那天送一鸣回家，我根本没有偷他曲谱的打算。可是，他的曲谱就放在那么明显的地方，我纠结了很久，心想着，一鸣反正能写好多作品，我用他几首歌应该没事。谁知道就那么巧，我的唱片和他的唱片撞上了。这件事，我也挺后悔的。我每天晚上都睡不踏实，你知道吗？"

李丹彤叹口气："如果你不公开跟陆一鸣道歉，我一定会想办法还他一个清白的。"李丹彤的语气听起来冷冰冰的。

"可是，我如果公开发声明，那我就完了。难道你只把陆一鸣当你的朋友，而我对你的付出你就看不见吗？"

录音听到这里，后面就没有了。

李丹彤苦笑几声："这段录音我发到你微信里了，你起诉田毅吧，我可以出庭做证。"

听完这段录音，陆一鸣的心情十分复杂。他是非常想拿到证据，然后赢了官司，还自己一个清白。可是，一旦这个录音曝光，李丹彤的形象也会受到影响。想到李丹彤为自己所做的一切，他觉得自己不能这么做："丹彤，你为了我做出这么大的牺牲，我很感动。可是丹彤，我不能为了挽救自己，把你毁了。"

李丹彤扯动嘴角，冷笑道："一鸣，你以为我在乎这些吗？我是一个歌手，我有自己的职业操守。别说你是我的朋友，就算不是，我也不会眼睁睁地看这件事发生。"

陆一鸣听到李丹彤这番话，心里十分感动，他不知道该怎样表达自己的想法，站起身来，蹲在李丹彤的面前，说："对于你来说，你可以那样做。但是，我真的不能接受以这样的方式来澄清我的清白。如果我只想着自己，而不管朋友的前途，你觉得这样做比田毅能好到哪里去？"

李丹彤低着头，怯怯地说："那我能有什么办法帮你？"

陆一鸣目不转睛地看着李丹彤："丹彤，你真的不需要为我做什么，我都快忘记这件事了。等过了签约期，我和星辰公司就没有关系了，到时候我能拿出更多更好的作品，盗窃的事自然会过去的。"

"可是，你知不知道，如果那样的话，你重新起步有多艰难？"李丹彤说。

"我知道，我有心理准备。但怎么也好过一年前，再多的苦，我也能吃，放心吧。除了能拿出对谁都没有伤害的证据，否则，别再做傻事了，答应我，好吗？"

李丹彤默默地点点头，陆一鸣继续说："对了，田毅之前那个手机还在你那儿吗？咱们再研究一下他的手机，我总觉得手机上肯定有点儿什么。"

"手机好像就在会所里，上次我没发现什么，就直接扔房间了，我去找找。"李丹彤说着，风风火火地跑去了房间，陆一鸣也赶紧跟了去。

　　李丹彤在会所的房间是私人住的，房间里的东西服务员会收起来放在房间。她从床头柜里找出来手机，然后找了一个充电器充电。

　　手机很快打开了，李丹彤再次仔细查找了一下手机，依旧毫无收获。

　　陆一鸣突然想起来一件事，对李丹彤说："我手机上的照片有时候删了，但在删之前会自动存到某个地方，但是我说不上来是在哪儿，你看看他的手机，是不是也会有这样的情况？"

　　陆一鸣手机玩得少，很多功能他不太懂，但经他这样一说，李丹彤就明白了。

　　李丹彤熟练地打开田毅手机上的云相册，果然，他们很快发现云相册里有之前田毅拍的陆一鸣的曲谱。

　　李丹彤激动地推了陆一鸣一下："一鸣，你怎么不早管我要手机研究研究呢？"

　　陆一鸣"嘿嘿"地笑了笑："我想要来着，可是那时候网上都在传你和田毅在一起了，我哪知道这事真的假的，所以就没敢管你要。"

第四十四章　经济基础决定上层建筑

正当陆一鸣和李丹彤兴奋地要打电话联系律师起诉田毅的时候，田毅突然出现在了他们面前。

田毅是个非常敏感的人，可能是之前的经历让他对周围的人多了一份防范之心。他在李丹彤面前承认自己偷窃了陆一鸣的曲谱后，就一直担心李丹彤会把这件事说出去，所以这几天他一直在关注李丹彤的动态。今天得知李丹彤和陆一鸣见面，他就猜到二人是要揭穿他。

田毅冷笑了几声，看看李丹彤，再看看陆一鸣："你们两个联起手来搞我，好吧，我认了！是不是从我身上找到什么有力证据要去告我？"

李丹彤义愤填膺地说："是啊，咱们法院见！"

李丹彤手里的手机引起了田毅的注意，田毅笑道："可以啊，你们去告我啊！"

说着，田毅掏出兜里的手机，然后点开一段视频，把手机递给陆一鸣："给你看样东西。"

陆一鸣接过手机，手机正在播放的视频居然是之前光头男人发给他的视频。陆一鸣愤怒地抬起头，瞪着田毅："你怎么会有这段视频？"

田毅笑了一下："如果我说是倪阿蒙自己给我的，你信吗？"

陆一鸣愣了一下，说："你说呢？"

田毅摇摇头，说："一鸣，我知道你现在很生气，但这确实就是倪阿蒙给我的。"顿了一下，田毅继续说，"你还记得吗，咱们住在仓库的时候，我经常给倪阿蒙钱。那个时候，我们感情很好。这段视频就是当时她发给我当作情侣之间的一点情趣的。"

陆一鸣皱着眉头，显然有些不太相信田毅的话："光头男人手里的视频是你给的？"

田毅疑惑地说："光头男人是谁？这个视频我只自己看过。"

陆一鸣仔细地观察田毅，没有发现他说谎的痕迹。

"我想起来了。"田毅突然说，"之前我看过一个光头男人来找倪阿蒙，倪阿蒙好像还很怕他。"

"倪阿蒙之前发生的事你全知道？"

"多少知道一些吧。"田毅点点头，"我觉得光头男人手里的视频应该也是倪阿蒙给的，毕竟他们手里若是没有倪阿蒙的把柄，光靠那个没有什么法律效力的合同，倪阿蒙怎么可能老老实实地给他们钱？"

"那你今天拿这个视频过来是什么意思？"李丹彤听着二人的谈话有些云山雾绕，所以打断了他们的对话。

田毅看着陆一鸣，说："如果你要告我，我就把这段视频发出去，反正我就算死也要拉一个垫背的。"

李丹彤生气地喊道:"田毅,你好卑鄙!"

田毅没有说话,死死地盯着陆一鸣。

陆一鸣想了一下,把手机递给田毅:"你的手机还给你,你把视频删了。"

"一鸣,你疯了!"李丹彤大声喊道。

田毅笑着接过手机,然后当着陆一鸣的面删了视频:"一鸣,我知道你不爱听这些话,但是看在我确实对不住你的分上,我还是想劝你一句,倪阿蒙真的是个无底洞。"说完,田毅就转身离开了会所。

陆一鸣一言不发,他站起身,走到门口,又突然转身对李丹彤说:"今天的事,你最好都忘记,就像没发生一样。"

"嗯,放心吧,我会保密的。"李丹彤举起手,发誓道。

陆一鸣的大脑一片空白,他不知道自己究竟要到哪里去。

李丹彤走上前拉住陆一鸣:"一鸣,要不我陪你喝两杯吧!"

陆一鸣点点头,他现在心里有些复杂,他不是为了不能起诉田毅难过,也不是为了倪阿蒙惹的祸难过,而是当他想到田毅和他说的话时,心里有了一个猜想,如果视频是倪阿蒙自愿给光头男人的,那自己岂不是相当于被倪阿蒙和光头男人联手骗了。这样的猜想让他觉得有些心寒。

服务员拿了瓶酒上来,李丹彤和陆一鸣一人抱着一瓶酒安静地喝起来。

对于今天发生的事情,李丹彤的心很痛,她看到陆一鸣为了倪阿蒙什么都可以放弃,突然觉得自己的等待和付出都是无望的。尽管陆一鸣活生生地在她眼前,可是她却抓不住陆一鸣的心。她的心在滴血，表面上还要佯装不在乎。

他们一直喝到傍晚，直到陆一鸣的电话响起来。

电话是秦建斌打来的，陆一鸣今天忘了接浩浩回家，秦建斌问他怎么回事。

此时的陆一鸣已经醉得不省人事，电话里"哼哼唧唧"地说不清楚。后来，还是李丹彤把电话抢过来，告诉了秦建斌陆一鸣的情况。李丹彤虽然喝得也很多，但比陆一鸣好多了，至少话还能说清楚。

秦建斌把陆一鸣接回来，可是陆一鸣的嘴里一直念叨："丫丫，丫丫！"或许在陆一鸣的潜意识里，只有倪丫丫才是纯洁的、干净的，没有受一丝污染的。他喜欢倪丫丫，无条件地喜欢，无条件地爱。

秦建斌帮陆一鸣把衣服脱掉，然后让宋姐给他做了碗醒酒汤，直到他沉沉地睡去，嘴里还一直喊着丫丫的名字。

第二天，陆一鸣五点钟就醒了，去卫生间洗了澡，换上一身干净的衣服，坐在客厅里。

秦建斌迷迷糊糊地从卫生间走出来，突然发现眼前有一个黑影，他揉了揉眼睛，发现是陆一鸣坐在沙发上。

"怎么这么早？"秦建斌还没完全醒，迷迷糊糊地问道。

"对不起，昨天喝起酒来，忘了接浩浩。后来是你接的他吗？"陆一鸣已经完全清醒，想起昨天自己的行为，感到后怕，担心浩浩遇上坏人。当他醒来看到周围都很安静后，才意识到浩浩是安全的。

"没关系，不过，你怎么突然喝起酒来了？"秦建斌之所以这样问，是因为他了解陆一鸣。陆一鸣是那种平时滴酒不沾、做事一丝不苟的人，他昨天喝醉忘记接浩浩这件事，实在太反常了。

陆一鸣不吭声，抬头看了看秦建斌，不知道该说些什么。

秦建斌继续说："一鸣，你让我打听的事有结果了，倪丫丫确实是秋雨生的，在你们县城的医院，我是拜托我同学的亲戚打听到的。真没想到，秋雨还有这么大的秘密瞒着咱们。"说完，秦建斌轻轻地叹息了一声，抬头看陆一鸣的反应。

陆一鸣并没有感到意外，但是他依然不相信这个结果。他对秦建斌说："建斌哥，我还是觉得这事不太对，我想去一趟县城医院，看看能不能找到孩子出生那天的监控录像，毕竟眼见为实。"

秦建斌看陆一鸣没有死心，只好说："一鸣，这件事交给我来办吧，我来想办法。一鸣，我还有件事跟你说，再有不到两个月的时间，你的合同就到期了，正好最近我想成立一个娱乐公司，到时候你来我的公司，哥帮你运作新唱片。你这段时间写了那么多作品，我爸和你嫂子也都看过，他们对你都很有信心，你也要对自己有信心。"

陆一鸣吃惊地看着秦建斌，他没想到秦建斌会如此帮他："哥，不用，你千万别为了我办公司。我盗窃作品的事估计很难洗白了，你千万别冒这个险。"

秦建斌把手放到陆一鸣的肩膀上："一鸣，你别有心理负担，你的新作品会让之前的谣言不攻自破的，况且我成立公司不单纯是为了你，还为了你嫂子。你嫂子回国后，只能在剧场客串演演音乐剧什么的，这对她来说实在是一种浪费，她应该有自己独立的演奏会，所以，我才想到要成立一家娱乐公司。你千万别有负担，我相信你和你嫂子都不会让我失望的。虽说做生意有风险，但为了我的亲人们，我愿意尝试。"

陆一鸣有些犹豫不决："哥，我想我不适合当公众人物，我只适合在幕后，不适合在台前。说实话，我更喜欢当流浪歌手的日子，那样自由单纯的生活，虽然挣的钱不多，但是每天都很充实，很快乐！"

秦建斌明白陆一鸣的想法，但他比陆一鸣更加明白生活中不如意之事十之八九，每个人都要学会和生活妥协。

"一鸣，如果想要做自己想做的事，首先要有一定的经济基础。我这样跟你说吧，网上最近流行一个小段子。

"一个穷人和几位富人一起喝酒，穷人就问富人，你们这么有钱，那么你们的理想和奋斗目标是什么？富人说，等我们再奋斗几年就去农村，有个自己的农家院，养点儿鸡鸭鹅狗猪，种点儿花草，春天踏青，夏天钓鱼，秋天掰苞谷，冬天扫雪，没事的时候几个朋友斗斗地主，喝点儿小酒，那样的生活多美好啊！喝完酒后，穷人回家琢磨半宿，心想富人的理想我现在就有啊，那我还奋斗什么，于是他决定回家掰苞谷去。"

秦建斌讲完故事后，问陆一鸣："你说富人和穷人回家种地的心情能一样吗？"

陆一鸣不作声，想了一下，说："哥，这件事容我好好想想吧。"

秦建斌站起身，手放在陆一鸣的肩膀上："回去再睡会儿吧，最近我和你嫂子忙着婚礼的事，就麻烦你多花点儿时间帮忙照顾一下浩浩。"

陆一鸣突然意识到，秦建斌和张岚结婚后，浩浩的器乐应该是张岚亲自教。所以，他应该考虑一下自己是不是要搬回去住，但家里现在是倪秋雨带着倪丫丫在住，自己回去怕倪秋雨会多心。

想到倪丫丫，陆一鸣再也睡不着了，自打倪丫丫出院后，就三天两头地感冒。

陆一鸣几乎每天都会抽时间去看倪丫丫。晚上，倪秋雨会给他发一个倪丫丫的小视频，只有看到倪丫丫，他才能够安然地睡着。令他感到高兴的是，倪秋雨并没有拒他千里之外。

没一会儿，宋姐起来做饭。陆一鸣听到声音后，来到厨房，看到宋姐正在炸油条。宋姐炸的油条既好吃又卫生，陆一鸣记得倪秋雨以前也爱吃。

陆一鸣笑嘻嘻地走到宋姐旁边："宋姐，多做点儿，我拿去给一个朋友尝尝你的手艺。"

宋姐白了陆一鸣一眼，打趣道："什么朋友啊？是不是女朋友？不是女朋友不让拿。"

陆一鸣"嘿嘿"笑了笑："你说是就是，反正你快点儿啊，我先去盛豆腐脑。"陆一鸣了解宋姐的习惯，豆腐脑一般是昨天晚上洗的面筋，一大早起来就做好，然后在锅里小火儿熬着，全家人都爱吃宋姐做的豆腐脑。

陆一鸣找了一个保温盒，装好两碗豆腐脑，然后在宋姐旁边眼巴巴地等着宋姐炸油条。

待油条出锅后，陆一鸣迅速地拿了两人份的量："告诉蒋老师和建斌哥，我出去一下。"

宋姐脸上乐开了花，每次看到秦家人喜欢吃自己做的饭的时候，她都觉得很满足。

陆一鸣开车回到自己家，拿出钥匙，先是敲了几下门，然后用钥匙打开门。倪秋雨正推着婴儿车里的倪丫丫在屋子里来回转。

之前陆一鸣回家的时候经常敲门，然后让倪秋雨过来给他开门，他觉得这样比较礼貌一些。可是，很多次倪秋雨都在忙着，不是抱着倪丫丫，就是在给倪丫丫冲奶粉或者换尿布，后来倪秋雨让他自己拿钥匙开门，陆一鸣也觉得这样方便些。所以，每次进屋之前，他都会象征性地敲几下门，然后再拿钥匙开门。

"一鸣哥，你来了！"

陆一鸣把早餐放到餐桌上，然后走到客厅。

倪秋雨穿着一件碎花棉质睡裙，头发简单地扎起来，穿着一双早市上随处可见的女式拖鞋。她一边晃动婴儿车，一边嘴里碎碎念，好像跟倪丫丫说着什么。俨然一位标准的家庭主妇的模样。可是就是这样的形象，让陆一鸣每次回来都有一种家的温馨感，他甚至喜欢闻倪丫丫身上的奶味和尿布味。

"丫丫，你看谁来了？"倪秋雨笑着逗倪丫丫。

倪丫丫最近被倪秋雨照顾得很好，身上松弛的皮肤变得粉嫩嫩的，眼睛大大的，身上肉嘟嘟的，俨然一个瓷娃娃。

陆一鸣走到婴儿床前，抱起倪丫丫，然后对倪秋雨说："快先去吃早餐，宋姐做的豆腐脑和油条，还热着呢。"

倪秋雨"嗯"了一声，走到卫生间简单地洗漱了一下，然后坐到餐桌前："一鸣哥，你也没吃呢吧？要不你先吃吧？我待会儿再吃。"

"你先吃吧，我先和丫丫玩会儿，一天都不见她了，昨天喝醉都念叨她呢！"陆一鸣随口说。

"你喝醉了！"倪秋雨惊呼道。

"哦，没事，就是几个朋友聚了一下，不小心喝多了。后来秦大哥接我回去的。"

"真没事？"倪秋雨咬了一口油条，若有所思地问。

"真没事，你一鸣哥啥时候是不靠谱的人？放心吧。"

陆一鸣轻轻地抱住倪丫丫，手不小心碰到了倪丫丫腹部的纱布，心里突然"咯噔"一下，想起倪丫丫在医院受的那些罪，还有身上巨大的伤口，他的心犹如刀绞一样。

陆一鸣抱着丫丫站到体重秤上，体重秤显示一百四十斤。然后他又把丫丫放到婴儿车上，自己站上去，体重秤显示一百三十二斤。

陆一鸣高兴地叫起来："秋雨，丫丫八斤了！丫丫八斤了！"

倪丫丫是个早产儿，住院期间，她的体重比一般婴儿轻不少，陆一鸣一度担心手术影响她的发育，但现在看起来，倪秋雨照顾得非常好。

倪秋雨听到这话，先是发自内心地笑了笑，然后脸色又突然暗下来。这一幕并没有逃过陆一鸣的眼睛，但是他没有说话，他大概知道倪秋雨在发什么愁。

倪秋雨给倪丫丫买的奶粉都是进口奶粉，但随着倪丫丫食量的增大，一罐奶粉能够坚持的时间越来越短。陆一鸣上次买的奶粉，没几天就喝完了。倪秋雨手里虽然也有些钱，但是她考虑到日后倪丫丫用钱的地方可能会更多，所以总是舍不得花钱。

陆一鸣瞥了一眼奶粉罐里的奶粉，果然只剩下一个底儿了。陆一鸣手里的钱也所剩无几，除了丫丫的八万医药费，他手里剩的两万都买了婴儿用品。

陆一鸣熟练地帮倪丫丫冲好奶粉，然后喂她喝奶。

倪丫丫喝得非常香，看到这样的倪丫丫，陆一鸣嘴角不由自主地上扬。

吃完早餐，陆一鸣对倪秋雨说有事要出去。

倪秋雨拦住了陆一鸣，把自己的银行卡递给陆一鸣："一鸣哥，丫丫现在吃的喝的用的都是你买回来的，你手里有多少钱，我还是清楚的。这卡放我这里也没用，你现在是要出去给丫丫买奶粉吧？那这些钱你就拿着，我怎么都行，可不能委屈丫丫。"

陆一鸣手里的钱确实少之又少，他接过倪秋雨的卡，说："秋雨，再熬一段时间就好了。秦大哥要开一个娱乐公司，他说公司成立后的第一件事就是给我开演唱会、出唱片。到时候，不光是丫丫的奶粉钱，她以后所有的一切就都包在我身上了，我要给她最好的生活！"

"一鸣哥……"倪秋雨欲言又止。

第四十五章　绯闻的中心

走出家门，陆一鸣给秦建斌打了电话，在电话里告诉秦建斌，自己决定接受他的建议，配合他成立娱乐公司。秦建斌听了这话非常高兴。

陆一鸣买完东西回到家，还没进门就听到倪丫丫的哭声。陆一鸣连忙打开门，看到倪秋雨正抱着倪丫丫在客厅来回走。

"一鸣哥，你可算回来了！我感觉丫丫又发烧了，咱们赶紧去医院吧！"说完倪秋雨从倪丫丫腋下取下体温表。

陆一鸣连忙抢过来，看了看温度，连忙拿起倪秋雨的包："三十九度！咱们赶紧走！"

陆一鸣用最快的速度来到医院，随便找了个地方停下来，然后接过倪秋雨手里的倪丫丫，跑到了儿科。

小孩子发烧虽然是很常见的，但是对于倪丫丫来说却十分严重。陆一鸣记得医生跟他说过，倪丫丫刚做完手术，身体还很虚弱。

医生给倪丫丫检查的时候，陆一鸣和倪秋雨的心都提到了嗓子眼。

医生给倪丫丫检查完，认真地告诉他们："孩子是感冒了，还有一点儿呼吸道感染，手术不久的孩子很容易出现这样的情况，所以家长要千万好好护理。"

倪秋雨低着头，表情非常痛苦："都怪我，有时候她睡着了我忘记给她盖被子，可能是着凉了。"

医生是个中年女人，她非常理解倪秋雨的心情。转而看向陆一鸣，语重心长地说："孩子刚做完手术，身体还非常虚弱，这个时候就需要父母细心照看。只有妈妈一个人是不行的，做爸爸的也要负起责任来。还有，家里老人不能搭把手吗？现在的年轻人，自己都是小孩呢，哪有经验照顾孩子啊！"

听到医生这样说，倪秋雨连忙说："都是我不好，我以后会注意的。谢谢您医生，孩子需要住院吗？"

陆一鸣一时间不知道该说些什么，只好站在一边，默默地等待着医生的吩咐。

医生迟疑了一下，然后说："这样吧，给孩子打点滴，避免发展成肺炎，不严重的话，在医院待两天就可以回家了。这么小的孩子，吃药不太方便。"

"去输液区还是办住院？"陆一鸣问。

"别办住院了，现在输液也有单间，你们现在去问问护士有没有单间。孩子太小，尽量避免人多的地方。"医生耐心地说。

"好，好！"

陆一鸣跑到护士站，询问有没有单间。

当班的护士看到陆一鸣，顿时惊呆了："天呐！网上说的难道是真的吗？陆一鸣，你真的有孩子了？"

陆一鸣哪里有心情跟护士讨论这件事情，他焦急地说："麻烦您快查查有没有单间，我孩子等着输液呢。"

"好，好！"小护士赶紧查了起来。

护士很快给陆一鸣安排了一个单间，带着他和倪秋雨过去。一路上，小护士用眼睛不停地扫视倪秋雨，脸上还露出不可思议的表情。

倪丫丫打上点滴之后，病房门外聚集了很多人。陆一鸣喃喃自语道："我出来过这么多次，没见这么多人围观啊，今天这是怎么了？"

倪秋雨怀里正抱着倪丫丫，听陆一鸣这样一说，抬头看了看他，发现他没有戴墨镜和帽子。

"一鸣哥，你忘了墨镜和帽子了！"倪秋雨提示道。

作品抄袭事件已经过去了几个月，陆一鸣没有料到观众们还没有把他忘记。他无奈地叹口气，对倪秋雨说："我出去看看吧，吵都吵死了！"

"一鸣哥，你还是不要出去了，万一有记者怎么办？"倪秋雨体贴地说。

陆一鸣虽然也讨厌记者，但是如果有的话，他也不想躲躲藏藏的，毕竟有些事还是要面对。

正当陆一鸣要推门走出去的时候，倪秋雨制止了他："一鸣哥，你不能出去，你会给自己惹麻烦的。你们公司是不允许你随便接受记者访问的。"

陆一鸣想了想，觉得倪秋雨说得对，他现在不能惹上任何纠纷，他和倪秋雨手里的钱加在一起也才几万块，倪丫丫现在正是需要钱的时候，他不能轻举妄动。

"坐下吧。"倪秋雨指了指一边的凳子，让陆一鸣坐下来。

直到倪丫丫打完点滴，他们抱着孩子走出去，有几个记者还没有离去。看到陆一鸣出来，他们迅速围了上来，询问陆一鸣有关孩子的事。

陆一鸣没有说话，不回应记者的提问。他的表情很淡定，看起来十分轻松。

陆一鸣从容地拨开人群，用宽大的胳膊护住倪秋雨和倪丫丫走过去。记者也很知趣，看到倪丫丫太小，他们连忙退后，尽量不影响孩子。

网络新闻的传播速度很快，陆一鸣回到家，就接到秦建斌的电话，让他看网上的新闻。

陆一鸣表面答应着，可他并不在意记者写了些什么。反倒是倪秋雨非常关心，倪丫丫睡着后，倪秋雨点开手机开始看新闻。

各大网站的娱乐头条果然都是陆一鸣私生子的事情，还写到陆一鸣孩子的母亲不修边幅，年纪轻轻活像中年大妈。

倪秋雨看到这些新闻心里也没有太在意，她觉得记者怎么写是他们的自由，至于自己的生活该怎么过就怎么过。

看到网上的新闻，秦建斌不得不把倪秋雨生孩子的事告诉了张岚。

张岚得知这个消息，十分惊讶，考虑到陆一鸣的怀疑以及倪秋雨的为人，她建议秦建斌再好好调查一下。

"建斌，我不是怪你不告诉我这件事。你想过没有，陆一鸣和倪秋雨的经济状况能应付这个手术不？你这个当哥的关心过没？"

秦建斌回答道："我告诉一鸣了，有什么困难尽管跟我说，其实我也很想给秋雨打个电话来着。可是，我怕你不高兴，所以没打。"

"你啊……"张岚叹气道，"走，我们过去看看吧，即使他们能应付，心脏手术这么大的事，你这个当哥的也应该表示一下不是？你别忘了，咱们家浩浩可是秋雨带大的。"

张岚一边埋怨秦建斌，一边去换鞋。

没想到二人的谈话被蒋雁南听到了，蒋雁南走上前去，让他们等一下。过了一会儿他再次走出来："建斌啊，刚才你们的话我都听到了。我就不去了，这张卡，你们帮我带给一鸣吧。这俩人都是极善良的孩子，说实话，我真希望那个孩子就是他们生的。"

秦建斌本打算拒绝蒋雁南的卡，张岚反而接过来："这是爸的心意，不能让一鸣感觉到他这边有事了，而缺少家里人的关心。咱们还是拿着吧！"

"还是岚岚考虑得周到啊！"蒋雁南笑着夸奖道。

秦建斌和张岚到陆一鸣家的时候，他家门口已经聚集了好多记者，好在张岚考虑得周到，来之前就帮他们打包了午饭。

秦建斌刚要敲门，就被记者拦下："请问您是陆一鸣的什么人？"

秦建斌淡淡地笑了笑，他并没有反感，相反，他觉得陆一鸣不能说的问题，他可以从外人的角度说一下："我是他哥，请问你们想知道什么？"

"请问陆一鸣对之前的剽窃事件不做公开回应，是默认自己剽窃了吗？"其中一个戴眼镜的女记者问道。

秦建斌其实有点儿怕记者问孩子的事，但这个问题提得倒是正合他的心意。他从容不迫地说："一鸣的身世想必大家都很了解，我之所以说是他哥哥，是因为他在监狱的时候特别照顾我的父亲，即使是现在他也依然把我的父亲当成自己的父亲一样孝顺。所以，在我心里，我就是他哥。我对他的人品、才华是充分肯定的，不然我也不会随便就认一个弟弟。至于剽窃事件，我想等一鸣的新作品问世，这个谣言就会不攻自破的。"

秦建斌话音刚落，就有一个记者认出他来："请问你是不是荣华集团的总裁秦建斌秦先生？"

"正是在下。"秦建斌谦虚地点点头。

虽然眼前的几个人都是娱乐记者，可是对于荣华集团想必整个高阳市无人不知。听到秦建斌的话后，记者们发出一阵惊呼声，随后变得更加兴奋起来。

"请问您对目前陆一鸣被公司雪藏的事件怎么看？"记者继续追问道。

秦建斌云淡风轻地笑了笑："好吧，既然朋友们这样关心一鸣，我不妨给大家透露一个消息。我刚注册了一家文化传媒公司，我的父亲、我的太太，还有一鸣这个弟弟都是从事音乐相关工作的，我想我也要为咱们国家的文化事业做一点儿贡献。陆一鸣之前免费在培训机构教孩子上课的事触动了我，所以，我也打算为传统音乐的传承贡献一点儿力量。我计划把成立公司后的第一笔收益投放到陆一鸣之前的免费培训机构上，到时希望各位媒体朋友帮我好好宣传一下。"

"陆一鸣会签到您的公司吗？"

"一鸣是个对音乐有想法的人，我会尊重他的选择。如果将来一鸣愿意签在我公司旗下，我想我也会不留余力地爱惜人才。但我希望一鸣这段时间不被打搅，毕竟孩子正在生病，希望各位记者朋友给予充分的理解。"

"那生病的孩子到底是不是陆一鸣的呢？"

秦建斌迟疑了一下，认真地说："我可以负责任地告诉大家，这个孩子的亲生父母是谁，我们都不知道。一鸣喜欢孩子，他对待我家的孩子甚至比我这个当爸爸的都要关心。至于这个孩子到底是不是陆一鸣的私生子，我想将来他自然会告诉大家的。"

记者们纷纷点头。

秦建斌接着说："各位记者朋友，现在已经是中午了，既然大家已经得到了想要的答案，请各位去吃饭吧。"

记者们看到秦建斌如此绅士的表现，纷纷向他点头致谢，然后陆续地离开。

张岚对秦建斌的表现十分满意，伸出大拇指，笑着对秦建斌说："果然狡猾，一举三得！既宣传了新公司，又为陆一鸣的盗窃事件做了澄清，最重要的是孩子的事被轻描淡写地掠过，高！果然高！"

秦建斌被张岚逗得哈哈大笑："我要是不狡猾点儿，怎么应付那些狡猾的记者？"

张岚白了秦建斌一眼，敲响了陆一鸣家的门。

秦建斌和张岚进门后看见倪秋雨正忙活着给倪丫丫洗衣服。

见秦建斌和张岚来了，倪秋雨放下手里的活儿走过来。

张岚连忙凑过去："秋雨，你忙吧，没事，我们就是过来看看。我才听说孩子动手术了，你建斌哥粗心大意，这么大的事才告诉我。我们过来看看，你们有什么需要帮助的没有？"

倪秋雨看着婴儿车里的倪丫丫，羞涩地笑了笑："谢谢你们还专门过来看我，孩子今天发烧了，我和一鸣哥刚从医院回来。"说着说着，倪秋雨的眼泪就流了出来。

张岚忙递给倪秋雨一张纸巾，倪秋雨攥在手里道："之前浩浩要是发烧什么的，至少他会说出来，他会告诉我他哪里难受。你说丫丫这么小的孩子，她得多难受啊！我真害怕她有个什么闪失！"

张岚看到倪秋雨这样难过，用手轻轻拍了拍她的肩膀："所以啊，秋雨，有什么事要及时通知我们，至少我们能帮你出出主意。孩子手术后复查了没有？医生怎么说？"

陆一鸣接过话茬："复查了，心脏方面没有什么问题，就是经常发个烧，今天更是烧到三十九度，不过打了点滴，烧很快就退了。但我们现在不敢离开她半步，生怕她有个闪失不能及时发现，所以，今晚我就住这里了。"

张岚点点头："孩子发烧不能大意。一鸣，你还是搬回来吧，孩子刚做完手术，要多加注意，秋雨一个人怎么应付得过来？我是想着帮你们请个保姆，可是，现在靠谱的保姆不好找，我会让宋姐经常过来帮你们做饭。我现在没什么事，浩浩和老爷子我负责就行。"

"谢谢张岚姐，我听你的，就先不回去了，看到丫丫好好的我才能放心。"

张岚拿出两张卡，放到茶几上："你哥那么忙，别的忙他也帮不上，这点儿钱你们收着。还有，另外一张卡是老爷子给的，说让你们好好照看孩子，他就不过来了。"

"这怎么行？这钱我们不能要！"倪秋雨连忙走过来，拿起卡递到张岚手里。

张岚嘟起嘴巴："看，和我们见外了是不？"

看着两个女人拿着卡推来搡去，陆一鸣说："拿着吧，以后我们再还秦大哥他们。"

秦建斌说："说什么还不还的，都是一家人！"

秦建斌和张岚走后，陆一鸣把他们带来的午饭热了热，又到卫生间洗了洗手，然后走到婴儿车前，对倪秋雨说："你先去吃饭，我来看着她。"

"一鸣哥，你先吃吧。"倪秋雨抬头对陆一鸣说。

"你剩下的我吃光，你快去！"

倪秋雨站起身来到餐桌前，每当吃饭的时候，陆一鸣总会让她先去吃，就是这样的小细节，让倪秋雨的心里十分感动。

陆一鸣一米八五的个子，坐在小板凳上，专注地看着倪丫丫，时不时用手触摸她的额头，怕她再发烧。

看到这样的陆一鸣，倪秋雨的心里有些说不出的滋味。此刻，她真的希望倪丫丫就是自己生的，如果那样，该有多好！

第四十六章　失望终成绝望

电话铃声打断了倪秋雨的思绪，她拿起电话看了一眼屏幕，是倪阿蒙的电话。她顿时有些慌张，按了红色按钮继续若无其事地吃饭。没一会儿，电话再次响起，她拿了电话迅速走到阳台上，关上门，按下接听键。

陆一鸣看到鬼鬼祟祟的倪秋雨，心里有些疑惑。他缓缓站起身，侧身来到卧室的墙角。

阳台的门并不隔音，陆一鸣听到倪秋雨十分激动地对着电话那边说："姐，你既然选择抛弃丫丫，那你现在还问她好不好干吗？你不是说她会成为你的阻碍吗？丫丫是早产儿，还有先天性心脏病，结果你生下她后就不管不问，只顾着自己的事业。你想过她会经历什么吗？姐，以后丫丫的事统统和你没关系！你在医院登记的名字是倪秋雨，那么我就是倪丫丫的母亲，这是谁都无法改变的事实！"

不知道倪阿蒙在电话里说了什么，只听倪秋雨继续对着话筒激动地说："我告不告诉一鸣哥，他早晚也会知道。但是不管一鸣哥认不认丫丫，我都会告诉丫丫她的父亲是陆一鸣，是个有担当有责任的好男人，丫丫一定会为她的父亲感到骄傲的。这就不用你操心了！"

电话那头的倪阿蒙显然不肯罢休，继续说着什么。

倪秋雨的语气也渐渐软了下来："她现在没大事了，我和一鸣哥正在轮流看着她。我一开始确实不想麻烦一鸣哥，可是我不忍心丫丫没有亲生母亲照顾，就连父爱也享受不到。我不管媒体会怎么写，一鸣哥也从来没有在乎过！姐，你记住，我不会要你的钱，我不会让丫丫花你一分钱。你有再多的钱，跟我和丫丫都没有任何关系，以后没事不要来打搅我！"

听到这里，陆一鸣蹑手蹑脚地离开，重新回到婴儿车身边。看着倪丫丫稚嫩的脸庞，他心潮起伏，心里有一种说不出的滋味。虽然他早就怀疑倪丫丫是自己的女儿，可是当事实摆在眼前的时候，他的心情复杂极了。眼前的倪丫丫是他的亲生女儿，将来她要长大，要管他叫爸爸。想象一下都是令人激动的事。

而想到倪阿蒙，陆一鸣一瞬间觉得她离自己好遥远，以前经常出现在自己梦中的人，好像已经在不知不觉间退出了自己的生活。

陆一鸣没有揭穿倪秋雨，而是假装一直守在婴儿车旁边。倪秋雨从阳台回来时，瞄了一眼陆一鸣，不自然地解释说："我怕吵到丫丫睡觉，到阳台接了个电话。"

陆一鸣温柔的目光扫过倪秋雨的脸，笑着说："秋雨，快吃饭吧，一会儿该凉了。"

"我吃饱了，我洗洗手，这就来换你。"

倪秋雨洗完手走过来，正好倪丫丫醒了。她抱起倪丫丫，在客厅里来回走。

陆一鸣看着倪丫丫的两只乌黑大眼睛，心里喜欢得不行，他用开玩笑的口吻说："秋雨，等丫丫会叫人了，就让她叫我爸爸怎么样？"

倪秋雨的表情顿时僵住了，她的目光有些闪躲，支支吾吾地说："一鸣哥，那会影响你事业发展的，还是让丫丫叫你叔叔吧。"

陆一鸣温柔地笑了笑："你别误会啊，我没别的意思，我只是不愿意让丫丫感觉到自己没有爸爸。"

倪秋雨认真地看着陆一鸣："一鸣哥，你真是这么想的吗？"

陆一鸣郑重地点点头："嗯。"

倪秋雨想了一下，默默地点点头："嗯，好，那就让丫丫喊你爸爸。"

陆一鸣绽开笑容，对倪丫丫说："丫丫要乖哦，爸爸要去吃饭喽。"说着恋恋不舍地走到餐桌前。

倪秋雨的心里有些忐忑，她怀疑陆一鸣听到了她和倪阿蒙的通话，但又不完全确定。明知道这件事早晚会被揭穿，但她还没想好什么时候告诉陆一鸣。

陆一鸣的内心更是波涛汹涌，他根本吃不下去饭。倪秋雨刚才讲的话一直回响在耳畔，他没有想到倪阿蒙为了事业，居然连自己亲生女儿都不管，这令他十分气愤。

与此同时，陆一鸣也有很多问题想不明白，为什么倪阿蒙怀孕了不跟他说呢？为什么要选择分手躲起来自己生孩子？难道就真的是怕影响事业吗？可是，既然这样，又为什么会选择生下倪丫丫呢？

陆一鸣真想立刻找到倪阿蒙，向她询问这些问题的答案。可是，眼下倪丫丫的健康比任何事情都重要，他不能在这个时候离开倪丫丫，因为他现在的身份是父亲，他必须处处为女儿考虑。

陆一鸣想了很多，他想等丫丫完全康复以后，带她去医院看望父亲，让父亲看看自己的孙女，说不定父亲的病会因此好转。他甚至想等丫丫大点儿了，带着她回老家给母亲上坟，想必母亲看到孙女也会在九泉之下安息的。

陆一鸣吃完饭后，立即收拾餐具，洗碗收拾厨房，俨然一个居家好男人。

晚上，陆一鸣让倪秋雨先去睡，他守在倪丫丫的床边。

半夜，倪丫丫又发烧了，陆一鸣没有叫醒倪秋雨，而是烧了热水，反复给倪丫丫擦身体，还用冰袋给她物理降温，忙活到凌晨三点，倪丫丫的烧终于退了下来，他手里拿着毛巾靠在婴儿床上睡着了。

倪秋雨最近太累了，躺在床上很快就睡着了，就连陆一鸣半夜忙着帮倪丫丫退烧发出的声音都没有吵醒她。当她醒来的时候，已经是第二天早上五点多。走出卧室，看到陆一鸣疲惫的样子，她心里特别不是滋味儿。

好在这样的日子只持续了五天，倪丫丫的感冒就彻底好了，之后他们相对轻松了许多。

考虑到和公司的合约马上就要到期了，陆一鸣开始抓紧时间写歌。秦建斌这边也已经开始为他筹备演唱会了。

陆一鸣不好光明正大地到秦建斌的公司去练歌，毕竟合同还没结束；但他在家里练的话，又会吵到倪丫丫。所以他只能再次要来蒋雁南家里的钥匙，白天他几乎所有的时间都待在那里，只有晚上才能帮倪秋雨带孩子。

倪丫丫很不容易带，她手术还没有完全恢复好，所以要比一般的孩子格外小心。陆一鸣即使不在家，也会经常给倪秋雨发微信，时刻了解倪丫丫的身体状况。

倪秋雨虽然经常自己一个人带孩子，但看到陆一鸣时刻关心倪丫丫的样子，她就觉得很幸福。甚至，她有一种错觉，倪丫丫好像就是她和陆一鸣生的孩子。

倪丫丫百天那天，正好陆一鸣的合同到期，为了庆祝倪丫丫百天和自己重获自由，陆一鸣打算在家里给倪丫丫过一个风风光光的百日宴。

陆一鸣其实没有别的想法，只是回想起和倪丫丫一起度过的时间，他感觉无比地充实和快乐。现在的倪丫丫已经能够"咿咿呀呀"地和陆一鸣交流了。陆一鸣一逗她，她就会发出"咯咯"的笑声。

每当看到这样的倪丫丫，陆一鸣就觉得自己再也离不开她了。

当陆一鸣把给倪丫丫庆祝百天的想法对倪秋雨说的时候，倪秋雨也十分感动。

倪秋雨眼里含着热泪，高兴地看着陆一鸣："一鸣哥，丫丫都要一百天了，我们要带她去拍百天纪念照哦！"

"拍，当然要拍！"陆一鸣兴奋地应和道。

秦建斌找到陆一鸣，建议帮倪丫丫大办百日宴，然后在百日宴上，公开和陆一鸣签合同。

陆一鸣听到这个想法，坚决反对："建斌哥，我不想把孩子放到公众的视线里，这样对孩子的成长不利。"

秦建斌拍了下自己的脑袋，抱歉地说："你看我，就光想着省事，还是你想得周到。这样吧，百日宴就咱们家里这些人参加，签约的事我再策划一个签约仪式，也方便宣传和包装。"

秦建斌这样的建议陆一鸣当然没理由拒绝，想到秦建斌和张岚的婚礼就要举行了，于是，陆一鸣便主动揽下婚礼上的活儿，以减轻秦建斌夫妻俩的负担。

正当陆一鸣忙着帮秦建斌和张岚筹办婚礼的时候，他接到田毅的电话约他见面。

想到田毅之前的行为，陆一鸣决绝地拒绝了他。

没想到田毅的脸皮越来越厚，一大早就堵在陆一鸣家门口。

"找我什么事吗？"陆一鸣冷冰冰地瞥了一眼站在他面前的田毅。

"你去帮我给秦建斌说一下，把我签到他的公司旗下。"田毅用命令的口吻对陆一鸣说。

陆一鸣冷笑几声，然后再次瞥了田毅一眼："怎么？终究还是混不下去了？你们公司不要你了？"

田毅有些气急败坏，双眼如炬，像是要吃了陆一鸣一样："你如果不答应，我不介意和倪阿蒙同归于尽！反正倪阿蒙现在大红大紫，如果我跟她闹上绯闻，我也不吃亏，就是不知道走玉女路线的倪阿蒙吃不吃得消。"

陆一鸣懒得理睬田毅，淡淡地笑道："你刚才也说了，倪阿蒙现在大红大紫，而我刚刚获得自由，甚至还欠着外债，你觉得勒索我，有意义吗？"

"可是，你能跟秦建斌说上话啊！"田毅有些唯唯诺诺起来。

"对不起，我懒得管你和别人的事情。我只想告诉你，如果你和倪阿蒙同归于尽，你们俩就都毁了，谁也别想有翻身的机会！倪阿蒙没关系，即使她再不堪，我也不会让她饿死。可是你就不一样了，恐怕去当流浪歌手都要被人放狗咬吧！"

"你该不会真的像网上说的那样，跟倪阿蒙的妹妹在一起了？"陆一鸣对倪阿蒙的态度有了一百八十度大转弯，这令田毅有些惊讶。

"这好像和你也没有关系吧？"陆一鸣看了一眼田毅，开车绝尘而去。

第四十七章　日久总该生情

　　陆一鸣来到秦建斌的结婚场地，核实一下信息。当他从场地往回走的时候，接到了蒋雁南的电话。

　　张岚看到陆一鸣进来，偷偷指了指蒋雁南，小声对陆一鸣说："老爷子不太高兴，说话注意点儿。"

　　"蒋老师，最近丫丫很淘气，我白天忙练歌，晚上总在哄她，来看您的次数少了，您别生气啊！"陆一鸣接到张岚的信息，还没走到蒋雁南跟前，就开始道歉。

　　蒋雁南坐在沙发上，阴着脸不说话。

　　张岚见状不想过多停留，蹑手蹑脚地想躲到卧室里去。可是刚走两步，就被蒋雁南叫住。

　　"岚岚，你别走。我跟一鸣说的事，你也听听。"

　　"哦，好的，爸。"张岚连忙退回来，坐到沙发上，给蒋雁南倒了一杯茶。

　　陆一鸣刚想走到沙发上坐下来，就被蒋雁南呵斥住："你搬个凳子坐我对面。"

　　陆一鸣心里有些忐忑，蒋雁南对他很少这样严肃。陆一鸣走到角落里搬过来一个小板凳，像小学生一样规规矩矩地坐下。

"蒋老师……"陆一鸣看了眼张岚，没有得到有效情报，只好又战战兢兢地看着蒋雁南。

蒋雁南板着脸，轻轻地叹了一口气，说："一鸣，你那天和建斌的谈话我听见了。"

"什么谈话？"陆一鸣有些不明所以。

"我听到你说，丫丫是你的孩子。"蒋雁南的表情十分严肃。

"老师，这件事我是想以后再跟您说的。您知道了也好，省的我不知道该怎样向您开口。"陆一鸣小心翼翼地说。

蒋雁南看上去更加生气了，板着脸接着说："你就想这样不清不楚地和秋雨一起过下去？你为秋雨想过吗？人家一个姑娘家，早早地为你生了孩子，你难道不欠人家一个说法吗？"

蒋雁南连环炮似的问题一下子把陆一鸣问蒙了。虽然蒋雁南的话十有八九是错的，却一下子点醒了他。他和倪秋雨、倪丫丫住在一起，这样对倪秋雨的影响是不好。

陆一鸣沉默了一会儿说："蒋老师，这件事我会处理好的，您就别管了。"

"处理，你怎么处理！你爸在医院里，脑子不太清醒，我就要替他管管你！你必须跟秋雨快点儿结婚！"

陆一鸣低着头，有些为难，偷偷地瞅了瞅张岚。

张岚是知道内情的，所以连忙替陆一鸣打圆场："爸，是这样啊，一鸣马上就要和咱们公司签约了，您也知道，艺人是要特别注意这方面的。等一鸣签了咱们公司，多挣些钱，然后再给秋雨办一个盛大的婚礼，不是挺好的吗？"

蒋雁南站起身来，对张岚说："什么等挣了钱再结婚，都是借口！盛大的婚礼还不好说吗？让一鸣和你们一起举办婚礼，你们这当哥嫂的没有意见吧？"

张岚看到蒋雁南的样子，心里有些紧张，赶紧起来搀扶着蒋雁南向卧室方向走："爸，看您说的，我和建斌是二婚。人家一鸣和秋雨结婚那是一辈子的大事，跟我们混在一起算怎么回事啊！这样吧，我和建斌办完婚礼后，就开始准备他们的婚礼，您说行吗？"张岚说着扭头给陆一鸣递了个眼色。

陆一鸣连忙应声："是，让哥嫂替我张罗。您别急，您别急！"

蒋雁南听到这话，脸上的表情才缓了下来："我先回屋写东西了，你们聊吧！"

蒋雁南回卧室后，张岚把陆一鸣叫到沙发上坐下来。

张岚深呼吸了一下，轻轻地拍了拍胸口："老爷子好久不发这么大火了。一鸣，关于秋雨和孩子，你到底怎么想的？"

陆一鸣的表情十分凝重，他不是没有想过，就这样跟倪秋雨和倪丫丫过一辈子也挺好的。可是，他不太确定自己的心意。一直以来，他都把倪秋雨当作妹妹来看待，尤其是他和倪阿蒙在一起后，他更是把倪秋雨当成了亲人。他不否认，倪秋雨身上的很多东西都很打动他，但他不知道那是不是爱。

况且，陆一鸣和倪秋雨之间还有倪阿蒙的存在。虽然陆一鸣一直在告诉自己要忘了倪阿蒙，但毕竟倪阿蒙在他心里待了这么多年，一时间也不可能连根拔除。如果现在他和倪秋雨在一起，不仅自己心里过意不去，也会伤害倪秋雨。

陆一鸣不知道怎么把这些话说给张岚听，他心里乱极了。

张岚看出他的为难，轻轻地叹气道："一鸣，嫂子不逼你。但是，现阶段你必须考虑一下，从秋雨那儿搬出来。虽然这样秋雨累了点儿，但是不至于给她太多的希望，避免以后她会伤心。我看得出来，秋雨是喜欢你的，如果她最后发现你爱的不是她，那你现在越是跟她在一起，将来对她的伤害就越大。"

"嫂子，你说得对，我现在住在家里，只是想多和丫丫见面。我不想让她从小感受不到父爱。"陆一鸣坦荡地说。

"可是，这对秋雨来说不是件好事，你考虑一下我的建议吧。这样吧，我留心一下看看有没有合适的保姆，帮你找一个。这样秋雨也能轻松点儿。"

正说着，陆一鸣接到李丹彤的电话，说找他有些事，约他到会所见面。

陆一鸣一方面是想好好考虑一下张岚的建议，另一方面是知道李丹彤喜欢自己，不想总和她单独见面，于是拒绝道："丹彤，有什么事电话里说不行吗？"

张岚见陆一鸣好像有事，就跟他做了一个手势，回屋去了。

"我是真有事，我在会所等你。"李丹彤听上去很着急的样子。

"那好吧，你等我。"

挂掉电话，陆一鸣开车来到李丹彤家的会所，刚打开门，看到李丹彤正好把咖啡端上桌子。

"有什么事？"陆一鸣走路走得急，担心李丹彤真的有什么急事。

李丹彤示意陆一鸣坐下，然后拿出手机，放出一段电话录音。录音里传出田毅的声音，所讲的内容是他和倪阿蒙的过往情史，包括倪阿蒙曾经为他怀过孩子的事。

陆一鸣听了这段录音，表情十分平静："你怎么会有这样的录音？"

李丹彤耸了一下肩膀："我的好朋友是娱乐频道的记者，田毅找到她，想把这条独家新闻卖给她。之前我们聊天的时候，她正好向我透露这件事。我觉得倪阿蒙是你认为很重要的人，所以，想征求一下你的意见，我要不要阻止这件事？"

陆一鸣惊讶于李丹彤的大度与诚恳，愣了一下，认真地对李丹彤说："丹彤，谢谢你处处为我着想。有你这样的好朋友，我真的很高兴。但是我可以很明确地告诉你，我不会再像以前那样不惜一切代价地帮助倪阿蒙了。每个人都有自己的生活，她做的事对也好、错也好，都应该勇敢地站出来承担责任。一段糟糕的恋情对一个人来说，是最平常的经历，如果我再替她摆平这件事，那是在害她。况且，现在的观众和粉丝是很宽容的，他们会很客观很公正地去看待每个人，他们喜欢的是你的作品，是一个有血有肉的人演绎出来的源于生活的艺术。就拿我来说，我曾坐过牢，但是粉丝朋友们给予我的却是更多的爱和关怀。所以不管是发生怎样的事情，关键还是要看自己的态度。"

"你真的这么想吗？"李丹彤有点儿惊讶，也有点儿疑惑。

陆一鸣点点头。

李丹彤瞄了陆一鸣一眼，试探道："那我能不能理解成，你不再爱倪阿蒙了吗？"

陆一鸣沉思了片刻，坦诚地回答："丹彤，过去我一直没有正面回答过这个问题，那是因为我自己也不清楚爱情到底是什么。但这段时间，我想了很多事情，其实爱和不爱都不是自己能够说了算的。我只能说，我现阶段有比爱倪阿蒙更重要的事，那就是给我女儿一个好的生活，为了她，我要加倍努力地工作。其他事情，交给时间慢慢证明吧。"

"那个孩子真的是你的亲生骨肉吗？"李丹彤有些失落，幽幽地问道。

陆一鸣点点头："对，她是我的孩子。即使有媒体问我，我也会坦诚地承认这件事。"

"那孩子真的是你和倪秋雨生的？"李丹彤不罢休，刨根问底道。

陆一鸣虽然不愿意再为倪阿蒙的事情善后，但是也不想给她制造麻烦。

"丹彤，有些事情，我不是不想告诉你，而是我没有办法告诉你，希望你能够理解。"陆一鸣诚恳地说。

李丹彤了解陆一鸣，如果他不想说的事，再怎么问也是白问。她对陆一鸣笑了笑，表示理解。

陆一鸣抬腕看了看手表，已经下午三点了，他对李丹彤说："明天是我女儿的百天宴，我没有请别人，只有我家里这些人。你如果有空，也来参加吧。"

"我当然会去！"李丹彤露出发自内心的笑容。

陆一鸣站起身告辞。李丹彤说："说完你的事就要走啊，你也不关心关心我？公司不再跟田毅续约了，你觉得公司会和我续约不？"

陆一鸣含着笑看着李丹彤："别跟我开玩笑了，你现在可是你们公司的摇钱树，只有你不愿意续约，不存在公司不愿意和你续约的情况吧？"

李丹彤笑道："没事就多聊几句嘛，时间还早呢。"

陆一鸣随口说："我要去给秋雨买件衣服，明天百日宴她连件像样的衣服都没有。"

李丹彤的神色突然黯淡下来，不过她及时把自己的醋意掩藏起来，假装无所谓的样子："给女人买衣服啊？那我跟你去呗，你的眼光和我比起来不知道要差到哪里去！"

看着李丹彤的笑容，陆一鸣爽快地答应："你愿意帮忙当然好，我有选择障碍症。"

李丹彤以为陆一鸣要带她去逛商场，没想到上车后，他问李丹彤："你经常去哪儿买衣服？"

李丹彤愣了一下："哦，我有私人订制的店。"

"店里只能定制，没有成衣吗？"陆一鸣继续问。

"当然有。"

二人来到李丹彤平时逛的店。店员看到李丹彤来，赶紧迎了上来。

"李小姐，这次来是想要选什么款式的衣服？"

"不是我选衣服，我是来帮朋友选的。你先忙吧，看到满意的，我再叫你。"李丹彤表现得十分随意，仿佛这家店是她开的一样。

不得不承认，这里的衣服都很好看，不管是品质还是款式一看就非常高端。尤其是礼服，每一件都是限量款。

虽然拉来了李丹彤，但是陆一鸣还是自己挑选了款式，他看中了一条暗红色的鱼尾礼服，肩头微露，没有任何装饰，剪裁很讲究。

"丹彤，帮我试试这件。"陆一鸣温和地笑道。

"先生，您真有眼光，这件衣服既朴素又大方，关键是特别衬人肤色和气质。"店员趁机夸奖陆一鸣的眼光。

店员拿了李丹彤的尺码让她试穿，陆一鸣对这件衣服很满意。

李丹彤也很喜欢这件衣服，她笑着对陆一鸣说："这件衣服也很适合我，是不是？"

陆一鸣摇摇头，开玩笑道："对于你来说，这件礼服太素了，你穿它不够艳冠群芳哦！"

"那你也替我挑一件吧？你孩子的百日宴我不是也要参加吗？"李丹彤说。

"又不是什么大场合，你就穿平时的衣服就好了！"陆一鸣随口说。

"那秋雨怎么穿得这么隆重？"李丹彤并不想放弃这个问题。

陆一鸣笑着回答道："明天秋雨是主角，她是我孩子的母亲，所以我希望把我对她的感谢充分地表达出来，仅此而已。"

李丹彤换回自己的衣服。当服务员问陆一鸣要哪个尺码时，陆一鸣犹豫了一下，对李丹彤笑着说："漂亮的李丹彤小姐，我能拥抱一下你吗？"

李丹彤虽然感到有些莫名其妙，但还是欣然接受。

陆一鸣轻轻抱了李丹彤一下，然后转身对店员说："帮我拿比这位小姐小一码的就行。"

"哦？这样也可以？"李丹彤瞪大眼睛看着陆一鸣，"我还头回听说抱一下就能测出尺码的。"

陆一鸣打趣道："哪里啊，以你为参照物而已。"

"也就是说，你和倪秋雨之间也紧紧限于拥抱？"李丹彤刨根问底道。

陆一鸣无语了，迟疑了一下，笑着说："你可真八卦，我只是和她一起照顾丫丫的时候，有过几次近距离的接触而已。"

"也就是说我还有机会？"李丹彤半开玩笑道。

陆一鸣愣了一下，觉得这是个好机会，他必须明确地拒绝李丹彤，不能再让她抱有任何幻想。

"丹彤，我必须明确地告诉你，我们之间真的只可能做朋友。事实上我没几个朋友，你算是我最好的朋友，没有之一。如果你对我有别的想法，那我以后会注意和你保持距离。"

李丹彤沉默了好一会儿，什么都没说，只是默默地跟在陆一鸣身后。

陆一鸣看着李丹彤的样子，心里有些不忍，几次试图安慰她，最后都作罢。他比谁都明白，感情的事是不能勉强的，既然自己已经拒绝了，那就不要再给李丹彤任何希望，否则只会造成更大的伤害。

衣服是一万二，以陆一鸣目前的经济状况，确实不是个小数目。可是，他相信自己很快就能挣更多的钱，他要给倪丫丫和倪秋雨更好的生活，这将是他以后奋斗的强大动力。

李丹彤看到陆一鸣刷卡连眼睛都不眨的样子，醋意更加浓，她对陆一鸣说："你觉得就是几个人的宴会，买这么贵的衣服浪费不？"

"我觉得值就值。"陆一鸣脱口而出。

李丹彤之前一直没有把倪秋雨当成过情敌，那是因为倪阿蒙的存在感太过于强烈。可是现在回头想想陆一鸣和倪秋雨平时的相处，李丹彤觉得自己犯了一个很大的错误。女人的直觉告诉她，陆一鸣和倪秋雨的关系根本就不像陆一鸣说得那样简单。

第四十八章　一场闹剧，各自悲欢

倪秋雨对倪丫丫的百日宴很上心，前一天张岚和宋姐就来帮助她布置屋子，她们把客厅装饰得像个儿童乐园一样，墙壁上挂了好多五颜六色的气球，还弄了彩灯。考虑到倪丫丫太小，不能影响孩子的视力，这些灯光不会很刺眼。

第二天，倪秋雨穿着陆一鸣给她买的新裙子，出现在大家面前。所有的人都眼前一亮，她的美简直令人惊叹。

陆一鸣看呆了，心里不禁充满了满足感。这件礼服简直就像是为倪秋雨量身定做的一样，合理的剪裁衬托着倪秋雨纤细的腰肢，显得她特别高挑；头发像瀑布一样披散开来扫过衣服的布料，有一种高贵感；锁骨恰到好处地露出来，衬托着姣好的面庞。直到这时，陆一鸣才发觉倪秋雨一点儿也不逊色于倪阿蒙。

李丹彤看到这样美丽的倪秋雨，心里觉得难过，有点儿后悔没有制止陆一鸣买这条裙子。

所有人的目光都聚集在倪秋雨身上。陆一鸣从婴儿车里把倪丫丫抱起来，然后请李丹彤帮他们拍照，李丹彤十分不情愿地拿着相机不停地按动快门。

倪丫丫今天显得特别兴奋，两只眼睛忙碌得不知道要往哪里看，她忽闪着大眼睛，一会儿看看这儿一会儿看看那儿，胖嘟嘟的小脸蛋儿总让人有亲上去的冲动。

浩浩强烈要求抱抱倪丫丫，张岚只让他抱了一小会儿就赶紧还给陆一鸣。

浩浩噘着嘴巴对张岚说："妈妈，你和爸爸也给我生一个这样的小妹妹吧，我太喜欢她了！"

浩浩的话惹得满屋子的人哈哈大笑。秦建斌倒是十分认真地对浩浩承诺道："浩浩，这个问题，你妈妈已经答应爸爸了，你不要着急哦！"

"真的吗？"蒋雁南忍不住激动的心情，满怀期待地看着张岚。

张岚白了秦建斌一眼，羞涩地低下头。

蒋雁南觉得自己当面问张岚这些事有些难为情，连忙转移话题，对陆一鸣说："一鸣，孩子百天了，你们打算啥时候带孩子去医院看看你爸爸啊？"

陆一鸣笑着回应道："您放心吧，我和秋雨早就商量好了，下午就去。其实秋雨早就要带孩子去，是我拦下了，孩子太小，又动过手术，医院这种地方不能老去。现在好了，孩子身体没事了，我们会经常带她去看爷爷的。"

蒋雁南点点头，表示赞同。

这时候，李丹彤听到有敲门声，她示意陆一鸣去开门。

陆一鸣走到门跟前，所有人的目光都聚集过来，他们实在想不出还会有谁来参加倪丫丫的百日宴。

门口出现的人令所有人都大吃一惊，来人不是别人，正是倪阿蒙。

倪阿蒙身穿一身黑色紧身包臀连衣裙，头戴一顶大沿的黑帽子，手拎一个鲜红色的皮包，嘴唇上涂着鲜红的口红。如果一般女人打扮成这样，一定会令人觉得俗艳，可是倪阿蒙赢在气质上，她精致的五官配上曼妙的身材，一下子令她显露出巨星风范。

倪阿蒙目不转睛地看着陆一鸣。陆一鸣的表情非常平静，慢慢地让开。

倪阿蒙径直走向婴儿车，凝重地看了一眼婴儿车里的婴儿，抬头对倪秋雨说："你为什么总不接我的电话？"

"你来干什么？"倪秋雨冷冰冰地看着倪阿蒙。

倪阿蒙在倪秋雨身边打了个转，阴阳怪气地说："你不会真的是霸占了我的女儿，又要打陆一鸣的主意吧？"

"霸占你的女儿！"倪秋雨被气得说不出话来，"当初是谁求着我让我把孩子带走，说孩子会影响事业的？怎么？你现在不怕记者知道你生过孩子了？"

倪阿蒙冷笑几声，然后缓缓地走到陆一鸣身边，半眯着眼睛看着他，一副要吃人的样子："一鸣，你就那么恨我吗？非要把我逼死你才满意吗？"

陆一鸣感到莫名其妙："你说什么，我听不懂。"

李丹彤一听倪阿蒙说这话，立刻打开了手机上的新闻。各大网站的头条新闻都是关于倪阿蒙的："当红花旦倪阿蒙和知名原创歌手有一私生子。"而下面配上的图文居然是陆一鸣抱着倪丫丫时的照片。新闻内容暗指知情者就是某原创歌手。

李丹彤猜想这是田毅先试探性地发了新闻，他错误地以为倪阿蒙肯定会主动联系他。但是令田毅没有想到的是，倪阿蒙和陆一鸣真的有孩子，而且这个孩子就是倪丫丫。

李丹彤把手机递给陆一鸣，陆一鸣快速地浏览完毕，然后又把手机还给李丹彤。

陆一鸣看完新闻后十分冷静地对倪阿蒙说："这事不是我干的，但我有话问你，你当时怀孕后，为什么提出分手？分手了为什么还要把孩子生下来？既然选择抛弃她为什么你又出现在她的面前？"

倪阿蒙冷哼一声："不是你干的，著名原创歌手不是你，还会有谁？"

李丹彤是个存不住话的人："你只和一鸣生过孩子吗？没有别的歌手吗？"

倪阿蒙被李丹彤的话惊了一下："你是谁？你在这里瞎说什么？"

李丹彤想要争论什么，被陆一鸣用手势制止住了。

倪阿蒙有些心虚，气势也逐渐弱了下来，满脸委屈地对陆一鸣说："一鸣，对不起，当时我是没有办法。如果我那时候把孩子公开生下来，我的前途就彻底毁了！"

"你可以选择不生。"

"我也不想生，可是，我之前……我只有生下来，不然我……"倪阿蒙看了看周围的人，"一鸣，我们单独谈谈，好吗？"

陆一鸣此时的心情十分气愤，他冷笑着说："这里的每一个人都是我的亲人和朋友，有什么话当着他们的面说吧。作为我的亲人和朋友，他们有权利知道我的事情。"

陆一鸣说出这句话后，心里有些难过，他之前从来没有想过自己有一天会用这样的口吻拒绝倪阿蒙的要求。

倪阿蒙难以置信地看着陆一鸣，眼眶里的眼泪顺着脸颊流了下来。

陆一鸣看到这样的倪阿蒙，心又疼了。他见不得倪阿蒙流眼泪，他怕单独见倪阿蒙。当倪阿蒙哭着扑到他的怀里，他再也没有招架之力。

倪阿蒙只顾着哭，不再说话。

倪秋雨抱起倪丫丫走到卧室，顺便招呼浩浩也跟了进去。张岚随后也跟着倪秋雨走进卧室。倪秋雨把倪丫丫拜托给张岚后，走出屋子。

倪秋雨站在倪阿蒙面前，微微一笑，轻轻地说："姐，如果你今天是来带走丫丫的，我不拦你，我也没有权利拦你，毕竟你是她的生母。但是你自己跟一鸣哥说，他要是同意，你就带走。"

倪阿蒙一边哭一边摇头："秋雨，不，我不是这个意思。你帮我带丫丫，好不好？"

倪秋雨苦笑几声，说："姐，我不是帮你带丫丫，自打你用我的身份生下孩子的那一刻，我就把丫丫当成了自己的孩子。姐，你不配当丫丫的妈妈，真的。"

倪阿蒙瘫坐在地板上，婴儿床一边的电子小鸡发出"叽叽"的叫声："一鸣，原谅我做的一切，好吗？当时的我真的是没有办法了，日后我一定会想办法补偿丫丫的。"

陆一鸣皱着眉头，闭上了眼睛，有些绝望地说："蒙蒙，你问问你自己，你有资格当丫丫的母亲吗？你以为你的补偿丫丫会稀罕吗？"

"一鸣，我现在努力挣钱就是为了日后可以给丫丫最好的生活和教育，好让我们一家三口幸福地生活在一起，这样不对吗？"

倪阿蒙的话彻底激怒了陆一鸣，他冷笑几声，大声呵斥倪阿蒙："倪阿蒙，我警告你！从今天开始，倪丫丫和你没有任何关系！你别以为你做的那些事我不知道。你怀孕后，生怕我不同意你把丫丫打掉，所以就跟我分手。分手后因为上一次流产留下的隐患，所以你不得已把丫丫生下来。丫丫之所以会早产，是因为你在怀孕期间根本没有重视她的发育。生下丫丫后，你为了自己的前途，把她扔给秋雨。当她因为先天性心脏病在医院生死徘徊时，你在炫耀你当主角的开机仪式。倪阿蒙，你口口声声说要补偿丫丫，可若是今天没有爆出这条新闻，你应该都不记得自己还有一个女儿吧？在我的眼里，丫丫的母亲只有一个，那就是倪秋雨！"

倪阿蒙被陆一鸣的话弄得哑口无言，只好把怒火都发泄到倪秋雨身上："秋雨，你把这些都告诉一鸣，你安的什么心？你喜欢一鸣不是一天两天了，别以为我不知道！我原本以为你帮我养丫丫是为了我好，没想到你居然利用丫丫从我身边抢走一鸣，你好阴险啊！秋雨，我是你姐，一鸣本应是你姐夫，你到底用了什么手段，让他这样维护你？"

倪秋雨感到非常委屈，她走到倪阿蒙身边，泪流满面地看着倪阿蒙："姐，你怎么可以这样说我和一鸣哥！你知不知道一鸣哥为了你付出了多少？你误签合同，是一鸣哥不顾生死地帮你摆脱那伙人；还有田毅，因为你敲诈过一鸣哥多少次，你知道不？你……"

"秋雨，不要说了！"陆一鸣大声呵斥倪秋雨，阻止她继续往下说。

"什么？秋雨，你说什么？"倪阿蒙一头雾水地看看倪秋雨，再看看陆一鸣，"原来是田毅，难怪……"

李丹彤走上前对倪阿蒙说："你选择这时候出现，是想让陆一鸣帮你吗？但这件事真的跟一鸣没有关系，我劝你还是找田毅和解一下比较合适。"说着，李丹彤把倪阿蒙掉在地上的包捡起来递给她。

倪阿蒙接过包，黯然地低下头，然后跑了出去。

第四十九章　不告而别

屋里一下子安静下来，大家看着陆一鸣，不知道该怎么安慰他。过了一会儿，大家纷纷选择告辞离开。

蒋雁南临走之前，走到陆一鸣跟前，把手放到他肩膀上："孩子，有些事冷静一下，再好好想想怎么处理。有事一定要告诉我。"

秦建斌拉着浩浩的手，在陆一鸣跟前站了几秒钟，一句话也没说，然后走了出去。

所有人都离开了，只剩下陆一鸣和倪秋雨，房间里特别安静，只有倪丫丫时不时吧唧嘴的声音。

倪秋雨转头看了一眼墙上的表，已经是十一点了。倪秋雨轻轻地问陆一鸣："一鸣哥，你饿了没？"

陆一鸣摇摇头，坐在茶几一旁的小板凳上，抬起头温柔地看着倪秋雨："秋雨，让你受委屈了。"

倪秋雨淡淡地笑了笑："我姐的脾气你也知道，她就是想说什么就说什么。你也别太生气，她毕竟是丫丫的生母。可是，一鸣哥，这件事你是怎么知道的？"

"我偷听了你和你姐的谈话。对不起，我一直没说破，我实在不知道该怎么说这件事，明知道你是替我带孩子，却还假装自己是在帮助你。你觉得我很自私吧。"陆一鸣喃喃地说。

"一鸣哥，怎么会呢！我相信，即使这个孩子不是你的，你一样会帮助我的。"

"秋雨，我很难受，当我得知丫丫是蒙蒙和我的孩子后我高兴极了，我以为蒙蒙是爱我的，不然怎么会生下丫丫呢？可是我错了，我刚才说那些话的时候，多么希望蒙蒙能够反驳我，这样我就有足够的理由让自己相信她。可是刚才她都一一承认了，从头到尾没有反驳一句。她生下丫丫是迫不得已，最让我接受不了的是，丫丫有先天性心脏病，可在丫丫住院期间，她居然一点儿也不关心丫丫的身体，只顾着自己的事业。"

陆一鸣的心一点一点地变冷，倪秋雨蹲在他身边，仰头看着他："一鸣哥，我知道我姐做得很不好，但是我求你了，看在丫丫的面子上，不要恨她。如果她知道错了的话，求你给她一个机会。丫丫是她生的，她怎么可能不心疼，她只是太想成功了。我姐从小到大就要强，什么事她都要做到最好。我家家庭条件不好，她只能靠自己一点点地去打拼。一鸣哥，浩浩的父母重新生活在一起，你看浩浩多开心。所以……"

陆一鸣默不作声，他脑子里乱极了，倪秋雨说的话他其实都明白，这也是为什么他愿意一直包容倪阿蒙的原因，况且浩浩所经历的一切他也不想让倪丫丫再经历一遍。可是，他实在想象不出来，如果倪阿蒙不改变的话，倪丫丫跟着她，会变成什么样子？

"秋雨，我饿了，咱们要吃什么？"

"我去做，你稍微等一下。"倪秋雨站起身，走到厨房。

陆一鸣走到婴儿床前，看着无忧无虑的女儿，他来回晃动着婴儿车，嘴里哼着摇篮曲。

倪丫丫现在身体已经没事了，还长胖了不少，大大的眼睛，配着雪白的肉嘟嘟的脸蛋儿，非常可爱。她躺在婴儿床上，小脚丫还不停地蹬来蹬去，时不时发出笑声。

午饭很快就做好了，倪秋雨把饭菜端上桌，然后叫陆一鸣过来吃饭。

"一鸣哥，我打算明天带丫丫去拍百天照。"倪秋雨给陆一鸣夹了点儿菜，放到他碗里。

"明天建斌哥搞了个签约仪式，改天再去拍吧，我和你们一起去。"

倪秋雨微微一笑："一鸣哥，你忙你的去吧，去了影楼，好多人会帮忙的。你别浪费时间陪我们了，拍照很烦的，我想给丫丫多拍几张。"

"这么重要的时刻，我怎么能不去呢？后天咱们一起去。"陆一鸣不想错过倪丫丫成长过程中的每一天。

倪秋雨只好答应了下来。

第二天，陆一鸣刚离开家，倪秋雨就收拾好东西，带着倪丫丫去了影楼。

倪秋雨不想和陆一鸣一起去拍照，怕被人误会。陆一鸣现在的事业好不容易有了起色，倪秋雨不希望这个时候给陆一鸣添麻烦。

秦建斌举办的签约仪式，其实是一个记者招待会，也是一个自助酒会。来的人要么是商界名流，要么就是音乐大咖。

不得不说张岚在国内外音乐界的影响力是很大的，再加上蒋雁南的一些故交，陆一鸣今天见到了很多音乐界有名的前辈，都是之前在电视上才能看到的。

令陆一鸣感到意外的是，李丹彤也出现在签约仪式的现场，她身穿一件大红色礼服，比陆一鸣给倪秋雨买的那件礼服更加奢华，更加艳丽。

"丹彤，你怎么也在这儿？"陆一鸣端着一杯红酒，优雅地出现在李丹彤身边。

"怎么？只许你签，不许我签？"李丹彤满不在乎地说。

陆一鸣着实吃了一惊："你原来的公司不是挺重视你吗？你不会是……"

李丹彤漫不经心地说："你别自作多情好不好？我签这家公司是因为我很看好这家公司，你看看今天来的都是什么人？这家公司的发展前景一定很好，高雅音乐、民族音乐、流行音乐、乐器演奏全方位发展，田毅之前不是也求着你，让你帮他签这家公司吗？"

陆一鸣点点头，显然是被李丹彤说服了。

"我还有个跳槽到这家公司的原因。"李丹彤微笑着抿了一口红酒。

"什么原因？"

陆一鸣看上去有些紧张，生怕李丹彤说为了他才来的。

李丹彤看着陆一鸣紧张的样子，哈哈大笑起来："看把你吓的，我是冲着你的原创歌曲来的，去别的公司还得凭私人关系求你帮我写歌。这样好啦，在同一个公司，公司肯定会为我安排的。"

"哦，是挺方便的。"陆一鸣略显尴尬。

"对了，丹彤，你知道给孩子拍百天照去哪里比较好？"陆一鸣话锋一转，向李丹彤问道。

平时陆一鸣和倪秋雨整天围着孩子转，根本就不知道哪里的影楼比较好。

李丹彤会心地笑了笑："你算是问对人了，我一个朋友就是专门给孩子拍写真的，技术超好。"说着，李丹彤从手机里找出她朋友的电话号码，"我把电话号码发给你，你直接咨询她吧。她是我特别好的一朋友，一定会给你打折扣的。"

"她是开影楼的吗？"陆一鸣问道。

"对，儿童写真影楼。"李丹彤点点头。

"我想让她帮我们拍最自然的照片，可以吗？最好是能够跟拍的那种，捕捉最自然最朴实的瞬间。"

"没关系，你跟她好好沟通就行了。她的店名我还真忘了叫什么，你直接打电话问她就行。我回去就跟她打声招呼。"

签约仪式结束后，李丹彤跑到陆一鸣身边道："跟我先到我朋友的影楼看看吧，正好我也好久没见她了。要是你觉得合适就跟她预约。觉得不行，权当多认识一个朋友。"

陆一鸣想了一下，点头同意。

李丹彤的摄影师朋友在时尚圈有一定的知名度，大家都叫她琳达，但陆一鸣平时不关注时尚，所以也不知道她。

琳达拍摄的照片跟一般影楼里的照片大相径庭，她的理念和陆一鸣的不谋而合，影楼墙上挂着的照片都是没有经过修图的原片，甚至为了拍出她认为自然质朴的照片，她居然跟踪拍摄一个家庭两个月。

陆一鸣当即就跟琳达预约了拍照的时间，就定在明天。

琳达笑着对陆一鸣说："明天您先带孩子过来，我们先认识一下，具体怎么拍，我得好好策划一下。不瞒您说，我这个影楼的生意并不算好，很多人都看不上我拍的照片，平均一个月有一两单生意就可以了。"

李丹彤打趣道："她就是那种半年不开张，开张吃半年的主儿，你这个冤大头算是被她逮着了！"

陆一鸣明白，琳达的收费价格一定很贵，但是为了倪丫丫，贵又算什么呢。他怀着激动的心情，想把明天去拍照的好消息告诉给倪秋雨。

陆一鸣兴高采烈地打开家门，低头换鞋时就兴奋地朝着客厅喊道："秋雨，我告诉你个好消息，我找到一家特别好的影楼，专门给孩子拍照的。我刚才过去和老板聊了一下，特别喜欢她拍出的照片。"说着，他已经换好鞋，拿出手机打算让倪秋雨看一看琳达拍的照片。

可是，当陆一鸣抬起头，看见客厅里的人时，整个人都蒙了，站在他面前的不是倪秋雨，而是倪阿蒙。

"怎么是你！"陆一鸣一时间没有反应过来。

倪阿蒙的眼神有些无助，楚楚可怜地看着陆一鸣："一鸣，昨天晚上我想了一夜，我觉得是我错了，我不该为了事业放弃你和丫丫。我请你给我一次机会来补偿你和丫丫，好吗？"

"秋……秋雨呢？"陆一鸣的心里很慌，找到倪秋雨的电话号码拨过去，电话那边却显示拨打的电话已关机，"秋雨到底去了哪里？"陆一鸣朝倪秋雨喊道。

"秋雨对你来说那么重要吗？"倪阿蒙心下一凉，忍不住质问道。

二人争吵的声音吓到了倪丫丫，本来已经睡着的倪丫丫开始大哭起来。

陆一鸣心里难受极了，他强忍着火气，把倪丫丫推进婴儿房，耐心地把她哄睡着后，蹑手蹑脚地走出来。

"倪阿蒙，我不想跟你吵架。我再问你一句，秋雨在哪里？"

倪阿蒙也平复了一下心情，不情愿地回答道："秋雨也没告诉我她去哪里，她让我转告你，不要找她。"

陆一鸣冷冷地看着倪阿蒙，倪阿蒙下意识地躲开陆一鸣的目光。陆一鸣冷笑一声："我应该猜到的，你是不会善罢甘休的，但我没想到，你会这么快就赶秋雨走。"

"不是我撵她走的，是她自己要走的！"倪阿蒙再次强调道。

"是，你来这里对她宣布丫丫的主权，她能说什么？"陆一鸣不想和倪阿蒙争辩什么，他只是觉得自己有些无力。

倪阿蒙的眼泪在眼眶里打转："一鸣，在你眼里我就是这样的人吗？你真的不肯给我机会改正自己的错误吗？"

陆一鸣挥了挥手，想到昨天倪秋雨的话，陆一鸣有些后悔自己反应迟钝，居然没有听出她的话外之音。

倪丫丫已经开始认人了，等会儿她醒来看不到倪秋雨，应该会闹腾的，想到这里陆一鸣有些头疼。

陆一鸣其实特别想问问倪阿蒙，她做好了当妈妈的准备没有，她会不会换尿片，会不会给孩子洗澡，能不能忍受孩子的大小便？可是，他懒得问。他从心里劝自己，做母亲是一个女人的本能，况且她是丫丫的亲生母亲，不管自己多么不想原谅她，都要给她一次机会，毕竟，丫丫需要一个完整的家。

陆一鸣靠在沙发上，一句话都不想说。倪阿蒙缓缓地走过来，把手搭在他的肩头。陆一鸣瞥了她一眼，闪开了。

"一鸣，私生子的事曝光后，所有跟我签约的公司都毁约了，我现在没有戏可以演，正好可以收收心，在家里带孩子。可能我刚开始不如秋雨做得好，但是我会努力学的。请你相信我，我是爱你的，也爱丫丫。丫丫可是我身上掉下来的肉。"

陆一鸣打了个手势制止倪阿蒙的话："快点儿洗洗睡吧，我也要睡了。"

陆一鸣拖着疲惫的身体，简单洗漱了一下，然后抓紧时间去卧室睡觉。他知道，倪丫丫半夜醒来看不见倪秋雨一定会闹的，这一夜不容易熬过去，所以他一定要在倪丫丫睡着的时候争分夺秒休息。

果然，十一点多的时候，倪丫丫就醒了。陆一鸣听到哭声立马醒了过来，他听到婴儿房传来脚步声，想了一下，没有动。他想，倪阿蒙也应该体会一下带孩子的辛苦。

倪丫丫的哭声一直没有停，陆一鸣忍不住跑过来看看情况。

推开婴儿房的门，陆一鸣看到倪阿蒙抱着倪丫丫正来回走。但她抱孩子的姿势看上去十分不舒服，她两只手抱着丫丫的身体，脸却离得很远，像是手里抱着炸药似的。

陆一鸣连忙接过倪丫丫，小声地哄着她。

"孩子是不是饿了？"倪阿蒙小心翼翼地问道。

"你去给她冲奶粉吧。"陆一鸣说着把丫丫抱出房间，来到客厅。

倪阿蒙倒是很快就找到了奶粉，可是奶粉怎么冲，用多少度的水，她完全不知情。

"这个要怎么冲？要温水还是开水？"倪阿蒙拿着奶粉有些手足无措。

陆一鸣深深地叹了一口气，再次把倪丫丫送到倪阿蒙怀里，然后自己去冲奶粉。

好不容易冲好了奶粉，可是，倪丫丫喝了几口就不喝了。她把奶嘴吐出来，又开始哭。陆一鸣只好抱着倪丫丫在客厅里走来走去，可是，丝毫没有作用。

　　陆一鸣检查了一下尿布，换好尿布后，倪丫丫的哭声还是没有停下来。陆一鸣心急如焚，倪阿蒙也不知道该如何是好。

　　"要不去医院看看吧，孩子会不会是生病了？"

　　陆一鸣其实已经检查过了，倪丫丫一切正常，他叹了一口气说："她现在已经认人了，一般晚上睡觉前让我抱。夜里，都是秋雨在带她。现在身边没有秋雨，她能不闹吗？"

　　"那……那怎么办？"

　　"怎么办？你赶紧给秋雨打个电话，丫丫嗓子都哭哑了，这样下去非生病不可。"陆一鸣有些着急。

　　"一鸣，我是真的不知道秋雨在哪儿！"倪阿蒙表情也十分焦虑，看起来不像是说谎的样子。

　　陆一鸣拿起手机，可是倪秋雨的手机还是关机状态。

　　"她在不在你妈那儿？"陆一鸣突然想起倪母。

　　"没有，秋雨给我妈请了一个保姆，可能是因为带丫丫的缘故，她之后再也没有回去过。"

　　陆一鸣不再说话，空气更加沉寂。丫丫的哭声显得有些凄凉，让陆一鸣心里无比煎熬。

第五十章 终究意难平

　　一整夜，倪丫丫在陆一鸣怀里哭一会儿睡一会儿，一直闹到天明。

　　陆一鸣白天要到录音棚去录歌，他的事业刚刚起步，不能总在家里带孩子，况且他还预支了公司不少的钱。

　　陆一鸣没吃早饭，往常都是倪秋雨做好早餐，可是倪阿蒙不会做饭。陆一鸣只好拖着疲惫的身体，去外面买了点儿早餐。

　　出门的时候，陆一鸣千叮咛万嘱咐，奶粉要用多少度的水去冲，尿片要及时更换，衣服要及时清洗等。

　　"一鸣，你走吧，没什么不放心的，丫丫适应我两天就好了。"倪阿蒙送陆一鸣出门，轻声安慰他。

　　可是，陆一鸣哪里会真的放心，去了公司，拨通了宋姐的电话，让宋姐去家里帮忙照顾一下倪丫丫。陆一鸣才放心开始工作，可是他录音的状态实在是太差了，一夜几乎没睡，再加上他心里不安，他的声音有些发虚，节拍也很乱。

　　公司的负责人是张岚。陆一鸣状态不好很快传到张岚那里，张岚把陆一鸣叫到办公室。

"一鸣，坐下吧，你看你这样子，昨晚没睡好吧？"张岚冲了杯咖啡，端到陆一鸣面前。

陆一鸣接过咖啡喝了一口，坐在张岚办公桌对面的椅子上。

陆一鸣低着头，不知道该怎样开口。张岚看出陆一鸣的犹豫，关切地问道："是不是孩子生病了？昨晚闹腾了？"

陆一鸣点点头，他不想瞒着张岚，所以把昨天的事告诉了她。

"她怎么好意思回来？"张岚有些气愤，她一向心直口快，"一鸣，你别嫌我说话直接。我觉得倪阿蒙不可能这么快就意识到自己的错误。你信不信，如果现在有公司请她演戏，她还是会毫不留情地丢下你跟丫丫的。"

虽然陆一鸣对倪阿蒙有些失望，但是听到张岚这样说倪阿蒙，他还是有些接受不了："嫂子，不至于吧。毕竟她是丫丫的生母，或许她是真的后悔了，想跟我和丫丫一起好好过日子呢？"

张岚苦笑两声，无奈地摇摇头："一鸣，嫂子什么都不说了。这样吧，我尽快联系一个靠谱的保姆，帮你带孩子，不然丫丫多遭罪啊！"

"保姆可以吗？"陆一鸣有些担心。

"不然怎么办？难道你每天工作，回家还要带孩子不成？"

陆一鸣默不作声，张岚继续说："一鸣，你抽空在家里安上摄像头，保姆万一有问题，有备无患。再说，倪阿蒙现在又不工作，有她看着保姆，应该问题不大。"

陆一鸣点头道："自打秋雨和丫丫住进来，家里就安上了摄像头，秋雨跟你想的一样。"

张岚叹气道："还是秋雨靠谱啊。我会让你哥想办法，帮你打听秋雨的下落的。不过，一鸣，你必须要好好想想，你心里到底认为哪个是丫丫的母亲。"

"嫂子，我……"陆一鸣不知道该怎样回答。

"一鸣，其实全家人的意见都很明显，还是秋雨适合做丫丫的母亲。但最终拿主意的还是你，我知道你很纠结。倪阿蒙毕竟是丫丫的生母，若是她真心悔过，自然是最好的选择，但就怕她现在只是在演戏。秋雨虽不是丫丫的生母，但对丫丫的用心绝对是不容置疑的。一鸣，嫂子要告诉你的是，丫丫怎样都能长大，你不是单纯地给丫丫选母亲，而是给自己找相知相伴一辈子的人。我希望你能从感情的角度慎重地考虑这个问题。"

陆一鸣沉默了良久，喃喃地说："嫂子，我想，念在蒙蒙生了丫丫的份上，再给她一次机会，但这真的是最后一次机会了。如果她还是让我失望，我也算是对得起她，对得起丫丫了。"

正说着话，张岚的秘书突然敲门进来，告诉张岚说："张总，外边有两个人来应聘，说是陆一鸣的朋友。"

"我的朋友？"陆一鸣有些吃惊，他实在想不出来，自己还有什么朋友。他思忖片刻说："或许是一起参加比赛的朋友。"

"他们应聘什么工作？"张岚问秘书。

"伴唱。"秘书说。

"哦，我知道了，你让他们等会儿。"

陆一鸣接着说："张总，我唱歌的朋友里面，伴唱都是没有问题的，正好我缺伴唱。要不您去外面看看，考虑一下？"

"我先去听听看，你在这儿待一会儿，待会儿我找你商量。"张岚说着拉开门走了出去。

陆一鸣明白张岚的意思，她是不想让陆一鸣为难。

过了一会儿，张岚回来了，后面跟着凌厉和卓越。

　　陆一鸣万万没有想到过来投奔他的居然是凌厉和卓越，他的心情有些复杂。

　　还没等陆一鸣开口，凌厉就说话了："一鸣，谢谢你，张总一听我们是你的朋友，唱都没唱两句就录用我们了，想不到你这样不计前嫌。"

　　"一鸣，今天就别录了，和你的朋友聚聚，然后今天早点儿回家。保姆的事我会尽快通知你。"张岚说。

　　"一鸣，走，咱们去喝两杯。"卓越搂过陆一鸣的肩膀，拖着他向外走去。

　　陆一鸣回头看了看张岚，张岚朝他点头微笑。

　　"去我办公室坐会儿吧，以后再找机会喝酒。"陆一鸣此时根本没有心情喝酒，他的心都在倪丫丫身上，本想着离开张岚办公室就给倪阿蒙打个电话，但现在当着凌厉和卓越的面，他只好作罢。

　　陆一鸣冲了两杯咖啡放在茶几上，自己则拿了一杯矿泉水："你们喝，我今天咖啡喝得有点儿多。"

　　"一鸣，我真没想到你答应得这么爽快，咱们也真是患难之交。"凌厉再次提起刚才的话题。

　　陆一鸣表情非常平静："其实，录用你们是张总说了算，我不知道应聘的是你们俩。张总只是想让我做个顺水人情，仅此而已。"

　　陆一鸣的话让凌厉和卓越有些尴尬，但是想到他们之前是怎么对陆一鸣的，也就只好忍下火气，赔着笑脸。

　　"不管怎么样，以后我们就在一起工作了，希望我们合作愉快吧。"卓越见凌厉满脸怒气，用脚踩了凌厉一下。

　　凌厉也勉强笑了起来："是啊，合作愉快！"

　　陆一鸣淡淡地笑了笑："凌厉，卓越，其实我们之间根本就没有恩怨，不是吗？我和田毅之间的恩怨与你们无关，所以，你们不用觉得我带有任何情绪，我的为人你们是了解的。"

陆一鸣的话确实让凌厉和卓越轻松不少。凌厉说："一鸣，不管你承不承认，张总都是看在你的面子上录用我们的，所以，我们还是要谢谢你。"

陆一鸣特别想再次强调，这个机会不是他给的，但好像没什么意义，只好笑着说："其实，我很怀念我们在一起玩音乐的日子，你们先做伴唱，如果将来有机会，或许还可以组建乐队。虽然说伴唱你们没有一点儿问题，但是总不如你们的乐器玩得好，是不是？"

提起组建乐队，凌厉和卓越眼睛同时放出光芒，异口同声道："真的吗？"

"田毅他……"陆一鸣终于忍不住，提起了田毅。

"他现在又回到酒吧跑场子了。"

陆一鸣沉默下来，过了一会儿，说："其实他歌唱得很好，完全够主唱水平。只是他太贪心了，算是搬起石头砸自己的脚吧。"

卓越叹口气说："其实，田毅如果不把倪阿蒙的事抖出来，我们哥俩会死活跟着他的，毕竟同甘共苦那么久。但看到他居然会做出这样的事，我们实在无法再说服自己了。"

陆一鸣不说话，抬头看了看时间。

凌厉看出陆一鸣有心事，拉起卓越，连忙说："一鸣今天还有事吧，我们就先走，反正以后会在一起工作，有的是见面的机会。"

送走凌厉和卓越，陆一鸣赶忙驱车回家。

推开门，陆一鸣发现家里有一堆人。

还没等陆一鸣反应过来，就有人提着话筒跑过来："陆一鸣，请问你和倪阿蒙小姐是什么关系？倪丫丫是你们的女儿吗？"

　　陆一鸣意识到家里的人应该是记者，但是他们是怎么进到家里的，他有些糊涂了。难道是倪阿蒙让他们进来的？

　　陆一鸣沉默不语，表情时而凝重时而轻松，他苦笑几声，缓缓走到倪丫丫身边，看着熟睡的倪丫丫，抬头问倪阿蒙："这么快你就能把她哄睡着了？"

　　倪阿蒙有些吞吞吐吐，心里充满了害怕。

　　一个记者接话道："哪里啊，倪小姐说丫丫有一点儿感冒，刚才喂了一些药，这才睡着的。"

　　"什么！"陆一鸣瞪大眼睛，不可思议地看着倪阿蒙，"你喂她吃什么了？"

　　"感冒冲剂啊，我猜她肯定是感冒了嘛！"倪阿蒙一脸无辜的表情。

　　陆一鸣知道家里没有小孩的感冒冲剂，以前只要丫丫不舒服，秋雨都会要求去医院让医生诊断，哪怕是半夜三更，秋雨也不允许给丫丫随便吃药。

　　陆一鸣看到茶几上有一袋空的成人感冒冲剂，明白过来，倪阿蒙是把一整袋感冒冲剂都给倪丫丫喝了。

　　陆一鸣赶紧抱起倪丫丫往外跑，他不知道三个月的婴儿吃了大剂量的成人药会有什么后果。

　　倪阿蒙紧跟着陆一鸣出来，喊了几声，陆一鸣丝毫不理会她。

　　陆一鸣手握着方向盘，心里无数次告诉自己，丫丫一定没事的。

　　来到医院，陆一鸣顾不上找停车位，随便把车子扔到医院的空地上，抱着倪丫丫疯了似的朝急诊室跑去。

　　"医生，孩子妈妈给孩子喝了一整袋成人感冒冲剂，现在孩子一直在睡觉，怎么叫也不醒。"跟医生说这些的时候，陆一鸣甚至带了哭腔。

"别着急，我们检查一下。"医生把孩子推进急诊室，打电话叫来了儿科的医生。

陆一鸣在急诊室外面走来走去，心里十分害怕。

大概一个小时后，医生走了出来："孩子目前来看没有大问题，应该是服用的药量太大了。感冒冲剂里有扑尔敏，而扑尔敏是会让人犯困的。鉴于孩子太小，还是留院观察一下吧。给孩子吊个水，稀释一下她体内的药物，然后再观察她有没有别的症状。"

"嗯嗯，好的，好的。"陆一鸣连忙答应道。

医生接着说："怎么会这么点儿常识都没有呢？这孩子也没感冒啊，怎么就乱喂孩子药啊，还是这么大的剂量，孩子不睡才怪呢！"医生一边摇头叹息一边感慨。

这时候，倪阿蒙和记者也跟了过来。倪阿蒙冲过来要抱孩子，陆一鸣不动声色地把她甩到一边去，转过头对记者说："还请各位记者朋友去院子里等我，我有事要宣布。我先去安排孩子住院事宜。"

记者们看到倪丫丫的情况，心里多少有些不安，于是都走到医院门前的草坪上。倪阿蒙也知趣地跟了出来。

没一会儿，陆一鸣走了出来，他站在这些记者面前，严肃地说："我现在正式发表一下声明，我，陆一鸣和倪阿蒙没有任何关系！"

记者们发出一阵惊呼，纷纷问道："陆先生，请问倪丫丫不是你和倪小姐的孩子吗？"

陆一鸣假装轻松地笑了笑："大家都搞错了，倪小姐是我家孩子的大姨，我孩子的母亲叫倪秋雨，我的孩子是在我们老家的县医院出生的，如果大家不信，可以去那里核实。刚才的事我不怪倪小姐，毕竟她没有生过孩子，也没有养过孩子，这样的错误在所难免。前段时间的谣言对倪小姐的演艺事业带来了一定的影响，对此我感到非常抱歉。希望这件事就此平息，愿倪小姐的演艺事业蒸蒸日上。"

"那你为什么说你是孩子的亲生母亲呢？"记者们把矛头指向倪阿蒙。

陆一鸣抢过话筒解释道："是我让她这么说的，因为我和孩子妈妈产生了一点儿误会，孩子妈妈离家出走了，我是想借着娱乐频道，让孩子妈妈看见，让她早点回家。十分抱歉，这本来是我的家事，却带来了这么大的误会。"

"你很爱孩子的母亲吗？你打算娶孩子的母亲吗？"

陆一鸣笑着说："我只能这么回答大家，如果这辈子我要结婚，一定是和孩子的母亲结婚。前提是如果她愿意。"

"孩子母亲是做什么的？"

既然已经把想说的话说完了，陆一鸣也就不想再应付记者了，他话锋一转，指着倪阿蒙说："抱歉，我孩子还在医院，我就不奉陪了。你们眼前有这么大一个明星，你们要好好珍惜哦！"陆一鸣说完转身离开。

倪阿蒙顿时被记者围得水泄不通："请问，倪阿蒙小姐，前段时间媒体误会您和陆一鸣有私生女，您为什么不站出来澄清？"

倪阿蒙回头看了一眼陆一鸣，咬了咬嘴唇，心里有了决定："你们也知道，我妹妹和陆一鸣还没有结婚，未婚先孕这种事毕竟不光彩，我作为她的姐姐，自然不希望她因为这件事影响自己的声誉。"

陆一鸣此时还没走远，清楚地听到了倪阿蒙说的话，讽刺地笑了一下，头也不回地走了。这一次，他是真的死心了。

陆一鸣从来没有撒过谎，出狱后，他一直告诉自己要坦坦荡荡地做人，但是今天他还是撒谎了，为了自己的女儿。

陆一鸣不想让女儿知道自己有一个自私自利的母亲，与此同时，他也尽量帮倪阿蒙，那是因为，他觉得，这将是他为倪阿蒙做的最后一件事。从此以后，他们之间恩断义绝，不再有任何纠葛。

如果以后他们还会碰面，那或许就是妹夫与大姨子的关系，仅此而已。

第五十一章 好人有好报

倪丫丫醒了以后，没有别的异常，陆一鸣办理完出院手续，把倪丫丫带回家。收拾好后，他疲惫地靠在沙发上，这两天发生的事情像演电影一样在他脑海里浮现。他突然想起来，家里的摄像头一定拍下了倪秋雨临走时的画面。

陆一鸣几乎从沙发上弹起来，迅速跑到书房打开电脑，很快找到倪秋雨临走时的视频。

视频中的倪秋雨抱着倪丫丫刚从外面回来，她把倪丫丫哄睡着后，坐在沙发上。

这时，电话突然响了起来。倪秋雨看了一眼手机屏幕，眉头皱了一下，最终还是按下了接听键。

"姐，不是说了吗，以后不要再给我打电话了。"

陆一鸣不知道电话那头的倪阿蒙说了什么，只见倪秋雨突然从沙发上站起来，愤怒地喊道："姐，你也太自私了吧。以前你风光的时候怎么没有想到自己还有个女儿，现在你的事业一落千丈了，你又想回来和女儿一起生活！你把一鸣哥和丫丫当成什么了！"

又过了一会儿，倪秋雨叹了口气，说："姐，我还能相信你的话吗？"

倪秋雨缓缓地坐回沙发，用手揉了揉太阳穴，无奈地说："姐，看在你是丫丫的生母的份上，我最后相信你一次。你过来吧，我现在就去收拾东西。等你到了，我就走。"

虽然陆一鸣不知道倪阿蒙到底和倪秋雨说了什么，但听到倪秋雨的话，陆一鸣也多少能猜到一些。

视频的最后是倪秋雨拉着行李箱向外走的情景。

倪秋雨走到门口，转身对倪阿蒙说："姐，你好自为之吧，也别再联系我了，我去看看妈妈就走了。以后她老人家就请你们费心了。"

倪秋雨确实没说她要到哪里去。陆一鸣关掉电脑，他的思绪很乱，不知道自己该干些什么。

很快，陆一鸣和倪阿蒙的采访就登上了各大网站的娱乐头条，张岚、宋姐和蒋雁南得知此事后，急忙赶到陆一鸣家，看到倪丫丫没事，他们才放下心来。

"一鸣，我跟宋姐商量好了，以后让宋姐帮你带孩子，至于我家那边再另找人帮忙做家务就行。这样的话，我们每个人都放心，至少不会担心孩子被陌生人拐走。你看这样行吗？"张岚向陆一鸣建议道。

"这样好吗？宋姐会不会觉得麻烦？"陆一鸣虽然也觉得这个建议很好，但想到照顾小孩子并不是简单的事，他怕宋姐为难。

"一鸣，你说什么外道话呢！"宋姐微笑着说。

"那可就辛苦你了。"陆一鸣感激地说。

"那你们聊,我先去看看丫丫。哪个是丫丫的房间?"宋姐是个既实在又勤快的家庭妇女,她做活儿向来一丝不苟。

陆一鸣带宋姐进了婴儿房。宋姐像是对待自己弟弟一样对陆一鸣说:"快去陪蒋老师他们吧,我自己慢慢熟悉就好。"

陆一鸣实在说不出什么感激的话了,只好走出婴儿房,对坐在沙发上的蒋雁南和张岚说:"蒋老师,嫂子,这么多年,我最大的收获就是遇到你们这样的一家人。相比于失去的,我觉得现在我收获的反而更多,谢谢你们!"

蒋雁南绷着的脸逐渐放松下来:"一鸣啊,关于秋雨你到底是怎么想的?显然,倪阿蒙并不适合当丫丫的妈妈,但我也不希望你盲目地把秋雨找回来。你必须想清楚,你不能单纯地想让秋雨帮你带孩子,而不愿意给她一个未来。如果你无法真心地爱秋雨,那就不要去打搅她了。秋雨这孩子够不容易的了,你就不要再让她伤心了。"

陆一鸣认真地点点头:"放心吧,我会慎重考虑这个问题的,在我没有想清楚之前,我不会去打搅秋雨。至于倪阿蒙,既然我已经当着媒体的面否认了自己和她的关系,那我对她就是彻底地死心了。如果还会相遇,只有一种可能,就是我和秋雨在一起了,到那时她只能是丫丫的大姨。我现在唯一担心的是秋雨,她离开丫丫一定非常难过,她会想丫丫的。"

蒋雁南和张岚点点头,表示赞同陆一鸣的做法。

待了一会儿,蒋雁南和张岚起身告辞。陆一鸣把他们送走以后,来到婴儿房看倪丫丫。

宋姐果然很有经验,她正在给倪丫丫按摩全身,一边按摩一边跟倪丫丫说话。倪丫丫对这宋姐十分友好,"咿咿呀呀"地跟宋姐对话。

陆一鸣把奶粉、奶瓶等放到哪儿跟宋姐交代了一下,然后对宋姐说:"宋姐,前几晚丫丫可能会认生,你会很辛苦。所以,白天丫丫睡的时候,你也抓紧时间睡。还有啊,早餐和晚餐我负责就行。中午,我尽量给你准备一些半成品,这样你腾出时间来多休息。带孩子不容易,辛苦你了。"

宋姐摆摆手说:"一鸣,你太客气了,咱们是一家人,再说了咱们相处了这么久,我是什么人你还不清楚吗?你就放心吧,我一定会好好照顾丫丫的。至于早晚饭不用你负责,你又不会做,不也得是买吗?买的东西不如自己做的卫生,我也不是第一次带孩子了,应付这点儿事没问题的。"

陆一鸣听到这番话,实在不知道该说什么好。他拿出来一万块钱,递到宋姐手里:"姐,这是你这个月的工资,等我挣多了,再给你涨。"

宋姐愉快地收下钱,说:"这钱我收下,但不是一个月的工资,是两个月的。工资的事还是按市场价格就行了,不然我也会过意不去的。"

陆一鸣都不知道该说些什么了,他感觉出狱以来,自己遇见的都是好人。即使是田毅,当初也帮他解决了很多困难,说到底他还是心存感激的。

夜里,倪丫丫还是哭了,陆一鸣忍住不过去帮忙。倪丫丫哭了一会儿,宋姐就把她哄好了,再后来又听到丫丫哭了两次,但哭闹的时间越来越短。陆一鸣也就放心地睡着了。

第二天，陆一鸣早早就起床。他先是把倪丫丫的衣服洗干净，然后学着倪秋雨的样子，把丫丫的奶瓶玩具都用开水烫一遍。做完这些后，看时间还早，他又挽起袖子学做早餐，煎了几个鸡蛋，热了几片面包，又温了两杯牛奶，最后把准备好的食物摆在餐桌上。

陆一鸣刚想喊宋姐出来吃饭，看见宋姐已经从卫生间走了出来。

宋姐本来是打算给陆一鸣做早餐的，但由于昨晚倪丫丫哭闹了好几次，她不知不觉就睡过头了。

"宋姐，辛苦了，快来吃早餐。"陆一鸣看着盘子里煳了的鸡蛋"嘿嘿"地笑了两声，然后拿筷子把煳鸡蛋夹起来，送到自己的嘴里，"有点儿煳。"

宋姐无奈地笑了笑："一鸣，这些事让我来做，你一个大歌星，做什么饭啊。"

陆一鸣拉了一下餐桌前的椅子让宋姐坐下："宋姐，我做这些也不完全为了你，还为了丫丫。我想尽可能的多为她做些事情，以后只要我不出门，丫丫的衣服还有尿片都由我来洗，早餐我也学着做，晚上你带孩子太辛苦了。之前，我都没觉出来秋雨这么辛苦，只顾着等吃等喝的。"

宋姐坐下来喝了一口牛奶，满足地笑了："一鸣啊，说实话，我觉得你应该把秋雨姑娘找回来，她对你的心思是个人都能看出来。我倒不是觉得带丫丫辛苦，只是觉得丫丫由秋雨带是最好不过了。"

"嗯，我会找她回来，但不是现在，我不想让她感觉到我找她回来单纯是需要她带丫丫。"

宋姐无奈地摇摇头："你们这些小年轻谈个恋爱，想得太多了。"

宋姐带孩子果然有一套，没几天工夫，倪丫丫就接受了宋姐。

晚上陆一鸣回到家，会尽可能地多陪丫丫玩耍。为了不让丫丫缺失母爱，他把三个月以来家里摄像头拍下的倪秋雨的视频拷贝到电脑上，陆一鸣指着视频上的倪秋雨，教她喊妈妈。

倪丫丫的百天照没照成，李丹彤很快就通过琳达知道了。电视上的娱乐新闻让李丹彤觉得有些糊涂，她一直想找个机会问问陆一鸣。但在公司里，陆一鸣总是躲着她。

第五十二章　一个人的爱情感动了自己

这天下班，李丹彤开车紧跟着陆一鸣回到他家，他前脚开门，李丹彤后脚就敲门。

陆一鸣打开门："丹彤，怎么是你，找我有事吗？"

"我来看看丫丫。"李丹彤笑着说。

陆一鸣看到李丹彤手里拎着一大堆儿童玩具，无奈地打开门，让李丹彤进来。

宋姐正抱着丫丫指着视频上的倪秋雨教她叫妈妈。李丹彤看到这个画面，心里有些尴尬。但是她反应极快，走到宋姐面前，开始逗丫丫："丫丫长得可真漂亮，今天乖不乖啊？"

宋姐朝李丹彤笑了笑，又看了看陆一鸣，然后抱着丫丫进了屋。

"一鸣，你跟记者说的那些话都是真的吗？"李丹彤开门见山，直接把她想问的问题问出来。

"丹彤，我的事你就不要管了，我们只是朋友。"陆一鸣尴尬地说。

李丹彤把陆一鸣按在沙发上，然后站在他面前，非常认真地说："一鸣，我明确地告诉你，我李丹彤看上的人是不会轻易放弃的，只要你还没结婚，我就有机会。除非你告诉我，你现在就结婚。"

陆一鸣转过头，不去看李丹彤："丹彤，我再说一遍，如果你再这样，我们连朋友都没得做。"

李丹彤听到陆一鸣这样说反而"哈哈"大笑起来："一鸣，我什么时候说要和你做朋友了，对我来说，要么你是我的男朋友，要么你是我的仇人。当然，现阶段我是不会让你变成仇人的。你放心，我绝对不会影响你，但你总不能拒绝我对你好吧？你也说了，我是你最好的朋友，没有之一。难道好朋友对你好，你还撵出门不成？"

陆一鸣不再说话，低着头。

李丹彤脸上的笑容更加轻松起来，她指着电视上的画面，对陆一鸣说："你至少给我和秋雨一个公平竞争的机会吧？"

"你怎么跟她比，她是丫丫的母亲！"陆一鸣脱口而出。

"哦，是吗？如果她是丫丫的母亲，为什么不在家照顾丫丫，她去了哪里？"李丹彤笑了一下，"一鸣，我喜欢有挑战性的事，你现在的做法，只会激励我奋勇前进。我如果想做一件事，就必须做到。如果做不到，我也必须输得心服口服。好了，今天我算是正式向你宣战了。告辞了，接下来你赶紧想想怎么对付我吧！"

李丹彤笑着走进婴儿房，朝着丫丫开心地说："丫丫，和阿姨说再见，阿姨改天来看你哦！"

说完，李丹彤又朝宋姐点头笑了笑，就退出了房间，然后拿上自己的挎包，朝陆一鸣俏皮地挤了一下眼睛，推门离开。

陆一鸣的头都快要炸了，他实在想不出对付李丹彤的办法。李丹彤做事总是恰到好处，即便陆一鸣再不开心，也说不出别的什么话来。

接下来的一段时间，李丹彤就像个侦探一样，算准了陆一鸣一切休息的时间出现在他的视线里。在公司，她会找机会帮陆一鸣冲茶泡咖啡；陆一鸣带着倪丫丫去看父亲和蒋雁南时，她也会买一大堆礼物跟着去。

不说别人，陆耀琪或许早就把倪秋雨忘记了，只惦记着李丹彤给他买的进口水果。每次李丹彤出现在医院，他就傻呵呵地看着李丹彤笑，然后对倪丫丫说："你妈真好看！"就连护士都以为，李丹彤就是陆一鸣的女朋友。

李丹彤对宋姐的"贿赂"更是无处不在，一有时间就来帮宋姐看孩子、打扫卫生，带宋姐去超市、去商场，给宋姐和丫丫买好多礼物。

李丹彤还把琳达约到陆一鸣家里，帮丫丫拍了好多照片，而且还有她和倪丫丫的合照。照片冲洗出来后，她用大相框框起来，自作主张地挂到陆一鸣家里。

陆一鸣再三告诉李丹彤不要这样，可是她还是那句话："我就是喜欢你和丫丫啊，你不喜欢我的照片可以收起来嘛，你生那么大气干吗？"

陆一鸣对李丹彤的行为无可奈何，每天只好像躲瘟疫一样躲着李丹彤。趁李丹彤不注意，把家里的照片都撤了下来。

陆一鸣的忍耐似乎快到了极点，他垂头丧气地对宋姐说："宋姐，以后我不在家，你不要让丹彤进来了好吗？她给我带来了很多困扰。"

宋姐抱着倪丫丫笑着回应陆一鸣："我看人家李小姐挺好的，那么漂亮的女孩，放下架子陪你家保姆逛超市，逗你女儿开心，最重要的是我们被记者偷拍后，她还尽心尽力地解决，说你的事业正是上升期，千万不能影响你。"

陆一鸣不得不承认，李丹彤确实想得很周到，但是他必须想一些办法阻止她，不然以后对她的伤害更大。因为他已经把自己的感情看得很清楚了——他喜欢的是倪秋雨。

倪秋雨不在的这段时间，陆一鸣对她的思念越来越深。陆一鸣知道自己的心是属于倪秋雨的，随着倪秋雨离开得越久，他对她的想念也越浓。

想到倪秋雨，陆一鸣有些走神。

宋姐看出陆一鸣的心思，说："秋雨姑娘好是好，可是她现在在哪里呢？如果她心里有你、有丫丫，她早就应该回来了。你都对媒体那样说了，我想她也应该看见了，那她为什么还不回来呢？"

陆一鸣比谁都明白，倪秋雨肯定会想念丫丫，她之所以不回来，是因为心里有很多顾虑。第一，倪秋雨不确定自己心里是不是爱着她；第二，自己毕竟之前是倪阿蒙的男朋友，还差点儿成了她的姐夫；第三，自己还是她们姐俩的杀父仇人。

陆一鸣突然想起倪秋雨的母亲，其实他一直想去看看倪母，但是他实在无法预料倪母看到他会是怎样的反应。他通过医生打听过很多次倪母的病情，医生说她的病情时好时坏，但总体还可以。

但是最近医生传来的消息，倪母的病情恶化。当陆一鸣每次看到父亲见到倪丫丫时高兴的心情，他就在想，倪母是不是有生之年最大的愿望就是看到倪阿蒙或者倪秋雨的孩子呢？

思及此处，陆一鸣对宋姐说："宋姐，明天跟我去一个地方吧，咱们带着丫丫。"

"去哪里啊？"宋姐有些迷茫，除了去医院看陆耀琪，宋姐很少带倪丫丫出去。她担心被人跟拍，对倪丫丫不利。

"明天去了就知道了。"陆一鸣说。

第二天，陆一鸣在电话簿里翻了好久，才找出之前拍电视剧时的化妆师小刘的电话。

小刘接到陆一鸣电话感到十分惊讶，听说陆一鸣有事，就让陆一鸣来片场找他。

陆一鸣买了一些饮料来到片场。他来的时间很巧，正遇上宋远跟演员刚讲完戏。

陆一鸣没打算打扰宋远，可是宋远却发现了他："陆一鸣，你怎么舍得来了？"

陆一鸣笑了笑："我找小刘有点儿事，顺便给大家买些饮料。"

宋远击掌示意大家停下来，让大家过来喝饮料。

"要不要考虑一下当我下部戏的男主角？"宋远认真地说。

"我恐怕没时间。回去我看看时间表，如果能空出来，我一定来。就怕您嫌我演技太烂。"陆一鸣开玩笑地说。

"哪能啊，你在歌手里面演戏演得算是最好的了。"宋远打趣道，说完，他笑着说，"对了一鸣，我有件事要求你，希望你能帮我个忙。"

"什么事？您尽管说。"陆一鸣爽快地回答。

"你能不能帮我约一下倪阿蒙，我想找她当我下一部戏的女主角。可是，她现在档期很满，我找了好几次，都没有联系上她。"

"我……我和她也并不太熟。"陆一鸣吞吞吐吐道。

宋远看着陆一鸣，怀疑道："一鸣，你开什么玩笑？你和她的绯闻现在传得到处都是，虽然不能全是真的，但也不能全是假的吧？"

"好吧，我试试看吧，我不敢保证能帮到您。"陆一鸣只好答应下来。

趁宋远拍戏的时间，陆一鸣给倪阿蒙打了一个电话，说了宋远的事。

倪阿蒙想必也是看在陆一鸣之前帮过她的情分上，爽快地答应了。

陆一鸣挂上电话后，心情有些复杂。一个人望着天空，不知道想些什么。

不一会儿，小刘忙完走了过来。

陆一鸣找小刘是希望他能给自己化一下装，以防下午去看倪母的时候被认出来。

小刘的化装技巧可谓一流，没一会儿，陆一鸣就从一个风度翩翩的年轻小伙变成了三十多岁的沧桑大叔。

陆一鸣回到家，宋姐正好做好了午饭，看到陆一鸣的样子大吃一惊："一鸣，你这是化装化成这样的？"

陆一鸣笑着点点头，然后洗手一起吃饭。等到倪丫丫午睡醒来，陆一鸣带着宋姐来到倪母住的小区。

"宋姐，待会儿我说什么，你都不要揭穿我。记住，我现在的身份是秦建斌。你叫我的时候，要叫我秦先生。"

宋姐不明所以地点点头，跟在陆一鸣后面。陆一鸣推着婴儿车，走在前面。

倪母现在住的房子是陆一鸣买的，房子在一楼，当初是为了倪母坐轮椅进出方便。

几声敲门声后，是保姆开的门，保姆看上去跟宋姐年龄相仿。

"您好，我们来看看阿姨。"陆一鸣礼貌地说明来意。

倪母在客厅，听到有人来，连忙过来看。

"您是……"倪母狐疑地看着陆一鸣。

"我姓秦,之前倪秋雨做我儿子的家庭教师。"陆一鸣把手里提的营养品放到一边。

倪母一听说他是秦建斌,连忙吩咐保姆去泡茶:"你们快坐,快坐!"

宋姐抱着倪丫丫和陆一鸣并排着坐在沙发上。

倪母看到倪丫丫,脸上露出久违的笑容:"这孩子长得真可爱,这是……"倪母很自然地和陆一鸣聊了起来。

"哦,这是我的第二个孩子,之前秋雨也帮我照看过一段时间。"

倪母的脸色顿时冷了下来,瞟了一眼陆一鸣说:"前段时间她总不在家,原来是给你看孩子去了。这孩子可真不听话,蒙蒙一个劲儿说不让她去了,她非要去,把我一个人扔在家,多亏蒙蒙请了个保姆。你知道倪阿蒙吧,她就是我的大女儿。"

陆一鸣感到有些意外,原来倪阿蒙生孩子那段时间,倪阿蒙和倪秋雨是这样骗倪母的,倒是和他准备的说辞不谋而合,人生还真是充满了戏剧性。

"阿姨,我知道您的大女儿非常优秀,我经常在电视上看见她呢!不过您小女儿也不差,人既善良又温柔,对谁都很有耐心,我们家浩浩就非常喜欢她。"

"有什么出息!她姐供她念了大学是给人看孩子的啊!"倪母眉宇间透露出对倪秋雨的不满,"我们家蒙蒙辛辛苦苦地拍戏,让秋雨照顾我,结果这死丫头消失了,我现在都联系不上她。"

"秋雨也没跟您联系吗?"陆一鸣问道。

"是啊,走之前来看过我一次,说是要去做自己喜欢的事。你说她姐在外面挣钱，她在家照顾我，多好的事啊，可她就不肯。虽然小梅也挺好，可是我就只有这两个女儿。蒙蒙吧，忙；秋雨吧，也不见人影儿。我这一天不如一天的，就想着能多和她们相处几天，赶哪天我走了，看她们后悔不！"倪母先是唠叨倪秋雨，后来干脆连倪阿蒙一起捎上了。

陆一鸣安慰倪母道："阿姨，以后我经常来看您，好不好？"

倪母摇头拒绝道："哪能总浪费你的时间啊，你这么一个大老板，还管我这个老太婆。不过，我倒是蛮喜欢这个孩子的，白白净净的，一双大眼睛跟我们家蒙蒙小时候长得特别像。"

倪母说着还走进卧室拿来倪阿蒙小时候的照片。她端详了几次照片，再看看倪丫丫，突然就笑起来："你看，你看，这孩子跟我们家蒙蒙长得还真是一样，都是这么水灵，长大了一定是个大美人！"

陆一鸣担心倪母看出些什么，连忙打断她道："是啊，孩子长得像我太太，我太太也是大眼睛高鼻梁，白白净净的。不过，阿姨，一看您年轻时候就是个大美人，难怪您两个女儿长得都那么好看呢！"

倪母脸上飞过一朵红晕："要说我们蒙蒙长得还真跟我当年一样一样的。秋雨嘛，就差一些了。而且秋雨也不会打扮自己，成天就喜欢孩子，考大学的时候非要考师范专业。"

陆一鸣听出倪母对倪阿蒙的偏爱，心里有些不舒服："阿姨，您真是好福气，两个女儿都很优秀。"

倪母叹气说："我们那死老头子没福，早早就死了，沾不上我们蒙蒙的光了。"

陆一鸣赶紧岔开话题。他抱过丫丫道："这孩子您要喜欢，下次来看您我还带着她，她跟您也有缘分，您看她一直朝您笑呢。"

"是啊，是啊，这孩子我太喜欢了！"说话间，倪母张开手，让陆一鸣把倪丫丫送到她怀里。

陆一鸣绕过茶几，把倪丫丫递给坐着轮椅的倪母。

不知道什么时候，宋姐和小梅两人聊上了，聊得还非常起劲儿。小梅拿出从老家带来的土特产放到茶几上，和宋姐边吃边聊，像是有很多话要说。

过了一会儿，陆一鸣起身告辞。他拿出一些现金放到茶几上："今天来得匆忙，只买了些简单的东西，需要什么，阿姨您自己去买点儿。还有，您要是做透析，打电话给我，我开车带您去。"

陆一鸣把自己的电话号码写在一张纸上，然后递给倪母。

倪母叫小梅过来，让她把钱还给陆一鸣。陆一鸣硬是把钱又放到茶几上。

第五十三章　海角天涯，我去见你

今天公司也没什么事，陆一鸣带着丫丫又去看了陆耀琪。

不得不说，血缘关系是件很难解释的一件事。陆耀琪每次看到倪丫丫，都会自然地伸出手去抱她。倪丫丫也非常乐意让陆耀琪抱。

陆一鸣看到爷孙俩玩得很开心，转身走出病房来到医生办公室，询问一下父亲的病情。

陆耀琪的情况还算稳定，但是医生说这可能是他的最好状态，这让陆一鸣的心情有些低落。

从医院回来，陆一鸣把自己关在房间里，一待就是好几个小时。过去这么多年了，他始终不能原谅自己，在他看来，是他把家毁了，如果不是他当年的冲动，父亲此时还会意气风发地在教室里给学生讲课呢。

又过了几天，倪母给陆一鸣打了一个电话，倒不是想让陆一鸣接她去透析，而是想见倪丫丫。自从上一次见面后，她就经常梦到倪丫丫，所以想再见一次。

陆一鸣听到这个消息很高兴，抽空带着宋姐和倪丫丫来看望倪母。倪母还给倪丫丫做了老虎鞋，鞋面上都是手工刺绣，一针一线都十分讲究，陆一鸣心里再次感慨血缘的神奇。

再后来，陆一鸣只要有空就会开车拉着宋姐和丫丫来到倪母这里，遇上饭点，他们也会自然地吃完饭再走。

陆一鸣的新专辑已经发行了，在市场上引起很大的反响。与此同时，演唱会也在筹备。

陆一鸣本以为这次复出会遇到很多困难，可没想到事情发展得如此顺利，他现在甚至比刚出道时还要火。

可是，即使工作再忙，陆一鸣都要腾出时间去培训班免费为学生上课，他也很少接外地的工作，尽量不会和丫丫分开太久。有时候遇上异地的演唱会，在连续赶场的情况下，他也会要求公司给他一两天回来陪丫丫。

倪丫丫已经六个多月了。陆一鸣已经想得很清楚了，他爱倪秋雨，不仅仅因为倪秋雨有爱心、会带孩子，事实已经证明，没有倪秋雨，在宋姐的帮助下，陆一鸣把孩子带得也很好。

陆一鸣爱倪秋雨，爱她的善良纯真，没有她的余生对陆一鸣来说是不完整的，所以陆一鸣决心一定要找到她。

已经进了腊月，过年的气氛越来越浓，可是倪母的病却越来越严重，透析的次数明显增多。陆一鸣听倪母说倪阿蒙去了国外拍戏，一时半会儿回不来。陆一鸣只好增多去看倪母的次数。

一天晚上，陆一鸣下班后抱着丫丫在沙发上玩儿。宋姐端过来一盘切好的火龙果放在茶几上："一鸣，等浩浩放寒假就把他带过来玩几天吧。你是不知道，丫丫每次看见浩浩，都高兴得不行，一个劲儿拍小手。"

"是吗？特别崇拜大哥哥吧！"陆一鸣一边把倪丫丫举得高高的，一边跟她说话。

　　没事的时候，宋姐经常用婴儿车推着倪丫丫到秦建斌家去，有时候干脆吃完中午饭才回来。蒋雁南特别喜欢倪丫丫，每次倪丫丫去了，他都开心地逗半天。

　　"丫丫，是不是想大哥哥了？"宋姐说着走到陆一鸣身边，然后盯着倪丫丫的小脸笑着问。

　　倪丫丫一直瞅着电视机，丝毫不理会宋姐。

　　宋姐笑嘻嘻地对陆一鸣说："你看，咱们丫丫都会看电视了，看得津津有味的。"

　　宋姐和陆一鸣的目光也转移到电视机上，电视上的节目是颁奖晚会，正在讲话的人居然是倪秋雨。

　　陆一鸣和宋姐有些激动，谁都不说话，死死地盯着电视屏幕。

　　只见倪秋雨身穿一件红色羽绒服，正在讲着获奖感言。台下的观众全神贯注地听着。

　　几分钟后，倪秋雨走下台。主持人走上台来，说："感谢既平凡又伟大的倪秋雨老师，请为这位无私奉献的老师再次鼓掌！"

　　这个节目是教育系统内部的年度表彰大会，宋姐和陆一鸣平时很少看电视，更很少看这种节目，这应该是倪丫丫拿着遥控器胡乱按，不小心调到的频道。

　　"这真是天意。"陆一鸣兴奋地对宋姐说。

　　宋姐也十分激动："难怪丫丫盯着看呢，原来是看到妈妈了。一鸣，你平时让丫丫看秋雨的视频，看来真是没有白看。你看她的样子，显然是认识秋雨的。"

　　陆一鸣激动地点点头。

　　倪丫丫看到电视里倪秋雨时，高兴地两只手使劲儿地胡乱拍，或许在她的内心深处，这个女人就是妈妈。因为陆一鸣不止一次地对着视频里的倪秋雨教她喊妈妈。

电视左下角有热线电话，陆一鸣毫不犹豫地拨通了电话。他有些紧张地问："请问是古云电视台吗？刚才听了倪秋雨老师的故事，我特别感动，我想给学校捐助一些食堂用具，您能给我她们学校的地址吗？"

通过刚才的节目，陆一鸣终于知道了倪秋雨的近况。她在一所山区小学任教，学校里几乎每个孩子和老师都要走几十里山路才能到学校。由于离家太远，师生们中午都会在学校食堂就餐，但学校的资金不足，食堂的饭菜简直是难以下咽。倪秋雨在校教学的时间，主动承担起学校所有师生的午饭，并拿出自己全部的工资贴补到学校食堂，全体师生中午再也不用啃冷馒头了。

古云电视台的工作人员爽快地把倪秋雨学校的地址告诉给陆一鸣，陆一鸣说了声"谢谢"，挂断了电话。

放下电话，陆一鸣高兴地抱起丫丫，使劲儿在她的小脸蛋儿上亲了一下："丫丫，我们要去找妈妈喽！"

宋姐也笑得合不拢嘴，对陆一鸣说："一鸣，不会真的带着丫丫去吧？路途太远了，天气又冷，再给折腾感冒了。"

陆一鸣迟疑了一下，说："不带丫丫去。宋姐，我不在的时间就辛苦你带丫丫了。"

陆一鸣不带倪丫丫去找倪秋雨，一来是怕把丫丫折腾病，二来他不想依靠倪丫丫来博取倪秋雨的同情，他想知道倪秋雨内心真实的想法。

当晚，陆一鸣就托人打听了倪秋雨学校的情况。倪秋雨所在的学校全体师生加在一起也不过五六十人，人虽然很少，但是倪秋雨每天中午要做五六十人的饭，可见每天的工作量有多大。

除此之外，倪秋雨还担任四年级、五年级的班主任和语文老师，想到这种奉献精神，陆一鸣心里有些感动。陆一鸣觉得自己经历了这么多没有倒下，就是因为身边有倪秋雨一直鼓励支持他。

第二天，陆一鸣采购了一些餐具，甚至连食材都买了一大堆，然后向秦建斌借了一辆皮卡车。秦建斌不放心他开车走山路，连同司机一起派了过来。

准备好这些后，陆一鸣和司机向倪秋雨所在的学校出发。一路上二人轮流开车，就这样马不停蹄，晚上八点，终于到了倪秋雨所在的学校。

学校连大门都没有，由于天黑，他们也没看到门口有什么标志性的牌子，只看到院子中央迎风飘扬的国旗。

校内的房子都是平房，车子停到学校中央，司机坐在驾驶座上打盹儿。陆一鸣下了车，去寻找亮着灯的屋子。

在这一排平房的对面，有几间屋子。陆一鸣缓缓地走过去，透过玻璃他看到一个正在忙碌着的身影。

这个身影的主人正是倪秋雨，她的身影陆一鸣再熟悉不过。倪秋雨的背影看上去十分疲惫，低着头不知道在忙些什么。

山里的冬天太冷了，陆一鸣穿着厚重的羽绒服，戴着毛线帽，依然感到寒风刺骨。他走上前推开屋门，屋里的温度比外面高不了几度，随处可见地上结的冰碴儿。

开门的声音令倪秋雨一激灵，她立刻捡起地上的一根木棒，转过身来。

"谁！"倪秋雨喊道。

"秋雨，是我。"陆一鸣轻声回应。

倪秋雨缓缓松开手里的木棒，整个人顿时呆住了。她看着陆一鸣的脸，一句话都说不出来。

"秋雨，你怎么一个人躲到这里来了？"陆一鸣没有丝毫责备的意思，但语气中却有着说不出来的心疼。

"一鸣哥，你瘦了。"

"你也瘦了。"

陆一鸣缓缓地走近倪秋雨，看到她的腮边有两行泪流下来。陆一鸣抬手用冰凉的指尖触碰她带着温度的泪珠："傻丫头，哭什么。"

倪秋雨顺手用袖子擦了一下脸上的泪水，然后"嘿嘿"笑道："我是高兴的。"

倪秋雨憨憨的笑容让陆一鸣喜不自禁，刚想要拥抱她，却发现她的手上都是面粉。

倪秋雨有些难为情地把手缩回："一鸣哥，你坐，我先把面揉好。"

陆一鸣看到倪秋雨的身后有一盆面，想起刚才窗外看到的情形，猜到她应该是在揉面："这是要蒸馒头吗？"

倪秋雨笑着说："这是在发面，明天一大早起来蒸馒头。"

陆一鸣点点头，转身走出屋子，和司机两个人把车上的东西卸下来。

倪秋雨看到陆一鸣带来的东西，并没有表现出吃惊。她知道陆一鸣既然能够来这里找她，就一定是了解这里的情况的。

把东西弄好后，陆一鸣看了看时间，对倪秋雨说："秋雨，给司机师傅找个住处吧？你看方便不？"

倪秋雨连忙笑着说："差点儿忘了，走，去我宿舍睡吧。"

"不，不，我在车上睡就好了。"司机师傅连忙摆手道。

"只有一间宿舍，对吗？"陆一鸣问。

倪秋雨点点头："嗯，其他老师都是本地的，就我自己是外地的，所以，就我自己住校。"

陆一鸣点点头转头对司机师傅说："你就在秋雨的宿舍将就一晚吧。我和秋雨说会儿话，在哪儿待着都一样。"

"这……这怎么行……"司机师傅有些不好意思。

"走吧！"陆一鸣拉着司机师傅往前走。

倪秋雨连忙跑到宿舍门口，给他们开门。

陆一鸣猜得没错，厨房的对面就是倪秋雨的宿舍。

屋子里除了一张床就只有一张办公桌，办公桌上堆满了学生的作业。干净整洁的床铺一看就知道这是一个姑娘的房间，床单和被子都是淡粉色的，一尘不染。

只是宿舍的温度很低，脸盆里的水已经结冰，窗帘被玻璃窗缝隙吹进来的寒风吹得微微摇晃。

"一鸣哥，帮我把作业搬到厨房去，今天晚上你帮我批改作业，好不好？"

陆一鸣笑了笑："好啊，我也当回老师。"

倪秋雨告诉司机师傅床头有手电筒，夜里去厕所可以用。厕所在操场上，有些远，出去要多穿些衣服。

司机师傅点点头，目送陆一鸣和倪秋雨走出房间。

第五十四章　有情人，诉衷肠

到了厨房，陆一鸣把作业放到一块相对干净的地上，然后对倪秋雨说："秋雨，咱们先试试我买的厨具，把馒头蒸出来，然后一边吃一边批作业，怎么样？"

倪秋雨笑了一下，说："这个主意不错。"

二人先是把地上的杂物收拾了一下，然后拿出厨具的说明书研究起来。

陆一鸣对这些厨具的使用完全不在行，倪秋雨只好一字一句地念说明书，陆一鸣就按照她说的操作。

好不容易把厨具安装好，倪秋雨却皱起眉头，说："恐怕还蒸不了馒头，我的面还没发好呢。"

"没有发酵粉之类的东西吗？现在不是都用那个蒸馒头吗？"陆一鸣狐疑地看着倪秋雨。

倪秋雨认真地说："用发酵粉是为了省事，传统手工艺的馒头才好吃啊！"

"主要是多一道发面的手续，对吗？"

"是啊，就是刚才我揉的面，两大盆，发面的时候和一遍，蒸的时候再和一遍。揉面的时间长了，做出来的馒头才会好吃，而且是自然起的面，劲道。"

"嗯，有道理，咱们能不能想个办法让面快点儿发好啊，听你说的我都馋了。"

屋里实在太冷了，陆一鸣两只脚不由自主地跺起来，两只手也不停地搓着。

倪秋雨看他这个样子，笑着说："一鸣哥，你一个大男人也太怕冷了吧。"说着，倪秋雨走出门外，抱进来一捆干柴。

倪秋雨把木柴放到灶旁，自然地吩咐陆一鸣道："一鸣哥，到那边帮我拿些干柴来。"

陆一鸣小时候也生活在农村，对这些东西自然十分熟悉。他环视四周，发现角落里有一堆麦秆。

"我来烧火吧。"陆一鸣主动提出来。

"你还会烧火？"倪秋雨表示怀疑地看着他。

"你也太小看我了吧，我从小也是在农村长大的，上四年级时才去了县城。小时候，我经常帮奶奶烧火。"说着陆一鸣找来一个小板凳，然后坐下来开始点火。

陆一鸣用打火机先把麦秆点燃，然后在上面堆了几块易燃的柴火。不一会儿，火苗就起来了。陆一鸣得意道："看吧，我说我会烧火吧！"

"哇，居然还有风箱！"陆一鸣看到风箱显得有些兴奋，连忙把小板凳挪了一下，用手拉了两下风箱。

锅里只放了两瓢水，倪秋雨瞥了陆一鸣一眼："听说过'傻小子烧火不管生熟'这句歇后语没？"

陆一鸣一下子反应过来："对啊，现在生火是烧水还是做饭啊？"

倪秋雨示意陆一鸣帮她把面放进锅里。陆一鸣有些不明所以："这是要干吗？"

"照做就是了。"倪秋雨故作神秘地说。

陆一鸣只好照做，然后坐在小板凳上继续烧火。

倪秋雨憋住笑，然后说："别烧了，别烧了！再烧面就熟了！"

陆一鸣停下手，有点儿不明白倪秋雨的意思。倪秋雨也找了一个小板凳凑到陆一鸣身边："这个呢，是要给面加温，好让它发酵得快些。你不是要吃馒头吗？再过几个小时就能蒸了。不然天太冷了，到第二天早上面都不见得能发起来。"

"哦，这样啊。"陆一鸣这才明白了倪秋雨的用意。

陆一鸣拉起倪秋雨的手，灶里的火光映照在他们脸上，两个人的脸都红扑扑的。陆一鸣把倪秋雨的手放到自己的心脏位置，然后喃喃地说："秋雨，我希望你能感受我的心跳。你明白吗？"

倪秋雨羞红了脸，低下头，眼泪猝不及防地掉下来："我明白。可是一鸣哥……"

陆一鸣用手捂住倪秋雨的嘴巴："秋雨，没有可是，只要你想和我在一起，任何困难我们一起面对。"

倪秋雨抓住陆一鸣的手，然后放在嘴里狠狠地咬了一口。然后又把自己的手放在嘴里咬了一下。

陆一鸣和倪秋雨先后发出"啊"的一声。

"我得确定你和我都是清醒的。"倪秋雨低头喃喃地说。

陆一鸣拉起倪秋雨的右手，目不转睛地看着她满脸泪痕的脸。他的头缓缓地凑过去，用温热的嘴唇吻干她的泪痕："秋雨，以后我再也不想让你哭了。"

"一鸣哥，我相信你。"倪秋雨自然地靠在陆一鸣的怀里。

他们谁都没有提倪丫丫。陆一鸣不主动提，倪秋雨也不敢问，她了解自己，如果要是提到倪丫丫，她一定会忍不住大哭的。

"我们批作业吧。"倪秋雨恋恋不舍地从陆一鸣怀里直起身来。

陆一鸣点点头，在倪秋雨的额头上轻轻吻了一下，才舍得放开她。

四年级、五年级两个年级的语文作业，一共有几十本，但是他们却看得非常慢，陆一鸣看到孩子们作业中的亮点总是高兴地和倪秋雨分享。

作文的题目是《我最爱的人》，很多同学写的人是倪秋雨，这让陆一鸣打心底里高兴。他一边翻看作业一边打趣道："这个熊孩子胆子真肥啊，你看他写的，'我爱我的老师，她长得可好看了！饭做得又好吃，到哪儿去找这么好的老师呢？我要一生一世爱我们老师！'这小子，还要爱你一生一世，看我明天见了他怎么收拾他。"

倪秋雨被陆一鸣逗乐了，摇摇头，不理陆一鸣。

批完作业已经十二点了，天越来越冷，灶里的火早已经熄灭。陆一鸣和倪秋雨并排坐在小板凳上，陆一鸣一只手搂着倪秋雨："困了就靠在我怀里睡会儿吧。"

倪秋雨突然想起校长办公室有张床，站起身，用手去拉陆一鸣："一鸣哥，你去校长办公室睡吧。他那屋有一张床，也有被子。他平时不在这里睡，只有极特殊的情况才会睡在这里。"

陆一鸣摇摇头："秋雨，你去睡吧，我送你过去！"

倪秋雨摇摇头，拒绝道："我不习惯盖别人的被子。如果你不想睡，那我们蒸馒头吧，面估计已经发好了！"

倪秋雨掀开锅盖，揪起一个面团然后放到鼻子下闻了闻，转过身无奈地对陆一鸣说："一鸣哥，再烧一下火吧。"

陆一鸣这次非常快速地点燃火，灶边立刻就暖和起来。烧了一小会儿，陆一鸣就听倪秋雨说不用再烧了。

倪秋雨再次和陆一鸣并排坐在灶边，倪秋雨自然地靠在陆一鸣身上，轻轻地叹了一口气。

陆一鸣用力地搂住她："不许叹气！"陆一鸣用命令的口吻说。

"一鸣哥，你真的不爱我姐了吗？"倪秋雨坐直身体，双手按住陆一鸣的肩膀，迫使他面对自己，"一鸣哥，你看着我，亲口告诉我，你不爱我姐了吗？"

陆一鸣嘴角弯成一个好看的弧度："你姐不就是丫丫的大姨吗？"

倪秋雨愣了一下，反应过来："你真的这么想吗？"

陆一鸣重重地点点头："她只能是丫丫的大姨，除了这个身份，没有其他。"

倪秋雨的眼泪涌了出来，她情不自禁拥抱住陆一鸣，把头埋在陆一鸣的肩膀处："一鸣哥，我终于等到这一天了。"

陆一鸣搂住她，喃喃道："秋雨，回去之后，就别再走了。逃避不是办法，我们始终要面对这一切。"

倪秋雨低着头，脸上略显焦虑："我就是不知道怎么跟我姐和我妈说。"

陆一鸣抚摸了一下她的头发，安慰道："这些都让我来面对就好，你什么都不用说。"

陆一鸣和倪秋雨都明白未来他们要面对的是什么，但是他们谁都不舍得说"要不就算了吧"这句话，不管等待他们的是怎样艰难的道路，他们都有信心去面对。

　　等到面发好以后，他们像是普通的夫妻那样，一起揉馒头，一起蒸馒头。他们整整蒸了三天的馒头，正好学校还有三天就要放寒假了。

　　吃着热气腾腾的馒头，陆一鸣心里感到无比的满足。倪秋雨把陆一鸣带来的食材做成早餐，等待学校的老师和同学来吃。

　　煎鸡蛋、纯牛奶，再配上热气腾腾的馒头，这是这所学校有史以来最有营养的早餐。

　　一大早，倪秋雨就在外面招呼老师和同学们，让他们进屋领早餐。陆一鸣负责分发食物。

　　校长和老师们知道陆一鸣的到来，都十分高兴，不仅仅是因为他带来的厨具和食材，而是因为他们在电视上看过他，他们兴奋地找他合影。

　　校长对陆一鸣伸出大拇指，笑着对他说："秋雨老师是个好姑娘，秋雨是个好姑娘！"

　　吃完早饭后，陆一鸣就打发司机师傅离开，他决定在这里陪倪秋雨度过这学期的最后三天，也趁机在山里转转。

　　白天再看这所学校，简直破旧到不忍直视。

　　倪秋雨上课的时候，陆一鸣走了几十里山路到附近的村民家里走访。村民都很勤劳质朴，但这里真的是地处偏僻，家里的男人都外出打工了，剩下女人和孩子在家，庄稼也只能靠天收。而且，这里交通太闭塞，只有一条公路通向外面。但这种现状不是一时半会能够解决的。

　　陆一鸣通过微信向张岚介绍了一下这里的情况。张岚知道后十分重视，她吩咐陆一鸣多拍些照片，然后传给她。

　　几小时后，张岚发来微信，说让陆一鸣代表公司跟学校校长取得联系，公司打算在这里建造一座希望小学。

第二天，张岚就出现在学校，还带着几名记者。

看到这个架势，陆一鸣明白，张岚这是考虑到了宣传效果才打算投资建造希望小学的。但是对于这里的孩子来说，这确确实实是件好事。

张岚办事是靠谱的，陆一鸣知道，她不会让媒体记者夸大其词，就只是针对这件事实事求是地报道而已。

记者在学校和村里录了几个镜头，然后给张岚和陆一鸣录了几个镜头，接着又采访了学校校长，便离开了。

张岚代表公司向学校捐赠了八十万，校长十分感激，主动说要联系当地的教育局大力宣传这件事，却被张岚拒绝了。

回去的路上，倪秋雨狐疑地问张岚："姐，你怎么不让他们来宣传一下这件事？"

张岚淡淡地笑了笑："我们的心意尽到了就行，公司确实是以赚钱为目的的，但是单纯为了赚钱不从人的角度出发，这样的公司是不能持久的。"

陆一鸣和倪秋雨默默地点头称赞。倪秋雨由衷地对张岚说："张岚姐，认识秦大哥和您，是我这辈子最大的财富。"

"那认识我们一鸣呢？"张岚诡异地笑道。

"张岚姐……"倪秋雨难为情地低下头。

张岚把陆一鸣和倪秋雨送回家，然后才回自己家。

第五十五章　母女情深

倪秋雨看到倪丫丫的那一刻，眼泪怎么也忍不住。她冲过去从宋姐手里接过倪丫丫，看着倪丫丫已经长得这么大了，她的心里有些遗憾。但奇怪的是，倪丫丫跟她一点儿都不陌生，冲着她"咿咿呀呀"的。

倪秋雨想起自己还没有洗手，于是把倪丫丫交给宋姐，自己转身走进洗手间。

可是倪丫丫居然从宋姐的怀里探出来，把身子扭向卫生间，嘴里还"嗯嗯啊啊"的。陆一鸣和宋姐感到惊奇。

倪秋雨从洗手间出来，走到宋姐面前，张开手，轻声说："来，妈妈抱！"

倪丫丫居然真的张开两只小手，伸向倪秋雨。倪秋雨抱过倪丫丫，激动得不知道该怎样才好。

宋姐被这一幕感动得掉下泪来："秋雨，这都是一鸣的功劳。你不在家的时候，一鸣经常带着丫丫看你的视频，还教她叫妈妈。看来，真的是没有白费力气。一鸣这次之所以能找到你，还多亏丫丫在电视上认出你呢！"

倪秋雨简直不敢不相信这一切是真的，可是，看到倪丫丫始终扎在她怀里不愿意抬头的样子，这让他们每一个人都很感动。

按道理倪秋雨离开的时候，倪丫丫才三个月，根本没有记忆，可是为什么她对倪秋雨这么亲近，这是谁都无法解释的事情。

倪秋雨把倪丫丫抱在怀里，顿时感到责任重大，她暗暗下决心，再也不离开倪丫丫和陆一鸣了。

陆一鸣看到这个情景心里也十分感动，但想到倪秋雨应该还不清楚倪母的病情，于是说："秋雨，我送你去看看你母亲吧。既然回来了，下学期就不要去山区教书了，还有就是阿姨的病情越来越严重了。"

倪秋雨先是愣了一下，然后抬头看陆一鸣："你是说我妈大不如从前了？还是说她已经坚持不了多久了？"

陆一鸣低头沉默，不知道该说什么。

倪秋雨知道自己问的问题根本无须回答，大不如从前和坚持不了多久是一个意思。这么多年以来，母亲的病一直在恶化，死亡离她也越来越近。

"我们的事先不要跟她提了，我怕她受不了刺激。还有，我经常带丫丫去看她，但我都是化装后才去，并跟她说，我是建斌哥。你一会儿说话的时候注意点儿，别说露馅了。"陆一鸣把倪丫丫从倪秋雨怀里抱过来，又交到宋姐的怀里。

倪秋雨点点头，转身恋恋不舍地望着丫丫委屈的小表情，然后向门口走去。

陆一鸣一边开车一边跟倪秋雨说："医生告诉我，阿姨的病没有更好的办法了，如果能找到合适的肾源，就能做肾移植手术了。但是我联系了很多机构，都没有合适的配型。"

倪秋雨点点头："一鸣哥，我有心理准备，我知道该怎么做。"

倪秋雨回到家，倪母先是数落她一顿，然后又十分心疼地对倪秋雨说："你这孩子，这是去了哪儿了。看看你这张脸，怎么像是在高原待了几年一样啊！"

倪秋雨所在的山区海拔比较高，再加上天气寒冷，脸上出现红血丝是再正常不过的了。

对于倪母的数落和唠叨，倪秋雨感到无比亲切："妈，我这次回来，哪里都不去了，就在家陪着您，好不好？"

倪母虽然表面上总是嫌弃倪秋雨，可是她心里跟明镜儿似的。倪阿蒙每日都在外面，根本没办法回家陪她，所以她唯一能指望的就只有倪秋雨。

倪秋雨一边查看母亲的药物服用情况，一边问："妈，我姐没回来过吗？"

倪母长长地叹了口气："你姐忙啊，除了定期给我打些钱，哪有时间回来啊。我倒是经常在电视上见她。不过说实话，我不爱看你姐演的电视剧，打扮得花枝招展的，一点儿都不好看。"

"妈，我姐可能是因为太忙了。"倪秋雨喃喃地说。

倪秋雨一边收拾倪母的衣服，一边说："妈，您如果感觉哪里不太舒服，咱们就去住院。我姐现在也能挣钱了，咱们也不用怕花钱，只要您好好的，我和我姐都高兴！"

倪母白了倪秋雨一眼："你姐挣钱也不容易，这个病我比谁都清楚，只能靠透析维持，活一天算一天就好了。目前，我最大的愿望就是看到你们姐俩成家。你姐现在忙得很，我是指望不上了。秋雨，你能不能找个对象结个婚，说不定我一高兴再熬个三年五载的都没问题呢！"

"妈，您看您说的，您还要长命百岁呢，现在医学这么发达，一定会有办法的，我到时候给您生个大胖外孙让您抱抱！"说完倪秋雨就难为情地"嘿嘿"笑起来。

倪母的脸突然严肃起来，认真地对倪秋雨说："秋雨，妈问你，你和秦先生是什么关系？"

"哪个秦先生？"倪秋雨下意识问了一下，然后连忙说，"您是说我之前打工的秦建斌秦大哥吧？"

"是，我说的就是她。"倪母狐疑地看看倪秋雨，继续说，"他为啥对妈这么好啊？又是给钱又是陪我去看病的，关键他家那个孩子吧，我总觉得跟我有什么关系似的。你记得你之前说他离婚了，你该不会瞒着我和他在一起了吧？"

倪秋雨顿时警觉起来："妈，您想多了，秦大哥没跟您说吗？他已经和他妻子复婚了，人家两口子好着呢！"

"不对啊，你说他们刚复婚，可那孩子看起来也得有六七个月了，这是怎么回事？"倪母奇怪地说。

倪秋雨感到自己说错话了，赶紧转移话题说："妈，您就放心吧，人家不过是看您太寂寞了，带孩子来让您高兴高兴。您看您想哪儿去了。"

倪母紧蹙的眉头这才渐渐舒展开："不过，我还真是喜欢那小丫头，长得特别可爱。等等……"

倪母说到这里突然停下来，转了几下轮椅走进卧室，然后从卧室里拿出来一张老照片，照片上是倪阿蒙小时候的百天照。

倪母的眉头紧紧蹙在一起："秋雨，我怎么突然感觉丫丫那孩子跟你姐小时候长得一模一样呢？"

倪秋雨麻利地从母亲手里抽过老照片，偷偷瞥了一眼，不得不承认，倪丫丫的眉目五官跟倪阿蒙别无二致，简直像是一个模子刻出来的。

为了不让倪母发现，倪秋雨假装惊讶的样子，感慨道："还真是有些像呢！不过您是没见过张岚姐，就是秦大哥的老婆，长得浓眉大眼的，跟我姐长得很像，难怪她的孩子长得这么像我姐呢。还真别说，咱们和这家人还真有缘！"

倪秋雨知道母亲是个十分敏感的人，为了让母亲相信，她从微信里翻出倪阿蒙发给的剧照，找到一个打扮成三十多岁少妇模样的照片，拿给母亲看："妈，您看，这是丫丫的妈妈，是不是跟我姐长得很像？"

倪母拿了老花镜仔细地看了一下照片，说："嗯，嗯！还真是，除了比蒙蒙大几岁，长得还真差不多！秋雨啊，改天秦先生再来，让他把他媳妇也带来，我也认识认识。"

倪秋雨从母亲手里拿过手机："我说妈，人家张岚姐也是开大公司的，哪里有时间到咱们这儿来？您快好好歇着吧！"

倪母白了倪秋雨一眼，说："怎么不能来！秦先生也是开大公司的，我见怎么那么闲啊，还带着孩子给我解闷，他媳妇比他架子还大？"

倪秋雨点头说："妈，您真是为难我，人家张岚姐还要经常出国呢！您就别瞎操心了，好好养您的身体才是最重要的，要不然我姐也不放心。"

倪母轻轻地点点头，不再揪着这个话题不放了。

倪秋雨也放松下来，心想总算是糊弄过去了，差点儿穿了帮。她无法想象母亲如果知道倪丫丫是陆一鸣和倪阿蒙生的会是什么后果，她更不敢想如果母亲知道自己正在和陆一鸣谈恋爱又会是怎么一种后果。只要想想，倪秋雨就觉得后背发凉。

很明显，倪秋雨回来后，倪母的心情好多了。倪秋雨看到母亲笑容满面的样子，心里也很高兴，同时为自己擅自离开感到有些愧疚。

这几天，倪秋雨和陆一鸣的联系只限于微信或者电话，宋姐每次录了倪丫丫的小视频都要发送两份：一份发给陆一鸣，一份发给倪秋雨。

快过年了，家家户户都在准备年货，倪秋雨推着母亲去逛老家县城的庙会。倪母买了好多小孩儿的玩具，倪秋雨知道这是给丫丫买的，但她还是假装埋怨地说："妈，秦先生家境那样好，什么样的玩具没有啊，您不要操这份心，人家不会嫌弃这些玩具老土吧？"

倪母瞥了倪秋雨一眼，不满意地说："人家秦先生才不会那么想呢，我现在就给他打电话，明天如果有空让他带丫丫过来。快过年了，正好你也回来了，我得好好感谢秦先生。你们姐俩不在家，都是人家在照顾我。"

"好，好，好！"倪秋雨应声答道。

倪母兴奋地给陆一鸣打电话。陆一鸣爽快地答应了倪母的邀请，心想正好可以趁机看看倪秋雨，他和丫丫都好几天不见倪秋雨了。

晚上，照顾好倪母睡了以后，倪秋雨偷偷拨通了陆一鸣的电话："一鸣哥，明天你带丫丫过来说话要小心啊，我妈越看丫丫越觉得跟我姐长得像，还拿出我姐的百天照来对比了半天，我撒谎说秦大哥媳妇跟我姐长得很像……"

倪秋雨把怎么跟倪母撒的谎一五一十地告诉陆一鸣，二人提前做好沟通，省得到时候说漏嘴。

438

　　第二天一大早，倪母就让小梅推着她亲自到菜场挑菜，还命令倪秋雨在家把屋子收拾干净。

　　倪秋雨担心倪母的身体，不想让她出门。但倪母非要出去，倪秋雨只好随她去。

　　倪母张罗着给陆一鸣做饭，甚至比去庙会还兴奋。倪秋雨在家收拾好屋子，倪母也兴高采烈地回来了，买了好大一堆食材和水果，喊倪秋雨帮她往屋里搬。

　　陆一鸣年底在拍一个贺岁片，也是他喜欢的角色。眼看贺岁片就快要杀青了，但陆一鸣提出要请一天假，这让导演十分为难，陆一鸣好说歹说，导演才算答应下来。

　　宋姐和小梅都已经很熟悉了，陆一鸣他们刚一进屋，宋姐就把倪丫丫交给倪秋雨，自己到厨房和小梅一起准备饭菜。

　　陆一鸣一手提着给倪母买的补品，一手拿着给倪秋雨买的化妆品，进屋后把两样东西交给二人。

　　"秦先生来了！"倪母热情地招呼陆一鸣，陆一鸣这才反应过来自己还是秦建斌的身份，好在来时宋姐已经提醒他化装了，不然他还真以为这是女婿第一次登丈母娘家的门呢。想到今天有倪秋雨在，他的心情比以往任何一次来都要兴奋。

　　"小丫丫，奶奶都想你了哦！"倪母看到倪丫丫后，高兴地伸出两只手，想把丫丫抱过来。

　　倪秋雨把倪丫丫放到倪母的怀里："妈，您别累着。"

　　倪母的目光始终没有离开过倪丫丫的小脸蛋，她笑着说："抱这么可爱的孩子，怎么会累呢？"

　　倪丫丫在倪母的怀里，可是眼珠子却一直盯着倪秋雨。

　　倪秋雨看出来倪丫丫是想让她抱，她担心倪母看出点儿什么，连忙走过去："妈，您就别逞强了，还是给我吧。"说着就从倪母的手里把倪丫丫抱过来。

倪丫丫立刻又扎在倪秋雨的怀里一动不动了，过了一会儿，她才抬起小脑袋恋恋不舍地依偎在倪秋雨的肩膀上。

"这孩子还挺喜欢你的，一点儿也不认生。"倪母笑眯眯地说。

"是啊，秋雨带过她一段时间，那会儿孩子妈正好出国了。"陆一鸣连忙解释道，接着，他礼貌地对倪母说，"本来今天她也打算过来的，没想到公司临时有事走不开，改天一定让她来看您。"陆一鸣能这样说，倪母很高兴。

"好，好，我就说我们娘几个和你们一家人都很有缘分，改天把男孩也带来，让我也瞧瞧。"

"嗯，下次一定带来看您。"陆一鸣爽快地回答。

倪母喜不自禁地看着倪秋雨抱着倪丫丫，突然，她轻轻地叹息了一声："哎……我要真有这么一个漂亮的外孙女多好啊！"

还没等倪秋雨反应过来，门口传过来一个声音："妈，她就是您的外孙女！"

这句话清清楚楚地传入屋里每一个人的耳朵里。

陆一鸣转过身，连忙迎上前去，挡住正在往屋里走的倪阿蒙，低声说："你到底想干什么？你不知道阿姨的病情加重了吗？"

倪阿蒙没有理睬陆一鸣，径直走向倪母。

倪母死死地看着倪阿蒙，惊讶地说："蒙蒙，你刚才说什么？"

倪阿蒙走到倪秋雨身边，从倪秋雨怀里抱走倪丫丫，然后走到倪母面前："妈，我手里抱着的这个孩子，就是您的外孙女。她叫倪丫丫，是我生的女儿。"

陆一鸣和倪秋雨互相看了一眼，均是一脸无可奈何的表情。

倪母激动地说："蒙蒙！你说什么？你说丫丫是你生的孩子？"

"是的，妈。"

倪母虽然对于这个消息感到惊讶，但却不怀疑。她之前看到倪丫丫的时候，就有过这方面的怀疑。

还没等倪母说什么，倪阿蒙理直气壮地走到陆一鸣身边，对倪母说："妈，丫丫是我和他的孩子，现在您的小女儿倪秋雨不但要强行霸占我的孩子，还要抢我的老公，您老人家到底管还是不管？"

倪母听到这话，气得浑身直哆嗦。她颤抖地伸出一只手，指着陆一鸣："他……他不是有老婆吗？蒙蒙，你怎么能干这种事……"

倪秋雨看到母亲生气的样子，连忙跑过去扶住她："妈，您别生气，不是那样的，您别生气……"

还没等倪秋雨把话说完，倪母就已经晕厥了过去。此时的倪丫丫也被吓得"哇哇"大哭起来。

宋姐走过来想从倪阿蒙手里接过丫丫，一开始倪阿蒙还不愿意松手，但看到母亲昏厥过去，赶紧把孩子递给宋姐。

陆一鸣冲了过来，二话不说抱起倪母就往自己的车上跑。

一行人浩浩荡荡地来到医院，只剩下宋姐和小梅在家里照顾倪丫丫。

第五十六章　情路难走

倪秋雨比谁都清楚母亲的病已经到了肾病的晚期，慢性肾衰竭的最后一期。这一期会出现各种并发症，消化系统、呼吸系统等全身各个系统都会有不同程度的衰竭。所以，她回来的第二天，就领着母亲到医院做了全身检查，得出的结果还是比较好的。可是没想到，今天的突发事件让倪母受到强烈的刺激，导致昏迷。

自打倪阿蒙挣钱多了，倪秋雨就拜托过医院，如果有合适的肾源一定要联系自己。可是，等了这么久，她都没有等到过医生的电话。

倪母这次的昏迷原因是高血压，由于神经受刺激，血压急剧上升才会导致昏厥。经过抢救，倪母已经脱离危险，医生给倪母安排了病房，陆一鸣帮她办了住院手续。

倪母缓缓地睁开眼睛，看到倪阿蒙和倪秋雨都在。陆一鸣担心倪母受刺激，就守在病房的门口，不敢进去。

"蒙蒙，你老老实实跟妈说，你和秦建斌到底是什么关系？你是不是做了什么有辱家门的事？"倪母此时说话声音很虚弱，但还是不肯放过这个问题。

"妈，你想什么呢？他连婚都没结呢！"倪阿蒙说。

倪母的目光转向倪秋雨。倪秋雨不知道该说什么。倪母接着问道："蒙蒙，你告诉妈，这个男人是谁？他叫什么？他是做什么的？"

倪秋雨连忙走到倪阿蒙身边，用脚踩了一下倪阿蒙的鞋，倪阿蒙疼得不由自主地叫了一声："你踩我干吗？妈早晚也得知道这些事情！"

"妈，这件事……"

倪阿蒙还没说完，倪秋雨就挡在她面前："姐！妈刚才是经过抢救才醒过来的，你不想要咱妈我还想要呢？你难道要把她气死吗？"

倪阿蒙一开始以为母亲已经知道了陆一鸣的身份，但现在听到倪秋雨的这番话，才意识到事情的严重性，顿时不敢乱说话了。

看到姐妹俩这样，倪母更加想知道事情的真相。她用尽全身力气吼道："你们要是胆敢骗我，我就立刻死给你们看！"

倪阿蒙看了看焦急的倪秋雨，也知道自己说了不该说的话，她走到倪母跟前，弱弱地对倪母说："妈，这件事以后再说，您保重身体要紧！"

倪母的怒火更加旺盛，她一把拔掉手上的针头，怒视着倪阿蒙和倪秋雨："说不说？"

屋里的情况陆一鸣都看见了，也都听见了。这时候，他勇敢地推开门，站在倪母面前："阿姨，是我，我是陆一鸣。"

"你是谁？"倪母简直不相信自己的耳朵，瞪大眼睛看着陆一鸣。

陆一鸣假装平静地扯下假胡子，又把根本没有度数的眼镜摘下来，小心地观察倪母的表情后，说："阿姨，我是陆一鸣，我对不起您！"

陆一鸣低着头不敢跟倪母对视，倪母刚才愤怒的表情一下子呆愣下来，像是泄了气的皮球，目光呆滞，嘴唇发抖。

"阿姨，您怎么样？"陆一鸣看着嘴唇颤抖的倪母，不知道如何是好。

"陆一鸣，就是你，和我大女儿生了孩子，又和我小女儿在一起？"倪母的声音微弱到似乎只有她自己能听见。

"阿姨，您不要误会，事情不是您想的那样。"陆一鸣解释道。

"你走吧，我来管我这两个没出息的女儿！"倪母的声调越来越高，或许是气愤使得她忘记了身体的难受，她不再去看陆一鸣一眼。

陆一鸣生怕自己再说话会加重倪母的病情，只好缓缓地退出病房。

陆一鸣担心倪秋雨会受此事牵连，所以，他就守在病房门口，没有离开。

陆一鸣拿出手机，看到上面有很多的未接电话，正打算看看是谁打来的，手机又响了，陆一鸣按了接听键。

李丹彤的声音传入耳膜："一鸣，你可算接电话了，宋姐的父亲突然去世了，打电话你也不接，她只好让我来帮忙看丫丫。我现在把丫丫带到你家了，也把宋姐送去了火车站。你那边什么情况？听说秋雨的妈妈晕倒了？"

"丫丫还好吗？"陆一鸣一听顿时焦急万分。

倪丫丫没有单独跟李丹彤待过，他担心倪丫丫会闹。

"目前还算好，但我不知道待会儿她闹不闹。"李丹彤抱着倪丫丫，一边来回晃动一边跟陆一鸣说。

　　"丹彤，麻烦你了，我马上回去。"说完，陆一鸣放下电话，给倪秋雨编辑了一条短信息告诉她倪丫丫的情况，然后就开车回家。

　　李丹彤这段时间频繁出现在陆一鸣家里，所以倪丫丫跟她是不陌生的。

　　陆一鸣刚进来的时候，李丹彤正在教丫丫说话。倪丫丫瞅瞅东瞅瞅西，一副心不在焉的样子。六七个月的孩子，哪能指望她真的按部就班学东西呢，只不过是大人和孩子的一种交流方式而已。

　　看到陆一鸣回来，李丹彤拉着长音对倪丫丫说："丫丫，你看谁回来了？是不是爸爸呀，叫爸爸！"

　　陆一鸣对着倪丫丫笑了笑，逗了几句走进卫生间洗了手，再次走到沙发前，然后把倪丫丫抱起来："丹彤，辛苦你了，你快回去吧，公司估计还有事吧？"

　　李丹彤站起身，站在陆一鸣对面，拉着倪丫丫的小手对陆一鸣说："我的唱片录完了，年前估计除了宣传，应该不会给我安排别的事了，你放心吧。这几天我来带丫丫，你不是还有戏要拍吗，你赶紧去忙你的吧！"

　　陆一鸣这才想起来，他答应剧组今晚拍几组夜戏，然后争取早点儿杀青。这种情况下，陆一鸣也实在找不出别人帮忙，所以也就默认了李丹彤的话。

　　陆一鸣把倪丫丫吃的用的统统给李丹彤交代了一遍，才恋恋不舍地离开家。

　　关上门之前，陆一鸣再次强调道："晚上她如果哭闹得厉害，就赶紧给我打电话！"

　　"知道了，都啰唆十八遍了！"李丹彤嗔怪道。

　　陆一鸣一天都没吃饭，晚上的夜戏又拍夏天的戏，来回拍了几条，陆一鸣感冒了，不停地打喷嚏。导演建议他休息一下，但陆一鸣坚持要拍完。他想尽快拍完这部戏，也好有时间处理目前的情况。

陆一鸣抽空给李丹彤打了三次电话，倪丫丫都没闹，电话里李丹彤还让倪丫丫跟陆一鸣"咿咿呀呀"地说了会儿话。陆一鸣这才放下心来。

陆一鸣忙了一整夜，好在导演比较满意。

凌晨五点，导演派司机把陆一鸣送回家，到家之后，他在卧室里倒头就睡。

李丹彤听到陆一鸣回来的声音，穿着睡衣蹑手蹑脚地走到他房间。看到陆一鸣没有盖被子，于是拿了被子帮他盖上。

刚准备转身离开，发现陆一鸣嘴唇发干，呼吸不畅，嘴里还发出"哼哼唧唧"的声音。李丹彤用手摸了一下他的额头，立即缩了回来，他发烧了，额头烫得不行。

李丹彤连忙去找退烧药，好在陆一鸣家里准备有退烧药。

李丹彤把退烧药和水拿到陆一鸣的房间。用手反复拍打陆一鸣的脸，试图叫醒他，可是努力了好几次都没有成功。

李丹彤急得不行，转身去卫生间用凉水把毛巾浸透，然后给陆一鸣擦脸。过了半天，陆一鸣终于有了一些意识。

李丹彤用手扶着陆一鸣的头，勉强把药片喂了进去。忙完后，李丹彤累得满头大汗，但还是不放心陆一鸣，又到冰箱里找来些冰块，用毛巾裹好，给陆一鸣物理降温。就这样坚持了一个多小时，陆一鸣的烧终于退了。李丹彤累得躺在陆一鸣身边倒头就睡了。

二人醒来后，发现倪丫丫不见了，顿时着急起来。

陆一鸣赶紧查看家里的监控，发现居然是倪阿蒙来把倪丫丫抱走了。

陆一鸣赶紧拿出手机打算给倪阿蒙打电话，才发现手机上有倪秋雨好几个未接来电和短信息，提醒他倪阿蒙要来抱孩子。

陆一鸣后悔不已，他觉得不应该把倪丫丫丢下，然后去赶工作。

陆一鸣给倪阿蒙打了电话，问她为什么带走倪丫丫。

"一鸣，我也没有办法，我妈现在已经知道全部真相，她明确地表示不让我和秋雨跟你产生任何关系，但是丫丫必须要回来。你也知道我妈现在的身体状况，我必须这么做。"

"我们见个面谈谈，好不好？"为了倪丫丫，陆一鸣几乎用哀求的语气说。可是电话那边却传来忙音，倪阿蒙已经挂断了电话。

陆一鸣又拨通倪秋雨的电话，可是电话很快就被人按断。陆一鸣猜测是倪母命令倪秋雨挂的电话，陆一鸣一时间没了主意。

李丹彤看到陆一鸣焦急万分的样子，感到非常抱歉："一鸣，我没想到事情会这样。是我不好，没有好好帮你照看丫丫，你昨晚发烧……"

陆一鸣长长地叹了一口气，对李丹彤说："丹彤，怎么能怪你呢，是我自己的原因。你做得挺好的，昨晚丫丫一夜都没闹腾。"

"一鸣，你想怎么做？"李丹彤试探性地问道。

陆一鸣想了一下，说："我也不知道，但要是把丫丫让出去，我是绝对不会答应的。"

李丹彤知道陆一鸣对倪丫丫的感情，于是说："一鸣，如果真打官司，我帮你找最好的律师。"

陆一鸣重重地点点头，转过头看着李丹彤："丹彤，真是谢谢你了。"

李丹彤露出温和的笑容，眼里有晶莹的泪珠闪动："一鸣，我不敢奢望什么，但是请你别拒绝我的帮助和照顾，好吗？"

李丹彤话说到这个份上，陆一鸣也不知道还能说什么，只好沉默不语。

李丹彤看着陆一鸣道："一鸣，去洗个澡吧，我帮你熬些粥，看你吃了药再走。"

陆一鸣想了想，没有拒绝，走进浴室。

李丹彤走进厨房，打开电磁炉，熬上小米粥。然后走出厨房，帮陆一鸣收拾一下茶几。

这时，陆一鸣的手机响了，来电没有显示姓名，李丹彤犹豫再三还是帮他接通了电话。

电话是一个陌生男人的声音："您好，请问是陆一鸣先生吗？您和刘女士的肾脏配型结果已经出来了，你们的各项指标均一致，您完全可以给刘女士做肾脏移植手术。"

李丹彤被男人的话惊得差点儿扔了手机，她没有说一句话，连忙挂断手机。李丹彤不知道这件事要不要告诉陆一鸣，刘女士应该就是倪秋雨的母亲，

他疯了吗？要捐肾给别人！

李丹彤想了很久，如果她不告诉陆一鸣，医院的人应该还会再打给他。最后决定告诉陆一鸣这件事情。

厨房传来一股焦煳的味道，李丹彤这才想起来还熬着小米粥。她赶紧跑到厨房，打开抽油烟机，然后把熬煳的粥倒进水池中。

陆一鸣走出卫生间，顺着焦煳的味道走进厨房。李丹彤转身抱歉地笑了笑："不好意思啊，把粥熬煳了。"

陆一鸣已经穿戴整齐，看着手忙脚乱的李丹彤："没事，别弄了，这里挺呛的，快出来吧。"

陆一鸣把李丹彤从厨房拉出来。这时候手机再次响起，李丹彤

猜一定是医院打来的电话。

陆一鸣对着手机那头的人说："嗯，麻烦您通知他们做准备吧，我把手头的事处理一下，就可以做手术了。"

不知道对方说了什么，挂电话之前，陆一鸣说："麻烦你们一定要做好保密工作，我不想让他们知道我是谁。"

陆一鸣挂掉电话，看到李丹彤正目不转睛地盯着他看，眼里浸满了泪水，像是快要哭出来。

"你想好了？"李丹彤问道。

陆一鸣不明所以，说："我不知道你说的什么？"

"你真的打算要给倪秋雨的妈妈捐肾吗？"李丹彤开门见山地说。

陆一鸣有些惊诧："你怎么知道这件事？"

李丹彤淡淡地说："医院刚才已经打过一次电话了，我以为是骚扰电话就替你接了。"

"哦，既然你已经知道了，那请你替我保密。我不想让更多的人知道这件事。"

"你为什么要这么做？仅仅是因为你爱倪秋雨，她又是倪秋雨的妈妈吗？"李丹彤直截了当地问。

陆一鸣不想隐瞒，他走到沙发前坐下来，低头沉默了片刻，又抬起头坦诚地看着李丹彤说："大部分原因是你刚才说的。"

"还有呢？"李丹彤步步紧逼。

"还有就是我当年一怒之下，误杀了她的丈夫，我欠她的。"陆一鸣淡淡地说。

"你杀死了她的丈夫，可是你也受到了应有的惩罚。而且，你为她们母女三人做得已经够多了，你真的完全没有必要这么做！"

李丹彤十分激动，即使陆一鸣明确表示不爱她，但她还是希望陆一鸣一切都好好的，不希望看到他有任何闪失。

"不要说了，我已经决定了。不管秋雨最后的选择是什么，我都要这样做！"陆一鸣的态度十分坚决。

李丹彤被气得紧握拳头："一鸣，你知道摘去一个肾，意味着什么吗？"

陆一鸣肯定地回答："我知道。"

"好，我什么都不说了，一鸣，我先走了。"李丹彤说完就迅速地转身离开。她把车开得飞快，到了会所她不管什么酒拿起来就喝，一杯接一杯。

李丹彤只有把自己灌醉，才不至于让自己的心那么痛。她爱陆一鸣，她也知道陆一鸣不爱她，她无数次想过要放弃，可是她始终觉得自己有一线希望。但是这次不一样，当她得知陆一鸣要为倪秋雨的母亲捐肾的时候，她才真正明白陆一鸣对倪秋雨的爱有多深。

李丹彤为自己心痛，更加为陆一鸣痛心，她不知道怎么才能阻拦陆一鸣的行为。事实上她也不知道该不该阻拦他。捐肾在某种意义上来说是没有生命危险的，但是只剩下一个肾的人将来会遇到什么事，她不得而知。

李丹彤希望陆一鸣幸福，发自内心的希望，她不知道自己为什么爱得这样卑微，她只知道哪怕牺牲自己的所有，能换来陆一鸣的幸福也是值得的。

突然，李丹彤放下酒杯，她疯了一样地打电话，从当院长的爸爸的朋友到自己身边的朋友，但凡能够和医学沾上边的人，她都一一打了个遍，希望能够帮倪母找到可以匹配的肾源。可是，一无所获。

第五十七章　抚养权争夺战

在李丹彤走后，陆一鸣来到医院寻找倪阿蒙。不管怎么样，他都要先见到倪丫丫，否则他实在没办法安下心来。

当陆一鸣推开病房的门，看到的却是倪秋雨跪在倪母面前。

"妈，我求求您了，您快告诉我，我姐在哪儿？她没带过丫丫，丫丫会认生的……"

听见推门声，倪秋雨回头瞥了一眼陆一鸣，继续哀求倪母。

"秋雨，怎么回事？丫丫呢？丫丫在哪儿？"陆一鸣焦急万分，目光焦灼地看看倪秋雨，又看看倪母。

倪秋雨眼里的泪水顿时喷涌而出："一鸣哥，丫丫被我姐带走了，我也不知道她们在哪儿！"说着倪秋雨就又转过头去哀求倪母："妈，您就算是为了我姐，也要把我姐的下落告诉我们。我姐现在是个大明星，带着丫丫去哪里都会有很多困难的。妈，我求求您了……"

倪母面色晦暗，精神却十分好，只是脸上冷酷的表情似乎是要将倪秋雨杀死。

倪秋雨也不敢看母亲的脸，只是低着头，不停地哀求她。

"你先出去，我跟陆一鸣谈谈。"倪母冷冷地说。

倪秋雨缓缓地站起身，由于跪的时间比较长，以至于她一起来眼前发黑，身体打了个趔趄。

陆一鸣连忙扶住倪秋雨，把她扶到楼道的长椅上："秋雨，你靠在这里待一会儿，我进去跟阿姨谈谈。"

倪秋雨艰难地点点头。陆一鸣看了看憔悴的倪秋雨，推开病房的门。

陆一鸣站在倪母面前，看着倪母。倪母也看着她，两个人足足对视了十几秒，谁也没说话。

倪母长长地叹了一口气："陆一鸣，我来问你，你到底爱我的哪个女儿？"

"我爱秋雨！"陆一鸣毫不犹豫地脱口而出。

"我们蒙蒙连孩子都为你生了，你居然说爱秋雨！你是有多大的本事，让我两个女儿为你神魂颠倒！"倪母的愤怒显而易见。

陆一鸣沉默片刻，认真地说："我一开始确实是爱倪阿蒙，可是我们在一起后发现，我想要的生活和她想要的生活大相径庭。她喜欢被镁光灯包围的生活，而我和秋雨只喜欢平淡安静的生活。我在这里必须告诉您，在倪阿蒙没有成为明星之前，秋雨默默地付出了很多。为了给倪阿蒙还债，她甚至拿着水果刀和坏人做斗争！为了保全倪阿蒙的名声，秋雨心甘情愿让倪阿蒙用她的身份去做流产手术，甚至生丫丫都是用的秋雨的名字！"

倪母听到这些有些惊讶："你说什么？你说的这些事都是真的吗？"

陆一鸣平静地说:"秋雨就是这样,只管默默地付出,从来不讲回报,到现在她居然都没跟您说过这些。显然,她是没打算说出来。倪阿蒙之前误签了合同,欠了坏人二十万,是我和秋雨想尽了办法帮她还上的。后来那些坏人拿着倪阿蒙早先的视频敲诈我,又是我和秋雨想办法解决的。再接着是倪阿蒙和田毅有了孩子,用秋雨的身份做流产……还有好多事情,我就不一一和您说了。总之,在我和秋雨一次次帮倪阿蒙解决这些事的过程中,我发现原来我和倪阿蒙真的不合适,反而是秋雨的善良和真诚打动了我。"

"这些事我多少知道点儿,秋雨只是跟我说,你为了蒙蒙好几次都倾家荡产。但她没有说过,这中间还有她的帮助。"倪母的愤怒稍稍平息了一些。

"这就是您大女儿和小女儿的区别,我说的这些事,倪阿蒙也是知道的,但是为了明星梦,她……"陆一鸣迟疑了一下,接着说,"关于倪阿蒙我不想多说了。但我恳请您,告诉我她在哪儿,丫丫真的不能让她带,会出现您意想不到的情况的。请您相信我,她虽然是丫丫的亲生母亲,可是,她真的……"

陆一鸣虽然和倪阿蒙分手了,但他实在不愿意在任何人面前说倪阿蒙的坏话。如果不是为了倪丫丫,这些话打死他都不会说的。

倪母沉默了好一会儿:"说一千道一万,只要我活着,我的两个女儿都不可能嫁给你,不管是蒙蒙还是秋雨,你都死了这份心。只要我还有一口气在,我都不会答应!"

倪母强作镇定,其实她心里比谁都明白,即使她死了,也阻挡不了倪秋雨喜欢陆一鸣,更何况和陆一鸣生下倪丫丫的倪阿蒙。她之所以问陆一鸣这些话,是想知道陆一鸣到底爱谁。她喜欢倪丫丫,潜意识里希望倪丫丫能由亲生父母抚养成人，但陆一鸣给她的答案，她接受不了。

况且，她确实也无法接受陆一鸣，尽管她知道陆一鸣为她、为她们家做了很多很多的事情，但是一想到死去的倪大力，她就说服不了自己接受陆一鸣，尽管倪大力是个十恶不赦的浑蛋。

"你走吧，我看到你，就想起我们家的死老头子……"倪母捂住胸口，呼吸有些紧迫。

陆一鸣给倪母深深地鞠了一躬："您保重身体！"说完，他退出了病房。

陆一鸣刚想和倪秋雨说几句话，倪母就在屋里喊倪秋雨。倪秋雨只好站起身，匆匆对陆一鸣说："你快别在这里了，赶紧去想办法找丫丫！"说完，她连忙推开病房的门。

可是倪阿蒙能把丫丫带到哪里去呢？陆一鸣根本一点儿思绪都没有。陆一鸣想回到老家去看看，或许倪阿蒙会带着孩子躲到老家去。

陆一鸣刚刚启动车子，就接到了倪阿蒙的电话，她在电话里十分着急："一鸣，一鸣，不好了！"

陆一鸣能听倪阿蒙喘粗气的声音，他急迫地问道："怎么了？丫丫呢？"

"丫丫……丫丫被田毅绑架了！"倪阿蒙说完这句话，就"呜呜"地哭了起来。

陆一鸣听到"绑架"两个字立即慌了，可是他必须镇定下来："你现在在哪里？"

"我在老家的院子里。"倪阿蒙回答道。

"好，你在原地别动，等我电话！"

陆一鸣没有猜错，倪阿蒙带着孩子回了老家。但她不知道，自己什么时候被田毅盯上了。田毅趁她去洗手间的工夫，带走了丫丫。

陆一鸣的手机里早就没了田毅的电话号码，他打电话跟凌厉要了田毅的电话号码。

凌厉问陆一鸣要田毅的号码干什么，陆一鸣什么都没说就挂了电话。

凌厉感觉到陆一鸣的焦急，于是给卓越打电话问他是否知道些情况。

田毅的电话很快就通了，听筒里传来田毅魔鬼般的笑声。

陆一鸣强忍着心里的怒火对田毅说："先让我听听孩子的声音，再告诉我，你想怎么样？"

听到陆一鸣如此紧张，田毅忍不住哈哈大笑起来："陆一鸣，你也有这么耐不住性子的时候！"

"少废话，孩子呢？"

田毅的笑声渐渐停了下来："好吧，听你的，不知道你闺女这细皮嫩肉的，我拧上一把会怎么样呢？"

田毅狰狞的面孔浮现在陆一鸣脑海里："田毅，你最好给我老实点儿，我女儿要是少了一根汗毛，我绝对不会放过你的。"

田毅接着又"哈哈"大笑起来："一鸣，你这可不像是求我手下留情的态度啊！你不求我，你的女儿在我这儿的待遇我可就不敢保证了。"

陆一鸣眼里浸满了泪水，他强忍住愤怒，用哀求的语气对田毅说："田毅，我求求你，只要你不伤害我女儿，我什么都答应你。你要钱吗？要多少？只要我能给得起，我一定满足你。"

田毅的声调一下子就变了，说："对啊，早这样多好？不过为了让你知道你女儿在我这儿，我得让她发出点儿声音啊。"田毅话音刚落，听筒里就传来倪丫丫的哭声。

听到倪丫丫的哭声，陆一鸣的心总算是暂时落了地。他努力平息自己的愤怒，说："说吧，你要多少钱？"

"五百万！"田毅接着说，"如果讨价还价，那只能加价！"

"好！"陆一鸣果断地答应了。

"但你容我一天的时间。"陆一鸣接着说。

"好！"

"田毅，你听我说，你一定要好好照顾我女儿，不然的话，你一分钱都拿不到。"陆一鸣再次强调道。

"放心吧，我给她吃的是最高级的奶粉。这么可爱的孩子，不哭不闹的，挺好玩的，我不会虐待她的。"

陆一鸣和秦建斌的公司签约也才只有几个月的时间，虽然演唱会和唱片都很火，但是很多收益都还没结算清楚，五百万对于他来说还是多了一些。

陆一鸣在脑子里过了一下存款的数量，也不过二百万左右，所以他必须在短时间内借到三百万。倪阿蒙的钱应该有三百万，但是他不想花倪阿蒙一分钱，省得接下来还要跟倪阿蒙纠缠不清。

陆一鸣拨通了秦建斌的电话，还没说话，秦建斌就说："一鸣，你那个电视剧还有几组戏就杀青了，你人上哪里去了？我刚送走了导演，导演对你意见可大得很呢！"

"建斌哥，你帮我跟导演解释一下，我现在有不得不办的事情，过两天我腾下手来，一定补拍镜头。我现在有更要紧的事情，需要三百万！"

"什么！你需要三百万？一鸣，到底发生什么事了？"秦建斌十分惊讶。

"哥，丫丫被人绑架了，我手头有二百万，但对方要五百万赎金。"陆一鸣简单地描述了一下目前的情况。

"一鸣，你先别急，我这就让财务给你账号打三百万。可是，这样行吗？丫丫安全吗？"秦建斌一听倪丫丫被绑架了，也是心急如焚。

"建斌哥，先别告诉嫂子和蒋老师他们，省得他们着急，事情很快就能解决。"陆一鸣说。

"一鸣，你一个人行吗？这样吧，我把五百万现金准备好，你现在在哪里，我过去找你！"秦建斌担心现在的陆一鸣情绪不稳定，可能会把事情搞砸。

"也好，我把位置发给你！"说完，陆一鸣就把自己的详细位置发给了秦建斌。

接着，陆一鸣再次拨通了田毅的电话："田毅，我的钱筹齐了，你现在在哪儿，我过去找你。"

田毅非常狡猾，对陆一鸣说："你加我微信，现在视频，让我看一下你的钱在哪儿？"

陆一鸣说："钱马上就送到了，大概半个小时。你先告诉我你在哪里，钱一到我立马赶过去！"

"那还是等钱到了再说吧。"田毅说完就挂断了电话。

陆一鸣非常气愤，手不由自主地砸在方向盘上。

陆一鸣加了田毅的微信，田毅点了通过后，陆一鸣发过去视频邀请，田毅接通了。视频里，陆一鸣见到了田毅久违的脸："田毅，先让我看看我闺女。"

"钱呢？"田毅像搜寻猎物一样寻找关于钱的画面。

"钱马上送到，你放心，我不会耍花招。丫丫可是我亲闺女，我们先聊聊天，好吗？"

"聊什么？事情明摆着，你给我钱，我给你人，不需要聊什么！"

"田毅，从我心里是十分感激你的。我刚从监狱出来的时候，是你给了我一碗饭吃，要不是你，我都不知道该怎么活下去，这些都是真心话。其实得知你的近况后，我有很多次想给你打电话，想给你个机会，但我不知道该从何说起。你其实光靠唱歌就能过得很好，何必又去强求另外一些事情呢？"

对于陆一鸣苦口婆心的劝说，田毅不屑一顾："你站着说话不腰疼，我现在一首歌连一百块钱都挣不到，你让我怎么过得好？别想打温情牌。"

陆一鸣平静地对田毅说："田毅，我的想法是，我跟我建斌哥公司的合同到期后，我自己开一个工作室。我不想再受任何人的限制来做音乐，更不想去迎合市场，只想做我自己想做的。你自己其实也明白，我的歌有很多是很适合你唱的，你到时候签我的工作室，我不能保证你大红大紫，但最起码歌手该有的待遇还是能保证的。五百万对于每个人来说都不是小数目，或许你拿到了钱可以保证一辈子衣食无忧。可是，难道你没有音乐梦想了吗？"

说实话，田毅被陆一鸣的话打动了。这么多年了，他就是怀抱着对音乐的一腔热血才会坚持下来，没想到陆一鸣出现后，让他对自己产生了自卑，对自己的音乐更是失去了自信，这才走到今天这一步。

田毅低着头，沉默了一会儿后，从身后的婴儿车里把倪丫丫抱过来，让陆一鸣看到："一鸣，谁不想过安稳的日子？我承认，我为了名利迷失了自我，如果你不骗我的话，我可以考虑你的建议。但是如果你要是耍花招，我会立刻掐死你女儿！"

陆一鸣坚定地说："田毅，如果你不相信我，一会儿建斌哥来了我就和他说这件事。但我的合同还没到期，在此之前，我想要委屈你，先到建斌哥的公司和凌厉、卓越一样，当个伴唱。"

"好，我看你的诚意！"

第五十八章　浪子回头金不换

　　田毅的话音刚落，秦建斌的车就停在陆一鸣的车后面。

　　秦建斌提了一个黑色的皮箱，拉开陆一鸣副驾驶的车位。陆一鸣把手机放到方向盘前面的汽车操作台上。

　　"联系好了吗？去哪儿交易？"秦建斌把箱子放到自己的腿上，直接切入主题。

　　"建斌哥，先不说这事儿，我想先跟你说个事。"陆一鸣扭头看着秦建斌。

　　秦建斌十分焦急地说："有什么事比救丫丫还着急？"

　　"哥，我之前跟你说的明年打算自己开工作室的事，你还记得不？"

　　秦建斌点点头，狐疑地看着陆一鸣。

　　陆一鸣接着说："我看中了一个歌手，但是我现在没有能力打造他，所以我希望你能帮我一把，先让他来你的公司当个伴唱。总之，我不想这个人才流失掉。"

　　秦建斌想了片刻："如果你这么欣赏这个歌手，那就先签到我公司当歌手也没问题啊！你和我的合同还有八九个月呢，我可以先帮你试试他的市场价值。如果你工作室成立，我把他还给你就是了，反正我的公司不是靠唱歌来支撑的。这件事听你的就好，你嫂子也不会有意见的。"

"建斌哥，此话当真！"陆一鸣刻意拉高了声调。

"哥什么时候骗过你？"秦建斌说完更加好奇地看着陆一鸣，"一鸣，这事和丫丫的事有关系吗？"

陆一鸣点点头："绑架丫丫的就是之前我跟你说过的，我从监狱出来认识的第一个歌手。他曾经把我拉进他们乐队给过我一碗饭，所以，我想给他一次机会。"

秦建斌一听，更是一头雾水，声调明显提高了八度："那他为什么绑架丫丫？他有什么难言的苦衷吗？"

"哥，这你就别管了，您回去吧，答应我的事，您能做到就好了。"

秦建斌这时候才注意到陆一鸣眼前的手机画面。画面里田毅抱着倪丫丫，正全神贯注地听他们讲话。

"一鸣，这个人不是窃取你曲谱的那个歌手吗？他能那么讲信用放过丫丫吗？他不是要钱吗？给他钱就好了，干吗还要和他有交集？我不信任他！"

"哥，我相信他能够迷途知返，我误杀过人都能改过自新，何况是他呢，我想给他一次机会。哥，相信我，牢狱之灾和重新开始哪个更重要，我想他非常清楚。你放心吧，我一定会把丫丫安全地带回来。"

秦建斌对陆一鸣的话半信半疑，想了一下，说："钱你也带上，到时候让他选吧。要怎样选择，他见了钱以后才能清楚自己的决定！"

"好！"

秦建斌不情愿地下了车。他其实想跟陆一鸣一起去，可是陆一鸣想要单独和田毅聊聊，所以，他只好下了车。

陆一鸣以最快的速度赶到田毅所在的地方，周围是一大片庄稼地。此时是冬天，地里一片灰蒙蒙的，旁边有一个小屋子，像是农民伯伯自己搭的。

陆一鸣走进屋子，看到田毅站在屋子中间，倪丫丫安静地在他旁边，看起来像是睡着了。田毅把自己的衣服盖在倪丫丫的身上。

陆一鸣把箱子放在一边，跑过去抱起女儿。

陆一鸣先是亲了亲倪丫丫的脸蛋儿，然后又摸了摸倪丫丫的小手，小手热乎乎的，陆一鸣一下子就放了心。他抱着孩子，问田毅："田毅，我和建斌哥的谈话，你都听见了吧。你现在有两种选择：要么按照我说的，我保证能做到我承诺的；要么你拿走这五百万，我们权当没有认识过。"

田毅围着箱子转了两圈，忍不住把皮箱打开，一箱子红色的钞票顿时映入眼帘。他看着这些钱，然后拿出一沓来，用手捻动了一下。他沉默了许久，最后咬着牙把箱子盖上，然后站直身体对陆一鸣说："一鸣，我选择信任你！"

话音刚落，田毅就听到外面有警车的声音。田毅立即从腰间抽出一把水果刀，迅速指向陆一鸣："你敢跟我要花招！"

对于警车的到来，陆一鸣也感到十分意外："我发誓我没报警！田毅，你跟什么人通过话，或者透漏过你的信息没有？"

田毅的眼球迅速转动了几圈："几小时之前凌厉给我打过电话，那时候你女儿正哭，我怕他察觉到什么，没说几句就把电话挂了。"

"这就对了，我想一定是凌厉报的警，他怕你做糊涂事。"

"竟然出卖我，枉我把他们当成亲哥们对待！"田毅愤愤地说。

"路是自己走的，怪不得别人。难道我没把你当过亲哥们吗？"陆一鸣说。

警察的声音传了进来："里面的人听着，现在自首还可以宽大处理……"

"怎么办？"田毅一时间没了主意。虽然他带走了倪丫丫，但他从来没想过真的去挟持陆一鸣。

陆一鸣沉默片刻，说："你把水果刀放下，然后把赎金藏起来，再过来抱着丫丫。一会儿他们进来，我就说我们是朋友，这是一场误会。"

田毅想了想，也觉得没有更好的办法，于是他先把黑色的皮箱和水果刀用干燥的麦秆盖上，然后从陆一鸣手里抱过倪丫丫。

"我们一起出去。"陆一鸣说。

"好。"田毅抱着丫丫，紧紧地跟在陆一鸣身后。

二人走出来后，发现周边埋伏了很多警察，已经把这间小屋团团包围。拿着话筒的警察身后站着焦急万分的凌厉和卓越。警察看到陆一鸣和田毅走出来，继续喊道："是谁绑架了孩子？"

陆一鸣举起手笑着说："我想你们是误会了，谁也没有绑架孩子。我的孩子很好，我和田毅是朋友，谁告诉你们这里发生了绑架？"

警察回头看了看凌厉。凌厉结结巴巴地对警察说："那……那可能是误会了……误会了……我们都是朋友。麻烦你们了，真的抱歉。"

卓越也连忙对警察说："不好意思，误会了，误会了！"

拿着扩音器的警察再次看了看陆一鸣和田毅，问道："确定是误会？"

　　田毅和陆一鸣连忙说："误会，误会！"

　　警察非常不悦，用责备的语气对凌厉说："以后搞清楚事实再报警，这人力物力浪费的，还折腾到这么远！"

　　说着，警察一挥手，所有埋伏在小屋附近的警察有序地撤离了。拿扩音器的警察自己向前走了几步，检查了一下田毅和陆一鸣，确定没有人拿凶器，这才缓缓地离开。

　　警察走后，陆一鸣立刻从田毅手里把孩子抱过来。凌厉和卓越也赶了过来。

　　"到底怎么回事？"凌厉问道。

　　"没事，田毅闹着玩呢，估计是想重新追回倪阿蒙，所以把孩子弄出来了，哪有什么绑架，你们太小题大做了！"陆一鸣真的很佩服自己编故事的能力，心想电视剧还真是没有白演。

　　其实即使陆一鸣的谎撒得再完美，凌厉和卓越心里也明白事情的大概。田毅把箱子搬出来，主动放到陆一鸣车子的后备厢里。

　　卓越开车，凌厉坐在副驾驶，陆一鸣和田毅坐在后座。

　　田毅支吾了一下，说："一鸣，你还得替我善后一件事。我偷了一辆面包车，就在不远处，我担心车主会报警。"

　　"好吧，把车赶紧送回去！如果车主发现了，赶紧赔钱就是了！"陆一鸣果断地说。

　　他们把车还回去的时候，正好看见一个瘦高男人在找车。

　　田毅赶紧问他："先生，是您的车不见了吧？"

　　瘦高男人打量了一下陆一鸣几人："是啊，你们怎么知道的？我昨晚喝醉住在这里了，醒来才发现车子丢了。"

　　"兄弟，见谅，我今天有些急事，就借用了一下你的车子，现在还给你，你看需不需要补偿你点儿钱。"陆一鸣说着，示意田毅从后备厢里拿出一些现金递给车主。

田毅把钱递给瘦高男人。瘦高男人也不是得理不饶人的人，收下钱后，说："好吧，这件事就这么过去吧。日后你们可别这么做了，这要是人家报了警，你们可就惨了。"

"是是是。"陆一鸣几人纷纷答道。

陆一鸣给倪阿蒙打了个电话，告诉她事情解决了，让她放心。但他并没有开车把倪阿蒙接回高阳市，他想，他们见面越少越好。

倪秋雨知道倪丫丫被陆一鸣带回来，但不知道倪丫丫被田毅绑架。陆一鸣担心，如果她要是知道这件事，一定会担惊受怕，况且事情已经解决了，就没必要再让她担心了。

可是，倪秋雨还是通过倪阿蒙知道了这件事。所以，当陆一鸣告诉倪秋雨丫丫平安回来的时候，倪秋雨拿着手机激动得说不出话来："回来就好，回来就好！"

倪秋雨赶紧把这个好消息告诉倪母，倪母也高兴得掉下眼泪来："秋雨，丫丫是我唯一的外孙女，我不管她是谁生的，妈希望你以后都能好好照顾她。你姐不如你细致，你一定要好好看管丫丫，别再发生这样的事了。"

"妈，您同意我带着丫丫了？"倪秋雨激动地说。

倪母长长地叹了一口气，说："我也看出来了，你姐常年拍戏，走南闯北的，不适合带孩子。这孩子还是由你来带比较合适，但是你必须和陆一鸣断了联系。只要我活着一天，都不会让你们在一起！"

倪秋雨重重地点点头，接着又快速地摇头，她激动得不知道该说什么："妈，只要您让我带丫丫，您说什么我都听！"

倪母轻轻地点点头，眼泪却滚落下来："秋雨，你别嫌妈狠心，天下那么多男人，你们干吗非要嫁给杀父仇人呢？你比你姐陷得深，我怕你……"

倪秋雨拿了纸巾帮母亲把眼泪擦去，忍着心里的痛承诺道："妈，我答应您，我答应您，嫁谁都不嫁陆一鸣……"

倪母露出满意的笑容："秋雨，我想丫丫了。你想办法从陆一鸣那儿把丫丫抱回来，让我瞧瞧她。"

倪秋雨低着头不说话。倪母继续说："也就是你还能把孩子要来，你姐肯定不行。通过丫丫被绑架这件事，我看不打官司陆一鸣绝对不会再把丫丫交给我们了。你去试试吧，你就跟他说，我想看看丫丫。至于你姐那儿，让她赶紧找律师。"

倪母的话让倪秋雨感到非常为难，倪丫丫在她们手里刚刚发生这样的事，她怎么好意思提出带走丫丫。可是为了母亲，她只能勉强自己开口。她相信，只要她提出来，陆一鸣肯定会答应的。

"妈，我现在就去，您一个人注意点儿，有什么事就叫护士，我也会跟护士交代好的。"倪秋雨说完给倪母整理了一下被子，然后走出病房。

第五十九章　多得是你不知道的事

倪秋雨刚走，李丹彤就来到医院，她提了水果和营养品来看倪母。

门打开后，李丹彤礼貌地跟倪母打招呼："阿姨您好，我是秋雨的朋友，我来看看您。"

"快进来，快请坐。"倪母虽然声音很弱，但是充满了热情。

李丹彤把水果和营养品放下，然后拉了一把凳子坐过来："我刚碰见秋雨出去了，您有什么事吩咐我就行。"

李丹彤刚才来的时候确实看见倪秋雨了，但是她躲开了，她并不想让倪秋雨知道她的到来。来之前她就想好了，要想办法把倪秋雨支出去。现在好了，倪秋雨正好走了。

"没事，没事，有事的话我不会客气的。"倪母笑着回答。

"阿姨，您这病目前来看，是要找到合适的肾源做肾移植手术，您怕不怕？"李丹彤小心地问。

倪母轻轻地叹口气，微笑着说："不怕，但是哪里能有合适的肾源呢，这个难啊。"

"不瞒您说，阿姨，我几乎找遍了全国各大医院，都没有合适的肾源给您。但是有人愿意捐肾给您，您接受吗？"

倪母狐疑地看着李丹彤，不说话。

李丹彤继续说："据我所知，秋雨为了救您，是决心要给您捐肾的，但是她的血型跟您不一样，她是干着急也没办法。可是，有一个人，他早就偷偷做了配型，就等您需要的时候捐给您。他和您的血型一致，配型也合适，医院很快就会通知您做肾移植手术了。恭喜您，阿姨！"

"谁？是谁要捐肾给我？"倪母惊讶地看着李丹彤。

李丹彤认真地看着倪母，一字一句地说："是陆一鸣。"

"陆一鸣？"倪母一时有点儿反应不过来。

"是的，阿姨，是陆一鸣。"李丹彤再次肯定地回答。

倪母低下头，她的心里有些乱，沉默了许久，她说："你知道陆一鸣要为我捐肾的理由，对吗？"

李丹彤点点头，说："一方面，他深爱着您的女儿倪秋雨，他也知道秋雨是个特别孝顺的孩子，他不忍心看秋雨为了您的病整天忧心忡忡。还有一方面，他始终觉得亏欠你们娘仁，他想为他当年犯下的错赎罪。其实陆一鸣自打出狱的那天起，就开始赎罪，他挣的所有钱都给了倪阿蒙，他为倪阿蒙所做的一切超出了您的想象。秋雨为了她姐，也做了很多让自己受委屈的事。他们两个是善良又有爱心的人。阿姨，您就成全他们吧。如果您还不能原谅陆一鸣当年犯下的错误，他给您一个肾，也算是偿还了。人死不能复生，您就看开些吧。"

李丹彤说到这里，倪母打断她："孩子，你为什么要跟我说这些？"

李丹彤低着头，眼圈有些发红，迟疑了一下，她扭头看向别处："阿姨，其实我爱陆一鸣，但是不管我怎样努力，他都不爱我。在他的心里，只有倪秋雨。时间久了，我慢慢了解到他们之间发生的事情后，我被他们的感情打动了，我打算放弃了。我在想，如果我是秋雨，我能做到她那样为了陆一鸣连死都不怕吗？我做不到！我又问自己，如果我是陆一鸣，我能做到为了秋雨给您捐肾吗？我也做不到。阿姨，一鸣和秋雨，一直在默默地付出，我希望您能看清楚这一点。不要为了过去的事，牺牲女儿眼前的幸福。"

李丹彤的话令倪母十分纠结，当李丹彤告诉她捐肾的人是陆一鸣的时候，她的心已经动摇了。说到底，她对陆一鸣没有坏印象，不说别的，之前陆一鸣冒用秦建斌的身份来照顾她这件事，其实已经很打动她了。

"孩子，这事让我考虑一下。你来的用意我清楚了，这件事对我来说太突然了，我得好好想一想。"倪母有一点儿语无伦次，但大致意思李丹彤听明白了。

李丹彤站起身，礼貌地和倪母道别，然后离开医院。

李丹彤刚走，就有护士来告诉倪母有人给她捐肾这个好消息。

倪母的心情很复杂，她并没有表现出多么高兴。护士跟她谈话的时候，她始终处在游离状态。护士十分不解地摇了摇头，然后走出病房。

倪秋雨来到陆一鸣家。陆一鸣还没回来，倪秋雨趁着这个时间赶紧把屋子收拾了一遍。打开冰箱，里面什么吃的都没有，倪秋雨去了一趟超市，给倪丫丫和陆一鸣买了一些东西。

倪秋雨刚把东西摆放整齐，陆一鸣正好带着倪丫丫回来了。跟在他后面的还有田毅。

田毅看到倪秋雨在这儿起身就要告辞，陆一鸣叫住他："田毅，明天早上八点，公司见！"

田毅点了点头，走出门去。

倪丫丫有几天不见倪秋雨，小手一直攥着倪秋雨的衣服不放。陆一鸣看着倪丫丫恋恋不舍的样子，对倪秋雨说："在丫丫眼里，你是她唯一的母亲。"

倪秋雨听到这句话，心里突然有些酸涩，她的眼眶顿时红了："一鸣哥，如果我妈只允许我带丫丫，但不同意我们在一起，你会让我带丫丫吗？"

陆一鸣沉默了一会儿，问："秋雨，你告诉我，离开丫丫你会快乐吗？"

倪秋雨迅速地摇摇头："离开她的这些日子，我没有一天不在想她。你去找我的时候，我甚至都不敢提到她，我怕一提到丫丫我就会控制不住自己。所以，我很肯定地告诉你，离开丫丫我不快乐。"

"我愿意把丫丫交给你来带，只是你太辛苦了。"

"真的？"倪秋雨有些惊诧。

"把丫丫交给你，比交给我自己都放心，只是你一个单身女人带着孩子，太艰难了，对你来说也太不公平了。"

"一鸣哥，对不起，我妈妈都病成那样了，我不可能违背她的意思，继续和你在一起。你就让我带丫丫吧，你不在我身边，有丫丫陪着我，我也能感觉到你的存在。"倪秋雨低着头喃喃地说。

"把丫丫带走吧，正好我要出差几天，宋姐不知道什么时候回来，丫丫在家也没人照顾。可是你要照顾阿姨，又要照顾丫丫，能行吗？"陆一鸣想着移植手术的日期就要到了，从手术到恢复也不知道多久，所以他对倪秋雨撒了谎。

"放心吧，我姐回来照顾我妈。"倪秋雨说。

这时候，倪秋雨接到了倪母的电话，让她尽快把丫丫带回去。

倪秋雨挂上电话，对陆一鸣说："一鸣哥，我得走了，我妈让我把丫丫带去给她看看，她有几天不见孩子了，十分想她。"

"我送你们去吧。还有，丫丫的东西我回头收拾好也给你送过去。"正好陆一鸣也要去医院和医生商量一下移植手术的具体事宜。

陆一鸣把倪秋雨送到医院，然后自己偷偷溜进倪母的主治医生的办公室，和医生沟通手术时间问题。

医生让陆一鸣尽快住院，进行身体检查，确定身体符合捐赠条件后，就能手术了。如果一切顺利，三天后就能进行手术。

倪母怀里抱着倪丫丫，心里有说不出的感触，她自然希望倪丫丫能够幸福，她也希望倪秋雨幸福，更希望倪阿蒙幸福。可是，事情居然演变到这种程度。

"丫丫，快让姥姥好好看看……"一边说着，倪母的眼泪一边流出来。

"妈，您别哭，很快就能找到肾源了。"倪秋雨还不知道有人捐肾给母亲的消息，所以只能这样安慰她。

"秋雨，你还不知道吧，有个好心人要给妈妈捐肾，医生今天过来通知了，现在就等着捐赠者进行身体检查了。没有问题的话，三天后手术。"倪母平静地把这个消息告诉倪秋雨。

倪秋雨顿时喜出望外："妈，真的吗？您说的是真的吗？"

倪母轻轻地点点头，可是脸上却没有喜悦。

倪秋雨察觉到倪母的奇怪，关切地问："妈，您好像不太高兴，是不是害怕做手术？您放心，现在医学这么发达，一定会没事的。"

倪母顺水推舟地说："是啊，妈是有些害怕。"

倪秋雨担心母亲累，赶紧把倪丫丫接过来。她刻意拉长声音对倪丫丫说："丫丫，你快告诉姥姥，要勇敢哦，要给我们小丫丫做一个好榜样哦！"

这时候，倪阿蒙戴着墨镜和帽子风风火火地从外面进来，看到倪秋雨正抱着倪丫丫，她长长地出了一口气，顺手摘下墨镜和帽子，甩到一旁的凳子上，然后冲倪丫丫伸出手去："来，我来抱。"

"姐，你先去好好洗洗手，然后再抱丫丫。你身上到处都是土，会有细菌的。"倪秋雨自然地跟倪阿蒙说。

没想到倪阿蒙却像是受到刺激一样，板起脸来："我的孩子，我还不能抱了！"

说着就强行从倪秋雨手里夺过倪丫丫。倪母见状，用全身力气大声吼道："蒙蒙，你能不能别闹了？如果你承认你是丫丫的妈妈，你为什么不和陆一鸣结婚，名正言顺地生下这孩子？"

倪阿蒙愣了一下，她没想到倪母会吼她，这是她长这么大以来第一次。她惊讶地看着倪母："妈，你怎么能这么说，我之所以会这么做，还不是想让你和秋雨都过上好日子！"

"蒙蒙，你该醒醒了，你确实是因为这个吗？你做的那些事情，我都知道了。你的成功是踏着秋雨的尊严和陆一鸣的爱得来的！蒙蒙，妈陪不了你多久了，你也该长大了！你必须明白，将来的路你要靠自己走，没有人会像我和陆一鸣那样无条件地宠着你了。"

倪母一口气说了一大段话，有些气喘。倪秋雨赶紧坐过去，帮母亲按摩胸口："妈，您别动气。"

"秋雨，你给妈灌了什么迷魂汤了？妈对我怎么这个态度？"倪阿蒙不分青红皂白地把矛头指向倪秋雨。

倪母一听这话，更加生气。她强打精神，继续对倪阿蒙说："我已经决定了，即使官司打赢了，这个孩子也让秋雨带着吧，你对外就说是丫丫的大姨吧，你不配做丫丫的妈妈！我希望这个秘密你们能永远守口如瓶，我不想让丫丫将来过纠结的生活。"

"妈，怎么能这样？丫丫是我十月怀胎身上掉下来的肉，我怎么能不认她呢？"倪阿蒙有些歇斯底里地喊道。

倪母叹息一声，道："我们丫丫在你肚子里待够十个月了吗？你扪心自问，你能放弃你的事业，一心一意地给丫丫当母亲吗？"

倪阿蒙不再说话，她比谁都明白，一旦做了决定，就无法回头。她之前既然已经否定了丫丫和她的关系，那么不管是现在还是以后，她就只能是倪丫丫的大姨了。

她站在原地沉默了一会儿，冷冰冰地说："既然如此，你们看着办吧，我去拍戏。"说完转身就走。

倪秋雨看着倪阿蒙头也不回的样子，有些心凉。但她不想让倪母为此难过，于是，她笑着说："妈，您先抱一下丫丫，我去冲奶粉。"

陆一鸣不知道自己做完手术后，什么时候才能恢复，所以想在手术前把事情都交代好。他先是联系好导演，把电视剧剩下的镜头补拍上。然后到医院去看望父亲。

陆耀琪看上去很快乐的样子，他的病情现在已经稳定了下来，知道陆一鸣是他的儿子。他还知道自己有了孙女，时不时跟护士闹小脾气，嘴里不停地嘟囔："我要抱孙女，我要抱孙女！"

陆一鸣来的时候没有带倪丫丫，陆耀琪以为倪丫丫随后会到。

陆一鸣把吃的东西放到桌子上，然后轻轻地叫了一声"爸"。

陆耀琪并没有理陆一鸣，眼睛一直望着门口。

陆一鸣笑了笑，对父亲说："爸，今天没带丫丫来。秋雨带着丫丫呢，也没来。"

陆耀琪像是听懂了陆一鸣的话，点点头，目光停留在芒果上。

陆一鸣拿了几个杋果，走出去拜托护士帮他弄。

陆一鸣每次来的时候都会和护士们打招呼，还经常给她们带吃的，时间久了，护士们都很愿意帮陆一鸣。

"爸，您别着急，一会儿护士就把杋果拿过来了。今天儿子多陪您说会儿话好不好？"陆一鸣看着急于想吃杋果的父亲，心里很不是滋味儿。

陆耀琪重重地点点头，然后好奇地看着有点儿反常的儿子，接着摇摇头："你去看娃，去看娃！"

陆一鸣的眼眶顿时湿润了，他明白父亲的意思，父亲是想让他回去看倪丫丫，不要在这里陪他。

陆一鸣轻轻地摇摇头："爸，儿子今天专程来陪您，待会儿吃完杋果，咱们出去晒太阳。"

陆耀琪不自觉"嘿嘿"地笑起来。陆一鸣看着傻笑的父亲，继续说："爸，我相信您一定会支持儿子的做法。人这一辈子做事一定要对得起良心，这是您从小就教育我的。儿子不孝，给您惹了这么大的事端。爸，有时候我在想，您这样活着也挺好的，您现在一定没有烦恼了吧。"

陆耀琪听不懂陆一鸣说的什么，不停地望向门口的方向。当护士推开门，把剥好的杋果端过来时，他像个孩子一样兴奋，舌头不由自主地舔了舔嘴唇。

陆耀琪专心致志地吃着杋果。陆一鸣继续跟他说话："爸，您也努努力，争取明年能回家过年，到时候丫丫就会叫爷爷了，说不定还会满地跑了，您也好享受享受天伦之乐……"

不管陆一鸣说什么，陆耀琪都只管点头，然后开心地吃着杋果。

第六十章　亲情、友情、爱情，各归其位

从父亲的医院回来，陆一鸣关掉手机，来到倪母所在的医院，开始术前的准备工作以及办理住院手续。为了不让倪家人知道真相，陆一鸣特意让医生给他安排一间高级病房。

一切准备就绪，第二天就要做手术了，陆一鸣早早地躺到床上休息。大约晚上八点的时候，李丹彤推门进来了。

陆一鸣诧异地看着李丹彤："你怎么知道我在这儿？"

问完这个问题，陆一鸣才想到李丹彤认识这家医院的院长。

李丹彤还没说话，眼眶就先红了："一鸣，我不是来阻止你的，我只是想来陪陪你。"

陆一鸣坐起来，宽大的病号服显得他十分干瘦。他有点儿难为情地说："我穿病号服帅不帅？"

李丹彤轻轻地笑了笑："你穿什么都帅！"说完，眼泪也随之落下。

陆一鸣故作轻松地笑了笑："你看你，又不是什么生死离别，你不至于吧？现在医学这么发达，摘个肾是小手术。"

李丹彤重重地点点头："对，是小手术。"

"丹彤，我给你写的新歌，你喜欢吗？"陆一鸣不想再和李丹彤谈论手术的事，故意岔开话题。

李丹彤依旧是点点头："喜欢，喜欢。"

"嗯，以后我还给你写歌。之前我建议张岚姐给咱们弄个组合，或许会唱得更爽！想想参加比赛那会儿，唱得多嗨、多高兴啊！"陆一鸣的情绪也随着叙述回到了以前。

"一鸣，我很认真地问你个问题。"李丹彤郑重其事地说。

"问吧。"陆一鸣轻松地回答。他和李丹彤相处到这种程度，已经无话不谈，他没有什么隐瞒李丹彤的。

"如果没有倪家姐妹，你会爱上我吗？"李丹彤直截了当地问。

"这个问题是肯定的，你这样青春靓丽、善良单纯，我想任何一个人都会爱上你的。"陆一鸣说的是实话。关于这个问题他也问过自己很多遍。

陆一鸣笑着继续说："这都是人的命，我的命早在我误杀了倪大力的时候就注定了，我逃不过宿命，心甘情愿地享受宿命给我带来的一切。也感谢宿命，感谢上天把秋雨送到我身边来。和秋雨相识相爱，将是我一生中做过的最幸福的事。"

李丹彤脸上露出轻松的笑容："长这么大，我从来没有认输过，但是秋雨让我输得心服口服。我也希望你能够和秋雨在一起，把丫丫养大，那样的话，我心里会非常高兴的。"

陆一鸣脸上掠过淡淡的愁绪，他知道自己和倪秋雨已经没有可能了。

李丹彤看了看时间，已经九点多了。她站起身，对陆一鸣说："别担心，手术会很顺利的，院长找了全院最好的医生为你主刀。一鸣，你好好休息，明天手术室门口见。"

李丹彤说完拿起背包走到门口，陆一鸣温柔地叫了她一声："丹彤，刚才的话我还没说完。我也感谢宿命让我认识你，和你成为好朋友，这也是我一生中感到很幸福的事。"

李丹彤扭头朝陆一鸣莞尔一笑："嗯，好，让我们做一生一世的好朋友。"

第二天早上，陆一鸣被护士推进手术室，等待手术。李丹彤在手术室门口焦急地等待。

可是过了好一会儿，也不见医生走进去，甚至连麻醉师都没来。陆一鸣不知道怎么回事，问护士，护士也摇头。

又过了一会儿，一个护士匆忙地跑进手术室，对陆一鸣说："陆先生，您的手术已经取消，接受肾源的病人意外死亡！"

"什么？"陆一鸣从床上腾空而起，瞪大眼睛惊诧地看着护士，"你说什么？这是什么情况？"

"病人意外死亡，你的手术不用做了。"护士尽量说得通俗易懂。

陆一鸣赶紧下床，疯了似的向外跑去。

李丹彤看见陆一鸣跑出来，不知道发生了什么事，紧跟在陆一鸣身后。

陆一鸣来到倪母住的病房，病房里已经是哭声一片。倪阿蒙和倪秋雨坐在倪母的病床前哭得声嘶力竭。

病床上，倪母被白色的床单盖住。

倪秋雨怀里还抱着倪丫丫。陆一鸣用手扳过倪秋雨的肩膀："怎么回事？秋雨，阿姨不是之前还好好的吗？"

倪秋雨把手里已经攥得湿漉漉的纸递给陆一鸣，陆一鸣拿过纸，一点点抹平、展开。

李丹彤见状不敢多说话，她默默地走到倪秋雨身边，轻声对倪秋雨说："秋雨，把丫丫给我。"说着就指着门口，示意倪秋雨她要把倪丫丫带到病房外面。

倪秋雨感激地点点头。

陆一鸣颤抖地拿着纸，这是一张医生的处方单，背面歪歪扭扭地写满了字，是倪母留下的遗书。

　　蒙蒙，秋雨，妈妈走了，请原谅我的不辞而别，以这种方式告别你们，在我看来是最好的选择。

　　我没告诉你们，要给我捐肾的是陆一鸣，我也是通过一个偶然的机会得知的。陆一鸣这个孩子，我虽然对他心怀芥蒂，却从来没有讨厌过他，甚至还很喜欢他。他是一个有担当有责任的好男人，将来也会是一个好丈夫。

　　秋雨，陆一鸣给我捐肾的行为彻底感动了我，他甚至都不想让我知道捐献者的姓名，更没有以此来交换让你嫁给他。在他面前，我显得很自私。你爸都死了这么多年了，其实我早就放下了。再说了，你们爸是个什么样的人，咱们娘仨都清楚。如果你爸活着，咱们的生活一定不如现在过得好。

　　细细想来，陆一鸣一家都让你爸给毁了，一鸣这么好的小伙儿，大好年华也都在牢里度过。所以，要说亏欠，是咱们家对不起一鸣家……

　　秋雨，找个合适的机会，做丫丫的妈妈、做陆一鸣的媳妇吧。妈不会生气的，妈妈之所以会选择这种方式离开，也是不愿意让你为难，妈欠你的太多了。从小到大，吃苦受累的活儿都是你干，我不得不承认，我偏心。所以，你姐变成现在这个样子，多半是我的责任，就请你看在妈的分上，多担待你姐吧。

蒙蒙，其实该说的话，那天妈妈都跟你说了，在这里我不想再多说什么了，我只希望你将来能好好和秋雨相处。还有，答应妈，你以后的身份只能是丫丫的大姨，你只管做一个大姨应该做的就行了。我虽然读书不多，但是我懂得一个道理，真要爱一个人，是希望她能过得幸福。所以如果你真的想要丫丫过得幸福，或许当她的大姨是你唯一能为丫丫做的。

蒙蒙，其实你一直是妈的骄傲，所以我希望你做一个知错能改的孩子。妈知道你的心地并不坏，只是这些年吃的苦让你对成功产生了执念，再加上妈妈的骄纵，你才会走到今天这一步。如果你能幡然醒悟，以你的美貌和善良，一定会找到一个真心爱你的人。妈也祝你早日得到幸福。

就要过年了，把我安葬在老家的那块庄稼地里吧。办完我的丧事，我希望秋雨、丫丫，还有一鸣，你们能过一个团团圆圆的年。

就这样了，啰啰唆唆说了这么多，就这样吧。永别了，我的孩子们，妈永远爱你们！

陆一鸣万万没有想到，倪母居然早就知道给她捐肾的人是自己，不管她是怎样知道的，这事已经无关紧要，眼下就是要按部就班地办好倪母的丧事。

李丹彤犹豫再三，想冲进屋里告诉倪家姐妹和陆一鸣移植手术的事是她告诉倪母的。可是，她刚要张嘴，就看见倪阿蒙给她使了个眼色。

倪阿蒙走出病房，示意李丹彤也出来。

"你知道我要说什么吗？你就阻拦我？"李丹彤单刀直入道。

倪阿蒙从李丹彤手里接过倪丫丫："这还不明显吗？陆一鸣今天做手术，只有你来陪。可见，你知道他要给我妈捐肾的事。你那么爱陆一鸣，你当然会说服我妈不要接受陆一鸣的肾，我说得对吗？"

李丹彤觉得倪阿蒙的话有点讽刺味道，摇摇头说："倪阿蒙，我不得不承认，你很聪明。但是，你想错了。如果你也爱陆一鸣，就应该了解他，他绝对不会因为谁的劝说就改变想法的。我只是告诉阿姨事实，然后让阿姨看到陆一鸣真的很好，他很善良，很有责任感，最主要的是他深深地爱着倪秋雨。我告诉阿姨这些，并没有要阻止阿姨接受陆一鸣的肾的意思，倪阿蒙，是你想多了。我想，这大概就是我和你的区别。"

倪阿蒙点点头，对李丹彤说："你说得对，我妈说得也对，这些年我被宠坏了。从小优秀习惯了，我觉得周围的人都应该围着我转，到现在才意识到，我的所作所为伤害了很多人。而这些人，都曾经是我深爱的人。陆一鸣、秋雨、丫丫、我妈，他们都是那么爱我，而我却让他们一个个都失望了。而我最得意的事业，其实不过是一场镜花水月的梦而已。我曾经以为只要长得好，有演技，自然会受到大家的认可，但却忘了如何保持心底的善良。我要重塑自己，找回以前那个简单快乐的倪阿蒙。不为取悦他人，只为自己！"

李丹彤面带微笑地点点头："你能这样想，真的挺好，我想伯母也会为你感到高兴的。"

　　倪阿蒙和李丹彤并不熟，但是倪阿蒙经历了这些事后，太想找个人诉说心里的想法，但是现在的她身边已经没有人会安静地听她说话了，所以她只能找到李丹彤。想到这些，她有些心酸。

　　倪阿蒙这次真的决定出国留学了，她把这个消息通过手机告诉倪秋雨，然后打算一个人偷偷摸摸地离开。

　　没想到在机场却看见了前来送她的倪秋雨和陆一鸣，她笑着说："这次我真的是去学习，去学习戏剧表演，不是去躲绯闻或者保胎。"

　　陆一鸣笑着对倪阿蒙说："祝你早日学成归来！"

　　倪秋雨含着泪要把倪丫丫递到倪阿蒙怀里，却被倪阿蒙推开了。她笑着对倪丫丫说："丫丫，快跟大姨说再见！等我再回来的时候，丫丫就会喊大姨了吧！"

　　说完，倪阿蒙含着泪迅速转身离开。

　　一年后，陆一鸣成立了自己的工作室，他签约的第一个歌手就是田毅。

　　两年后，陆一鸣在全国范围内开设了以音乐为主的民办小学，每个小学都有免费的培训班，教材编写者是蒋雁南。

　　倪秋雨是高阳市音乐民办小学的语文老师。

　　三年后，倪丫丫问陆一鸣："爸爸，为什么别人的爸爸妈妈都生活在一起，你和妈妈却不生活在一起呢？"

　　"因为爸爸妈妈还没举行婚礼啊！"陆一鸣认真地回答。

　　"那爸爸妈妈为什么不举行婚礼呢？"倪丫丫忽闪着大眼睛问道。

　　"因为爸爸妈妈希望丫丫能为我们证婚啊！"倪秋雨笑着回

答道。

"那好，我给你们证婚，我宣布你们结婚了！现在陆一鸣先生可以亲吻倪秋雨小姐了！"

陆一鸣和倪秋雨被倪丫丫的话逗得笑作一团，二人凑过去想要亲倪丫丫。

倪丫丫"咯咯"地笑着，然后突然蹲下身来，陆一鸣毫无防备地吻上了倪秋雨的唇。

倪丫丫高兴地直拍手，陆一鸣说："礼成！这是我参加过的最特别的婚礼！"

倪秋雨也笑着说："这样的婚礼，我每天都要！"

（全文完）